dtv

Julian ist ein zurückhaltender, ruhiger Mensch. Er lebt als Rechtsanwalt in einem Dorf an der englischen Südküste und hat aus irgendeinem Grund nie geheiratet. Einziger Verwandter ist sein älterer Bruder Raymond, der als überzeugter Kommunist seit Jahren in Ostberlin gelebt hat. Mit der deutschen Vereinigung hat Raymond jedoch das Interesse an Deutschland verloren. Er möchte nach England zurückkehren und mit seiner Familie das friedliche Leben auf dem Land genießen. Aber ist er wirklich bloß ein harmloser politischer Traumtänzer? Und was ist mit seiner sehr viel jüngeren deutschen Frau? Rätselhaft und eigenwillig, lebenshungrig und romantisch zugleich, übt sie eine unwiderstehliche Faszination auf Julian aus. Bald beherrscht sie all seine Gedanken und Träume ... Mit der Unausweichlichkeit der Gezeiten finden Kristina und Julian zusammen. Doch bald muß Julian feststellen, daß er die Dinge keineswegs fest im Griff hat. Als ein gewisser Krokowski, eine Figur aus Raymonds Vergangenheit, in England auftaucht, verstricken sich die beiden Brüder in ein Dickicht von Lügen, Schuld und Verrat.
»Ein brillant konstruierter Psychothriller.« (Yoyo)

Robert McCrum, geboren 1955, war siebzehn Jahre lang Lektor des englischen Verlags Faber & Faber und hat bisher fünf Romane geschrieben. Er ist mit einer amerikanischen Journalistin verheiratet und lebt und arbeitet in London. 1996 übernahm er eine führende Position als Literaturkritiker beim ›Observer‹. In Deutschland bekannt wurde er mit seinem Buch ›Mein Jahr draußen. Wiederentdeckung des Lebens nach einem Schlaganfall‹ (1998).

Robert McCrum

Verdacht

Roman

Deutsch von Lutz-W. Wolff

Deutscher Taschenbuch Verlag

Ungekürzte Ausgabe
Oktober 1999
Deutscher Taschenbuch Verlag GmbH & Co. KG, München

Titel der englischen Originalausgabe:
›Suspicion‹ (Macmillan, London)

Umschlagkonzept: Balk & Brumshagen
Umschlagfoto: © Max Schmid (aus dem Bildband ›England/Wales‹,
terra magica, Reich Verlag, Luzern)
Satz: KCS GmbH, Buchholz/Hamburg
Gesetzt aus der Stempel Garamond 9,5/11,75· (QuarkXPress)
Druck und Bindung: C. H. Beck'sche Buchdruckerei,
Nördlingen
Gedruckt auf säurefreiem, chlorfrei gebleichtem Papier
Printed in Germany · ISBN 3-423-20275-0

Für meine Großeltern
in memoriam

Frühling

I

Ich habe immer allein gelebt. Meine Eltern sind tot, und mit ihren Familien habe ich keinen Kontakt mehr. Ich habe die Hochzeiten verschiedener Freunde gefeiert, bin selbst aber nie in die Verlegenheit geraten, mir in einer Flitterwochen-Suite Konfetti oder Reis aus den Haaren schütteln zu müssen. Ich bin lieber Junggeselle geblieben. In den Todesanzeigen, die ich oft lese, ist dieses Wort gelegentlich ein versteckter Hinweis auf homosexuelle Neigungen, aber in meinem Fall wäre das eine Fehldeutung. Wie meine Nachbarn bezeugen können, habe ich mein Haus, den leicht nach Süden hin abfallenden Garten und den ungehinderten Blick auf die South Downs von Zeit zu Zeit mit einer Freundin geteilt, aber diese Experimente haben nie so recht funktioniert. Der offene Koffer auf dem Bett und die Bücherkiste in der Eingangshalle sind mir nicht fremd. Manchmal habe ich das Gefühl, es ist eine unsichtbare Mauer um mich herum, die niemand zu durchdringen vermag.

In dieser Zusammenfassung meiner persönlichen Verhältnisse habe ich bisher meinen Bruder Raymond noch nicht erwähnt, der in meinem Leben aber auch keine große Rolle mehr spielt. Nicht, daß ich das besonders bedauere. Tatsache ist schließlich, daß Raymond von Anfang an ziemlich abwesend war. Er war fünfzehn Jahre älter als ich und gehörte einer anderen Generation an. Schon in jungen Jahren wurde er Kommunist und ging ins Ausland, als ich noch ein Teenager war. Auch als Erwachsener habe ich ihn selten gesehen, und er ist, glaube ich, bald auch für unsere Eltern ein Fremder geworden.

Es war also ein ziemlicher Schock, als ich kurz vor Weihnachten letztes Jahr statt einer pflichtgemäßen Weihnachtskarte einen langen, fast vertraulichen Brief meines Bruders erhielt, in dem er mir ankündigte, daß er sich mit seiner Frau und seinen Kindern nach England zurückziehen wolle. Ob ich ihm eine »Bleibe« suchen könnte?

Ich entdeckte, als ich weiterlas, daß er die Absicht hatte, sich ganz in meiner Nähe niederzulassen. Ja, wenn es mir nicht gar zu »rührselig« erscheine (ein deutsches Wort, das nach Angaben meines Wörterbuchs so etwas bedeutet wie »sentimental«) und wenn es dort etwas Passendes gäbe, würde er gern auch in mein Dorf ziehen. So wie er es ausdrückte, schien der Umzug von einiger Bedeutung für ihn zu sein.

Ich las den Brief dreimal. Ich glaube, ich war erfreut, aber auch ein wenig besorgt. Raymonds große, unsaubere Handschrift mit einer recht undisziplinierten Interpunktion, sein Briefstil, die gelegentlich eingefügten, schwungvoll unterstrichenen fremdsprachigen Wörter und der etwas aus der Mode geratene Slang gaben nur allzu deutliche Hinweise darauf, was er für eine Persönlichkeit war. Wir waren immer schon sehr verschieden gewesen. Raymond hatte ein öffentliches Leben geführt; ich dagegen zog es vor, die Dinge diskret zu erledigen, hinter verschlossenen Türen. Raymond hatte im Lauf der Jahre einigen Wirbel gemacht, und ich kannte mich gut genug, um zu wissen, daß mein Leben eine Reaktion auf seines gewesen war, eine taktvolle Antwort auf eine unerhörte Verlautbarung.

Er wolle nach Hause kommen, schrieb er, um für den Rest seiner Tage bei seinen Nächsten und Liebsten zu leben, eine typische Übertreibung. »Ich habe die feste Absicht«, schrieb er – und das berührte mich ziemlich merkwürdig –, »im Schoß der Familie zu sterben. Ich hoffe allerdings, daß es noch ein bißchen dauert, ehe ich mir die Radieschen von unten begucke.«

Ich erinnere mich, an dieser Stelle gelächelt zu haben. Aufgrund meiner Tätigkeit höre ich solche Euphemismen fast täglich. Ich bin Rechtsanwalt in der Provinz und diene meiner Grafschaft nebenamtlich als Coroner, das heißt als Untersuchungsrichter für Todesfälle mit gewaltsamer oder ungeklärter Ursache. Der Tod ist mir deshalb ein guter Bekannter, und die Begleitumstände seines Auftretens sind mir geläufig: die Trauer der Witwe, die Verzweiflung des Selbstmörders und die Selbstvorwürfe der Eltern beim plötzlichen Kindstod. Die bizarren Geheimnisse des Leichenwagens sind mir vertraut. Auf den dunklen Nebenwegen der Sterblichkeit bin ich mittlerweile so häufig gereist, daß ich mich wider Willen schon selbst als Todesengel sah. Ich gebe zu, daß ich daraus eine Zeitlang sogar das Gefühl einer gewissen Macht abzuleiten verstand. Jetzt dagegen beunruhigt mich die Nähe des Todes.

Trotzdem gehe ich abends zur Entspannung ganz gern auf dem Friedhof hinter unserer normannischen Kirche spazieren und erinnere mich an das Leben derjenigen, die mir von Amts wegen vorgeführt wurden. Ein zufälliger Passant könnte das als einen Akt einsamer Pietät deuten, aber meine Stimmung ist eine ganz andere. Ich rufe mir die Einzelheiten der verschiedenen Fälle noch einmal ins Gedächtnis wie ein Cricket-Fan, der im Cricket-Almanach blättert. Ich bin jetzt vierundvierzig, ich habe ein Alter erreicht, wo man anfängt, sich Sorgen um die Zukunft zu machen und das Andenken, das man hinterläßt.

Da ich allein lebe, bin ich an Selbstgespräche gewöhnt. Ich bin nicht gesellig. Halb scherzhaft, halb trotzig habe ich gelegentlich schon gesagt, daß ich die bei weitem interessanteste Person bin, die ich kenne. Im Gegensatz zu meinem Bruder, der Freunde gesammelt hat, wie manche Touristen sich Souvenirs kaufen, bleibe ich lieber für mich und halte mich an einen kleinen Kreis von Bekannten.

In der Kanzlei, wo ich Verträge aufsetze, Verfügungen erlasse, Testamente vollstrecke, Urkunden ausstelle und im

Interesse meiner Mandanten den geordneten Gang der Gesetze vorantreibe, bin ich für meine Zurückhaltung und meinen Sinn für Schicklichkeit bekannt, glaube ich. Die Arbeit eines Rechtsanwalts unterliegt natürlich der Schweigepflicht, aber ich finde, es gehört sich auch nicht, daß man sich allzu vertraulich gegenüber Kollegen und Angestellten benimmt. Vor vielen Jahren hatte ich mal eine Affäre mit einer der Sekretärinnen. Im Rückblick erscheint mir das als unerhörter Irrtum.

Ab und zu fahre ich zur Erholung nach London, gehe ins Theater und zum Dinner nach Covent Garden und fahre mit dem letzten Zug wieder nach Hause. Diejenigen, die mich von der Universität kennen, sind wahrscheinlich nicht sonderlich überrascht, daß ich in der Provinz versauere, wie mein Bruder sagen würde. Ich beklage mich nicht. Das Landleben gefällt mir. Ich habe hier meinen Platz, und ich weiß, woran ich bin.

Ich nehme an, ich war nie im Gleichschritt mit meinen Zeitgenossen, ich habe mir immer meine eigene Vorgehensweise gesucht. Ich führe das darauf zurück, daß meine Eltern schon ziemlich alt waren und mein Bruder ein rebellischer Teenager, als ich auf die Welt kam. Meine Erziehung war die eines Einzelkindes, und ich habe die Blässe des Einzelgängers zeitlebens behalten. Ich habe mir selbst Geschichten erzählt und mit erfundenen Freunden gespielt. In der Pubertät war ich einer von den jungen Männern, die auf dem Bett herumliegen und Dostojewskij oder Thomas Hardy lesen. Meine Brille war ein Kassenmodell. Später bin ich unter weiblichem Einfluß zu Kontaktlinsen übergegangen.

In Oxford war ich ein ziemlich ungeschickter Student. Ich kam aus einer Welt, die so regelmäßig ging wie ein Uhrwerk, und fand mich jäh in Gesellschaft lärmender Hochleistungs-Aktivisten. Die jungen Männer und Frauen, mit denen ich zu tun hatte, gingen auf Demonstrationen, inszenierten Agitprop-Theater und feierten unglaubliche Parties. Es handelte sich, mit einem Wort, um die sechziger Jahre. Die Atmosphäre war rastlos und überanstrengt. Ich war ebenso fasziniert wie beunruhigt, beschränkte mich aber auf eine Zuschauerrolle. Mein Bruder hatte mir schon hinreichend Extremismus vorgeführt, und ich hatte es nicht eilig, seinem Beispiel zu folgen. Ich saß in der Bibliothek mit meinen historischen Zeitschriften, paukte für eine Eins und ging gelegentlich in die Kirche, um den ›Messias‹ oder die ›Missa Solemnis‹ zu hören.

Ich mußte meinen Lebensunterhalt verdienen. Also studierte ich Jura, machte mein Examen ohne Mühe und beschloß, mich hier an der Südküste niederzulassen, kaum zwanzig Meilen vom Haus meiner Eltern entfernt. 1979 habe ich, nicht ohne Skrupel, die Konservativen gewählt, was ich damals aber niemand erzählt habe. Wie so viele meiner Generation hatte ich vage literarische Ambitionen und verfaßte ein paar schlechte Stücke im Stil von Harold Pinter. Ich bin, mit einem Wort, normal und sehr englisch: Julian Whyte, der Sohn von Anthony Whyte und der Enkel des Leichenbestatters George Whyte. Der Tod, könnte man sagen, hat Tradition in unserer Familie.

Mein Bruder, der schon immer zur Extravaganz neigte, nannte sich Rowley-Whyte, eine merkwürdige Vorliebe für einen Kommunisten. Der hochstaplerische Charakter seiner politischen Überzeugungen war schon immer Gegenstand von Auseinandersetzungen zwischen uns. Bei unserer letzten Begegnung, im Jahre 1982, hatten wir uns ein ganzes Wochenende lang gestritten. Ein Großteil meiner Verärgerung kam daher, daß ich überzeugt war, im Grunde stünde er auf meiner Seite und wolle es bloß nicht zugeben. Ich war damals Anfang Dreißig und wahrscheinlich etwas gereizt wegen der Überreste von weitergehendem Ehrgeiz, die ich noch nicht ganz abgelegt hatte. Wir hatten uns kreuz und quer durch Zeit und Raum bewegt und uns mit Namen, Zahlen und Statistiken bombardiert: Lenin, Trotzki, die Kulaken, sechs Millionen Juden, Katyn, 1956 und so weiter. Jeder von uns war auf seine Art streitsüchtig. Ich war zurückhaltend und klinisch kühl, er leidenschaftlich und zornig. Nicht zum ersten Mal fiel mir dabei auf, daß ich wahrscheinlich der sehr viel rigorosere Idealist war, während er im Grunde ein versponnener Konservativer war.

Bei dieser Gelegenheit wurden unsere ideologischen Differenzen noch durch persönliche Animositäten verschärft. Raymond war zur Beerdigung unserer Mutter gekommen. Sein Verhalten hatte ihr viel Kummer gemacht, aber er war immer ihr Liebling gewesen. Seine Trauer war voller Ressentiment. Er sagte es zwar nicht ausdrücklich, aber er gab mir die Schuld daran, daß er nicht rechtzeitig an ihrem Sterbebett gewesen war, um sie noch lebend anzutreffen. Einander fremd geworden und unglücklich haben wir sie neben Vater begraben, wie sie es gewünscht hatte. Dann eilten wir durch den Regen nach Hause und reichten einer Gesellschaft von Fremden Tee, Sherry und Sandwiches.

Als wir dann mit den Überresten der Beerdigungsfeier allein blieben, verlor Raymond alle Beherrschung, und eine Flut von Mißverständnissen und Trauer führte zu einem heftigen Streit. Ich fand Raymond empfindlich, anmaßend und vorhersehbar. Er fand mich ohne Zweifel kalt, bitter und reserviert. Im Rückblick halte ich seine Aggressivität für verständlich. Vielleicht spürte er damals schon, daß sein großes politisches Engagement bald völlig desavouiert werden würde. Die Sowjetunion war ein unmittelbar vom Aussterben bedrohter, militärischer Dinosaurier. Innerhalb der nächsten sieben Jahre sollte alles zerstört werden, wofür Raymond gearbeitet hatte. Sogar die Berliner Mauer war inzwischen gefallen, weggefegt in einer einzigen langen Nacht des Tumults.

Als am Vorabend des Jahres 1991 Raymonds Brief bei mir eintraf, lag das alles längst hinter uns. Wenn man seine Äußerungen für bare Münze nahm, kam er reumütig und geschlagen zurück, um sich mit mir und seinem Land auszusöhnen.

Ein gewisses Gefühl der Befriedigung konnte ich nicht unterdrücken. Es war Davids Triumph über Goliath, der mickrige Stubenhocker hatte über den Weltmann gesiegt.

England befand sich im Schock. Mrs. Thatcher war gerade gestürzt worden. Die stolze, triumphierende Ordnung der achtziger Jahre wurde demontiert, und wir alle mußten uns anpassen. Das England seiner Jugend fand Raymond nicht mehr vor. Im Alter von fast sechzig Jahren mußte er sich für seine letzten Lebensjahre in einer Gesellschaft einrichten, die nicht sehr entgegenkommend war.

Er habe seit unserer letzten Begegnung zum dritten Mal geheiratet, ließ er mich wissen. Diese Verbindung sei mit zwei Kindern gesegnet, einem Jungen und einem Mädchen. »Gute, starke Whyte-Saat«, war sein Kommentar. Tatsächlich lag dem Brief ein Kodachrome-Foto bei: zwei unförmige kleine Gestalten in Anoraks, die vor einem Schneemann standen. Die Mutter in einem roten Mantel daneben, aber Raymond hatte ihr in seiner ungeschickten Art den Kopf abgeschnitten. Das einzige, woran ich mich halten konnte, war sein Hinweis, sie hätte »herrliche blonde Haare«, was ich für eine seiner üblichen Übertreibungen hielt.

Mein Leben war im Verhältnis zu seinem von den Zwängen des dörflichen Lebens bestimmt. Statt der ›Internationale‹ hatte ich Kirchenlieder gesungen, statt einer Räterepublik hatte ich nur den Gemeinderat kennengelernt, meine Fahne war der Union Jack, meine Armee die Territorialreserve, und meine Kader traf ich beim Frühstückskaffee in der Kanzlei und beim Whist. Unser Zentralorgan war der Klatsch in unserem örtlichen Lebensmittelgeschäft und dem örtlichen Pub, der Royal Oak. Als ich die Nachrichten im Brief meines Bruders verdaut hatte, setzte ich dieses Netzwerk in Gang.

Er wolle ein Haus mieten oder kaufen, hatte mir Raymond geschrieben und auch die relativ bescheidene monatliche Summe genannt, die er dafür würde aufbringen können. Er habe einige Ersparnisse, ließ er mich wissen, und man habe ihm Arbeit als Übersetzer versprochen. Außerdem stand ihm noch ein Anteil aus dem Erbe unserer Mutter zu, ein paar tausend Pfund aus dem Verkauf ihres Hauses. Also redete ich eines Morgens kurz vor Weihnachten mit Derek, unserem Zeitschriftenhändler, als er mir den *Spectator* und den *Economist* brachte. Derek sprach mit Leslie, der unseren Dorfladen führt. Der wiederum erörterte die Sache mit Shirley, seiner Schwester, die das Problem Barbara vorlegte, der furchterregenden Gattin unseres Schankwirts, von der ihre Stammgäste sagen, sie hätte den schwarzen Gürtel.

Innerhalb weniger Stunden war Raymonds Rückkehr Dorfgespräch. Ich habe eine gewisse Position in unserer kleinen Gemeinde, und ich bin ziemlich stolz darauf, daß wir dem Anlaß trotz der Beanspruchung durch die Weihnachtseinkäufe und die jahreszeitlich bedingten Feiern insgesamt durchaus gerecht wurden. Der Brief meines Bruders war unmittelbar vor der Wintersonnenwende eingetroffen, und Ende Januar hatten wir nicht nur ein geeignetes Objekt gefunden und dank der tätigen Mithilfe meiner Kanzlei den Papierkram erledigt, sondern auch das Haus bestens vorbereitet für Raymonds Auftritt in unserem Leben.

Am Ende ergab es sich, daß er und seine Familie am 14. Februar bei uns im Dorf eintreffen sollten, am St.-Valentinstag.

2

Es gibt drei verschiedene Straßen, die nach Mansfield führen – die steile Strecke von den Downs herunter, die kurvenreiche Straße zweiter Ordnung, die von Brighton kommt, und die Abkürzung von der Autobahn herüber. Jede dieser Routen hat für mich eine andere Bedeutung. Wenn man den Berg hinauffährt, hat man den Wind im Gesicht und sucht als Verteidiger unserer Inselküste am Horizont nach der Armada. Wenn man die Kurve an der Royal Oak umrundet und ständig verirrten Fasanen und Schlaglöchern ausweichen muß, hat man eine gemütliche Landpartie vor sich. Aber wenn man die High Street nimmt, am Museum vorbei, und auf dem langen, geraden Stück zur Umgehungsstraße so richtig aufs Gas tritt, dann ist man auf dem Weg zu den hellen Lichtern der Großstadt. Ich denke, es versteht sich von selbst, daß Raymond auf der Straße aus London seinen Einzug in unser Dorf hielt. Nach all der vorbereitenden Propaganda konnte man ihn mit Sicherheit eine auswärtige Attraktion nennen.

Das Haus, das ich ihm und seiner Familie besorgt hatte, gehörte eigentlich gar nicht mehr zur Gemeinde. Jericho Lodge, eine düstere Villa aus den Anfangsjahren dieses Jahrhunderts, stand abseits, fast eine Meile jenseits des Ortsschilds, am Rande der Felder. Die Villa hatte seit Menschengedenken einer sehr zurückgezogen lebenden alten Jungfer gehört, Enid Nicholson. Als sie im hohen Alter starb, ging das Objekt auf ihren Neffen, einen gewissen Mr. Barker, über, einen schweigsamen Beamten aus dem Finanzministerium, der sich wenig für das Erbe interessierte. Es hieß, er wolle den Verkauf so lange aufschieben, bis die Rezession auf dem Immobilienmarkt endlich vorbei war. Für den Augenblick jedenfalls stand das Haus leer, verlassen und ungeliebt.

Als ich wegen einer Vermietung an Barker herantrat, war ich zuversichtlich, daß ich Erfolg haben würde, denn er schuldete mir einen Gefallen. Ich war der Coroner beim Tod seiner Tante gewesen, und daß die alte Dame die tödliche Überdosis wahrscheinlich nicht versehentlich genommen hatte, wußten wir beide. Aber Barker war auf den guten Ruf seiner Familie äußerst bedacht und wollte die Beerdigung unbedingt ohne Skandal hinter sich bringen. Als mir der Fall vorgetragen wurde, hatte ich gelten lassen, daß die Unsicherheit über die letzten Stunden der alten Dame groß genug war, um ein offenes Verdikt zu erlauben.

Wie ich erwartet hatte, reagierte Barker positiv auf den Vorschlag, das Haus an meinen Bruder zu vermieten. Er war froh, bescheidene, aber zuverlässige Mieteinkünfte zu haben, und ich nutzte meinen juristischen Sachverstand, um einen Vertrag aufzusetzen, der einen Verkauf des Hauses nicht behindern würde, wenn der Immobilienmarkt wieder günstiger aussah. Mit vier Schlafzimmern und einem verwilderten Garten für die Kinder war Jericho Lodge absolut ideal. Raymond konnte sich als Teil der Gemeinde fühlen, aber ihm blieb auch jene Ruhe, die er am englischen Leben auf einmal so schätzte. Und ich muß zugeben, daß ich nach so vielen Jahren der Gleichgültigkeit und sogar Feindseligkeit über einen gewissen Abstand nicht unglücklich war. Es würde sehr merkwürdig sein, das Dorfleben mit einem Mitglied meiner Familie zu teilen.

Am Morgen des 14. Februar stand ich früh auf und machte einen Gang durchs Dorf. Ich genoß die Stunde meines Alleinseins. Unfälle und Katastrophen begegnen mir täglich, aber an Veränderungen in meinem Privatleben bin ich nicht gewöhnt. Ich brauchte Gelegenheit zu einigen abschließenden Überlegungen. Ich habe schon öfter über das Wirken des Schicksals nachgedacht, aber mehr auf abstrakte Weise. Ich war gespannt, aber insgesamt doch optimistisch. Mein Bruder kam nach Hause, aber zu meinen Bedingungen. Mansfield war mein Gebiet. Ich würde mich nicht überrumpeln lassen.

Ein Milchwägelchen schnurrte die gewundene High Street herunter, und ein Möwenschwarm pickte am Dorfteich nach Würmern. Charles Stephenson, unser Dorfarzt, führte seinen Collie aus. Laut klangen unsere Stimmen durch den Morgen. Trotz der Kälte lag eine Ahnung von Frühling in der Luft. Irgendwo schmolzen die Eisschollen.

Raymond und seine Familie trafen erst gegen Ende des

Vormittags ein, um einiges später, als ich gedacht hatte. Sie waren über Nacht mit einem überladenen VW-Bus auf der Fähre Hamburg–Harwich aus Deutschland gekommen. Die Überfahrt sei ganz scheußlich gewesen, sagte mein Bruder. Übermüdet und angeschlagen von der stürmischen Schiffsreise hatten sie sich in London verfahren und den Weg nach Süden nur mit einiger Mühe gefunden. Ich hatte mir den Tag freigenommen, um ihnen beim Einzug in das neue Heim zu helfen. Als ich den Bus vor dem Haus hörte, saß ich im Wohnzimmer und las den *Daily Telegraph.* Willkommensgeschenke lagen neben mir auf dem Sofa. Ich stürzte hinaus, um sie zu begrüßen.

Raymond war mir natürlich vertraut: eine schlaksige, überschäumende Gestalt, die nur aus Armen und Beinen und aufgeregten Begrüßungsschreien bestand, eine lebende Vogelscheuche. Ich habe schon oft festgestellt, daß die Menschen immer mehr sie selbst werden im Alter. Seine jetzt weißen Haare waren wilder denn je. Ich musterte ihn, und seine Cordhosen schienen mir ausgebeulter, seine Jacke geflickter und formloser und sein schiefes Lächeln verletzlicher als früher. Vor vielen Jahren hatte er in Afrika mal einen Unfall gehabt, und sein Gesicht wirkte ein bißchen zerquetscht. Als ich jetzt seine Hand schüttelte, war ich mir nicht sicher, ob sein angeschlagenes Aussehen ihn zum Opfer machte oder zum Kämpfer. Ich hatte das Gefühl, daß er eine Show abzog, an die er selbst nicht mehr so ganz glaubte. Aber in welchem Ausmaß das alles bloß Fassade war, durchschaute ich erst viel später.

Ich nahm das alles ohnehin nur mit einem Blick wahr und rein instinktiv, denn mein Gehirn war anderweitig beschäftigt. Was meine Aufmerksamkeit völlig beherrschte, war Kristina, seine Frau. Raymond hatte mir dieses alberne Foto seiner Familie mit dem Schneemann geschickt, und ich hatte vergeblich darüber nachgedacht, was für Gesichtszüge wohl zu der anonymen Gestalt im roten Mantel gehörten. Kristina war groß und blond. Sie hatte hohe slawische Backenknochen und melancholische graue Augen. Sie trug eine weiße Wollmütze, und auch die Kinder, die an ihren Armen zerrten, konnten die undefinierbare Anmut ihrer Haltung und ihre aristokratische Gelassenheit nicht beeinträchtigen. Ich wußte aus dem Brief meines Bruders nicht viel mehr, als daß sie eine ehemalige Regierungsdolmetscherin war. Ich glaube, ich hatte eine proletarische Hausfrau erwartet, aber keine Frau von solcher Schönheit und Eleganz. Kristina war sich des Eindrucks, den sie machte, wahrscheinlich bewußt. Als ich ihr ins Gesicht sah, stellte ich fest, daß sie lächelte wie über einen privaten Scherz.

Ich glaube, ich habe zurückgelächelt, aber daran erinnere ich mich nicht mehr so genau. Sie hatte etwas an sich, was mich verwirrte und noch verlegener als sonst machte. Mein Selbstvertrauen bei Frauen hängt immer ganz davon ab, wie sicher ich mir ihrer Anerkennung und Zuneigung bin, die ich im Gegensatz zu meinem Bruder nie für selbstverständlich halte. Woran ich mich genau erinnere, ist die Förmlichkeit, mit der mein Bruder uns vorstellte. Wir schüttelten uns die Hände, und als ich den Kindern guten Tag sagte, beide noch ganz stumm von der Reise, drehten sie schüchtern den Kopf weg und sagten hastig etwas zu ihrer Mutter – auf deutsch, und das war eine Sprache, die ich damals noch gar nicht verstand.

Dann gingen wir ins Haus. Mein Bruder redete wie immer nonstop, beschwerte sich über den Verkehr und die Bauarbeiten auf der Straße. Im Rückblick wird mir klar, daß er wegen des geplanten Schritts genauso nervös war wie ich. Um das Eis zu brechen, verteilte ich meine Geschenke. Die Kinder stürzten sich voller Aufregung auf die Verpackungen. Olga, die schon sieben war, kriegte ein T-Shirt, Sascha, der noch keine sechs war, eine Spielzeugeisenbahn. Meinem Bruder und seiner Frau reichte ich Sektkelche.

»Willkommen zu Hause«, sagte ich.

»*Cheers*«, sagte Raymond.

Ich sah, daß Kristina etwas verloren aussah. »Willkommen in England« sagte ich.

»Vielen Dank, Julian«, erwiderte sie mit einer gewissen Herablassung.

Ich hatte ein leichtes Mittagessen vorbereitet, eine heiße Suppe und gebackene Kartoffeln. Ich vermutete, sie wollten so schnell wie möglich ihr neues Heim sehen.

Raymond hatte sich meine Zeitung genommen und überflog die Valentinsanzeigen. »Hör dir das an: *Lieber Chimps, die Sache mit dem Staubsauger tut mir sehr leid. Bumweed.* Da fragt man sich ja wirklich, was dahintersteckt. Ein böser Ehekrach? Oder vielleicht ein sexuelles Experiment? Oder das hier: *E 17. 8 Uhr 21. British Rail. Ich gebe Dir dieses herrliche Lächeln zurück. U. A. w. g. Mr. Big.* Der scheint wohl nicht gerade nach Hause zu wollen, was? Und dann die ganzen Namen: *Snuggles, Chuff-chuff, Crystal Tits, Mollusc Mate, Wigglely Wildebeest.*« Er legte die Zeitung beiseite. »Wahrscheinlich brauche ich mich darüber gar nicht zu amüsieren. Meine erste Frau hat mich *Pudding* genannt.«

»Deine erste Frau hatte eine Menge Namen für dich«, sagte Kristina mit plötzlicher und unerwarteter Heiterkeit. »Und deine zweite auch.« Ihr Englisch war recht gut. Sie hatte einen starken, aber nicht unangenehmen Akzent.

»Nur gut, daß ich zu meiner dritten die besten Beziehungen habe«, sagte Raymond leichthin.

»Tja, das behauptest du immer«, sagte Kristina. »Aber ich weiß wirklich nicht, warum das jemand glauben soll.«

Ich sah zu, wie mein Bruder seinen Arm um seine Frau legte, und fand, daß sie ein sehr eigenartiges Paar waren.

»Ist sie nicht wunderbar?« fragte er mich und lächelte sein schiefes Lächeln dazu.

Ich lächelte zurück. Was ich hätte sagen sollen, wußte ich nicht.

»Der Valentinstag ist eine typisch englische Einrichtung«,

erklärte ich hastig. »Wir drücken unsere tiefsten Gefühle am liebsten inkognito aus. Daß wir jemanden lieben, sagen wir zwar bereitwillig, aber wir scheuen die Risiken, die damit verbunden sind.«

»Wir?« sagte Kristina mit einem leicht spöttischen Unterton. »Redest du da nicht mehr von dir selbst?«

Am Anfang, als sie ins Haus gekommen war, hatte sie nicht viel gesagt, sondern sich mit den Kindern beschäftigt und Raymond reden lassen, aber jetzt wurde sie, vielleicht unter dem Einfluß des Sekts, ziemlich locker. Die Direktheit ihrer Bemerkung war faszinierend, und meine Verlegenheit kehrte zurück. Ich spürte, daß ich errötete.

»Was hat Ray von mir erzählt?«

Mein Bruder war wieder ganz in die Zeitung vergraben und kicherte still vor sich hin. »Was sagst du?« fragte er.

Kristina ignorierte ihn und lächelte mich an. »Du hast bestimmt viele Valentinsgrüße gekriegt, Julian?«

Ich schüttelte den Kopf. »Meine Valentinstage sind vorbei.«

Sie lachte. »Wer weiß.«

»Hört euch das an«, rief Raymond. »*Liebe Work Station, ich bewundere dein Network, laß mich an deine Software.* Unterschrift: *Joystick.* Vermutlich irgendein frustrierter Chef, der seine Sekretärin nageln will.«

»Liebling, vergiß bitte nicht, daß wir früher auch gelegentlich im Büro sehr intim waren«, sagte Kristina.

Schweigen breitete sich aus. Dann lachte Kristina ein bißchen, so als ob sie die Verlegenheit genösse, die sie verursachte.

Ich sah zu, wie mein überschäumender Bruder eine ziemlich zerdrückte Zeitung weglegte. In der Vergangenheit hatte mein Bruder sich immer seiner Erfolge bei Frauen gerühmt, und ich hatte mir eine Mischung aus selbstironischer Galanterie, linker Libertinage und altmodischem Sex-Appeal vorgestellt, aber hier wirkte er plötzlich ganz kraftlos. Ich wußte so wenig über diese Beziehung und war doch schon fasziniert von der Macht, die Kristina über ihn ausübte. Als Rechtsanwalt interessiere ich mich sehr für die Ehen anderer Leute, und hier wurde meine Neugier erregt.

Um den heiklen Augenblick zu überspielen, stürzte ich mich in einige Ausführungen über den trivialen Charakter der britischen Presse. Mein Bruder ging sofort darauf ein. So, als ob ich den Strom angestellt hätte, kehrte sein instinktiver Radikalismus zurück, und er beschimpfte die Hetzblätter des Kapitalismus. Kristinas Reaktion zeigte, daß sie dergleichen schon hundertmal von ihm gehört hatte.

Wir waren mit dem Essen fertig, und leicht beschwipst vom Wein sagte ich, es sei jetzt Zeit, zur Jericho Lodge zu fahren, denn es würde früh dunkel.

Sie drängten sich in den VW-Bus, und ich fuhr mit ihnen, eingeklemmt zwischen meinem Bruder und seiner Frau.

Der Nebel hatte sich verzogen, und das Dorf zeigte in der blassen Sonne seine ganze Postkartenschönheit. Ich nannte die verschiedenen Wahrzeichen – die niedrige, graue Schule, die steinerne Kirche, der Laden an der Ecke, der Zeitungshändler, Mrs. Williams' winziges Postamt, das Museum und das Tudor-Fachwerk der Royal Oak. Dann kamen wir am Tor der Grange vorbei, dem diskret hinter Bäumen versteckten Herrenhaus, das seit vierhundert Jahren im Besitz der Familie Platt ist. Ich machte eine geistreiche Bemerkung über die reaktionäre Bourgeoisie, die das bäuerliche Proletariat unterdrückt, aber Raymond achtete nicht darauf. Er war völlig damit beschäftigt, Olga und Sascha die Landschaft zu zeigen. Sein Deutsch hatte einen starken Akzent, der sogar mir auffiel, ihn aber nicht weiter störte.

»Das ist nicht wie die Karl-Marx-Allee«, sagte Kristina.

Ich hatte meinen Bruder in Ost-Berlin nie besucht, aber ich stellte mir eine enge Wohnung in einem Plattenbau vor, der von Männern und Frauen in tristen grauen Kleidern bewohnt wurde, den Arbeitsbienen des Arbeiterstaats.

»Wird den Kindern guttun, auf dem Land aufzuwachsen«, sagte Raymond.

Olga sagte etwas, was ich nicht verstand. Sie war genauso blond wie ihre Mutter, zwei Vorderzähne fehlten.

Raymond übersetzte. »Die Kinder wollen einen Hund«, sagte er.

»Ich will auch einen Hund«, sagte Kristina. »Als ich ein kleines Mädchen war, hatte ich einen Dackel, der hieß Anka.«

»Es gibt hier einen Hundezüchter«, sagte ich. »Ich kenne ihn gut. Ich bin sicher, er gibt euch einen Welpen.«

»Wirklich?« Sie drehte sich zu den Kindern um und sagte etwas auf deutsch. Ihr Gesicht zeigte einen glücklichen, sehr gefühlvollen Ausdruck, der immer dann auftauchte, wenn es um Tiere ging, wie ich später feststellen sollte.

Wir erreichten das Haus. Die kurze Auffahrt war von Zypressen gesäumt und erinnerte an den Eingang zu einem italienischen Friedhof. Ich hatte schon beschlossen, die Begleitumstände beim Tod der alten Dame nicht zu erwähnen. Raymond würde noch Zeit genug haben, sich den Klatsch im Dorf anzuhören.

Die Kinder kreischten aufgeregt, als der Wagen über die Schlaglöcher holperte. Eine schwarze Katze wischte wie ein Schatten vor uns über den Weg. Kristina bekreuzigte sich.

»Das bringt Glück«, sagte Raymond und schlug mit der Hand aufs Lenkrad.

»Ich dachte immer, Kommunisten hätten keine Zeit für Aberglauben«, sagte ich.

»Woran soll man denn sonst noch glauben als Kommunist?« sagte er.

Er stellte den Motor ab, und wir stiegen aus. Raymond und Kristina standen Arm in Arm neben dem Wagen und sahen sich um. Ein eigenartiges Paar. Die Kinder rannten schon über den Rasen, um einen großen Rhododendronbusch zu erforschen. Das rostige Hufeisen über der Eingangstür der Veranda hing schief, aber ich machte keine Bemerkung darüber. Statt dessen gab ich Raymond den Schlüssel.

»Wann ist die alte Dame eigentlich genau gestorben?« fragte er, als er den Schlüssel umdrehte.

»Vor Ewigkeiten. Ist schon über ein Jahr her.« Hinter mir hörte ich, wie Kristina nach den Kindern rief. »Seitdem steht das Haus leer.« Ich legte Raymond die Hand auf den Arm. »Ich bin sicher, es wird euch gefallen«, sagte ich und sah dabei Kristina an. »Ihr werdet euch im Nu zu Hause fühlen.«

»Abends am Ende des Tages ins obere Stockwerk zu gehen, darauf freue ich mich«, sagte mein Bruder und stieß die Tür auf.

Ich hatte ein Reinigungsunternehmen bestellt, um das Haus ordentlich putzen zu lassen. Die Luft war geschwängert von Desinfektionsmitteln, und es herrschte eine tödliche Stille. Es hallte unter unseren Füßen, als wir von einem Zimmer zum anderen gingen. Frühlingslicht fiel auf die Dielen. Ich fragte mich, was wohl in meinem Bruder vorging, aber er sprach auf deutsch mit Kristina, und ich konnte nicht folgen. Leicht verstimmt ging ich voraus.

Als wir die Treppe mit ihren eichengetäfelten Wänden hinaufgingen, holte mein Bruder mich ein. »Tut mir leid, alter Junge«, sagte er außer Atem. »Wir haben nur gerade gesagt, wie toll du das alles gemacht hast.« Er faßte mich am Arm und machte eine Kopfbewegung in Richtung Kristina. »Na, was sagst du?«

»Sie ist was ganz Besonderes«, sagte ich.

»Sie hat mein Leben verändert«, sagte er. »Das ist nicht übertrieben.«

»Ich kann es mir vorstellen«, sagte ich.

»Manchmal kann ich mein Glück gar nicht fassen.«

Die Aussicht aus dem großen, etwas frostigen Schlafzimmer war fast schöner als die aus meinem Cottage, das muß ich zugeben. Ein Bild von einer südenglischen Landschaft an einem Frühlingsnachmittag. Seit Jahrhunderten unverändert. Eine Zurschaustellung ländlichen Friedens. Eine Landschaft, bei der man im Wechsel von Licht und Jahreszeiten unweigerlich an Turner oder Samuel Palmer denken würde.

»Das gefällt mir.«

Kristina war zwischen mir und meinem Bruder ans Fenster getreten, und der Duft ihres Körpers lag in der Luft.

»Es wird der Garten von England genannt«, sagte ich.

»Ich hab allerdings den Eindruck, als ob der gute alte Garten von England inzwischen an vielen Stellen ein Betondschungel ist«, sagte mein Bruder.

»Man kann sich dem durchaus entziehen«, erwiderte ich. »Man muß sich nur auskennen.«

»Ich glaube, du entziehst dich ganz gern«, sagte Kristina und ging auf den Flur.

Als wir wieder unten waren, griff Raymond nach meiner Hand. »Danke, Brüderchen«, sagte er. »Ich glaube, wir werden sehr glücklich hier sein.«

Plötzlich gab es Lärm draußen im Garten. Die Kinder kamen hereingerannt. Olgas Wangen waren rot von der Kälte. Sascha heulte. Zuerst dachte ich, sie hätten gestritten.

Kristina nahm sie in die Arme und tröstete sie. »Na, komm, kleine Maus …«

Ich beobachtete diese instinktive Zärtlichkeit und sah, wie sie aufging in den Bedürfnissen der Kinder. Das Haar fiel ihr übers Gesicht, und ich spürte ein plötzliches, beunruhigendes Begehren.

Die Kinder hätten ein totes Tier im Garten gefunden, erklärte mein Bruder. Wir gingen nach draußen, um nachzusehen. Mitten auf dem Rasen lagen die Überreste eines Kaninchens. Raymond machte einen Witz über Beerdigungszeremonien. Im Schuppen neben dem Haus fanden wir einen rostigen Spaten, und Raymond trug den madengespickten Kadaver darauf in die Büsche.

»Die rohe Natur mit Zähnen und Klauen«, sagte er. »Das

wird den Kindern guttun, wenn sie sehen, wie das Leben auf dem Land wirklich ist.« Er hob mit ein paar raschen, entschlossenen Bewegungen eine flache Grube aus. Dann richtete er sich wieder auf, sein Gesicht war von der Anstrengung gerötet. »Sieht so aus, als wäre unser altes Familiengeschäft nicht das Richtige für mich«, sagte er schweratmend. »Sag mal, wird hier viel gejagt?«

»Fasanen und Enten«, erwiderte ich. »Und natürlich Kaninchen und Tontauben.«

»Ich erinnere mich, daß Vater viel auf die Jagd ging«, sagte er.

»Ich habe noch sein Gewehr.«

»Benutzt du es oft?«

»Nie«, sagte ich lächelnd. »Du kennst mich ja, Raymond. Ich bin kein Mann der Gewalt.«

3

Anfangs hätte ich es nicht in Worte fassen können, aber ich merkte doch ziemlich rasch, daß die Rückkehr meines Bruders meine Lebensgewohnheiten stark beeinträchtigte. Früher konnte ich meinen Tageslauf selbst bestimmen, ich konnte kommen und gehen, wie es mir paßte. Jetzt war ich nicht mehr Herr meiner Zeit. Das Telefon hatte zwar oft zu den unmöglichsten Zeiten geklingelt, um einen unerklärlichen oder gewaltsamen Tod anzuzeigen, aber seine dringlichen Signale waren doch immer nur gelegentliche Kommata gewesen im inneren Monolog eines langen Romans. Jetzt plötzlich wurden die Seiten meines Lebens mit Fragezeichen gefüllt. Wollte ich an einem Picknick der Familie teilnehmen? Hatte ich Lust, auf dem Dorfanger Krocket zu spielen? Konnte ich einen guten Zahnarzt empfehlen? Was sollte Raymond mit seiner Lebensversicherung machen?

Oder ich hörte eine Hupe vor der Tür, blickte hoch und sah das liebenswürdige, zerknautschte Gesicht meines Bruders mit einer weiteren brennenden Frage auf den Lippen durch den Vorgarten kommen. Er trug seine alte Aktentasche wie ein Hund seinen Knochen. Ich kenne kaum jemanden, der so entschlossen war, sich Freunde zu machen und akzeptiert zu werden, und seine zahlreichen Anfragen wurden die wackelige Brücken unserer neuen Vertrautheit. Er machte mich zu seinem ganz persönlichen Führer durch den Irrgarten heutiger englischer Sitten. Und ich ließ es mir nur allzu gern gefallen. Kaum ein Tag verging, an dem ich nicht in der Lodge vorbeischaute, um zu sehen, wie er und Kristina zurechtkamen.

Ich war fasziniert von ihrer Beziehung, und das konnte sie sehen. Ich spürte, daß ich immer kühner in ihrer Gegenwart wurde und von Dingen sprach, die ich zuvor nie erwähnt hatte. Als ich Kristina fragte, wie sie meinen Bruder kennengelernt hätte, und ihre offenen, fröhlichen Antworten hörte, war ich bezaubert, und ich vermute, das wollte sie auch.

»Ich war damals noch jünger und leicht zu beeindrucken. Raymond schien so wortgewandt und hat mich ständig zum Lachen gebracht«, sagte sie eines Tages. »Er ist anders als du. Er hat gern Publikum. Er muß sich immer produzieren. Ja, ich war begeistert von seinem Humor und von seiner … Absurdität.«

»Und jetzt bist du das nicht mehr?« Meine rasche Frage war mir selbst peinlich, und ich entschuldigte mich. »Berufskrankheit«, sagte ich. »Zu viele Fragen.«

»Ich verstehe«, sagte sie. »Du mußt alles überprüfen.«

Meine Zuneigung zur Frau meines Bruders war beunruhigend, aber nicht überraschend. Wir standen uns im Alter ziemlich nahe, wie ich entdeckte. Weniger als zehn Jahre waren wir auseinander. Ihr Verständnis und ihre Klugheit überwältigten mich. Ich mochte ihr fröhliches Lachen, die kokette Art, wie sie beim Reden den Kopf neigte, und vor allem auch ihren Akzent. Ihr Selbstvertrauen und ihre Unbefangenheit waren ansteckend. Ich spürte, daß ich mich öffnete ihr gegenüber, ganz gegen meine Natur, genauso wie mein Bruder plötzlich mein Freund wurde. In jenen hellen Frühlingstagen war es schwer für mich, den Winterschlaf meiner Gefühle nicht aufzugeben.

Ich war auch nicht der einzige. Alle im Dorf wollten über Kristina reden. Ich kam mir fast wie ein öffentlicher Wohltäter vor. Leute, die ich kaum kannte, machten mir über meinen Bruder und seine Frau Komplimente, als wäre ich persönlich verantwortlich. Es gab so viele köstliche Geheimnisse, für die man sich interessierte. Wo kam sie her? War ihr Vater wirklich General der Roten Armee gewesen? Das Rätsel, das sich hinter ihren schweren slawischen Augen zu verbergen schien, wurde durch Kristinas Selbstverständnis verschärft. »Ich bin etwas Besonderes«, sagte sie mit ihrem Mona-Lisa-Lächeln, und das war nicht bloß ein Scherz. Weder sie noch Raymond hatten Geld, aber sie war immer makellos gekleidet, und es gelang ihr mühelos, unserer engen Backstein-High-Street einen exotischen Anhauch zu geben. Schon in ihrer Jugend hatte sie zu improvisieren gelernt. Sie schneiderte sich ihre Kleider selbst und verstand es, sie mit einer schlichten Eleganz zu tragen, die ihr ganz persönlich gehörte. Ich bin wahrscheinlich ein unzuverlässiger Zeuge, aber damals in jenen Anfangstagen schien sie unendlich viel Anmut und Stil zu besitzen.

Es war dies ein attraktiver, aber auch bestürzender Gegensatz zu ihrem chaotischen Gemahl. Auch ihn umgaben ungeklärte Fragen. War Raymond noch Kommunist? Hatte er in Ost-Berlin für die Regierung gearbeitet? War er ein Spion gewesen? Und war er es, wie manche Leute dachten, auch jetzt noch? Im allgemeinen täuschte ich eine Unwissenheit vor, die vollkommen echt war. Es gab so vieles, was mir noch verborgen war. Heute weiß ich, daß meine Verschwiegenheit oder Diskretion, man nenne es wie man wolle, die Gerüchte noch schürte.

Nur damit kein falscher Eindruck entsteht: In diesem Stadium gab es keinerlei Feindseligkeit gegen Raymond. Er war in einem Ausmaß, wie ich es nie erwartet hätte, der verlorene Sohn. Seine Kapitulation vor der Dreieinigkeit von Vaterlandsliebe, Mammon und Nostalgie bestätigte den unerschütterlichen Glauben meiner Nachbarn an die Überlegenheit Großbritanniens und milderte ihre Ängste vor einem von der *Deutschmark* regierten Europa. »Raymond Rowley-Whyte sagt, das neue Deutschland ist keineswegs so stark, wie man immer behauptet«, wußten sie sich zu erzählen, und ihr Tonfall zeigte, daß sie sich dazu beglückwünschten. In meiner Gegenwart sagten sie es zwar nicht, aber ich glaube, sie fanden meinen Bruder erfrischend ehrlich. Ich kenne die verborgenen Schändlichkeiten in der Gemeinde, und daher werde ich mit Zurückhaltung behandelt, was ein Ausdruck des Respekts ist. Ich bin der Sekretär des Todes, und deshalb halten sie Abstand, bis die Umstände sie in meine Reichweite bringen.

Raymond und Kristina wurden mit Einladungen überschwemmt – zu Flohmärkten, Sherry-Parties und Garten-Club-Treffen. Das leichte, aber hochelastische Gespinst gesellschaftlicher Verpflichtungen zog sich wie eine Schlinge über ihnen zusammen. Bald begannen sie sich zu fragen, wie sie sich revanchieren sollten. Jedenfalls sagte mir das Raymond eines Abends, als wir in der Royal Oak bei einem Glas Bier saßen.

»Warum macht ihr nicht eine House-warming-Party?« fragte ich. Die Einheimischen waren schon lange wild darauf, mal ordentlich im Haus der alten Miss Nicholson herumzuschnüffeln. Ich merkte, daß sich Raymond Sorgen machte wegen der Kosten. »Machen wir doch fifty-fifty«, schlug ich vor.

Er schien auf so ein Angebot gewartet zu haben, denn er machte einen sehr erleichterten Eindruck. »Du bist ein echter Kumpel, Julian.«

Ich holte meinen Terminkalender heraus. Vielleicht weil wir beide in gelockerter Stimmung waren, setzten wir den 1. April, *All Fool's Day*, als Datum für unsere Einladung fest. Das war schon deshalb eine gute Wahl, weil es zufällig ein Feiertag war, Ostermontag. Bis dahin würden auch die letzten Sachen meines Bruders aus Deutschland dasein. Als wir den Pub nach zwei Pints verließen, brüderlich vereint und mit gemeinsamen Plänen, nahm Raymond mich beim Arm. »Das gefällt mir«, sagte er. »So macht das Leben Spaß.«

»Kein Bedauern?«

Er blieb abrupt stehen. Ein Kuckuck rief ganz in der Nähe. »Es ist eine ungeheure Erleichterung, wieder zu Hause sein«, sagte er.

Monate später hat er mich an diesen Augenblick erinnert – der stille Abend, der Vogel und der frische, frühlingshafte Erdgeruch in der Luft. Für ihn sei das ein Wendepunkt gewesen, sagte er.

Je näher der Tag der Party kam, desto mehr verwandelte sich Jericho Lodge in ein gemütliches Heim. Ein Möbelwagen von *Mr. Mover* brachte Bücherkisten und andere Habseligkeiten aus Berlin. Als die Männer wieder weg waren, stand mein Bruder im Wohnzimmer. Ein ganzes Leben voller Reisen und Politik reduziere sich am Ende auch nur auf einen Stapel abgeschabter Taschenbücher, sagte er. Kristina verwahrte sich gegen diese melancholische Stimmung. Sie hatte von ihrer Mutter ein paar ganz solide Möbelstücke geerbt, mit denen sich durchaus eine gewisse Behaglichkeit schaffen ließ. Sie schien entschlossen, aus den neuen Verhältnissen das Beste zu machen. Dem schloß ich mich an und erinnerte Raymond daran, daß ihm ja auch aus dem Erbteil unserer Eltern einiges zustand.

Dabei dachte ich besonders an eine alte Standuhr. Diese

große schwarze Wächterin hatte einst in unserem Haus in Tunbridge Wells im Flur gestanden und den Ablauf der Stunden mit ihrem Glockenspiel begleitet. Im Verlauf der Jahre hatte der Staub die Mechanik zum Stillstand und das Glockenspiel zum Verstummen gebracht. Mutter hatte gewollt, daß Raymond die Uhr erbte, aber als ich das Testament öffnete, war er in Deutschland, und es erschien mir recht unwahrscheinlich, daß er die Uhr in seiner kleinen Wohnung brauchen konnte. Also hatte ich die Uhr in Sackleinwand eingeschlagen und in die Garage gestellt. Jetzt wollte ich ihm das gute Stück eines Abends als Überraschung vorbeibringen. Als ich ihm den schwarzen Uhrkasten im Kofferraum des Kombis zeigte, lachte er laut. »Einen Augenblick lang hab ich gedacht, du bringst mir schon meinen Sarg.« Er strich mit der Hand über das dunkle Holz. »Ich erinnere mich so gut daran. Als ich ein kleiner Junge war, hatte ich schreckliche Angst vor dem Ding.«

»Mutter wollte, daß du die Uhr kriegst.«

»Ach, wirklich?« Er versuchte, das Gehäuse anzuheben, und die Drähte und Pendel im Inneren klirrten mißtönend. »Sie muß komplett überholt werden.« Er lachte. »Genau wie ich selbst. Wir können ja die Leute bei der Auktion mal fragen, was sie uns raten.«

Wir hatten geplant, am nächsten Tag zu einer Auktion zu gehen. Als wir die Sachen prüften, die zum Verkauf standen – Tische, einzelne Stühle, Spiegel, rissige Sofas, Orientteppiche und allerlei Krimskrams – entdeckte ich, daß Kristina einen guten Blick für Antiquitäten besaß. Unter anderem beobachtete ich, wie sie vor dem Spiegel mit einem Regency-Fächer spielte.

»Die perfekte Kurtisane«, witzelte ich.

Sie wandte sich abrupt zur Seite. Sie hatte nicht gemerkt, daß ich sie beobachtet hatte. »Weißt du eigentlich, daß du ein widerlicher Chauvinist bist?« Ihre Wangen waren zornig gerötet. Sie warf den Fächer hin und marschierte davon.

Ich war entsetzt über meinen Fauxpas. Ich stellte mich abseits und tat so, als interessierte ich mich für eine alte Karte von Barbados. Ich war zu weit gegangen. Sie war schließlich die Frau meines Bruders. Als ich sie ein paar Sekunden später wieder einholte, entschuldigte ich mich.

Jetzt war sie ganz verlegen. »Du mußt mir nicht böse sein«, sagte sie. »Daß ich so ausgeflippt habe.«

Ich korrigierte sie mit einem Lächeln. Dann waren wir wieder mit Raymond zusammen und machten uns alle drei einen Spaß daraus, auf Kerzenständer und Schreibtischlampen zu bieten.

Zufällig erlebte ich gerade um diese Zeit eine willkommene und unerwartete Ablenkung. Als ich eines Abends nach Hause kam, fand ich auf meinem Anrufbeantworter eine Nachricht von Susan Crowe, einer früheren Freundin, die in der Katalogabteilung der British Library arbeitete. Sie hatte in Oxford mit mir zusammen studiert und wie so viele Frauen ihrer Generation dem Beruf stets den Vorrang vor allem anderen gegeben. Einsam und verletzlich und im Zweifel, ob sie noch Chancen hatte, je Kinder zu kriegen, konnte sie sich mit dem herannahenden Alter nur mühsam befreunden.

Als ich ihren Anruf erwiderte, fand ich sie verzweifelt. Ihr gegenwärtiger Freund, ein Rugby spielender Banker, der einige Jahre jünger als sie war, hatte sich hinter ihrem Rücken mit einer Frau seines eigenen Alters eingelassen. Mißtrauisch geworden, hatte ihn Susan zur Rede gestellt und rausgeworfen. Jetzt war sie verletzt und fühlte sich elend und brauchte jemand, dem sie trauen konnte. Ich freute mich, daß sie anrief. Unsere Beziehung hatte schon vor einigen Jahren geendet. Wir hatten kurz zusammengelebt, und es hatte eine Zeit gegeben, wo ich sie vielleicht geheiratet und eine Familie mit ihr gehabt hätte. De facto hatten wir uns jedoch getrennt. Wir waren uns zu ähnlich, um tiefe Leidenschaft zu empfinden, und kannten unsere Fehler zu gut, um Tag für

Tag miteinander leben zu können. Wir waren aber Freunde geblieben, und jetzt brauchte sie jemand, bei dem sie sich ausweinen konnte, wie sie sagte. »Wir brauchen alle gelegentlich jemand, bei dem wir uns anlehnen können«, erwiderte ich und hörte zu meiner Befriedigung ein schwaches Kichern am anderen Ende.

Ich lud Susan ein, mit mir essen zu gehen. Unter dem Vorwand, ich müßte noch ins Leichenschauhaus, verließ ich am vereinbarten Tag das Büro und eilte zum Bahnhof. Ich sah sie zuerst. Sie war blaß, und unter den Augen hatte sie schwarze Ringe. Ihr dunkles Haar trug sie als Pferdeschwanz wie ein Schulmädchen. Mit ihrer kleinen Tasche in der Hand sah sie aus, als wäre sie evakuiert worden. Wenn man seine Freunde so aus der Distanz betrachtet wie ein Fremder, dann spürt man, wie die Zeit vergeht und wie sterblich man selbst ist. Als sie mich erkannte, hellte sich ihr Gesicht auf, und sie rannte mir beinahe entgegen. Ich nahm sie in die Arme und gab ihr einen Kuß. Ein zufälliger Beobachter hätte annehmen müssen, daß wir ein Liebespaar waren.

Es war ein milder Märznachmittag, warm genug, um durch die Lanes zu bummeln. Wir standen Arm in Arm vor den Schaufenstern und richteten Häuser ein, die wir nie bewohnen würden, während Susan über ihre Arbeit in der Bibliothek klagte und sich im Zuge unserer Wiederannäherung allmählich an die jüngsten Dramen ihres Privatlebens herantastete. Ich bin im Lauf der Zeit mit einer ganzen Reihe von Frauen durch diese Straßen gegangen, aber damals hatte ich weiter keine Beziehung, trotz der Bemühungen verschiedener Paare aus Mansfield, mich mit einer passenden Partnerin zu versorgen.

Ich hatte einen Tisch in einem bekannten Restaurant bestellt, und als die Austern und der Chablis serviert wurden, hatte Susan zu ihrer gewohnten Munterkeit zurückgefunden. Ich bin relativ häufig in diesem Restaurant, und die Kellner sprangen um uns herum, als ob wir in den Flitterwochen wären. Wir plauderten, ohne uns um die anderen Gäste zu kümmern, und als ich gegen zehn einen Hinweis auf den letzten Zug fallenließ, wußte ich eigentlich schon, daß sie über Nacht bleiben würde.

Wir hatten seit Jahren nicht miteinander geschlafen, aber wir kehrten mit Genuß zueinander zurück. Als sie ihr Haar herunterließ, war Susan wieder ganz die junge Frau die ich mit Anfang dreißig gekannt hatte, ja sogar das übermütige Mädchen aus dem historischen Seminar. Es gab eine wirkliche, tiefe Zuneigung zwischen uns, und unsere sexuelle Beziehung bedeutete etwas, auch nach dieser langen Unterbrechung. Es war schön, leicht angetrunken zum Rhythmus ihres Atmens einzuschlafen.

Der nächste Tag war ein Samstag. Wir frühstückten spät, und weil ich keine Lust hatte, meinem Bruder über den Weg zu laufen, machten wir einen langen Spaziergang über die Downs. Der Wind verwehte unsere Unterhaltung. Ich erzählte Susan von Raymond und seiner Familie, und Susans untrüglicher Instinkt verließ sie auch hier nicht. Sie fragte alsbald nach Kristina. Ich sagte, ich wüßte nicht recht, wie ich sie einschätzen sollte, aber ich redete sehr viel länger, als ich gewollt hatte. Als ich aufhörte, war Susan eine Weile still, und dann sagte sie leichthin, ich sei ein dummer Junge, der viel zu schnell sein Herz verliere. Wie eine ältere Schwester klopfte sie mir auf die Schulter und sagte: »Du wirst schon darüber hinwegkommen.«

»Aber da ist gar nichts, worüber ich hinwegkommen müßte.«

»Nein, natürlich nicht.«

»Jetzt hab' ich dich enttäuscht.«

Sie schüttelte den Kopf. »Nein, ich kenne dich bloß zu gut.«

Ich blieb stehen und legte meinen Arm um sie. »Aber Freunde sind wir trotzdem.«

»Natürlich sind wir Freunde.« Sie seufzte. »Das ist ja das Problem.«

»Wenn du heute abend bleibst«, sagte ich riskanterweise, »kannst du sie ja morgen kennenlernen. Sie kommen zum Essen.«

»Brauchst du eine romantische Beziehung als Tarnung?« lächelte Susan. »Oder soll ich dir das Lamm vorbereiten?«

»Ich will wissen, ob du mich für verrückt hältst.«

»Um dir das zu sagen, brauche ich die Frau nicht zu treffen.« Sie lachte. »Du hast schon immer das gewollt, was du nicht haben kannst.«

Nach unserem Spaziergang machten wir uns einen gemütlichen Tag. Susan spielte meine CDs und las Zeitung. Ich grub den Garten um. Die Erde steckte voll Wachstum, es war Frühling, und jeder Stamm und Stengel glänzte wie neu. Später brachte ich Susan soweit, daß sie uns etwas zu essen machte. Ich koche nur, wenn ich muß, und bin auf Fertiggerichte oder Lieferungen angewiesen. Es war schön, ihr in der Küche zuzusehen, während wir plauderten und nebenher Wein tranken. Zu meiner Erleichterung gab es keine Störung durch Raymond und auch keinen Anruf von der Polizei oder den Notdiensten. Wir gingen früh zu Bett, und ich muß leider zugeben, daß ich diesmal davon träumte, Kristinas Körper zu besitzen, als wir uns liebten.

4

Als ich ein kleiner Junge war, waren die Sonntage tot, und als Erwachsener habe ich die Kindheitsgewohnheiten aufrechterhalten, die Einsamkeit und Träumerei. Ich spreche mit niemandem. Ich höre Bach oder Wagner. Ich lese Zeitung oder mein jeweiliges Buch, meist eine Biographie oder ein historisches Werk. Ich krame herum, vertrödle die Zeit oder schlafe ganz einfach. Gestört werde ich allenfalls, wenn die

Polizei anruft, weil Wanderer irgendwo eine Leiche entdeckt haben. Wenn ich tatsächlich von so etwas aufgeschreckt worden bin, gehe ich gelegentlich noch zur Abendandacht, singe ein »Erhalt uns, Herr« und schüttle Francis Findlater, unserem Gemeindepfarrer, die Hand. »Mord, Selbstmord oder natürliche Ursache?« fragt er dann, denn er kennt meine Gewohnheiten. Ich sehe die Reitstiefel unter seiner Soutane und sage lächelnd etwas Freundliches über die Predigt. Es ist eine Art Spiel. Ich bin bekannt für meine Diskretion. Susan bei mir zu haben war ebenfalls eine Abweichung vom Schema, und es hatte wohl mit der Rückkehr meines Bruders zu tun, daß ich sie genoß. Ich spürte, wie mein Leben sich änderte, und es war ein angenehmes Gefühl.

Ich wachte früh auf an diesem Sonntag und saß träumend mit einer Tasse Tee in der Küche, als ich Susan in meinem Schlafzimmer herumgehen hörte. Ich dachte darüber nach, wie verschieden Leute doch sein können. Kristinas Bewegungen waren lautlos und rasch, soweit ich sie beobachtet hatte, und doch war sie einem ständig präsent. Wenn sie etwas sagte, hatte man das Gefühl, daß jedes Wort mit Bedacht gewählt worden war. Susan dagegen sortierte ihre Worte erst nach dem Sprechen, änderte die Richtung ihrer Gedankengänge ad hoc und ließ überflüssige Satzteile ohne weiteres fallen.

Susan ist vital und offen von Natur, und ich fand ihre Energie und Ehrlichkeit immer anziehend. Sie gehört zu den Leuten, die schrecklich direkt sein können, nicht nur gegenüber anderen, sondern auch gegenüber sich selbst. Als wir noch zusammen waren, gab es Zeiten, wo sie sich vor den Spiegel stellte und sagte, sie sei so häßlich wie ein Hund. Sie kann sehr direkte Fragen stellen und kriegt meistens auch Antwort darauf, und es ist ihr ziemlich egal, ob sie damit Anstoß erregt. Solche Ehrlichkeit fällt mir schwer. Ich neige eher dazu, meine Gedanken für mich zu behalten. Sie spricht ihre aus.

Raymond und seine Familie kamen kurz nach zwölf. Draußen führten die Nachbarn ihre Hunde aus, schlenderten zum Gasthaus und spielten auf dem Dorfanger Fußball. Mein Bruder war fröhlich wie immer. Kristina trug Jeans, ein schlichtes weißes Baumwollhemd und darüber eine blaue Samtjacke, die sie selbst genäht hatte. Olga und Sascha trugen ihren Sonntagsstaat, sie waren aufgeputzt wie Puppen für diesen Ausflug.

Ich hatte Raymond Bescheid gesagt wegen Susan und ohne viel Erfolg behauptet, sie sei bloß eine alte Freundin. »Nichts Ernstes«, hatte ich gesagt und damit an den Mann von Welt in ihm appelliert. »Das sieht dir aber gar nicht ähnlich«, hatte er gesagt. »Du bist so ein ernsthafter Bursche.« Ich hatte das mit einer Leichtigkeit wegzulachen versucht, die ich gar nicht empfand. Jetzt fragte ich mich, was wohl Kristina dazu sagen würde, daß es augenscheinlich eine Frau in meinem Leben gab.

Ich stellte Susan vor. Die Kinder, die sich schon sehr an mich gewöhnt hatten, wurden in Gegenwart einer Fremden wieder ganz schüchtern. Ich sprach bewußt langsam, als ich Olga zuflüsterte, ich hätte eine »Überraschung« im Garten versteckt. Sie hatte noch Probleme mit dem Englischen. Sie sagte auf deutsch etwas zu ihrem Bruder, und dann rannten sie los. Raymond und Susan gaben sich die Hand, und ich sah die übliche Herablassung in seinen Augen. Kristina hatte einen Strauß Narzissen mitgebracht. »Ein kleines Geschenk«, sagte sie und streckte mir die Blumen hin. Ihr Blick war auf Susan gerichtet. »Ich habe von diesem Garten geträumt.« Sie lächelte uns beide an. »Für seine Gärten ist England berühmt.«

Raymond nickte so ermutigend, als ob sie seine Schülerin wäre. »Das Klima ist genau richtig.«

Ich führte sie alle ins Wohnzimmer, wo die Sonntagszeitungen auf dem Boden verstreut lagen. »Sehr gemäßigt, keine Extreme.«

»Und außerdem absolut scheußlich«, sagte Susan lachend, ehe sie sich eine Zigarette ansteckte.

»Das ist einer der Gründe, weshalb ich weggegangen bin«, sagte Raymond. Wieder einmal fiel mir auf, daß er die Geschichte seines Lebens gern in die Unterhaltung einfließen ließ.

»Was hat Sie denn nach Hause geführt?«

»Wie ich Julian schon sagte«, erwiderte er und nahm mit einem Kopfnicken ein Glas Sekt entgegen, »möchte ich mein Leben hier beenden. Manchmal fühle ich mich wie ein alter Elefant.«

Susan sah ihm in die Augen, und ich sah ein kühles Glitzern in ihrem Blick. »Wie alt sind Sie denn eigentlich?«

Plötzlich wirkte Raymond geradezu schüchtern. »Fast sechzig.«

»Geht es Ihnen hier mehr um die Frührente oder um die Suche nach den eigenen Wurzeln?«

Verlegen suchte er seine Frau mit den Augen. »Sagen wir mal, es war Zeit, nach Hause zu kommen.«

Kristina sagte etwas auf deutsch, was ich nicht verstand, während sie die Narzissen auf einen Nebentisch stellte.

»Ich fürchte einfach, meine siebenzig Jahr sind bald vorbei«, murmelte Raymond.

»Sechzig bedeutet gar nichts mehr heutzutage«, sagte Susan. »Mit sechzig beginnen viele Leute noch eine neue Karriere. Wie heißt es immer? Die silberne Generation. Sie haben noch viel Zeit, um sich zu verändern.«

Ich merkte, daß es Raymond, der sonst so gern im Mittelpunkt der Aufmerksamkeit stand, überhaupt nicht gefiel, wie seine Sterblichkeit diskutiert wurde. Um dem Gespräch eine andere Wendung zu geben, hob ich mein Glas, und wir prosteten uns zu. Dann kam Olga von draußen hereingerannt, um ihrer Mutter zu zeigen, was sie im Garten gefunden hatte: eine bunte Zuckerstange, die ich bei meinem Spaziergang mit Susan gekauft hatte. Sascha kam hastig hinterhergestolpert.

Die Laune meines Bruders besserte sich, und er begann zu singen: »*Oh I do like to be beside the seaside.*«

Ich schlug vor, wir sollten uns zum Essen setzen, und wir drängten uns in mein niedriges Eßzimmer. Ich war froh, daß die Erwachsenen offenbar gut miteinander auskamen, tranchierte den Lammbraten und gab den Kindern zuerst, wie Kristina mir empfohlen hatte. Sie hatte mich vorgewarnt. Die Kinder würden herumzappeln, mit dem Essen spielen und vom Tisch aufstehen wollen. Susan stellte wie erwartet noch weitere Fragen. Ich konzentrierte mich auf meine Pflichten als Gastgeber. Ich konnte jeden einzelnen ja später nach seinen Eindrücken fragen. Raymond erzählte gerade, wie er Kristina kennengelernt hatte.

»Sie war meine Schülerin«, sagte er. »Wir haben uns in meinem Seminar über die Geschichte der Britischen Inseln kennengelernt.«

Kristina verzog das Gesicht. »Man könnte sagen, daß Ihre Könige und Königinnen uns zusammengeführt haben. Ist das nicht komisch?«

»Die Feinde der Arbeiterklasse«, fügte Raymond hinzu.

Susan lachte anerkennend. »Sind Sie immer noch Mitglied der kommunistischen Partei?«

»Das«, sagte ich und sah vom Braten auf, »möchten alle im Dorf nur allzugern wissen.« Ich sah die Angst im Blick von Kristina. »Du darfst nicht vergessen, daß ein Kommunist in Mansfield immer noch als Revolutionär gilt, und das ist ein gefährliches Tier.«

Raymond begann ›Die Rote Fahne‹ zu summen, unterbrach sich dann aber. »Sehe ich aus wie ein Revolutionär?« fragte er und ließ sich ein großes Stück Lammbraten geben. »Wenn ich ein Kommunist bin, dann einer, der gerade dabei ist, sich in ein viel gefährlicheres Tier zu verwandeln: einen englischen Landedelmann.«

Ich tauschte einen Blick mit Susan. Über Raymonds Schwäche für das gute Leben hatten wir schon gesprochen.

Susan warf ihm einen fragenden Blick zu: »Gefährlich?«

»Na, hören Sie mal«, sagte Raymond, hochzufrieden, daß ihm jemand zuhörte. »Ich werde mit Männern zu tun haben, die in ihrem Leben nicht nur Nazideutschland, sondern auch die Sowjetunion verabschiedet haben. Und wenn ich auf dem Land lebe, werde ich auch ein Landleben führen. Für die Fuchsjagd bin ich zu alt, und die Pferde waren nie meine Freunde, aber wenn die Saison kommt, werde ich meine Angel nehmen und die scheuen Forellen in den Bächen von Wessex verfolgen. Und im Herbst werde ich das Gewehr von der Wand nehmen und nach Herzenslust Fasane und Kaninchen schießen wie alle anderen auch. Julian wird mir Vaters alte Purdey überlassen. Wo ist sie, Bruderherz? Wahrscheinlich setzt sie auf dem Dachboden Staub an, nicht wahr? Komm, wir wollen den Damen mal etwas Aufregendes bieten!«

Ich hatte zwar gerade erst zu essen begonnen, aber ich wollte doch sehen, worauf mein Bruder hinauswollte. Also legte ich Messer und Gabel beiseite und eilte nach oben. Nach Vaters Tod hatte ich das Gewehr in ein altes Handtuch gewickelt und in meinem Kleiderschrank versteckt. Von Zeit zu Zeit nahm ich es auseinander und ölte es ein, wie ich es gelernt hatte, eine Aufgabe, der ich mich erstaunlich gern unterzog. Ich legte die Verpackung beiseite und wog die Bedrohung und das Gewicht in der Hand. Die Waffe war häufig gebraucht worden, und der Kolben war voller Narben, aber der Lauf war kühl und glatt. Ich hörte meinen Bruder unten lachen, als ich das Gewehr in der Hand hielt, und konnte mir sehr gut vorstellen, wie er mit irgendwelchen rotgesichtigen Gutsherren auf die Jagd ging und Schnepfen abknallte. Natürlich war keine Munition da. Ich hatte die Waffe nie abgefeuert, nicht einmal in die Luft. Alle verstummten, als ich mit dem Gewehr zurück ins Eßzimmer kam. Raymond griff sofort danach und inspizierte es gründlich. Dann hob er es an die Schulter und kniff ein Auge zu, um zu zielen. Susan zuckte zurück, aber ich sah, daß Kristina ganz ungerührt blieb.

»Es ist nicht geladen«, sagte ich.

»Munition besorge ich mir gleich morgen«, sagte Raymond. »Ich werde bestimmt viel Spaß damit haben.«

Kristina unterbrach ihn mit ernsthafter Stimme. »An was für eine Art Spaß hast du dabei gedacht, Schatz?«

Raymond ignorierte ihre Kälte. Er produzierte sich vor Susan. »Das Federvolk in Mansfield kann schon mal seine kugelsicheren Westen anziehen. Ich werde der Schützenkönig im Dorf.«

Kristina warf einen eigenartigen Blick auf die Waffe. Dann stand sie auf, sagte etwas auf deutsch, was ich nicht verstand, und ging in den Garten. Wir sahen ihr verwirrt nach. Mit einem gezwungenen Lachen legte mein Bruder das Gewehr auf den Tisch.

»Was hat sie gesagt?«

Raymond schreckte hoch, als wäre er ganz woanders gewesen mit seinen Gedanken. »Wie bitte? Ach, das war nur ein altes preußisches Sprichwort. Sie macht sich Sorgen, daß die Kinder sich draußen erkälten.« Er stand auf. Wieder einmal fiel mir auf, wie mühelos seine Frau seine Überschwenglichkeit zunichte machen konnte. »Ich werde mal nachsehen.« Er tätschelte das Gewehr. »Sie hat natürlich recht. Ich muß darauf achten, daß die Kinder das Ding nicht in die Finger kriegen.« Er ging hinaus in die Sonne, und ich blieb mit Susan allein. Ich hatte mein Essen kaum angerührt.

»Na, was sagst du?«

»Sie hat deinen Bruder jedenfalls fest im Griff.«

»Und wie gefällt sie dir?«

»Sag du's mir«, erwiderte sie. »Sag du mir, was du in ihr siehst.«

»Sie ist sehr ...« Ich zögerte. Die Worte, die ich brauchte, waren mir nicht vertraut. »Findest du nicht, daß sie schön ist?«

»Was ich denke, darauf kommt es nicht an.«

Früher hatten solche Vibrationen in unseren Gesprächen immer zu gewaltigen Eruptionen geführt, aber ich hatte nicht die Absicht, mich provozieren zu lassen. »Es ist nicht bloß Einbildung, wenn du das meinst«, sagte ich. »Ich glaube, mir gefällt die Art, wie sie denkt. Ich finde sie rätselhaft. Ich mag die Tatsache, daß sie mich mag.«

»Das merkt man.«

»Tut mir leid«, sagte ich und sah, wie die Nadel auf der Skala vibrierte. »Du hast mich gefragt.«

Sie warf mir einen scharfen Blick zu. »Lassen wir Kristina mal außen vor – damit mußt du selbst fertig werden. Aber ich würde sagen, dein Bruder hat ein Problem.«

»Wie meinst du das?«

»Er hat dich angelogen.«

»Angelogen?«

»Das war nie und nimmer ein altes preußisches Sprichwort. Das war ganz schlicht eine Drohung. »

»Was für eine Drohung?«

Sie kam auf meine Seite des Tisches und setzte sich auf Kristinas freigewordenen Platz. »Was sie gesagt hat, mein lieber Julian, war so ungefähr: ›Ich will dieses Gewehr nicht in meinem Haus haben‹ – in *meinem* Haus, hörst du – ›und wenn du es mitnimmst, wirst du schon sehen, was passiert.‹ Und das hat sie ganz ernst gemeint.«

»Raymond hat schon immer eine Schwäche für Frauen gehabt, die ihn herumkommandieren«, sagte ich mit einer Leichtigkeit, die nicht meinen wahren Gefühlen entsprach.

»Und was ist mit dir?« lächelte Susan. »Was hast du neuerdings so für Schwächen?«

»Das brauch' ich dir ja wohl nicht zu sagen«, erwiderte ich und lächelte zurück.

»Hüte dich, Julian«, sagte Susan und küßte mich auf die Lippen. »Du bist nicht wie dein Bruder, und du brauchst auch nicht so zu werden.«

5

Der Frühling kam schubweise. Erst badete die Landschaft sich in der Märzsonne, dann ließ ein frostiger Himmel sie wieder erstarren. Stürme tobten über dem Meer, und vor meinem Haus fiel eine Platane quer über die Straße. Manchmal schien es, als würde der Winter gar nicht mehr aufhören. Ich verzeichnete mehrere Fälle von Selbstmord.

Ich hatte auch selbst einigen Anlaß für Trübsinn. Der Optimismus, der mich bei der Ankunft meiner Familie erfüllt hatte, war etwas verblaßt. Ich hatte so getan, als könne ich in Kristinas Gegenwart schlichte, brüderliche Freude empfinden. Susan, in ihrer direkten Art, hatte mich eines Besseren belehrt. Sie hatte mir ganz kühl erklärt, wie fasziniert ich von Kristina sei und wieviel Eifersucht hinter meinem Umgang mit Raymond lauere. Ich war mir allerdings nicht ganz sicher, ob hinter ihren Empfehlungen nicht gewisse eigene Restempfindungen steckten.

Andererseits mußte ich auch mit meinen eigenen Beobachtungen über das Leben in der Jericho Lodge fertigwerden. Jedesmal, wenn Raymond und Kristina in meiner Gegenwart deutsch sprachen, entstand sofort, was meine Mutter »eine Atmosphäre« genannt hätte. Selbst einfache Dinge schienen der Verhandlung zu bedürfen. Die Anschaffung eines undisziplinierten Mischlingswelpen namens Jack war das Ergebnis stundenlanger Diskussionen, die Unterzeichnung eines Rüstungskontrollabkommens hätte nicht schwieriger sein können.

Das Dorf bekam davon nichts mit. Ich, der ich so viele Geheimnisse bewahrte, konnte nur staunen, wie geschickt sich Kristina und Raymond der Öffentlichkeit präsentierten. Besonders mein Bruder legte großen Wert darauf, seine Rolle auf der dörflichen Bühne zu spielen, und stürzte sich voller Enthusiasmus in sein neues Leben. Seine fortgeschrittenen

Jahre hatten seinen Appetit auf Beifall in keiner Weise vermindert, und die zahlreichen Neuerungen, die sein Heimatland in seinen Augen ziemlich entstellten, steigerten noch seine Wertschätzung dörflicher Traditionen.

Ich wußte, welche Bedeutung das für ihn hatte. Den größten Teil seines Lebens hatte Raymond von der kommunistischen Internationalen gelebt. In verschiedenen Funktionen – als Journalist, Dozent, Dolmetscher und Parteiarbeiter – hatte er im Dienst des Marxismus-Leninismus die halbe Erde bereist, von Allendes Chile bis zu Maos China. Er hatte Moskau und Havanna gesehen, als privilegierter Gast. Seine Weltanschauung hatte ihm einen Platz an der Sonne und einen bestimmten Lebensstil verschafft, sie war eine Quelle des Stolzes gewesen. Er hatte sogar einen kurzen Abriß der Geschichte der Britischen Inseln für seine Genossen geschrieben und war dafür sehr gelobt worden. Aber seine mittlerweile diskreditierte Sicht der Dinge war nicht die seiner jetzigen Nachbarn, und ich war sehr gespannt, wie die House-warming-Party ablaufen würde.

Die Party beherrschte alles. Eine Einladung war eine hochbegehrte Trophäe bei sämtlichen Nachbarn. Jeder, der irgendwie zählte, würde an diesem Ostermontag in der Jericho Lodge sein. Manche Leute, wie die Pooles und die O'Malleys, die zunächst keine von Kristinas handgemalten Karten erhalten hatten, ließen mich, als den natürlichen Vermittler, ohne weiteres wissen, wie enttäuscht sie darüber waren. Andere, wie Mr. Dacosta nahmen sich meinen Bruder ganz einfach im Dorfladen vor. Nachrichten verbreiteten sich schnell in Mansfield. Bald war von Kristinas deutscher Küche die Rede. Man erzählte sich, daß Raymond Wein, Wodka und Luftballons in Brighton gekauft habe, und spekulierte unvermeidlicherweise auch über die Kosten.

Ein paar Tage vor dem Ereignis saß ich zu Hause und arbeitete in Ruhe an meinen Akten, als von draußen ans Fenster geklopft wurde. Es war Raymond mit Jack, dem eben angeschafften jungen Hund, der an seiner Seite bellend auf und nieder hüpfte. Ich stand auf. Ein Spaziergang an der frischen Luft würde meinen Kopf frei machen. Zielstrebig machten wir uns auf den Weg. Der lange Winterschlaf ging zu Ende, die ersten Himmelsschlüssel waren aufgeblüht, und die Kraft des Frühlings erfüllte die Hecken. Die Löwen des März brüllten noch, aber der Himmel war klar und spannte sich kalt und blau über uns. Wir hatten gerade die Uhren vorgestellt, und die Abende wurden länger. Es war, als ob ein schwerer Kopfschmerz sich endlich aufhellen wollte.

»Es muß ein Schock für dich gewesen sein, wieder nach Hause zu kommen«, sagte ich.

»Du kennst mich nicht, Julian«, sagte er. »Ich bin ein Überlebenskünstler. Als ich KP-Mitglied wurde, war das einfach nur mein Protest gegen die Bourgeoisie. Ich paßte mich an. Meine Ehe scheiterte, ich steckte in einer Sackgasse, ich war nahe daran, den Mut zu verlieren. Aber ich paßte mich erneut an. Ich bin nach Ost-Berlin gegangen. Ich behauptete, es wäre eine ideologische Frage, aber in Wirklichkeit war es eine Flucht. So bin ich eben. Äußerst anpassungsfähig.«

»Ich erinnere mich, daß Vater immer sagte, man sollte sich bei der erstbesten Gelegenheit zum kritischen Beobachter machen.«

»Das scheint dir noch wesentlich besser gelungen zu sein als anderen Leuten«, sagte er mit einem Lächeln. »Ich gehöre auch nicht zu den Pionieren der Natur. Ich bin nicht für die vorderste Linie geboren, obwohl ich mich gelegentlich sehr exponiert habe, aber das war wohl mehr Zufall als Absicht. Ich bin ein Feigling, der sich dazu erzogen hat, mutig zu sein.«

Eine Ringeltaube flog aus den Büschen auf und schwirrte davon. Der Welpe fing aufgeregt an zu bellen. Er hoffe, Mitglied einer örtlichen Jagdgesellschaft zu werden, sagte Raymond, wenn die Jagd auf Fasanen anging. Ich verzichtete darauf, Kristinas Verbot zu erwähnen; wahrscheinlich hatte er einen Kompromiß ausgehandelt. Wir kehrten gutgelaunt von unserem Spaziergang zurück, aber es war auch vieles ungesagt geblieben. Ich brachte meinen Bruder noch zurück durch den Wald bis zu der Stelle, wo der Fußweg zur Jericho Lodge abbiegt. Seine Einladung zu einem Drink lehnte ich ab. Ich hätte noch zuviel zu tun, sagte ich, eine wenig glaubwürdige Ausrede.

In Wirklichkeit wollte ich bloß keine weiteren Kommentare Kristinas über Susan mehr hören. Jedesmal wenn ich vorbeischaute, machte sie neckische Anspielungen auf meine »Freundin« oder »diese reizende Person«. Raymond ging sogar noch weiter und sprach zu meinem Ärger von meiner »künftigen Ex-Ehefrau«, in seiner üblichen scherzhaften Art. Ich erklärte den beiden ziemlich heftig, die Beziehung sei schon seit Jahren beendet, aber Kristina ließ trotzdem nicht locker. Wie ich mit jemandem schlafen könnte, den ich nicht liebte, wollte sie wissen. Am Ende konnte ich mich nur noch mit einem gequälten Scherz herauswinden.

»Mir ist leider schon seit langem klar, daß ich zu einer Liebesbeziehung völlig unfähig bin.«

Die Ironie nahm Kristina nicht wahr. »Wie kannst du so etwas sagen?«

»Vielleicht traue ich mir selbst nicht mehr«, sagte ich ernsthaft.

Als ich mir das Gespräch später noch mal durch den Kopf gehen ließ, war ich beunruhigt. Ich hatte sie provozieren wollen, ich hatte ihr zeigen wollen, daß ich frei war. Ich beschloß, weitere Erörterungen dieser Art zu vermeiden, jedenfalls solange ich so wankelmütig und unsicher war.

Wie so oft schon flüchtete ich mich in meine beruflichen Pflichten. Jeden Morgen zog ich meinen Anzug an, knüpfte meine dunkle Krawatte und fuhr wie ein Roboter nach Brighton in die Kanzlei, um den Gang der provinziellen Justiz zu befördern: Hausfriedensbruch und öffentliche

Ruhestörung zu ahnden, Grenzstreitigkeiten zu regeln und andere juristische Probleme zu lösen. Ein- oder zweimal die Woche leitete ich die Verhandlungen im Coroner's Court. Eine stetige Prozession von Hinterbliebenen zog an mir vorbei. Witwen, Mütter, Stiefväter, Pflegeeltern, Beamte, Ladenbesitzer, Krankenschwestern, Taxifahrer: Es ist mein Privileg, das ganze alltägliche Chaos zu sehen. Schmerz und Unglück gehen oft mit kleinen, unerwarteten Heldentaten und Würde einher. Ich stellte plötzlich fest, daß meine Äußerungen im Gerichtssaal von meinen Gefühlen für Kristina bestimmt wurden. Dem Gerichtsbeamten fiel eine neue Fürsorglichkeit bei mir auf, und er machte eine scherzhafte Bemerkung über Tee und Mitgefühl. Wenn ich die blassen Polaroidfotos der Toten betrachtete – meist waren es Ertrunkene, Autounfälle und Selbstmorde – sah ich lange in den Gerichtssaal hinunter und versuchte den verängstigten und feierlichen Gesichtern, die ich vor mir sah, Worte des Trostes zu spenden. Es war eine eigenartige Zeit, voller aufgestauter Frustration. Heute weiß ich, daß diese Wochen nur das Vorspiel zu einem Jahr bizarrer Augenblicke waren, das mich völlig durcheinderbringen sollte.

Die Osterfeiertage standen bevor. Raymond, als kämpferischer Atheist, machte höhnische Bemerkungen über Pharisäer, Glocken und Weihrauch. Und während einer dieser Tiraden fragte Kristina mich eines Abends, ob ich am Ostersonntag mit ihr zur Messe nach Brighton fahren würde. Sie hatte bei einem unserer Gespräche über ihre Jugend erwähnt, daß die katholische Kirche in Ostdeutschland ein Zufluchtsort für Dissidenten und andere Gegner des Regimes gewesen sei. In die Kirche zu gehen war eine Möglichkeit gewesen, Widerstand auszudrücken. Sie selbst hatte ihre Loyalitäten geteilt, einerseits war sie gläubige Katholikin gewesen, andererseits hatte sie für den Staat gearbeitet.

Ich merkte, daß Raymond darunter litt, daß er sich vom Gottesdienstbesuch seiner Frau selbst ausgeschlossen hatte, aber trotz meiner Schuldgefühle war ich opportunistisch genug, die Einladung Kristinas zu akzeptieren. Es verschaffte mir eine geheime Befriedigung, seinen Platz einzunehmen, und als der Ostersonntag gekommen war, empfand ich es als seltsame Bestätigung, ins kerzenhelle, weihrauchschwere Innere der Kirche zu treten. Die Kinder waren sehr aufgeregt. Ich hatte Olga eine Puppe zu Ostern geschenkt, und dem kleinen Sascha einen Teddy.

»Wie heißt der Teddy?« fragte Olga mit einem leicht amerikanischen Akzent.

Ich tat so, als würde ich mich mit ihm unterhalten. Kristina sah lachend zu. »Er sagt, er heißt Bruno.« Mehr fiel mir so schnell nicht ein. »Er ist ein sehr wilder Bär, aber er hat versprochen, freundlich zu sein, wenn ihr ihn gut behandelt.«

Als Familie drängten wir in die Kirche, zusammen mit zahlreichen anderen Gläubigen, und fanden einen Platz im Mittelschiff mit gutem Blick auf den Altar. Eine prächtige Prozession zog herein, während der Chor das Gloria sang, und dann verkündete ein alter Priester in goldenen Gewändern: »Christ ist erstanden.« Ich platzte vor Stolz darüber, Kristina so nahe bei mir zu haben und Teil ihres Lebens zu sein, ohne daß mein Bruder uns sah. Ich beteiligte mich an den Gebeten und hob meine Stimme zum Dank.

Anschließend traten wir mit den Gläubigen in den sonnigen Frühlingsregen hinaus. Als wir die breite Treppe hinuntergingen hielten die Kinder uns an den Händen. Auch Bruno wurde gezwungen, die Stufen hinunterzuhopsen. Olga schickten wir voraus, um das Auto zu suchen.

»Die Familie meiner Mutter war katholisch«, sagte Kristina. »Ihre Eltern sind aus Polen nach Dresden gekommen, und als ich ein Kind war, habe ich mich immer stark mit ihren Leiden identifiziert. Ich träumte von einer Kirche, die Verständnis für den Schmerz hatte und in der Lage war zu vergeben.«

»Gehst du zur Beichte?«

Sie lächelte. »Das sollte ich vielleicht. Und du?«

»Ich nehme den Leuten jede Woche vor Gericht die Beichte ab. Wem soll der Beichtiger beichten?«

Sie warf mir einen eigentümlichen Blick zu. »Weißt du, wen ich am liebsten bei dir vor Gericht bringen möchte?«

Ich schüttelte den Kopf. Ich hatte keine Ahnung, worauf sie hinauswollte.

»Rate.«

»Honecker? Stalin? Hitler?«

Sie schüttelte den Kopf und sah mich mit einer Wildheit an, daß ich erschrak. »Raymond.«

Sie ging weiter auf mein Auto zu, aber ich konnte nicht länger Schritt halten. Ich war stehengeblieben und sah ihr nach. Es gab offenbar noch viele Dinge zwischen Raymond und Kristina, die ich nicht begriff.

6

Ich schickte Raymond in den April. Am Morgen der Party ließ ich meinen Nachbarn Joe Vaughan, den Sportredakteur der Lokalzeitung, bei meinem Bruder anrufen. In angemessen amtlichem, aber ländlichem Tonfall erkundigte er sich, ob Raymond eigentlich eine Genehmigung habe, in der Jericho Lodge eine Party zu geben. Die örtliche Polizei sei besorgt wegen des damit verbundenen zusätzlichen Verkehrs in der Nachbarschaft, außerdem sei es bei gemieteten Häusern Vorschrift, daß Versammlungen von mehr als zwanzig Personen angemeldet würden usw. usw. Er möge sich doch bitte auf dem Polizeirevier einfinden und seinen Reisepaß, seinen Führerschein und fünfzehn Pfund mitbringen. »Nur eine Formalität, Sir«, sagte Joe und zwinkerte mir zu. Wir gingen zum Polizeirevier, und kurz darauf erschien mein Bruder, ganz aufgelöst. »Sehr gut, Julian«, sagte er. »Hätte ich dir nicht zugetraut.«

Zum Ausgleich versprach ich ihm, bei der Bewirtung der Gäste zu helfen. Als ich gegen Mittag ins Haus kam, stand Raymond vor dem Spiegel und rückte seine psychedelische Krawatte zurecht. Sein wildes Haar war glatt gebürstet, und sein Gesicht glänzte. In seinem Atem nahm ich einen Hauch Alkohol wahr. Er war hoch vergnügt. Kristina werde gleich herunterkommen, sagte er, als ich nach ihr fragte. Er faßte mich am Arm und führte mich im Haus herum.

Ich war beeindruckt. Sie hatten sich wirklich Mühe gegeben. Das Haus war mit einer Fülle von Frühlingsblumen geschmückt: Narzissen, Körbe voller Schlüsselblumen, Weidenkätzchen, Efeu und Immergrün. Über der Tür hing ein selbstgemaltes Transparent mit der Aufschrift: *Willkommen in Jericho Lodge*, und auf der langen Tafel im Eßzimmer standen Platten mit kaltem Braten, verschiedene Salate, ein Lachs und einige mir unbekannte, vermutlich deutsche Gerichte. Alles war angerichtet wie bei einem mittelalterlichen Bankett. Auf einem Nebentisch standen dichtgedrängte Gläser und ein großer weißer Krug mit einem festlichen Cocktail bereit, den mein Bruder gemixt hatte.

Kaum hatten wir unseren Rundgang beendet und ich meinem Bruder bestätigt, daß die Vorbereitungen wirklich ganz großartig seien, da kamen die Gäste. Die meisten kannte ich besser als Raymond, und so wurde ich bald eine Art inoffizieller Zeremonienmeister. Es fehlte kaum jemand bei dieser Kontrollversammlung unserer kleinen Gemeinde. Lady Platt, Mrs. Boyle, Colonel Matthews und Dr. Stephenson gehörten zu den ersten, die eintrafen. Alle waren neugierig und wollten sehen, wie das Haus der alten Miss Nicholson von innen aussah.

Die Party war schon in vollem Gange, als Raymond mich fragte: »Hast du Kristina gesehen?« Ich sah mich um und schüttelte den Kopf. »Hör mal, Brüderchen«, sagte er leise, »könntest du nach oben flitzen und ihr sagen, daß die meisten Gäste jetzt da sind? Und frag sie doch auch, ob sie vielleicht die Güte hätte herunterzukommen – und das bitte *presto!*«

Ich eilte hinauf zum Schlafzimmer. Die Tür stand offen. Ich klopfte. Es kam keine Antwort. Ich klopfte erneut. Diesmal bat mich eine schwache Stimme herein. Zögernd betrat ich den Raum. Kristina drehte mir den Rücken zu, begrüßte mich aber mit Namen. Ein trauriges Flüstern. Sie saß nur halb bekleidet auf dem Bett, in Jeans und BH, und starrte sich im Spiegel an. Ihr seidiges Haar fiel ihr übers Gesicht und ihre hohen Backenknochen glühten voller Verzweiflung. Ich war erschrocken und peinlich berührt, sie in diesem Zustand zu finden. Verlegen entschuldigte ich mich für mein Eindringen und erklärte, daß mich Raymond geschickt hatte. Sie gab keine Antwort. Ich wollte mich, entnervt von dieser Demonstration der Gleichgültigkeit, schon wieder zurückziehen, als sie neben sich auf das Bett klopfte. »Bitte. Geh nicht. Ich kann es nicht aushalten.«

Also setzte ich mich neben sie auf die Bettkante, ein weiterer unwiderruflicher, aber unleugbar angenehmer Schritt in unserer eigenartigen Beziehung. Wir waren nie zuvor in einem solchen Zustand der Intimität allein miteinander gewesen, und das Bewußtsein, daß unten das halbe Dorf versammelt war, ohne etwas davon zu ahnen, gab der Sache einen merkwürdigen Reiz. Ich erinnere mich, daß mir auf ihrer Schulter ein kleines Muttermal auffiel. Kristina war hinsichtlich ihres *Déshabillé* nicht im mindesten verlegen. Natürlich berührten wir uns nicht, trotzdem spürte ich die Wärme ihres Körpers. Ich fragte, warum sie ausgerechnet heute so aus dem Gleichgewicht sei.

Nach einem langen Schweigen, während dessen man von unten den Partylärm hörte, schob sie sich die Haare aus dem Gesicht. »Das kann ich nicht erklären.«

Ich war frustriert, daß sie es mir nicht sagte. Insgeheim war ich überzeugt, daß sie es durchaus hätte erklären können, wenn sie gewollt hätte.

»Du mußt nach unten kommen«, sagte ich. »Du mußt einfach.« Ich sagte ihr, wieviel Mühe sich Raymond gab. Er wartete auf sie. Es gab jede Menge Leute, die sie kennenlernen wollten. Nach all der Reklame durfte sie die Nachbarn jetzt nicht enttäuschen. Wie ein Advokat vertrat ich den Fall meines Bruders. »Es ist besser, wenn du es auf einen Rutsch hinter dich bringst«, versuchte ich sie zu ermuntern.

»Auf einen Rutsch?«

»Das ist nur so ein Ausdruck, eine Redensart.«

Sie lächelte. »Das klingt komisch.« Sie wiederholte es noch einmal, »auf einen Rutsch«, dann faßte sie einen Entschluß und stand auf. Barfuß und halbbekleidet ging sie vor mir auf und ab, um ihre Sachen zusammenzusuchen. Sie war schlank und schön. Ihre kleinen Brüste lagen leicht im BH. Ihre Haut war wie flüssige Seide. Ich verfolgte sie mit den Blicken, bis sie im Badezimmer verschwand. Sie zog sich rasch, mit beinahe professioneller Geschicklichkeit an. Schon nach wenigen Augenblicken kam sie zurück. Sie trug ein kleines schwarzes Kleid, elegant, aber nicht zu formell. Ich lehnte am Fenster, als sie sich vor den Spiegel setzte und ihr Gesicht mit Makeup betupfte wie eine Schauspielerin vor der Premiere.

Ich hätte so gern gewußt, was sie dachte. War diese beiläufige Intimität eine Form der Koketterie? Oder war sie so niedergeschlagen, daß ihr alles egal war? Als ich im Spiegel ihrem Blick begegnete, wurde sie plötzlich verlegen, und einen Augenblick lang genoß ich es, daß sie in meiner Gegenwart zur Schüchternheit fähig war.

»Hast du geweint?« fragte ich.

»Albern, nicht?« Sie begann die Wimperntusche aufzutragen. »Mein Herz springt wie ein Ball auf und nieder. Im einen Augenblick bin ich glücklich, im nächsten unglücklich.«

Ich hätte ihr gerne gesagt, daß mir diese Gemütszustände vertraut seien. Der draufgängerische Teil meines Charakters hätte sie gern zu einem Geständnis wechselseitiger Anziehung verleitet, aber vor diesem Risiko schreckte der vernünftige Teil noch zurück. Außerdem war ich auch noch in einem heftigen Ringen mit meinem Gewissen begriffen und aus diesem Grund so gelähmt, daß ich gar nichts Vernünftiges mehr herausbrachte. »Ich glaube, es geht dir eine Menge durch den Kopf«, sagte ich schließlich.

Sie ignorierte diese Einladung, von sich selbst zu sprechen. »Hast du Susan mitgebracht?« fragte sie.

Ich war enttäuscht. »Nein, das mit Susan verstehst du nicht«, sagte ich und sah zu, wie sie ihre Ohrringe festmachte.

Sie lachte. »Ich glaube, das mit Susan verstehst du selbst nicht so richtig.«

Sie drehte sich um, warf den Kopf zurück und lief zum oberen Treppenabsatz. Ich folgte ihr mit einigem Abstand und hörte, wie es unten in der Halle sekundenlang still wurde, als sie erschien, die Schneekönigin aus der Steppe. »Liebling –« Raymonds entzückte und erleichterte Stimme wurde alsbald vom Lärm der Begrüßungen übertönt. Ich blieb außer Sicht und hörte Raymond beinahe schreien: »Du mußt ins Eßzimmer kommen, Liebling. Es gibt so viele Leute, die dich kennenlernen wollen, so viele neue Freunde …«

Als ich mich selbst – gänzlich unbemerkt – ebenfalls wieder unter die Gäste gemischt hatte, konnte ich feststellen, daß wirklich fast alle anwesend waren. Das freute mich für meinen Bruder. Die Rogers waren da, die Cottons, die Willetts und die Evans, eine eng zusammenhängende Clique. Im Erkerfenster stand Reverend Findlater und hielt Barbara, der Wirtin von der Royal Oak, einen Vortrag über die Aussichten der Rennsaison. Ganz in der Nähe, aber kaum bereit zu einem Gespräch, stand unser selbsternannter Dorfhistoriker, der Bibliothekar Michael Watkins, der schlimmste ortsansässige Snob. Vor dem Kamin standen Leslie, der Besitzer des Lebensmittelgeschäfts, und seine Schwester Shirley. Taktlos und dreist wie immer waren sie wohl gerade dabei, mit geübtem Blick den Wert der Einrichtungsgegenstände zu schätzen. Neben ihnen stand auf ihren Stock gestützt Mrs. Simpson, die Rektorin der örtlichen Grundschule, eine ebenso stille wie strenge Zuchtmeisterin, die einem kleinen Sherry vor dem Essen aber nicht abgeneigt war. Sie plauderte mit Dr. Stephenson und seiner Frau Alice.

Draußen spielten die Kinder im hohen Gras, sie stritten und rannten herum. Im weiteren Verlauf des Abends sollte im Gemeindesaal noch ein Kostümfest zur Unterstützung von Oxfam stattfinden, und deshalb waren einige der Kinder als Napoleon, Nelson, Charles II. oder Beatrix-Potter-Figuren verkleidet. Die Veranstaltung war von James Curran, unserem beliebten Pfadfinderführer, organisiert worden, der selbst auch verkleidet war. Wie schon bei verschiedenen anderen Gelegenheiten in den letzten Jahren hatte er sich in sein Aschenputtelkostüm gezwängt. Curran galt im Dorf als unterhaltsamer Spaßvogel, und niemand hatte seine Neigungen je öffentlich diskutiert. Ich bin immer der Überzeugung gewesen, daß wir ein sehr privates Volk sind, das seine Exzentriker genauso liebt wie den Klatsch. Aber wenn man die Bewohner einer englischen Landgemeinde in eine ungewohnte Umgebung versetzt, neigen sie leider zu niedrigster Neugier. Einige der Gäste schnüffelten herum, als wären sie in einem Schloß, das man erst kürzlich zum nationalen Kulturgut erklärt hatte.

Ich bemühte mich redlich, meinem Bruder als Führer und Dolmetscher in diesem gesellschaftlichen Labyrinth zu dienen. Es gibt kaum eine Familie im Dorf, die nicht bei dieser oder jener Gelegenheit Rat und Hilfe bei mir gesucht hätte. Ihre Geheimnisse sind meine Geheimnisse. Steuern, Grundstücke, Heiraten, Scheidungen, Erbauseinandersetzungen,

Tod: Es gab keine Geschichte, deren Hintergründe ich nicht gekannt hätte. Nach meinen Erfahrungen behaupten die besseren Kreise immer am lautesten, daß sie unschuldig seien, und die weniger Privilegierten sind es oft wirklich. Hoch und niedrig, sie vertrauen mir alle, weil ich umgänglich, aber zurückhaltend bin, mitfühlend, aber diskret. Ich scheine für niemanden eine Bedrohung zu sein.

Einige Gäste hatten Geschenke mitgebracht – irische Geschirrtücher, bemalte Becher, Holunderwein, Schokoladenkuchen, Teebüchsen. Irgend jemand hatte sogar einen Union Jack mitgebracht, was einigermaßen anzüglich wirkte. Raymond aber dankte allen sehr großzügig. Leicht amüsiert erzählte er mir, daß ihm der Vikar eine Gideon-Bibel geschenkt hatte. »Ich fürchte allerdings, ich bin nicht mehr für den Glauben zu retten«, flüsterte er. Trotzdem war nicht zu übersehen, wie er sich über den kollektiven Willkommensgruß und das Angebot freute, in unserer kleinen Gemeinde seinen Platz einzunehmen.

Nach einer Stunde war das Haus voll, es trafen keine Gäste mehr ein – manche machten vielmehr schon erste Anstalten, wieder zu gehen. Im Erdgeschoß drängte sich eine große Menschenmenge und jonglierte mit Tellern und Weingläsern. In seiner impulsiven Art sprang Raymond auf einen Stuhl und schlug mit einem Messer an sein Glas. Stille senkte sich über den Raum.

»*Ladies and Gentlemen*«, begann er, »oder soll ich lieber sagen: Genossen?« Nervöses Gelächter flatterte durch die Versammlung. »Ich will Sie nicht lange aufhalten, aber dieser feierliche Anlaß erfordert doch ein paar Worte der Erklärung und vor allem des Dankes.«

»Bravo«, sagte aus dem Hintergrund eine Stimme.

»Ich erinnere mich, wie ich vor einigen Monaten auf dem Balkon unserer kleinen Wohnung in Ost-Berlin saß und zu meiner lieben Frau Kristina sagte – wo bist du, Liebling? Ah, jetzt sehe ich dich! Also ich sagte: ›Ach, das wäre schön, wieder zu Hause in England zu sein.‹ Und sie sagte: ›Du mit deinen ewigen Träumen.‹ Und ich sagte: ›Wollen doch mal sehen, ob das ein Traum ist.‹ Und da habe ich meinem Bruder geschrieben – vielen Dank, Julian! Und so begann der Traum Wahrheit zu werden …«

Ich fragte mich, ob er es damit genug sein lassen würde, aber ich hätte mir denken können, daß ihn seine jahrelange Übung an längere Reden gewöhnt hatte. Eigentlich hatte er sich bisher bloß geräuspert. Die vertrauten Sätze kamen ihm flüssig über die Lippen, und als er zum Ende kam, waren die Zuhörer dankbar und gerührt. »Ich möchte Sie alle bitten, Ihr Glas auf die Heimat, auf unser Dorf zu erheben! Auf Mansfield!«

»Auf Mansfield!« wiederholten die Gäste.

Es gab vereinzelten Beifall. Er hatte von Herzen gesprochen, stilvoll und elegant. Auf irgendeine obskure Weise war ich stolz darauf, daß er so mühelos in sein englisches Leben zurückzufinden schien. Ich hatte sein zerstörerisches Potential gefürchtet und war höchst erleichtert, daß es so aussah, als wäre kein solcher Ärger mehr von ihm zu erwarten wie früher. Kristinas Zurückhaltung gegenüber dem Dorf war dagegen eine ganz andere Frage und überdies eine, die mich in den kommenden Wochen noch sehr beschäftigen sollte.

Die Party kam wieder in Gang. Viele Gäste blieben bei ihrer Gruppe und gaben sich nach dem anfänglichen Händedruck damit zufrieden, Kristina und Raymond anzustarren, als ob sie Fernsehstars aus einer Seifenoper wären. Mehrfach richteten sie ihre Fragen über meinen Bruder an mich, den inoffiziellen Dolmetscher. Mrs. Boyle, die Vorsitzende der Konservativen Gesellschaft, wollte wissen, ob Raymond »immer noch Kommunist« sei. Ich schlug ihr höflich vor, das solle sie ihn doch lieber selbst fragen. Sie erwarte nicht, daß ihr Mephisto ehrliche Antworten gebe, sagte sie.

Ich arbeitete mich auf die andere Seite der Halle durch, wo Raymond stand. Er wurde gerade von Michael Watkin belagert, der ihm eine Besichtigung der historischen Sehenswürdigkeiten in der Umgebung aufdrängen wollte, worunter er vor allem den Acker verstand, über dem die Royal Air Force im Zweiten Weltkrieg eine Messerschmitt abgeschossen hatte.

»Die Leichen sind natürlich auf einen Soldatenfriedhof gebracht worden«, sagte er gerade, »aber den Flugzeugrumpf kann man noch sehen. Ich hatte mal geplant, ihn richtig konservieren zu lassen, aber ich habe nicht genug Spenden zusammengekriegt.«

»Vielleicht ist es auch besser, wenn man diese Dinge vergißt«, sagte Raymond.

Watkins wurde äußerst feierlich. »Ihnen als Historiker, Mr. Rowley-Whyte, ist doch sicher bewußt, daß derjenige, der die Vergangenheit vergißt, dazu verurteilt ist, sie zu wiederholen.«

»Ich würde eher sagen, daß Leute, die nicht vergeben können, in Gefahr sind, den Frieden auf der Welt zu stören.«

Jetzt war Watkins empört. »Also wirklich!« sagte er mit rotem Kopf. »Auf welcher Seite stehen Sie eigentlich?«

Mein Bruder war richtig gut. »Meine Seite hat verloren«, sagte er leise. »Jetzt bin ich bei niemandem mehr in der Mannschaft. Es ist ein sehr merkwürdiges, aber durchaus angenehmes Gefühl.« Er sah Watkins mit leichter Herablassung an. »Sie wissen doch, was ich meine? Nein, wahrscheinlich nicht. Sie sind schließlich Engländer. Entschuldigen Sie.«

Ein kurzer Schauder gestörter Harmonie überlief die Gesellschaft. Unterhaltungen verstummten. Köpfe wandten sich ab. Winzige soziale Verschiebungen wurden erkennbar. Watkins trat den Rückzug an, aber kurz darauf gebrauchte er plötzlich ein Wort, das man in Mansfield bis dahin, glaube ich, noch nie gehört hatte.

7

Es kommt mir so vor, als ob ich den Flieder im Garten meines Bruders vor Augen gehabt hätte, als ich zum ersten Mal hörte, wie Michael Watkins »die Stasi« erwähnte. Und während mir bewußt wurde, daß meine Nachbarn das »neue Deutschland« diskutierten, fiel auch schon jener unvermeidliche Satz in angestrengt deutschem Akzent, der immer von irgend jemand gesagt wird, wenn Engländer sich über Deutsche unterhalten: *»Ve haf vays of making you talk.«*

Herausgeputzt, eitel und aufdringlich wie er war, zeichnete sich Watkins doch durch die Ordnungsliebe und Pedanterie des Bibliophilen und die anmaßende Selbstgerechtigkeit dessen aus, der sich sein Wissen selbst erarbeitet hat. Nichts liebte er mehr, als in einer Atmosphäre respektvoller Stille durch die Regale seiner Bücherei zu schlendern wie ein kleiner General, der die Front seiner Truppen abschreitet und dabei hier einen Schutzumschlag richtet und dort einen Buchrücken wieder ins Glied schiebt. Mit seinen Kenntnissen gab er an, so wie andere Leute mit einem neuen Auto herumprotzen. So war er denn auch sehr stolz darauf, daß er uns mitteilen konnte, daß »Stasi« eine Abkürzung für »Staatssicherheitsdienst« war. Seiner Kenntnis nach sei diese »Stasi« die Ursache aller gegenwärtigen deutschen Probleme.

Die meisten von uns hatten kaum eine Ahnung über die jüngsten Veränderungen in Deutschland, und das Gespräch wandte sich alsbald der Frage zu, wie es wohl mit dem russischen Präsidenten weitergehen würde, aber ich beschloß im stillen, die Sache bei nächster Gelegenheit genauer zu untersuchen. Mich interessierten nicht nur die Ausführungen über die Stasi, ich hätte auch gern gewußt, was Kristina mit ihrer Bemerkung gemeint hatte, man sollte Raymond vor Gericht stellen.

Als ich mich später mit Raymond in der Royal Oak zu einer kleinen nachträglichen Autopsie der Veranstaltung traf, stellte ich ihm daher ein paar so unbekümmerte Fragen, daß ich mich heute noch über meine damalige Naivität wundere.

Daß ich einen empfindlichen Nerv getroffen hatte, merkte ich allerdings gleich. Raymond nahm sich eine Handvoll Erdnüsse. Hastig warf er sie sich in den Mund.

»Die Leute reden über die Stasi«, sagte er. »Aber du kannst es mir glauben. Das meiste ist übertrieben.« Er lächelte müde. »Es war bloß Bürokratie, eine typische deutsche Bürokratie.«

»Hast du damit zu tun gehabt?«

Er wiederholte meine Frage und starrte dabei in sein Bier. »Das wollen sie alle wissen, nehme ich an.« Er sah sich in der warmen, entspannten Atmosphäre des Lokals um. »Alle hatten damit zu tun, aber ich habe nichts zu bereuen«, sagte er. »Es gibt nichts, dessen ich mich schämen müßte.« Die Befriedigung, die er über den Erfolg seiner Party empfunden hatte, war gänzlich verflogen. »Weißt du, wer nicht wie ich in der DDR gelebt hat, kann das System überhaupt nicht verstehen.« Ich sah den Schmerz in seinem Gesicht, und mir wurde klar, daß er eine gezielte Provokation hinter meiner Frage vermutete.

»Leute wie Michael Watkins sind so provinziell«, sagte ich mit einem verspäteten Anfall von Takt.

»Wenn ich solche Leute treffe, weiß ich wieder, warum ich damals weggegangen bin«, sagte er. *»Non, je ne regrette rien.«*

Er schien so weit in die Defensive gedrängt, daß ich das Thema fallenließ. Wir saßen einen Augenblick schweigend da und beobachteten die Gäste, die an der Theke saßen. Einige waren auch auf der Party gewesen und kamen herüber, um sich noch einmal zu bedanken. Auf der Suche nach einem neutralen Gesprächsthema fing ich an, die englischen

Trinkgewohnheiten mit denen auf dem Kontinent zu vergleichen. Ich würde lieber in Italien leben, sagte ich, als in Deutschland oder in Frankreich. Wie oft ich denn dort gewesen sei, fragte Raymond. Ich schilderte ihm meine Ferien in der Toskana und gab ein bißchen mit meinen Kenntnissen der Gegend und der Küche an.

Dabei wurde mir plötzlich bewußt, daß es lange Jahre meines Lebens und viele Erlebnisse gab, zu denen er keinerlei Zugang besaß. Er war aus dem Kreis der Familie verschwunden und hatte sich nur gelegentlich aus der Ferne gemeldet, an Geburtstagen oder zu Weihnachten, und oft nicht einmal dann. Er war ein Entdeckungsreisender, der zum Eingeborenen geworden war, und jetzt kehrte er nach zwanzig Jahren ungeöffneter Briefe und abgebrochener Beziehungen wieder zurück. Ich muß sagen, es war angenehm, in seiner Verkleidung als Engländer mit ihm zu plaudern. Trotz all seiner Fehler war er einer der nettesten und natürlichsten Menschen, die ich je gekannt habe.

Dennoch machte mich seine Verletzlichkeit irgendwie grausam. Nach einigen Minuten unverbindlichen Plauderns kehrte ich wieder zum Thema Deutschland zurück. Ich wollte wissen, warum er sich dieses Land so lange zugemutet hatte, fünfundzwanzig Jahre. »Du mußtest doch wohl nicht auf die Frührente warten, um wieder nach Hause zu kommen?« sagte ich.

Er blinzelte wie ein Boxer, der gerade einen Schlag eingesteckt hat. »Wir sind immer noch dabei, uns kennenzulernen, Julian«, sagte er. »Du bist ein Pragmatiker. Ich bin Idealist. Ich habe von einer besseren Welt geträumt. Ich habe sogar versucht, sie zu ändern, aber am Ende mußte ich feststellen, daß sich nicht die Welt verändert hatte, sondern ich selbst.« Er griff nach seinem Glas. »Zum Schlechteren verändert, leider.«

»Na, hör mal«, sagte ich. »Du hast doch soviel erreicht.« Ich konnte den Neid in meiner Stimme nicht ganz unterdrücken. »Du hast eine wunderschöne Frau. Du siehst deine Kinder in einer neuen Gesellschaft aufwachsen.« Ich ging an die Theke und kehrte mit zwei frischen Gläsern zurück.

Nachdenklich sah er mir entgegen. »Das Problem«, sagte er, »ist das Gerede.« Dann begann er vor sich hin zu pfeifen, eine nervöse Angewohnheit, die ich schon früher bemerkt hatte.

Ich war verblüfft. »Wie meinst du das?«

»Wir reden doch alle darüber, was unsere Nachbarn so treiben, nicht wahr? Ich meine, das ist doch unsere Natur.«

Ich hatte Schwierigkeiten, seinen Gedankensprüngen zu folgen. Ich fragte mich, ob es ihm nach all den jahrelangen Beschränkungen in der DDR vielleicht schwerfiel, sich an unsere offene Gesellschaft zu gewöhnen. Man sagt ja auch, daß es bei entlassenen Häftlingen eine Weile dauert, bis sie sich wieder daran gewöhnt haben, die vielfältigen Entscheidungen zu treffen, die das demokratische Leben ermöglicht. Ich versuchte, ihn zu beruhigen. Er habe vom Dorfklatsch nichts zu befürchten.

»Du hast doch nichts zu verbergen«, sagte ich.

»Nein«, sagte er und schüttelte den Kopf. »Das ist richtig.«

»Die Leute reden doch immer«, fuhr ich fort. »Das meiste ist vollkommen harmlos. In ein paar Monaten gehörst du ganz einfach zur Landschaft.«

»Das hoffe ich.« Er klang keineswegs überzeugt. »Das hoffe ich sogar sehr.« Er hatte die Neigung, sich zu wiederholen, wenn er nervös war, und mir wurde klar, daß meine Fragen unangenehme Erinnerungen aufgerührt hatten. »Laß dir noch etwas über die berühmte Stasi erzählen. Für die meisten Leute war sie ein ständiger Witz. Jeder wußte ja, daß sie alles beobachteten. Ich wäre richtig enttäuscht gewesen, wenn sie mein Telefon nicht abgehört hätten. Es ist so ähnlich wie beim Onkel Doktor. Er kennt alle deine Geheimnisse, aber er darf sie nicht weitererzählen, also was soll's?«

Er trank einen großen Schluck Bier. »Das meiste war sowieso bloß Klatsch und banales Geschwätz.«

»Hier in England«, sagte ich, »klatschen die Leute bloß über Sex. Wer mit wem. In der Beziehung bist du sicher.«

»Machst du Witze?« Er warf mir einen trübsinnigen Blick zu. »Ich habe eine junge Frau. Du hast mir gerade selbst gesagt, wie reizvoll sie ist. In meiner Lage denkt man immer gleich an das Schlimmste.« Er lachte höhnisch. »Wie einer von den komischen Graubärten aus den ›Lustigen Weibern von Windsor‹.«

Ich hörte mich sagen, wie albern er sei. Das war das Wort, das ich benutzte. Albern. Nicht lächerlich. Oder paranoid, sondern albern. Jetzt mußte ich lachen. »Wenn man dich reden hört, könnte man denken, Mansfield sei ein Sündenbabel.« Ich sah ihm direkt in die Augen. »Du vergißt, wie lange ich hier schon glücklich gelebt habe. Hier passiert nie was. Der Ort ist so langweilig wie das Wasser im Dorfteich.«

»Na, ich könnte mir vorstellen, daß du bei deiner Arbeit einige spannende Dinge erlebst.« Jetzt drehte er den Spieß um und bohrte ein bißchen in meinem Leben herum. »Hast du schon jemals daran gedacht, ein Buch darüber zu schreiben?«

»Darüber nachgedacht hab' ich schon«, sagte ich. »Aber ich bin dafür zu faul. Ich habe schon Tagebücher geführt. Und ich mache mir Notizen über die Fälle. Vor vielen Jahren habe ich's auch mal mit Prosa und sogar mit Theaterstücken versucht, aber das Problem ist die Diskretion. Und natürlich fehlt mir die Zeit. Aber was ist denn mit dir?« Eifrig trieb ich das Thema voran. »Du hast doch jetzt Muße. Wäre doch nicht schlecht, wenn du dir so etwas vornimmst?«

»Der Exekutivausschuß der Partei hat mich gebeten, meine Englische Geschichte zu überarbeiten«, sagte er, »aber das scheint mir nicht mehr so relevant. Wenn heute noch jemand von Marx redet, dann meint er garantiert nicht Karl, sondern Groucho.« Er lächelte. »Ich habe mir gedacht, ich fange mal damit an, meine Artikel und Pamphlete zu sammeln. Vor unserem Auszug aus der Wohnung in Berlin war mir gar nicht klar, wieviel ich im Lauf der Jahre so geschrieben hatte.«

»Gute Idee.«

Nachdenklich starrten wir in unsere Biergläser. Der Lärm an der Theke drang nicht zu uns vor.

»Übrigens würde ich gern mal die Gräber von Vater und Mutter besuchen. Würdest du mitkommen?«

»Mit Vergnügen. Jederzeit. Wann immer du willst. Du weißt, ich liebe alte Friedhöfe.«

»Eigentlich bin ich gar nicht so wild darauf, neue Arbeit zu übernehmen, Julian. Ich würde gern meine Familie genießen. Ich möchte Kürbisse züchten, beim Cricket zusehen und mich in der Gemeinde nützlich machen.« Er sah mich aufrichtig an. »Es ist schön, wieder ein gewöhnlicher Mensch zu sein.«

Ich war überrascht. »Warst du denn in Berlin ... kein gewöhnlicher Mensch?«

Er schüttelte den Kopf. »Wenn du Engländer warst oder ein anderer Ausländer, warst du immer etwas Besonderes, ganz egal, wie lange du schon da gelebt hast. Meine Studenten haben mich immer gefragt, warum ich nach Berlin gekommen bin.« Er sah mich an, und ich merkte, wie sein altes Selbstvertrauen zurückkehrte. »Sie waren genauso wie du, Julian. Sie haben nicht verstanden, was ich wollte.«

»Warum nicht?«

»Ich hatte gewisse Privilegien, verstehst du? Ich konnte jederzeit in den Westen. Ich konnte Luxusgüter kaufen, kleine Dinge wie Käse oder Kaffee. Ich konnte Bücher lesen, die verboten waren.« Er wandte den Blick ab. »Deshalb wurde man von den Leuten eben« – er suchte nach dem passenden Wort – »mit so etwas behandelt wie Neid.« Er seufzte. »Das habe ich nie abschütteln können. Ich war ein Gezeichneter.«

8

Im Konflikt zwischen meinem Kopf und meinem Herzen versuchte ich mir einzureden, daß Kristina mir leid tat. Meine Aufmerksamkeiten entsprangen dem Mitleid, nicht etwa der Liebe. Blumen und Obst, die ich auf ihrem Küchentisch hinterließ, waren Zeichen nachbarschaftlicher Verbundenheit und nicht etwa die schüchternen Geschenke eines Verehrers. Das jedenfalls war meine Behauptung und Einbildung. Inzwischen weiß ich, daß ich meine Leidenschaft für sie nur hinter den Zwängen der familiären Ordnung aufgestaut hatte. Beim kleinsten Dammbruch mußte die gesamte Umgebung in den Fluten verschwinden, und wir würden hilflos in den Trümmern umhertreiben. Für den Augenblick allerdings glaubte ich, ganz angemessen auf ihre Lebensumstände zu reagieren: eine attraktive deutsche Frau, die sich in einem fremden Land zurechtfinden mußte.

Als mein Bruder als Ausländer in Berlin lebte, hatte Kristina alle Vorzüge einer Einheimischen genossen. Wenn sie jemanden auf der Straße traf, wenn sie sich in einem der schäbigen HO-Läden mit jemandem unterhielt oder im Volkspark ein paar Worte mit einem Hundeliebhaber wechselte, konnte sie damit rechnen, den Status oder die Vergangenheit ihres Gesprächspartners zumindest zum Teil zu kennen und ihrerseits ebenfalls richtig eingeordnet zu werden. Sie nahm an allen unbewußten Transaktionen teil, die normalerweise zwischen Menschen stattfinden, die die gleiche Sprache sprechen.

Jetzt war sie eine Außenseiterin. Ihr soziales Radar empfing keine Signale mehr. Raymond hatte ihr eingeredet, die Kinder müßten auf dem Lande aufwachsen, und sie hatte sich gefügt. Sie habe gedacht, es wäre ein interessantes Abenteuer, erklärte sie, als ich genauer nachfragte. Sie habe sich schon immer für England interessiert. Ich weiß nicht, welchen Wert diese Aussage hatte, aber es konnte kein Zweifel bestehen, daß sie einen hohen Preis bezahlt hatte. In Mansfield war sie abgeschnitten von allen Annehmlichkeiten der Großstadt, hier gab es keine Bildergalerien oder Konzertsäle, die ihrer Phantasie Nahrung verschafft hätten. Sie liebte ihre Kinder und kümmerte sich rührend um ihre Bedürfnisse, aber sie war zugleich in ihrer Häuslichkeit gefangen, in einer Welt der schmutzverschmierten Gesichter, der Pfefferkuchenmänner und des Bettnässens. Sie brauchte dringend Arbeit außer Haus. In Berlin hatte sie als Dolmetscherin und Übersetzerin gearbeitet, aber ihr kaufmännisches Englisch war noch nicht gut genug für eine Zeitarbeit als Stenotypistin. Ich bot ihr Unterricht in juristischem Englisch an, und bei diesen Unterrichtsstunden tauchten die ersten Risse im Damm auf.

Jericho Lodge stand jetzt für alle Welt offen, Licht, Luft und Leben erfüllten das Haus. Auch im Garten herrschte fröhlicher Lärm: Rasenmäher, Hämmern und Vogelgezwitscher. Ein leerer Winkel des Dorfes war wieder zum Leben erwacht, und weil er sich ohnehin nicht vermeiden ließ, versuchte ich dem Umgang mit der Frau meines Bruders wenigstens dadurch eine gewisse Normalität zu geben, daß ich ihn den Regeln der Grammatik und Syntax zu unterwerfen versuchte, auch wenn es mir schwerfiel. So saß ich denn abends neben ihr und ging ihre Übungen mit ihr durch. Gemeinsam lachten wir über die Absurditäten der englischen Sprache.

»Ich bin dein Pygmalion«, sagte ich eines Abends, als wir wieder einmal vor ihren auf dem Küchentisch ausgebreiteten Lehrbüchern saßen, »und du bist meine Galatea.«

Sie war verblüfft. »Wie bitte?«

»My Fair Lady.«

Sie lächelte. Sie hatte verstanden.

Raymond kam herein, und ich war sicher, daß er den letzten Satz noch gehört hatte. Ich schwieg verlegen, und er begann mit einer Stanley-Holloway-Stimme *»I'm getting married in the morning«* zu singen. Er hatte einen schönen

Bariton, und den Text kannte er auswendig. Singend ging er wieder hinaus. Ich warf Kristina einen Blick zu.

»*The rain in Spain stays mainly in the plain.*«

Sie lachte. »Er liebt diese Lieder. Er hat das Musical gesehen, als er noch ein junger Mann war.«

»Ehe er wegging.«

Sie nickte und schob ihre Bücher beiseite. »Ich war fünf Jahre alt, als Raymond nach Berlin kam.«

»Und ich vierzehn.«

An diesem und den folgenden Abenden erzählte sie mir von sich selbst. Wir hatten zwar die Lehrbücher aufgeschlagen vor uns auf dem Tisch liegen, aber wir redeten nicht über den Konjunktiv oder das Partizip Perfekt. Wenn Raymond hereinkam, unterbrach sie sich, und sagte mit bemühter Fröhlichkeit etwas über irgendeine Eigenart der englischen Sprache.

So erfuhr ich, daß sie in Dresden aufgewachsen war. Ihre Mutter hieß Anna-Maria und hatte sich immer als Deutsche gefühlt.

»Meine Großeltern haben Polen gleich nach ihrer Hochzeit verlassen.«

»Hast du sie noch gekannt?«

»Sie sind im Krieg gestorben.«

Die Art und Weise, wie sie das sagte, ließ mich auf weitere Fragen verzichten. Nach einer kurzen Pause erzählte sie weiter. Ihr Vater, Reinhardt Oswald, war Mitglied der SPD und Dozent für klassische Philologie gewesen. Als der Krieg kam, wurde er zur Wehrmacht eingezogen. Kurz vor dem Fall von Berlin hatten ihn die Russen gefangengenommen. Nach jahrelanger Kriegsgefangenschaft in Sibirien war er erst 1952 heimgekehrt.

Das überraschte mich.

Kristina schüttelte den Kopf. »Viele Kriegsgefangene kamen erst in den fünfziger Jahren zurück, wenn überhaupt.« Sie seufzte. »Das war eben so.«

Kristinas Mutter hatte Oswald kurz nach seiner Heimkehr kennengelernt und innerhalb eines Jahres geheiratet. Kristina, ihr einziges Kind, war kurz nach dem Ungarnaufstand auf die Welt gekommen.

»Ich hatte eine schöne Kindheit«, sagte sie, »aber sie war schrecklich kurz.«

Ihr Vater hatte sich von seiner Gefangenschaft nie erholt und war gestorben, als sie noch sehr klein war. Ihre Mutter, deren bürgerliche Herkunft eine Universitätskarriere unmöglich machte, war Lehrerin an einer Oberschule in Dresden geworden.

»Meine Mutter hat so hart für mich gearbeitet«, sagte sie. »Ich habe ihr alles bedeutet.«

Dann schlug das Schicksal erneut zu. Es stellte sich heraus, daß die Mutter Brustkrebs hatte, und Kristinas Jugend wurde von dieser Krankheit bestimmt. Als sie neunzehn war, starb ihre Mutter.

»Danach kamen meine aufregenden Jahre«, sagte sie.

»Wieso aufregend?«

»Ich habe für die Regierung gearbeitet.«

Sie hatte sich immer bemüht, der Enge der Gesellschaft zu entkommen, und deshalb frühzeitig Sprachen gelernt. Jetzt, ohne Familie, bestand ihr ganzes Leben aus Arbeit. Als Dolmetscherin hatte sie Gelegenheit, mit Ausländern zu arbeiten, und den staatlichen Stellen war es ganz recht, den ausländischen Besuchern, die sich die volkseigenen Betriebe und andere Vorzeige-Einrichtungen ansehen wollten, eine hübsche junge Begleiterin mitgeben zu können, die entsprechende Kommentare über die Errungenschaften der DDR gab. Der Job war gut bezahlt und verantwortungsvoll, und sie war bald nach Berlin geholt worden, eine wichtige Beförderung.

»Damals hatte ich alle Freiheiten«, sagte sie. »Ich konnte tun und lassen, was ich wollte.«

»Und hast du?«

Sie schenkte mir ein rätselhaftes Lächeln. »Ich habe immer getan, was ich wollte.«

All die Jahre hindurch war sie Anhängerin ihrer Kirche geblieben. »Gott war mein kleiner privater Protest.« Und je mehr sie für den Staat arbeitete, desto weniger gefiel ihr die Arbeit. »Erst begann ich meine Arbeit zu hassen«, sagte sie. »Dann mich selbst. Dann habe ich mich um einen Studienplatz beworben.«

»Und so hast du meinen Bruder kennengelernt.«

»Ich glaube, ich habe immer nach einem Vater gesucht«, sagte sie. Als sie ihm vorgestellt wurde, war mein Bruder ein eindrucksvoller, weitgereister Mann mit einer gewissen romantischen Aura, und sie war sofort begeistert von ihm. »Ost-Berlin war so langweilig«, sagte sie, »und so provinziell. Ausländer erschienen immer sehr anziehend.« Es hätte mich interessiert, ob sie vorher schon andere Beziehungen gehabt hatte, aber freiwillig sagte sie darüber nichts, und ich zögerte, sie zu fragen. Kristina rationierte gern, was sie erzählte; in jeder Sitzung ein bißchen.

Einmal, ziemlich zu Anfang, sagte sie: »Es ist merkwürdig, dich und Raymond hier zusammen zu sehen.«

»Ich glaube, wir sind sehr verschieden.«

»Er sagt, ihr wärt keine Freunde gewesen.«

»Er war ein Fremder. Ich kannte ihn gar nicht.«

»Ja«, sagte sie mit einem abwesenden Blick. »Niemand kennt ihn so richtig. Vielleicht kennt er sich selbst nicht.«

Bei einer anderen Gelegenheit sagte sie: »Eine Woche, nachdem wir uns kennengelernt hatten, bat er mich das erste Mal, ihn zu heiraten.« Sie lachte. »Ich habe nein gesagt.«

»Und warum hast du deine Meinung geändert?«

»Er hat mich überredet«, sagte sie. »Vielleicht hatte ich auch den unbewußten Wunsch, mal nach England zu kommen. Du kannst dir nicht vorstellen, wie es war, im Osten zu leben.«

Ich war verblüfft. »Hat er seine Rückkehr denn schon so lange geplant?«

»Wie sagt man? Im geheimsten Inneren seines Herzens hat er immer nach Hause gewollt«, sagte sie. »Er ist ein Patriot.« Sie lächelte. »Ich nicht.«

»Was bist du denn?«

»Nach Ansicht eurer Behörden bin ich eine Ausländerin«, sagte sie. »Aber ich bin hier, und damit basta.«

»Eine lange Reise.« Es fehlte etwas in ihren Erzählungen, aber ich wußte nicht, was. »Und schon so viele Abenteuer.«

»Viel zu viele«, sagte sie und seufzte. »Aber weißt du, Julian, manchmal habe ich das Gefühl, ich stünde noch ganz am Anfang.«

Ich habe es immer gemocht, wenn sie meinen Namen benutzte. Unsere Gewohnheiten waren inzwischen fest etabliert. Ich stellte Fragen, und sie erzählte mir etwas aus ihrem früheren Leben. Dann wieder stellte sie mir Fragen zu meiner Laufbahn.

Zuerst gab ich nur vorsichtige, steife Antworten, aber dann lernte ich, wie ein Rekonvaleszent bei einer Physiotherapeutin, auch mal ein Risiko einzugehen und mich auf neue Art auszudrücken. Die Atmosphäre war mit Hoffnungen und Energie geladen, und obwohl ich dergleichen noch nie gesagt hatte, nicht einmal zu Susan, spürte ich, wie ich mich verliebte. Es war so schwer, das Wort zu nennen, auch mir selbst gegenüber. Das Erlebnis war so neu für mich, und obendrein noch verboten. Was war das für ein Gefühl, diese Liebe? Mein Wortschatz stammte aus den Gesetzbüchern. Es fehlten mir ganz einfach die Worte, um meine Gefühle für die Frau meines Bruders in passende Worte zu kleiden. Statt dessen verharrte ich unentschlossen in der Nähe des Themas, nicht bereit oder fähig, etwas zu unternehmen, immer in der vagen Hoffnung, Kristina würde den ersten Schritt tun und für uns beide die Verantwortung übernehmen. Was ich damals noch nicht wußte und auch jetzt erst allmählich erkenne, ist der Umstand, daß derjenige, der in der Liebe passiv bleibt, am Ende immer leidet.

9

Eines Morgens rief Kristina mich an und sagte, Raymond sei krank. »Er hat einen Schmerz«, sagte sie.

»Was für einen Schmerz?«

»Er sagt, er hat einen Schmerz in der Brust. Ich glaube, es ist nichts weiter. Er jammert doch ständig.«

Ich wußte, daß Raymond ein Hypochonder war, und richtig verschwand der rätselhafte Anfall auch genauso schnell wieder, wie er gekommen war. »Ich werde mal zum Onkel Doktor gehen müssen«, sagte er, als er mich anrief, um seine Heilung zu melden. »Bloß sicherheitshalber.«

»So eine kleine Routine-Untersuchung kann nie schaden«, sagte ich.

»Wenn es dir nichts ausmacht, werde ich meine Frau bei dir parken, während die Tests gemacht werden. Sie kann die Mediziner nicht leiden.«

Das war ein Plan, dem ich nur allzu gern zustimmte. Raymond, der seine Gesundheit sehr wichtig nahm, machte aus der Untersuchung eine regelrechte Großveranstaltung, wahrscheinlich schon deshalb, weil er dabei im Mittelpunkt der Aufmerksamkeit stand. Kristina sollte die Kinder bei einer Nachbarin lassen und ihn dann beim Arzt absetzen. Wegen ihrer bekannten Abneigung gegen Krankenhäuser sollte Kristina dann zu mir in die Kanzlei kommen und sich die Wartezeit mit Illustrierten verkürzen. Ich erhob keine Einwände gegen den Plan, schlug aber noch eine Ergänzung vor. Ich würde Kristina in Brighton herumführen, und dann würden wir uns alle um fünf auf der Pier treffen. Wir würden zusammen Eis essen und zur Wahrsagerin gehen. Raymond war einverstanden. »Machen wir uns einen schönen Tag!« sagte er. Innerlich jubelte ich. Ich würde mit Kristina allein sein.

Als der Tag gekommen war, fand ich Kristina auch richtig

im Warteraum der Kanzlei vor. Sie war in meinen Augen schöner denn je. Ihr Haar war nicht wie üblich zusammengeflochten, sondern sinnlich und offen, sie lächelte, und ihr Gesicht war nicht so verschlossen wie sonst manchmal. Sie hatte sich elegant angezogen, und ich bedauerte nur, daß wir nicht in Knightsbridge oder auf der Rue de Rivoli flanieren konnten, aber auch auf der Promenade in Brighton würden sich Leute genug nach uns umdrehen.

»Wie geht es ihm?« fragte ich.

»Wenn er mit dem Doktor gesprochen hat, wird es ihm gleich bessergehen«, sagte Kristina. »Das ist immer so bei ihm.«

Beflügelten Schrittes machten wir uns auf den Weg zur Esplanade hinunter. Wir waren aufgekratzt, als ob wir Schule schwänzten. Unsere Schritte klangen laut auf dem Pflaster. Es war ein stiller Nachmittag, und die See lag da wie Glas. Alle Geräusche schienen lauter als sonst, das Kindergeschrei und die Schreie der Möwen. Wir sahen einem Jungen zu, der in einem Kanu durch die Wellen glitt. Silbern tropfte das Wasser von seinem Paddel herunter. Spontan entschlossen wir uns, von der Promenade herunterzusteigen und am Strand weiterzugehen. Unsere Füße sanken im Kies ein, und Kristina streifte die Schuhe ab. Wir ließen flache Steine übers Wasser springen. Wir redeten nicht viel. Ich glaube, ich genoß die Kameradschaft. Kleine Wellen schlugen ans Ufer. Aber die Ruhe war trügerisch. Dieses Meer ist mörderisch. Ich hatte schon genug Leichen gesehen, die man über diese Steine an Land zog. Aber an diesem Tag gab es keinerlei Hinweise auf die dunklen Mächte, die hier entfesselt werden konnten. Hinter uns, im Windschatten der Promenade, wurden von den örtlichen Handwerkern Liegestühle repariert und Badekabinen gestrichen. Wie eine Regency-Kokotte machte sich die alte Sommerfrische für eine neue hektische Saison schön. Etwas außer Atem von unseren Freiübungen am Strand erreichten wir die Treppe an der Palace Pier. Dem

Fotografen mit dem Äffchen gingen wir aus dem Weg, als wir die Pier betraten.

Meine Eltern hatten mich gelegentlich hierhergebracht, als ich noch ein kleiner Junge, ein einsames Kind mit eigenartigen Phantasien im Kopf war. Wir kamen mit dem Auto aus Tunbridge Wells, besuchten das Aquarium, bestaunten Kraken und Seepferdchen, stets von der Sorge begleitet, es könnte noch regnen. Mein Vater suchte in den Lanes nach günstigen Antiquitäten, und meine Mutter starrte sehnsüchtig auf die modischen Kleider, für die sie kein Geld hatte. Dann gab es einen Imbiß in einem Pub, und mein Vater jammerte über die Lebenshaltungskosten. Am Nachmittag erhielt ich dann ein oder zwei Pfund, die ich in den Spielsalons ausgeben durfte. Im Rückblick wird mir klar, daß meine Eltern einfach nicht wußten, was sie mit mir anfangen sollten. Ich wußte ihnen ja auch nichts zu sagen. Die Pier war für mich mit Fluchtgedanken, Einsamkeit und Armut verbunden. Ich erinnere mich, wie ich einmal die Kinder einer großen Familie beim Fangenspielen beobachtet habe. Sie trugen Cowboyhüte und Indianerfedern und schwenkten Spielzeugpistolen und Schwerter. Sie waren völlig versunken in ihr Spiel. Ich war neidisch auf ihre sorglose Brüderlichkeit. Das war lange her. Jetzt ging ich hier mit Kristina und hatte meine Stimme verloren, wußte nicht, wo ich anfangen sollte. Ich war genauso sprachlos wie früher bei meinen Eltern.

Genau wie früher hatte ich das Gefühl, daß die Welt der Verantwortlichkeit hinter mir zurückblieb, als ich auf die Pier trat. Wir waren am Rand. Die Stadt lag hinter uns, und wir befanden uns über den Wellen. Durch die Ritzen zwischen den Balken sah man das glitzernde, bedrohliche Wasser. Wir waren entkommen. Ganz sanft, so als würde das erwartet von Menschen, die auf der Flucht waren, nahm Kristina mich an der Hand.

»Hab keine Angst«, sagte sie.

Ich lächelte. »Mir geht es gut. Dir auch?«

Ich spürte die Spannung, und sie spürte sie auch. Wir hatten die Gefahrenzone betreten.

»Schön ist es«, murmelte sie zur Beruhigung.

»Tut mir leid«, sagte ich. »An so etwas bin ich nicht gewöhnt.« Dann sagte ich gar nichts mehr, sondern spürte nur noch die Wärme ihrer Finger. Wann immer ich an diese Sekunde zurückdenke, erinnere ich mich an dieses Glück, und oft treten mir die Tränen dabei in die Augen. Ich wußte zwar nicht, was ich sagen sollte oder gar tun, aber ich wußte, es geschah etwas. Innerlich lachte und sang ich, und mein Herz hüpfte. All meine Abwehr war weg. Mit einer einzigen kleinen Geste hatte Kristina den Kontakt hergestellt. Ich hatte ihr im Kopf lange, intime Briefe geschrieben, in denen ich solche kleinen Augenblicke der Flucht vorzuschlagen versuchte, aber ich hatte diese Briefe nie abgeschickt. Jetzt wo ich bei ihr war und alles sagen konnte, was ich wollte, fiel mir immer nur ein, wie unmöglich das war, was wir begonnen hatten. Ich hatte gewartet und gewartet, aber jetzt, wo meine Wünsche sich zu erfüllen begannen, war ich vollkommen ratlos. Ich schüttelte den Kopf in stummer Verzweiflung.

Sie schien meine Gedanken erraten zu haben. »Nichts ist unmöglich«, sagte sie heftig, und ich spürte, wie ihr Griff fester wurde. »Du bist so ein einsamer Mann, Julian.«

»Das weißt du?« Am liebsten hätte ich meine Arme um sie geworfen und sie an Ort und Stelle geküßt.

»Ja, ich weiß.« Sie seufzte. »Wenn man allein ist, dann friert man. Wenn man einen anderen Menschen hat, ist es wärmer.« Sie drückte meine Hand in ihrer. »Ich werde dir wieder warm machen.«

Wir standen an der Balustrade und verfolgten die auf dem Wasser schaukelnden Möwen. Ein Männchen jagte zwei Weibchen mit scheinbar zufälligen Manövern, deren Bedeutung sich erst allmählich erschloß. Wir lachten, zeigten mit den Fingern und sagten nicht viel. Die wässerige Sonne wurde kräftiger und brannte auf unseren Gesichtern.

Nach ein paar Minuten setzten wir unseren Weg auf die Pier hinaus fort, immer noch Hand in Hand. Ich merkte, daß ich mich heimlich umsah, weil ich fürchtete, wir könnten einen meiner Mandanten oder jemanden aus Mansfield treffen. Kristina bemerkte meine Nervosität und ließ ihre Finger aus meiner Hand gleiten. Ich wurde vom Verehrer zum Schwager und nahm ihren Arm. Wir brauchten uns nicht zu beeilen. Die Zeit arbeitete für uns. Vage stand im Hintergrund meines Bewußtseins die Sorge, mein Bruder könnte etwas erfahren. Ich konnte mein Verhalten kaum mir selbst gegenüber erklären oder rechtfertigen, ganz zu schweigen von meinem Bruder.

Wir erreichten das Ende der Pier. Eine Kolonie von Anglern ließ ihre Schnüre ins Meer hängen. Ein paar silberne Fische lagen auf Zeitungspapier. Als ich die verschließbaren Plastikdosen voller Würmer sah, mußte ich plötzlich an Leichenschauhäuser und Friedhöfe denken. Ein junger Mann mit Schrubber und Eimer klebte Plakate für die Sommersaison. Ich kaufte uns je einen kandierten Apfel an einem der Stände. Im Dunst am Horizont kroch eine Prozession von Tankern durch den Kanal.

Kristina sah hinaus aufs Wasser. »Ich liebe das Meer«, sagte sie. »In meiner Jugend war es Gegenstand größter Sehnsucht. Im Sommer nahm meine Mutter mich manchmal mit an die Ostsee, nach Hiddensee. Da ist es schön, weißt du?«

»Da würde ich auch gern mal hin.«

»Die Ostsee ist meistens sehr ruhig«, sagte sie. »Aber damals durfte man natürlich nicht rausfahren. Ich starrte den Horizont an und wußte, ich konnte nicht weg. Euer Meer ist ganz anders. Wenn ich hier die Wellen und die Schiffe da draußen ansehe, dann denke ich an die Freiheit.«

»Uns liegt das Meer im Blut«, sagte ich.

Sie lachte. »Und ich dachte schon, das wäre Eiswasser in deinen Adern.«

»Ich hatte Angst.«

Wieder drückte sie meine Hand. »Hab keine Angst.«

Wir wandten uns ab und gingen in den Spielsalon. Zuerst sahen wir bloß den jungen Männern mit den Lederjacken zu, die sich den Herausforderungen des Universums mit lässiger Geschicklichkeit stellten. Dann ergriff Kristina selbst das Steuer eines Formel-Eins-Rennwagens und brauste eine virtuelle Computer-Rennbahn hinunter. Über alle Zusammenstöße lachte sie fröhlich. Als das Spiel vorbei und der Wagen wieder zum Stillstand gekommen war, sah ich eine neue Lebenslust in ihren Augen leuchten.

Wir warfen immer noch Münzen in den Automatenschlitz, als ich Raymond heraneilen sah. Er schien entspannt und vergnügt, und ich wußte, daß er nichts merken würde, wenn er so selbstbewußt auftrat. Kristina gab ihm einen liebevollen ehelichen Kuß auf die Wange. Ich war erleichtert, daß wir wieder zu einer unbeschwerten Dreiergruppe zurückgekehrt waren.

»Der Doktor sagt, ich hätte einen Kreislauf wie ein Fünfzigjähriger. Das Herz eines Ochsen.« Er klatschte in die Hände. »Nicht schlecht, was?«

»Da bin ich aber froh«, sagte ich.

»Ich fühle mich gleich zehn Jahre jünger«, sagte er. »Was ist jetzt mit deiner Wahrsagerin?«

Ich lächelte. »Es gibt auch eine junge Dame, die sich anheischig macht, die Geheimnisse deiner Schrift zu enträtseln.«

»Na, dann los, Julian! Es ist höchste Zeit, daß wir alle möglichst zuverlässig erfahren, was die Zukunft für uns bereithält.«

10

Eine Woche später nutzte ich den Maifeiertag, einen kalten Montag, um mit meinem Bruder zum Grab unserer Eltern zu fahren. Wir hatten dort einst in feindseliger Zwietracht gestanden, und jetzt wollte ich mich mit der Vergangenheit aussöhnen, wahrscheinlich wollten wir das beide.

Raymond war ein liebenswerter Mensch, aber doch in sehr viel schlimmerem Zustand, als ich gedacht hatte. Es war mir nicht ganz wohl dabei gewesen, als er mit den Komplimenten seines Arztes über seinen Kreislauf geprahlt hatte. Ich spürte, daß ihn etwas bedrückte, eine Furcht oder Sorge, die er nicht zu stillen vermochte. Das interessierte mich. Mein forensisches Gemüt beschäftigte sich immer noch mit Kristinas Andeutungen und verschiedenen Äußerungen meines Bruders in unbedachten Momenten. Ich gebe zu, daß ich ihn nur allzu gern dazu gezwungen hätte, meine Fragen unter Eid zu beantworten.

Es war ein frischer, heller Morgen mit flockigen weißen Wolken und einem starken, belebenden Wind, der die Landschaft mit zitternder Bewegung erfüllte. Als wir das Dorf verließen, versammelte sich gerade eine Gruppe von Moriskentänzern vor der Royal Oak, aber ich hielt nicht an. Ich erledige gern, was ich mir vorgenommen habe. Statt der Hauptstraße wählte ich eine malerische Route über baumbestandene Seitenstraßen, die an Illustrationen von Arthur Rackham erinnern.

Die Kirche stand in einer abgeschirmten Senke, und der Friedhof zog sich über den dahinter liegenden Hang hin und endete an einer Baumreihe, die aus Buchen, Föhren und Haselnußsträuchern bestand. Wir traten durch die überdachte Eingangspforte, und die vertraute, beinahe tröstliche Friedhofskühle umfing mich. Es war, als ob die Dämmerung sich auf uns herabsenkte. Eine Frau mit einem Büschel verwelkter Blumen schob einen Kinderwagen über den Kiesweg. Raben krächzten in den hohen Buchen. Ansonsten waren wir allein. Dies war mein Gebiet. Ich übernahm die Führung.

Das Grab war leicht zu finden. Zwei bescheidene parallele Vertiefungen im Boden und ein einfacher grauer Stein. Die Namen und Lebensdaten meiner Eltern. R. I. P. Das Salz der Erde, jetzt Seite an Seite. Alles Unglück hinter sich. Ein langes, erfülltes, verhältnismäßig zufriedenes Leben bei beiden. »Im Tode vereint.« Von irgendwoher schossen die Worte mir durch den Kopf, aber ich sprach sie nicht aus. Wir legten ein paar Blumen auf den Rasen. Mutters Begräbnis schien Welten entfernt. Gedankenverloren stand Raymond vor den Gräbern. Ich bewahrte ein mitfühlendes Schweigen. Dann gingen wir langsam zum Fuß des Abhangs hinunter und setzten uns auf eine windgeschützte, sonnige Bank.

»Wenn meine Zeit kommt«, sagte Raymond, »möchte ich auch hier begraben werden.« Er sah hinauf zu den Bäumen, als wolle er seine Seele schon jetzt dort hinauffliegen lassen.

»An einem solchen Ort«, sagte ich, »begegnet man sich selbst.«

Ich wußte, daß er mich sorgfältig beobachtete. »Was hat dir Kristina erzählt?«

»Kaum etwas«, sagte ich fast wahrheitsgemäß. »Aus irgendeinem Grund scheint sie nicht über dich reden zu wollen.«

In anderem Zusammenhang wäre es vielleicht häßlich gewesen, so etwas zu sagen, aber mein Bruder schien über meine Worte erleichtert. »Das ist gut«, sagte er. »Mir ist es lieber, wenn du die Dinge von mir hörst.«

»Ich freue mich natürlich, deine Sicht der Dinge zu hören«, sagte ich so locker wie möglich.

Im Gericht habe ich schon oft festgestellt, wie unwiderstehlich das Bedürfnis ist, Geheimnisse mit anderen zu teilen. Die Leute platzen mit der Wahrheit heraus, als ob sie es einfach nicht aushalten könnten, mit ihren Lügen zu leben. Ich glaube, der Mensch ist ein moralisches Wesen. Diese Überzeugung teile ich mit den Kommunisten. Bei allen Fortschritten, die wir gemacht haben, glauben wir immer noch an Vergeltung und Strafe. Dabei habe ich oft genug erlebt, daß Zeugen etwas zugeben, bloß weil sie es nicht bei sich behalten können. Aber falls ich erwartet hatte, bei Raymond den Geist der Reue zu finden, so hatte ich mich geirrt.

»Es gibt keine *Dinge*, Julian. Ich habe mein Leben gelebt, natürlich, aber wie ich schon sagte, habe ich nichts zu bereuen.« Er blickte finster zum Grab unserer Eltern hinüber. »Tut mir leid, dich enttäuschen zu müssen.«

Ich griff in meine Tasche. »Ich hab' gestern wieder mal Joseph Conrad gelesen«, sagte ich. »Da hab' ich einen Satz gefunden, den ich mir aufgeschrieben habe.« Ich zog meine Brieftasche heraus und las ihm den Zettel vor. *»Jedes Vergehen, jedes Verbrechen, das in das Dasein eines Mannes eindringt, verzehrt es wie ein böses Geschwür oder Fieber.«* Ich warf ihm einen prüfenden Blick zu. »Es tut mir leid, das sagen zu müssen, Raymond, aber ich glaube, dieser Satz trifft auf dich zu.«

Mein Bruder machte ein böses Gesicht. »Das mußt du mir schon genauer erklären, Julian. Ich weiß nicht, wie oft ich es noch sagen soll: Ich habe nichts zu verbergen.«

In meiner mitfühlenden, aber sehr bestimmten Art, für die ich auch im Gerichtssaal bekannt bin, sagte ich, wenn jemand etwas zu erklären habe, dann sei ja wohl er das. »Jeder weiß, daß du Teil eines totalitären Regimes warst. Ich kann es einfach nicht glauben, daß du für nichts verantwortlich warst.«

Raymond nickte, als hätte er sich entschlossen zu kooperieren. »Ich werde dir meine Geschichte erzählen«, sagte er. »Und ich werde dir auch sagen, wo ich glaube, daß ich versagt habe. Und dann kannst du mir sagen, ob ich Grund habe, mich zu schämen.«

»Bitte versteh mich richtig«, sagte ich. »Ich frage dich nur, was dich jeder andere in meiner Position auch fragen würde. Das ist rein berufsbedingt, sozusagen.«

»Ich verstehe.« Er ordnete seine Gedanken. »Als ich nach Berlin ging, war ich ein junger Kommunist«, sagte er. »Ich dachte, ich stelle mich auf die Seite der Arbeiterklasse. Ich dachte, ich könnte auf diese Weise einen Beitrag zur Weltrevolution leisten. Ich dachte, ich wäre ein neuer John Reed, bloß daß ich eben nicht nach Leningrad, sondern nach Ost-Berlin ging. Wie dringend das Regime solche Überläufer brauchte, habe ich nicht erkannt, weil ich es nicht erkennen wollte. Kein Wunder, daß sie uns Jobs, Autos und hübsche Wohnungen gaben. Wir waren Gold wert.«

»Ich erinnere mich noch an den Brief, den du damals an unsere Mutter geschickt hast«, sagte ich. »Du hast dich als mustergültigen Kommunisten geschildert, der dem korrupten kapitalistischen Westen den Rücken kehrt.«

»Ach, wirklich?« Er lachte. »Ich dachte damals tatsächlich, ich wäre ein richtiger DDR-Bürger. Aber ich habe bald begriffen, daß das nicht stimmte. Wie ich schon sagte: Mit meinem britischen Paß konnte ich jederzeit in den Westen. Ich spürte zwar das Ressentiment der Leute in Ost-Berlin, die keine solchen Privilegien hatten, aber ich stellte keinen Zusammenhang her.«

»Was für einen Zusammenhang?«

»Mit dem Regime und seinen Methoden. Damals habe ich nicht sehen wollen, was mit Händen zu greifen war. Wenn du mich gefragt hättest, hätte ich dir erklärt, daß sei nun einmal der Preis, den die Arbeiterklasse zahlen müsse auf dem Weg zur klassenlosen Gesellschaft.« Er scharrte mit den Füßen im Kies. »Es gab so viele Widersprüche damals, daß ich gar nicht dazu kam, auf die Einzelheiten zu achten ...«

Ich versuchte mir vorzustellen, wie er damals ausgesehen hatte: eine Art Ersatz-Brecht mit proletarischer Schiebermütze und grauen Hosen, der einen Haufen Parolen und Theorien mit sich herumschleppte, während sein Herz angesichts der vielen Zwangsvorschriften und kleinlichen Kontrollen allmählich eintrocknete. Er war, wie ich schon früher bemerkt habe, ein ziemlich unglaubwürdiger Kommunist.

Er wälzte immer noch die Vergangenheit in seinen Gedanken herum. »Als Ausländer war ich zwar ein kostbares Schaustück, aber gleichzeitig sehr verletzlich. Man konnte mich jederzeit ausweisen. Und dadurch war ich erpreßbar. Außerdem war ich emotional an Ost-Berlin gebunden. Du weißt ja, ich hatte mich in England von Maureen scheiden lassen, um Eva heiraten zu können. Später habe ich festgestellt, daß sie vom MfS auf mich angesetzt worden war. Also gehörte mir nicht einmal dieser Teil meines Lebens. Wir glauben an den freien Willen, und am Ende müssen wir uns damit abfinden, daß unser Universum eigenartig determiniert ist, nicht wahr?«

Ich fragte mich, worauf er hinauswollte, dachte mir aber, daß es besser wäre, zu warten. Er hatte seine besonderen Ansichten, und es war nur recht und billig, wenn er sie ausführlich darlegen durfte.

»Du siehst vor dir einen Mann, der seinen Glauben verloren hat. Mein ganzes Arbeitsleben kreiste um das kommunistische Ideal. Und was ist mir geblieben? Eine Lenin-Büste aus Zinn, das ›Kapital‹ in drei Bänden und eine Weltkarte, die ungefähr so brauchbar ist wie das Ptolemäische System.«

»Mutters Erbe, denke ich, hast du auch noch.«

»Für einen Exkommunisten ist eine bescheidene Erbschaft fast peinlich.« Raymond lachte bitter. »Es ist alles ein ziemlicher Witz.«

»Die Geschichte ist voll von solchen Witzen.«

»Du redest von der Geschichte, als wäre sie eine abstrakte mathematische Formel, Julian. Sieh mich an, ich bin Geschichte. Ich habe das Gefühl, mein Leben wurde vergeudet.«

»Du solltest einen Schlußstrich ziehen«, sagte ich zur Ermutigung. »Laß deine Dämonen hinter dir. Du bist noch nicht zu alt, um dich der Zukunft zu freuen.«

Er warf mir einen kühlen Blick zu. »Du läßt auch nie locker, was? Wenn ich nicht mit ihr verheiratet wäre, würde ich denken, Kristina hätte dich dazu angestiftet.«

»Wozu angestiftet?«

Er seufzte. »Es gibt etwas, was mir unangenehm ist, nur eine einzige Sache. Wenn ich dir das jetzt erzähle, versprichst du dann, endlich aufzuhören mit dem Thema?«

»Natürlich«, sagte ich, innerlich triumphierend. »Worum geht es?«

Er dachte kurz nach. »Um es kurz zu machen, ich war ein Hochschullehrer mit Kollegen der verschiedensten Herkunft und verschiedensten Alters. Ich war für Hunderte, nein, Tausende von Studenten verantwortlich. Wir haben es alle tun müssen.«

»Was mußtet ihr tun?«

Sein Gesicht zeigte jetzt deutliche Unruhe. Ich spürte, daß ihm seine Worte nicht leichtfielen. »Berichte schreiben. Irgendwelche dummen Formulare ausfüllen. Es waren nur ganz routinemäßige Informationen.«

»Routinemäßige Informationen?«

»Über die Studenten.« Er nahm meine weiteren Fragen vorweg. »Ich hatte keine andere Wahl. Ich mußte sie ihnen geben. Das wird wohl keiner jemals verstehen: das Ausmaß, in dem wir uns alle gegenseitig bespitzelt haben.« Er schüttelte den Kopf. »Ja, ich wurde kurz nach meiner Ankunft in Berlin informeller Mitarbeiter der Stasi.« Er starrte mich an. »Zufrieden?«

»Die Stasi«, murmelte ich. »Die Staatssicherheit.« Ich gebe zu, daß es mir eine gewisse perverse Befriedigung verschaffte, den schmerzlichen Gesichtsausdruck meines Bruders zu sehen, als ich die fatalen Silben auf der Zunge rollte. Es gab nichts in unserer neuen Freundschaft, was mich daran gehindert hätte, mir die Kontrolle über seine Zukunft zu sichern.

»Du mußt dich in meine Lage versetzen.« Sein ängstliches

Lächeln war wie eine Wunde. »Ich war ein Rädchen in einer Maschine. Ich war Teil des Systems, so wie wir alle.«

Wir hatten das schon vor Jahren einmal diskutiert. Damals hatte er behauptet, daß jede Gesellschaft ihre dunkle Seite habe, ihre Geheimdienste und unkontrollierten Organe. Halb und halb erwartete ich, daß er eine ähnliche Rechtfertigung suchen würde, aber das Gespräch nahm eine andere Wendung.

»Ich lernte schnell, daß das System nur dann etwas für dich tut, wenn du etwas für das System tust.«

»Was hast du denn noch für das System getan?«

»Ich ging in die Bibliotheken nach West-Berlin, in die Bibliothek im Amerikahaus, in die British Council Library und die Universitätsbibliothek. Ich las die englische und amerikanische Presse und schrieb darüber Berichte.« Er lächelte bemüht. »Wohl kein Vergehen, für das man gehängt wird, Julian.«

Ich gab ihm keine Bestätigung. Sein Mangel an Reue ärgerte mich. »Was für Berichte?«

Er verzog sein kaputtes Gesicht, als hätte ich einen Verband heruntergerissen. »Es gehört zu den Absurditäten der Spionage, daß fast alle interessanten Informationen über den Westen in den Zeitungen standen oder in offiziellen Dokumenten. Man mußte nur lange genug alles durchkämmen, dann fand man schon, was man suchte. Ich hatte die Zugangsmöglichkeiten, es war ganz einfach für mich. Natürlich ging es um nichts wirklich Geheimes, nur kleine Informationen.«

»Wurdest du dafür bezahlt?«

»Oh, ja, sie haben mich bezahlt.« Ich hörte den Zorn und die Verbitterung hinter den Worten. »Wenn es dich beruhigt, kann ich dir sagen, daß ich kein glückliches Leben geführt habe. Ich habe gelitten. Nach Eva gab es noch eine ganze Reihe von Frauen, aber ich habe keiner von ihnen getraut. Das war auch der Grund, warum Kristina so etwas Besonderes war.«

»Sie war anders?«

»Ja, sie war anders.« Ich war froh, daß er nicht lächelte, als er das sagte. Er schien noch immer beunruhigt. »Jetzt verstehst du vielleicht, warum ich unbedingt zurückkehren wollte.«

Mir schien, als hätte er einige Schritte in einem komplizierten Gedankengang übersprungen. »Das verstehe ich nicht.«

»Ich mußte sie rauskriegen. Ich mußte Schluß machen.«

Ich merkte, daß er sich aufregte, aber ich wußte auch, daß ich den Dingen auf den Grund gehen mußte. Es war der richtige Moment. Manchmal denke ich, daß ich die Welt wie ein Filmregisseur sehe, mit kalter Objektivität. In solchen Augenblicken erwarte ich dann von allen Leuten in meinem Film, daß sie genau das tun, was ich will.

»Ich bin froh, daß du das getan hast«, sagte ich, um weitere Erklärungen von ihm zu erhalten.

Er rieb sich verlegen das Gesicht und stand auf, so als wolle er den Ort seiner Beschämung verlassen. Ich folgte ihm, aufmerksam zuhörend.

»Du siehst also, ich werde von einigen kleineren Dämonen verfolgt und wollte ihnen entkommen – das ist ja wohl nicht weiter schlimm. Aber es ist nicht so, wie du denkst. Ich habe nichts zu bereuen. Nach West-Berlin zu fahren und englische Zeitungen zu lesen, ist kein Verbrechen. Die Informationen, die ich weitergegeben habe, waren völlig belanglos. Du solltest mich deswegen nicht quälen.« Er bückte sich und pflückte eine Blume für sein Knopfloch. »Den Richter zu spielen, wenn alles vorbei ist, ist einfach.«

Wir standen auf geweihtem Boden, am Eingang der Kirche. Die mittelalterliche Tür knarrte im Wind. Ich schwieg. Raymond behauptete, er habe nichts zu bereuen, und doch war er besorgt und beunruhigt. Seine Äußerungen enthielten versteckte Hinweise, die ich nicht verstand. Ich mußte mit Kristina darüber reden, wenn die Zeit dafür reif war.

»Danke, Ray«, sagte ich. »Ich weiß es zu schätzen, daß du mir deine Sicht der Dinge erzählt hast. Du warst Teil eines Systems, das versagt hat.«

»Es ist nicht einfach, das zu vergessen. Dabei gebe ich mir alle Mühe, mich abzulenken.«

Eine Taube flatterte unter dem Torbogen auf. Raymond fuhr zusammen, dann lachte er über sich selbst. »Ganz schön schreckhaft«, sagte er fast entschuldigend.

»Wenn du den Glauben hättest«, sagte ich und stieß die Kirchentür auf, »könntest du einen Priester aufsuchen und dir alles von der Seele reden.« Wir traten ein, und sogleich umfing uns der trockene Geruch von Wandbehängen und Kirchenbänken.

»Was hat denn die Kirche geleistet? Die Priester sind ein grausamer Stand, sie befassen sich mit nichts anderem als der Erhaltung von jahrhundertealtem Haß und Aberglauben.«

Ich lächelte. »Ich sehe schon, du bist nach wie vor antiklerikal.«

»Nichts wäre mir lieber, als einen Sinn in den Dingen zu finden.«

»Vielleicht solltest du alles aufschreiben.«

Jetzt war es an ihm zu lächeln. *»Bekenntnisse eines Spions wider Willen?«*

Ich meinte es ernst. Ich hatte einen richtigen Plan. »Du schreibst alles auf und kannst es, wenn du willst, bei mir hinterlegen. Ich würde es erst aufmachen und lesen, wenn du … nach deinem Tod.«

Jetzt wurde er wieder richtig vergnügt.

»Meine Memoiren. Mein Nachruhm. Vergiß nicht, junger Mann, daß ich noch eine ganze Weile leben werde. Der Doktor hat es mir gerade bestätigt.«

Sommer

I

Das war der Sommer, in dem ich entdeckte, was es bedeutet, Familie zu haben. Ich wurde ein Experte für Kindergeschrei. Ich lernte zwischen Quengeln, Heulen und Schluchzen zu unterscheiden. Ich entdeckte, daß Schweigen und Stille keineswegs immer golden sind, sondern auch unheilschwanger und das Vorspiel zu einem barbarischen Chaos sein können. Ich wurde ein geschulter Kenner kindlicher Manipulationskünste. Ich fühlte mich wie ein entlegener, selbstgenügsamer Eingeborenenstamm, dessen abgeschirmte Existenz plötzlich von einem heftig fordernden Eindringling durcheinandergebracht worden war. Ich mußte mich anpassen, wenn ich nicht aussterben wollte. Das sei nur gut für mich, pflegte ich voller Nachsicht zu sagen.

Zuerst war ich verlegen, stand neben mir, sozusagen. Dann, als Olga und Sascha und später auch ihre Schulfreunde ihre Schüchternheit ablegten, entdeckte ich, wieviel Spaß es macht, mit Kindern zu spielen oder ihnen Kartentricks vorzuführen. Ich stellte fest, daß ich recht gut Geschichten erzählen konnte, und wenn ich Einzelheiten aus meiner Arbeit mit den Toten einfügte, lief meinen jugendlichen Zuhörern ein ordentlicher Schauder über den Rücken. Sie konnten sich für alles begeistern. Sie jagten sich gegenseitig mit Schauergeschichten Angst ein, in denen Leute geköpft oder ihrer Eingeweide beraubt wurden, und forderten mich anschließend auf, mit ihnen Verstecken oder Fußball in meinem Garten zu spielen. Ich begann mich auf diese Überfälle zu freuen. Mein Bruder nannte seine Kinder die »Wisigoten«. Von Zeit zu Zeit fragte er nach, ob mich »die Wisigoten« auch nicht zu sehr behelligten, und ich gab ihm zur Antwort, jede Veränderung sei auch eine Erholung. Was ja zutrifft.

Meinem Bruder war sehr daran gelegen, daß seine Kinder zweisprachig aufwuchsen, und als er sah, daß ich seiner Frau Unterricht gab, drängte er mich, auch mit den Kindern zu üben. In der Schule lernten sie zwar ohnehin Englisch, aber zu Hause sprach er mit Kristina deutsch. Meine Aufgabe sollte es sein, die familiäre Sprachbalance herzustellen. Ich fragte ihn, ob die Zweisprachigkeit die Kinder nicht verwirren würde. Nein, meinte Raymond, in einem künftigen Europa sei Deutsch nun mal wichtig, und wenn seine Kinder mit geteilten Loyalitäten aufwachsen würden, dann sei das ihr Erbe. Warum sollten sie nicht das Beste aus beiden Kulturen für sich beanspruchen? Ich hatte so meine Zweifel. Würden die Kinder in der Schule nicht schikaniert werden? »Ist dir gar nicht bewußt«, fragte ich, »wie sehr manche von uns die Deutschen immer noch hassen?«

Wir hatten wegen solcher Fragen schon früher die Klingen gekreuzt. Raymond wollte seinen Glauben, alle Menschen seien Brüder, nicht aufgeben. Ich, der zynische junge Kapitalist, machte mich darüber lustig. Man könne den Nationalismus nicht ausrotten, pflegte ich zu sagen. Jetzt war die Mauer gefallen, und ich konnte behaupten, daß ich recht behalten hätte. Mein Bruder war der Verlierer, aber er weigerte sich, das einzugestehen. Die alte Arroganz war immer noch da. Er sperrte sich gegen meine Fragen über die Vergangenheit und behauptete, es käme auf die Zukunft an. In dieser ersten Zeit schien es, als wäre sein Optimismus völlig unangefochten geblieben.

Der Mai war voller Luft, Regen und Sonne. Die Flieder- und Holzapfelblüten, der Bärenklau, die jungen Triebe der Buchen und Weiden und die leuchtenden Kastanienkerzen in den Alleen entfalteten sich alle auf einmal in einer gewaltigen Explosion. Das Land ringsum wurde üppig und grün. Überall gab es saftiges neues Leben, impressionistische Farben und Licht. Aus dem Nichts erzeugten Büsche und Bäume lange, wehende Zweige, der nackte Boden bedeckte sich mit Quecken, Winden und Geißfuß. Hinter meiner dürftigen Ligusterhecke senkten die gelben Narzissen die Köpfe, welkten und wurden durch Klatschmohn und Kletterrosen ersetzt. Wenn ich unter dem zarten, sonnendurchfluteten jungen Buchengrün im Wald spazierenging und die Glockenblumen unter meinen Tritten zitterten, kam ich mir vor, als wäre ich unter Wasser, überschwemmt von der Schöpfung. Die Tage wurden länger, und unsere Phantasien wurden vom Zauber des Sommers ergriffen.

Ich bin ein eifriger Gärtner. In dieser Jahreszeit setze ich mich abends gern in den Schatten meines Mispelstrauchs, wenn ich nach einem Tag voller juristischer Querelen und Auseinandersetzungen um den Tod nach Hause komme. Ich sitze in meinem Liegestuhl mit einem Glas kühlen Weißwein und betrachte den Sonnenuntergang über den South Downs. Ländliche Geräusche und Bilder begleiten mein stilles Nachdenken. Auf der Jagd nach Insekten flitzten Schwalben und Mauersegler über die Wiese am Ende des Grundstücks. In der Feuchtigkeit zu meinen Füßen kriechen Käfer und Schnecken herum, und in den Büschen hört man das Rascheln unsichtbarer Bewegungen. Manchmal lese ich den *Evening Argus.* Nach einiger Zeit greife ich zur Gartenschere oder Hacke und beginne zu jäten oder die Sträucher zu schneiden. Zum erstenmal seit langer Zeit hatte ich in diesem Jahr sogar verschiedene Setzlinge im Gewächshaus gezogen.

Das Saatgut war ein Geschenk von Kristina gewesen. Wenn sie mich mit den Kindern besuchte, war ich oft bei der Gartenarbeit gewesen, und Olga und Sascha fragten mich, was ich da mache. Eines Tages gab mir Kristina ein paar Päckchen mit Samen. »Hier, *Mr. Green Fingers*«, sagte sie und tätschelte meinen Kopf. Ich hockte nämlich gerade auf dem Boden und füllte einen Handkasten aus dem Gewächshaus mit Komposterde.

Ich zeigte Olga, in welchem Abstand man Ringelblumen und Kapuzinerkresse sät. Kristina sah uns zu und summte ein Lied: *Geh aus mein Herz und suche Freud ...* Diese Worte sollte ich bald auswendig können.

Wir bedeckten die Aussaat mit Erde und steckten die Samentüte auf ein Stöckchen, um die Kästen zu kennzeichnen. Es werde ungefähr eine Woche dauern, bis sich die Keimlinge zeigten, sagte ich. Olga wollte wissen, warum. »Die Natur ist langsam«, sagte ich. »Man muß geduldig sein.« Ich hob den Blick zu Kristina. »Gut Ding will Weile haben.« Ich erwartete, daß sie etwas sagen würde, aber sie schwieg. Nach dem Zwischenfall auf der Pier hatte sich unsere Beziehung auf subtile, kaum erkennbare Weise gewandelt, und ich glaubte fest, daß unsere stille Freude bei ganz gewöhnlichen gemeinsamen Unternehmungen auf ein geheimes Einverständnis hindeutete. Ich bildete mir nach wie vor ein, ich hätte alles im Griff und könnte die Situation mit Diskretion behandeln, wie einen juristischen Fall.

Ich war sehr erleichtert, als nach einer Woche tatsächlich die ersten zarten Triebe über der Erde erschienen. Die Kinder kamen jeden Tag, um die Fortschritte der Pflänzchen zu kontrollieren. Beim Pikieren verteilten wir die Keimlinge auf zwei verschiedene Kästen mit der Aufschrift »Olga« und »Sascha«, und ich beobachtete amüsiert, daß sich bald ein heftiger Wettstreit darüber entspann, wessen Pflanzen schneller wuchsen.

Als ich meinen Bruder mit diesem Beispiel für das menschliche Konkurrenzdenken aufzuziehen versuchte, lachte er. »Ich werde ihnen sagen, daß alle Pflanzensamen gleich sind und die gleichen Chancen verdienen.«

»Und ich werde ihnen beibringen, daß es gute Gärten gibt und schlechte«, erwiderte ich. Es war alles sehr lustig, wie ich schon sagte.

Olga und Sascha halfen mir, als es Zeit war, die Jungpflanzen aus der Sicherheit des Gewächshauses in die Blumenbeete zu setzen. Als ich die zarten Würzelchen mit Erde bedeckte, sagte Kristina mit ihrem eigenartig hypnotischen Akzent: »Je mehr man die Dinge begräbt, desto sicherer kommen sie wieder ans Licht.«

»Aber nur, wenn Leben in ihnen steckt«, sagte ich und stieß meine Finger in die kühle Erde, um die Krume umzuwälzen. »Die Toten machen uns keine Sorgen.« Einzeln nahm ich die Setzlinge aus den Kästen. Olga und Sascha hatten längst das Interesse an der Sache verloren und rannten über den Rasen. Ich war mit Kristina allein.

»Sie schlagen ihrem Vater nach«, sagte sie.

»Ich glaube, sie sind mehr wie du«, sagte ich.

Sie hob einen Stein auf und warf ihn dann weg. Ihre Handgelenke waren so schmal, und ich bewunderte die Geschicklichkeit ihrer Hände.

»Wärst du gern verheiratet?«

Als ich ihren Blick erwiderte, wandte sie das Gesicht ab. »Mit der richtigen Frau schon«, sagte ich.

»Susan?«

Ich schüttelte ganz ohne nachzudenken den Kopf. »Nein, mit Susan nicht.«

»Ich glaube, du hast Angst vor Frauen«, sagte sie.

»Im Gegensatz zu meinem Bruder.«

Wir lachten. Jedesmal, wenn wir gemeinsam über etwas lachten, hatte ich das Gefühl, dem Punkt etwas näher zu kommen, von dem aus wir nicht mehr zurückkonnten. Es war verboten, was wir im Sinn hatten, und das wußten wir beide.

Dann schnitt ich mich beim Glattstreichen der Erde ganz plötzlich an einer Glasscherbe. Ein stechender Schmerz durchfuhr meine Hand. Blut lief mir übers Handgelenk und tropfte zu Boden.

»Ich hab mich geschnitten«, sagte ich törichterweise. Ich

stand auf und rannte ins Haus. Hinter mir hörte ich, wie Kristina den Kindern auf deutsch etwas zurief.

Ich stand im Bad und hielt meine Hand unter das kalte Wasser, um die Wunde zu reinigen, als sie mich an der Schulter berührte. »Komm, laß dir helfen«, sagte sie. Sie griff nach meiner Hand, nahm die Wunde zwischen die Lippen und saugte sich das Blut in den Mund.

Ich spürte ihre Lippen, ihre Zähne und ihre Zunge. Unwillkürlich schloß ich die Augen, als ob das ein Traum wäre. Sollte ich's glauben oder sollte ich's nicht glauben? Ich sah auf ihren Nacken und die winzigen blonden Härchen hinunter. Ich konnte mich nur mit Mühe zurückhalten, sie mit der freien Hand zu streicheln.

Der Augenblick ging vorüber. Sie richtete sich auf, sah mir voller Erregung direkt ins Gesicht und stieß meine Hand wieder unter das laufende Wasser.

»Es muß ein Kasten mit Verbandszeug im Schrank sein.« Ich sah zu, wie sie den Raum durchquerte. Ich war erregt, verlegen und unsicher. Ich hatte ein zurückgezogenes, ziemlich langweiliges Leben geführt. Dies waren neue Erfahrungen.

Kristina machte den Schrank auf und holte entsprechend meiner Anweisung eine Keksdose heraus. Die ursprünglich darin befindlichen Käsekräcker hatte mir meine Mutter vor vielen Jahren zum Einzug geschenkt. Es war ein Geschenk, das unsere Beziehung recht genau definierte.

Kristina trocknete meine Hand ab, und ich gehorchte ihr wie ein kleiner Junge. Die Blutung hatte aufgehört, und die Wunde war sauber. Kristina drückte etwas Wundsalbe aus einer Tube auf ihre Fingerspitze und rieb den Schnitt damit ein.

»Ziemlich tief«, sagte sie.

Die Salbe brannte schrecklich, aber ich sagte nichts.

Mit einer Nagelschere schnitt Kristina ein Stück Mullbinde ab und begann meine Hand zu verbinden. Der Verband war sauber und warm. Ich hatte das Gefühl, wieder heil und sicher zu sein.

Ich wußte nicht, was ich tat, aber in diesem Augenblick zog ich sie mit meiner freien Hand an mich und küßte sie auf den Mund. Es war kein Blut mehr auf ihren Lippen, aber sie schmeckte ganz wunderbar.

Wir küßten uns immer noch, als Olga und Sascha auf der Suche nach ihrer Mutter die Treppe heraufkamen.

Ich war in meinem ganzen Leben noch nicht so erregt.

2

Meine Hand heilte. Von meinem Herzen kann ich das nicht behaupten. Aus den grünen Maitagen wurden kurze Juninächte. Das Wetter blieb schön. Ich saß fast jeden Abend in meinem Liegestuhl und sah zu den South Downs hinüber, während ich meinen Gedanken nachhing und das rhythmische Zischen der Berieselungsanlage mein Gewissen in tausend kleine Stücke schnipselte. Manchmal saß ich bis elf oder zwölf da, allein, allenfalls mit einer Flasche Malt Whisky an meiner Seite. Wenn um Mitternacht die Turmuhr schlug, stand ich auf, ging ins Haus und hoffte, daß ich eine ruhige Nacht haben würde. Das Einschlafen fiel mir in jenen Wochen sehr schwer. Meine Gedanken drehten sich ständig im Kreis, ich fühlte mich wie ein Hamster im Laufrad. Es gab niemanden, buchstäblich niemanden, den ich hätte um Rat fragen können. Einmal fuhr ich am Wochenende nach Brighton und trödelte in der Nähe der katholischen Kirche herum, die wir zu Ostern besucht hatten. Schließlich erschien auch der alte Priester. Er bewegte sich vorsichtig wie eine Schildkröte. Unsere Blicke trafen sich. Ich hätte ihn fast angesprochen, aber irgend etwas hielt mich zurück.

Die Wahrheit ist, daß ich das Geheimnis genoß. Ich wurde endlich lebendig. Ich hatte mich nach langem Warten erklärt, und ich glaubte, daß meine Gefühle erwidert wurden. Ich dachte, ich hätte etwas gefunden und sei auch selbst gefunden worden. Jedesmal, wenn ich mir sagte, es sei eine verbotene Liebe, stellte ich fest, daß ich diese Entdeckung genoß, statt erschrocken zurückzuweichen, wie es sich gehört hätte.

In meiner Verwirrung rief ich Susan an und lud sie ein, übers Wochenende zu kommen. Ich wollte sehen, was meine Gefühle dazu sagen würden. Der Besuch war ein Desaster. Schon wenige Minuten nach ihrer Ankunft wußte Susan genau, daß sich etwas geändert hatte. Als sie nach Kristina fragte, sagte ich, daß sie und Raymond sich sehr gut eingewöhnt hätten.

»Und bist du immer noch verliebt?«

»O ja.«

Wir plauderten, schlenderten im Garten herum und bewunderten den Judasbaum, den sie mir vor Jahren geschenkt hatte. Auf ihren Wunsch hin machten wir einen Rundgang durchs Dorf. Ich hatte Sorge, wir könnten Kristina oder Raymond treffen, und führte sie unter dem Vorwand, ihr ein paar neue Ausstellungsstücke zeigen zu wollen, in unser kleines Museum, das aus drei mickrigen Räumen in unserem aus falschem Fachwerk erbauten Kunstgewerbezentrum besteht, gleich hinter dem Friseur. Die Verwalterin, die alte Mrs. Lane, begrüßte uns mit dem gierigen Blick einer unermüdlichen Klatschtante.

Als wir wieder zu Hause bei mir waren, legte Susan ihre Arme um meinen Hals. »Komm, laß uns nach oben gehen.« Sie spürte mein Zögern und fragte: »Hast du eine neue Beziehung?« Ich wischte ihre Frage mit einem spöttischen Kommentar über die Frauen in Mansfield beiseite. Als ich sie küßte, spürte ich, wie sehr mein Herz von Kristina besetzt war, aber ich tat so, als ob sich nichts geändert hätte. Nachdem wir miteinander geschlafen hatten, begann Susan zu weinen. Ich hätte sie gedemütigt, sagte sie. Ich sei ganz offensichtlich woanders mit meinen Gedanken. Ich protestierte erneut, gab meiner Arbeit die Schuld, und irgendwie schafften wir es noch einmal, uns zu versöhnen.

Der Abend zog sich hin, und um den Anschein eines gelungenen Wochenendes zu wahren, führte ich sie in ein teures Restaurant im Weald of Kent. Unsere Unterhaltung schlingerte, taumelte und erstarb. Nach Hause fuhren wir schweigend. Am nächsten Morgen lasen wir beide Zeitung wie ein altes Ehepaar und hatten uns kaum noch etwas zu sagen. Nach dem Mittagessen fuhr Susan nach London zurück. Sie sagte etwas über eine Freundin aus Amerika, die zu Besuch käme, aber wir wußten beide: Was immer zwischen uns gewesen war, war jetzt endgültig vorbei. Als sie weg war, wünschte ich mir plötzlich, ich hätte offen mit ihr geredet, aber sich mit der Realität auseinanderzusetzen war irgendwie schwerer als das Spiel mit einer Phantasie, das ich zuvor betrieben hatte.

Ich hatte Angst vor meinen Gefühlen, meine Scham behinderte mich. In fast jeder Hinsicht war ich im Unrecht. Meine Gefühle hatten etwas so Schreckliches an sich, daß ich das unvermeidliche Gespräch auch dann vermied, wenn ich mit Kristina allein war. Sie schien diese Hemmung zu teilen, und in meiner Naivität dachte ich, daß ihre Zurückhaltung etwas mit mir zu tun hätte.

Ungefähr zwei Wochen später, als meine Wunde zu einer brandroten Narbe geschrumpft war, sagte Kristina bloß: »Deine Hand ist wieder in Ordnung. Das freut mich.«

Ich lächelte, und wir wechselten einen nervösen Blick. »Ich hatte schon Sorge, ich könnte mich infiziert haben«, sagte ich. »Aber das scheint nicht der Fall zu sein.«

Raymond war dabei und sagte: »Das war ein häßlicher Schnitt. Allmählich wird mir klar, daß es auf dem Land genauso gefährlich ist wie in der Stadt.«

Wir taten also wieder so, als wäre nichts geschehen zwischen uns, obwohl zumindest ich auch weiterhin davon träumte, daß sie bei mir sei, nicht nur in meinen wachen Stunden.

Ich machte mir auch Sorgen wegen der Kinder. Ihre Gegenwart erinnerte mich immer an diesen Kuß. Die Kinder wußten, daß etwas Wichtiges und Fremdes vorgefallen war. Sie sagten nichts, aber sie wußten es, und ihr Wissen machte mir angst. Jedesmal, wenn sie zu mir ins Haus kamen, glaubte ich eine Unsicherheit mir gegenüber zu spüren. Sie schienen der Unkompliziertheit unserer Beziehung nicht länger zu trauen.

Mit diesen Sorgen im Hintergrund machte ich mich Ende Juni zu einem Wochenendkongreß aufmachte. Die *Coroners' Society* veranstaltet von Zeit zu Zeit in irgendeinem provinziellen Kongreßzentrum solche Fortbildungskurse für ihre Mitglieder. Wir lassen uns über die neueste Rechtsprechung informieren oder hören uns Vorträge über »Todesfälle im Polizeigewahrsam und in Gefängnissen« an. Wir sind ein sehr verstreuter Stamm, und es macht Freude, wenn man ein bißchen fachsimpeln kann.

Diesmal wollten wir uns auf dem Campus der Universität Exeter treffen. Es war eine Wohltat, das Haus abzuschließen, den Koffer ins Auto zu werfen und auf der Autobahn nach Westen zu brausen. In Mansfield war es mir in letzter Zeit recht eng geworden, und meine Stimmung hob sich beträchtlich, als ich auf die breite Ebene von Salisbury hinausfuhr.

Das eigentlich Interessante bei diesen Kongressen war natürlich der inoffizielle Teil – die Drinks an der Bar, die Spaziergänge rings um die Kathedrale und der Klatsch in den verlassenen Hörsälen. Unsere Vereinigung bestand zum größten Teil aus Männern, und wir hatten den geselligen Habitus von Reservisten. Es war ein ungeschriebenes Gesetz, Ehefrauen und Partnerinnen zu Hause zu lassen, und ich glaube, die wenigen weiblichen Coroner, die teilnahmen, fühlten sich von der fröhlichen Stimmung ziemlich ausgeschlossen. Soweit sie nicht mit den attraktiveren Mitgliedern der Gruppe flirteten, saßen sie meist in einer Ecke zusammen und gaben, so vermute ich, ätzende Kommentare über den Rest von uns ab.

Zum offiziellen Teil der Veranstaltung gehörten ein sehr amüsanter Lichtbildvortrag über »Sexuelle Erstickung« und eine Podiumsdiskussion über »Interessenkonflikte«, die zu einer lebhaften Debatte darüber führte, wo unter bestimmten extremen Umständen die Loyalitäten des Coroners lägen. Leider muß ich zugeben, daß ich mich zu meinem fragwürdigen Spruch über den Tod von Miss Nicholson nicht bekannt habe, aber andere führten Beispiele an, wo sie sich verpflichtet fühlten, die Bibel der Coroner, den Jervis, elastisch zu interpretieren. Ich gelte nun einmal als buchstabentreuer Konservativer. Ja, zu meiner Überraschung führte dieser Ruf der besonderen Korrektheit sogar dazu, daß ich in Exeter in den Vorstand unserer Vereinigung gewählt wurde.

Am letzten Abend fand ein zwangloses Essen mit zahlreichen launigen Reden und Trinksprüchen statt, in dessen Verlauf zur Unterhaltung auch ein Polizei-Video von der Lockerbie-Katastrophe vorgeführt wurde. Danach saßen noch einige von uns in der Universitäts-Bar zusammen und erzählten skurrile Fälle aus unserer beruflichen Praxis. Und immer wieder schüttelte der eine oder andere den Kopf und bemerkte unter allgemeiner Zustimmung der anderen: »Da sieht man doch wieder mal, daß es im Leben noch verrückter zugeht als in Romanen.«

Ich hoffte irgendwie, daß sich etwas geändert haben würde, wenn ich nach Mansfield zurückkehrte. Was genau das sein sollte, wußte ich allerdings auch nicht. Ich neige zum Laissez-faire, und bei den verschiedenen emotionalen Verwicklungen, in die ich so über die Jahre verstrickt wurde, habe ich den Dingen meist einfach ihren Lauf gelassen. Ich glaube an so etwas wie Schicksal. Vielleicht war ja während meiner Abwesenheit etwas geschehen, was die ausweglose

Situation sprengte. Wie sich zeigte, gab es tatsächlich eine Entwicklung, aber keine, welche die Lage zu verbessern vermocht hätte. Im Gegenteil, es wurde alles noch schlimmer.

Als ich nach Hause kam, fand ich unter den Prospekten und Rechnungen auf der Fußmatte in einem schlichten weißen Umschlag auch folgende knappe Nachricht:

»Muß Dich unbedingt sehen. Kristina.«

Kein Datum, nur dieser dringende Imperativ. Verwirrt und blöde starrte ich auf die Karte und hatte mich gerade entschlossen, die Lage mit einem Telefonanruf zu erkunden, als ich hinter mir einen Hund bellen und Schritte auf dem Gartenweg hörte. Ohne mich umzudrehen, wußte ich, daß es Raymond war. Er schien erhitzt, und sein Auftritt war weniger munter als sonst, vielleicht sogar etwas gezwungen. Der junge Hund an seiner Seite sprang ungezogen herum.

»Grüß dich, *Bwana!* Wie war der Kongreß?«

Ich hatte den Eindruck, daß er auf meine Rückkehr gewartet hatte. Sein Erscheinen zu diesem Zeitpunkt konnte nicht ganz zufällig sein. Außerdem spürte ich, daß ihn bei aller aufgesetzter Fröhlichkeit etwas bedrückte.

Ich schob Kristinas Karte in meine Jacke. »Es war schön, mal rauszukommen«, sagte ich.

»Pack deine Sorgen in die Reisetasche, was?« Er band den Hund an der Gartentür fest. Als er im Haus war, ließ er sich mit einem Seufzer in den Sessel am Kamin fallen.

»Probleme?« fragte ich.

»Nicht unbedingt.«

»Tasse Tee?«

»Genau getroffen, alter Junge.«

Während ich darauf wartete, daß das Teewasser kochte, riß ich Kristinas Nachricht in kleine Schnipsel und warf sie in den Mülleimer. Ich war mir ziemlich sicher, daß Raymond die Handschrift auf dem Umschlag nicht erkannt haben konnte. Wie gut, daß er keinen Schlüssel für mein Haus hatte. Als ich das Teegeschirr ins Wohnzimmer brachte, saß Raymond mit verschränkten Armen weit zurückgelehnt in einem Sessel. Nur seine Finger zuckten nervös.

»Hast du was auf dem Herzen?« fragte ich ihn.

Er warf mir einen eigenartigen Blick zu. »Kristina.«

Ich reichte ihm eine Tasse Tee und täuschte Desinteresse vor. »Was ist denn mit ihr?«

Gleichzeitig musterte ich ihn genauer. Er schien auf unbestimmte Art älter und irgendwie in seinen Kleidern geschrumpft. Ohne seine gewöhnliche Jovialität wirkte er verletzlicher und schwächer. Als er zu sprechen begann, schien es fast, als redete er mit sich selbst, so als sei er es nicht gewohnt, seine Schwäche einzugestehen.

»Wenn ich bei meiner Rückkehr nach England überhaupt irgendwelche Schwierigkeiten vorausgesehen habe«, sagte er, »dann dachte ich an die typischen Rip-van-Winkle-Probleme: daß ich nicht verstehen würde, wie sich alles verändert hat, und mich anpassen müßte. Ich weiß, es klingt abgedroschen, aber ich dachte, ich könnte einfach in der Gegenwart leben und mich auf die Zukunft freuen. Und natürlich sollte Kristina der wichtigste Teil davon sein.« Er trank einen Schluck Tee. »Wie es scheint, habe ich mich geirrt.« Er warf mir einen prüfenden Blick zu. »Was glaubst du, wie gut kennst du Kristina?«

Ich wußte, daß mein Lachen nervös war. Spielte Raymond mit mir? »Nun ja … Ich meine, wie lange bist du jetzt schon wieder da? Vier Monate? Ich mag sie natürlich sehr, aber –«

Scheppernd stellte er seine Teetasse ab. »Kannst du dir vorstellen, wie ich mich fühlen würde, wenn ich glauben müßte, daß sie mit einem anderen Mann etwas hat?«

Ich blieb merkwürdig ruhig. »Ich nehme an, du wärst ziemlich – beunruhigt?«

»Beunruhigt?« Raymonds Stimme war plötzlich sehr wütend. »Ich wäre verzweifelt!«

Ich überdachte die Situation. »Hast du denn irgendeinen

Anlaß zu der Vermutung, es gäbe eine solche Beziehung? Trifft sie sich heimlich mit jemandem?«

Raymond stand auf. »Das ist eine schwierige Frage für einen Mann in meiner Lage.« Er ging auf und ab. »Ich habe einen Verdacht, das ist alles. Wer weiß? Vielleicht bilde ich mir das alles wieder nur ein?«

»Wieder?« Wie beim Kreuzverhör erspähte ich meine Chance.

»Ich liebe sie, Julian. Es hat mich einiges gekostet, sie zu halten, weißt du? Es hat Zeiten gegeben ...« Mit einer Handbewegung wischte er den Gedanken beiseite. »Darauf kommt es jetzt nicht an. Ich liebe sie, aber ...«

Das interessierte mich. »Was läßt dich denn an ihr zweifeln?«

Er schüttelte den Kopf. »Sie ist mit ihren Gedanken – mit ihren Gefühlen – woanders. Ich habe das schon einmal erlebt. Ich meine, sie hat jedes Interesse an mir verloren.« Ein Zucken überlief sein Gesicht. »Wir schlafen getrennt.«

Ich hatte das Gefühl, daß er mich so scharf beobachtete wie ein Kartenspieler mit einem schwierigen Blatt, aber in meinem Beruf habe ich gelernt, mich nicht zu verraten. »Das tut mir leid«, sagte ich, und dann fragte ich zu meiner eigenen Überraschung, wie lange das schon so ginge.

»Schwer zu sagen. Es geht so hin und her. Ihre Laune ändert sich ständig.« Er zuckte die Achseln. »Vielleicht ein paar Monate.«

Eine Frage war immer die beste Tarnung. »Du meinst, seit ihr in England seid?«

»Ja, so ungefähr«, sagte er zweifelnd.

Jetzt wurde ich grausam. »Wie war denn euer Sexleben vorher?«

»Wie meinst du das? Wovor?«

Einen Augenblick hatte ich das Gefühl, er stellte mir eine Falle, aber ich schob meine Bedenken beiseite. »Bevor ihr aus Deutschland weggegangen seid.«

Er lächelte vor Verlegenheit. »Ich würde sagen, normal.«

Ich konnte der Versuchung nicht widerstehen. »Und was verstehst du unter normal?«

»Also komm, Julian, mach dich nicht lächerlich. Du weißt, was ich meine.«

Ich entschuldigte mich. Das sei nun mal meine berufsmäßige Neugier. Ob ich irgendwie helfen könnte?

Er warf mir einen dankbaren Blick zu. »Würdest du an meiner Stelle mit ihr reden?«

Im Rückblick wäre das vielleicht der Augenblick gewesen, ein Geständnis abzulegen und zu sagen: Ich bin der andere Mann. De facto sagte ich natürlich gar nichts. Ich schüttelte bloß den Kopf, als wäre ich über all das schrecklich traurig, und murmelte so etwas wie, natürlich würde ich mit Kristina reden, wenn er glaube, das würde helfen.

Es war schmerzlich zu sehen, wie erleichtert er darüber war. »Ich weiß, daß sie viel von dir hält, Julian.«

»Sie ist nun mal meine Schwägerin, Raymond. Das ist alles.« Das Ausweichmanöver – eine richtige Lüge will ich es nicht nennen – kam mir mühelos über die Lippen. »Ich bin sehr gerührt, daß du dich mir anvertraut hast. Ich weiß, wie schwer dir das fällt.«

»Bitte!«

Er flehte mich um Hilfe an, und es erschreckte mich, wie gut mir das tat. Er war unter meiner Kontrolle, und es verschaffte mir eine klammheimliche Freude zu sehen, wie er sich mir unterwarf.

Ich täuschte Nervosität vor. »Was soll ich ihr denn sagen. Ich glaube, ich kann so etwas gar nicht.« Ich machte einen kleinen Scherz. »Ich habe eigentlich mehr mit den Toten zu tun.«

Er lächelte nicht. »Du mußt mit ihr reden, wenn sie allein ist. Erzähl ihr von meinen Befürchtungen.«

»Welcher Art sind sie denn konkret?« Ich konnte einfach nicht widerstehen. »Ist es jemand hier im Dorf?«

»Um Gottes willen, nein.« Er schien die Vorstellung beinahe komisch zu finden.

Jetzt wurde *ich* plötzlich mißtrauisch und hatte Mühe, es nicht zu zeigen. »Ich weiß gar nicht, wie du überhaupt darauf kommst, Ray. Sie hatte doch gar keine Gelegenheit, Leute kennenzulernen.«

»Warum muß es denn jemand Neues sein?« fragte er. »Man darf die Vergangenheit nicht vergessen.«

Überrascht und erleichtert stellte ich fest, daß wir aneinander vorbeiredeten. Wie es schien, bezog er sich auf die Jahre, bevor er Kristina überhaupt kennengelernt hatte. Eine besondere Bedrohung konnte das eigentlich weder für ihn noch für mich sein. »Das ist ein weites Feld«, sagte ich. »Da weiß man nie, wo man anfangen soll.«

»Finde heraus, was sie vorhat. Sagen wir – sagen wir mal, sie hat Gründe – das würde ich zugeben – aber sag ihr auch, daß wir soviel gemeinsam haben. Wir haben uns gegenseitig noch eine Menge zu bieten. Sag ihr –« Er fuchtelte mit den Armen und belebte sich zusehends. Je optimistischer er wurde, desto mehr schwand mein Mitleid. »Ach, Julian, ich weiß nicht. Du mußt einfach improvisieren.«

Ich nickte, das gefiel mir schon besser. Ich war sehr zufrieden, soviel Einfluß auf sein Leben nehmen zu können. »Ich muß natürlich den richtigen Augenblick abwarten.«

»Natürlich, natürlich.« Seine Unterwürfigkeit war entsetzlich. Ich konnte ihn foltern, solange ich wollte. Ich konnte eine Woche oder zehn Tage lang gar nichts tun, und er mußte alles geduldig ertragen. »Laß dir Zeit, soviel du willst«, sagte er. »Wir dürfen es nicht verpatzen.«

Ich merkte, daß er die Sache zu einem Gemeinschaftsprojekt machen wollte, und drehte noch ein bißchen mehr an der Schraube. »Ich habe in solchen Sachen nicht viel Erfahrung. Hast du konkrete Tips?« Es interessierte mich, was der alte Frauenheld zu sagen wüßte.

»Rede mit ihr über mich. Frag, was du willst. Nimm keine

Rücksicht auf meine Gefühle. Wenn es einen anderen gibt, ist es wahrscheinlich ein Deutscher.«

»Jemand, den du kennst?«

»Vielleicht.« Das Thema schien ihm nicht zu gefallen.

»Bist du sicher, daß es jemand aus der Vergangenheit ist?«

»Wer könnte es sonst sein? Sie kennt ja hier kaum jemanden – außer dir.«

Überlegungen in dieser Richtung wollte ich ungern vertiefen. »Es hat keinen Sinn zu spekulieren«, sagte ich, »damit tust du dir bloß noch mehr weh. Laß mich nur machen, Ray. Ich werde mein Bestes versuchen.«

Als er schwerfällig zur Tür ging, überlegte ich mir, daß es zum gegebenen Zeitpunkt vermutlich das einfachste wäre, ihm zu sagen, daß Kristina mit niemandem etwas hatte und sein Verdacht ganz unberechtigt sei.

Er legte die Hand auf die Klinke und drehte sich noch einmal um. »Ich bin dir wirklich sehr dankbar, Julian.«

»Kein Problem, Bruder.«

Ich streckte die Hand aus, und er schüttelte sie, wie ein Geschäftsmann, der einen Vertrag schließt.

»Ich wußte, daß ich mich auf dich verlassen kann«, sagte er.

Als er durch den Garten ging, um den Hund zu holen, pfiff er eine leise Melodie, als habe sein Gemüt sich schon wieder völlig beruhigt.

Sobald er weg war, rief ich Kristina an. Ich fragte sie, wie es ihr ginge, und ließ mir versichern, es ginge ihr gut. Sie entschuldigte sich für den Brief. Raymond habe sie geärgert, sagte sie. Es ginge ihr jetzt wieder besser. Es sei alles in Ordnung. Sie klang etwas atemlos und nervös, so als hätte sie Angst, belauscht zu werden. Ich sagte, ich müßte ein paar Dinge erledigen, würde in ein, zwei Tagen aber vorbeikommen. Noch einmal fragte ich, ob alles okay sei, und sie sagte ja, ja. Ich hätte ein paar neue Überlegungen hinsichtlich einer Tätigkeit in der Nachbarschaft, sagte ich. Dann legte ich auf. Raymond konnte jeden Augenblick nach Hause kommen.

Eine Zeitlang saß ich so da, allein mit meinen Gedanken. Schließlich verließ ich das Haus und machte einen Spaziergang. Wieder einmal nahm ich den Weg zum Friedhof, aber diesmal hielt ich mich nicht bei den Grabsteinen auf, sondern trat in die Kirche. Das düstere Innere war verlassen. Ich setzte mich vor das Ostfenster und sah zu, wie das Licht des Sommers hinter dem Kreuz unterging. Ich fühlte mich erschöpft und erhoben zugleich. Ich spürte einen gewissen Übermut in mir aufsteigen, der mir vollkommen neu, aber keineswegs ganz unsympathisch war. Ich hatte das Gefühl, die mir vertraute Welt der Ordnung und Verantwortlichkeit zu verlassen und eine *terra incognita* zu betreten, in der ich die Regeln selbst bestimmen konnte. Es war, als würde ich zu einem dieser Menschen, die vor Gericht bei mir erscheinen mußten, und die Vorstellung, daß ich mein eigener Fall werden könnte, erschien mir irgendwie reizvoll. Theoretisch hatte ich immer behauptet, daß Leben sei nur dann wertvoll, wenn wir es auf Spiel setzen. In der Praxis hatte ich mir alle Mühe gegeben, jegliches Risiko zu vermeiden. Aber jetzt begann ich mich mit der Vorstellung einer gewissen provinziellen Unmoral doch zu befreunden.

3

Eines Nachmittags – ich hatte mit Raymond vereinbart, daß er einkaufen gehen sollte – machte ich meinen Besuch im Haus meines Bruders. Ich kam als Abgesandter, aber die Botschaft, die ich mitbrachte, war voller verborgener Vorbehalte und Zweideutigkeiten. Mein Herz war voller Zweifel und Aufregung.

Es war ein schöner Sommertag. Ich parkte den Wagen außer Sicht in der Auffahrt, wie ein Fremder oder ein Handelsvertreter. Ich hatte beschlossen, mich dem Haus durch den Garten zu nähern und auf dem Weg die Nebengebäude zu überprüfen, falls Raymond sich entschlossen haben sollte, dazubleiben und meine Mission zu beobachten. Sussex lag träge unter der Hitze, kein Lüftchen rührte sich. Als ich die Hintertür erreichte, spürte ich eine Welle von Adrenalin in mir aufsteigen.

Im Inneren war es kühl. Kristina war in der Küche beim Brotbacken. Sie hatte ein bißchen Mehl an der Nase, aber sie trug komplettes Make-up, und unter der Schürze war sie wie für eine Abendeinladung gekleidet. Ich war froh, als ich sah, daß ich erwartet wurde.

Aber als ich eintrat und sie küßte, drehte sie das Gesicht weg. Ich nahm sie in den Arm und wiegte sie beruhigend hin und her. Wahrscheinlich war sie nervös, weil sie wußte, daß wir allein waren.

»Raymond ist einkaufen«, sagte sie, nahm die Schürze ab und wirbelte herum wie ein Mannequin. »Gefällt's dir?«

»Es ist wunderschön.« In meinem Eifer, Komplimente zu finden, wurde ich albern. »Ich finde dich immer schön, wunderschön.«

»Julian.« Sie lachte.

Ich lächelte ebenfalls. »Ich kann mich gar nicht dagegen wehren«, sagte ich und preßte ihr mein Gesicht in die Haare. »Ich habe mich in dich verliebt.«

Sie befreite sich aus meinen Armen und knetete weiter den Teig auf dem Tisch. Dabei murmelte sie auf deutsch vor sich hin, was immer ein Zeichen von Nervosität bei ihr war. »Sag, was ist los? Du bist doch nicht ohne Grund da.«

»Ich bin hier, weil ich hergeschickt wurde.«

»Was soll das heißen?« Ihre Wangen glänzten vor Anspannung, und ihre Augen funkelten wütend. »Wolltest du gar nicht kommen?«

»Ich will dich immer sehen«, sagte ich, erschrocken über unser Mißverständnis. »Ich wollte nur sagen, daß mich Raymond gebeten hat, mit dir zu reden.«

»Warum?«

»Als ich letzte Woche von diesem Kongreß zurückkam, hat er mich besucht. Er hat mir gesagt, er hätte dich im Verdacht, daß du etwas mit einem anderen Mann hast, wie er sich ausdrückte.«

»Ja, das denkt er dauernd. Er ist der eifersüchtigste Mann auf der Welt.«

Ich fragte mich, in welches Dickicht von Feindseligkeit ich da hineingestolpert sein mochte. »Deswegen hat er mich geschickt. Ich soll Genaueres herausfinden.«

»Nein –« Kristina fing erneut an zu lachen und bedeckte ihr Gesicht mit den Händen.

»Ja, es hat durchaus seine komischen Seiten.«

Sie legte ihre Arme um meinen Hals. »Das ist doch Boulevardtheater.« Immer noch lachte sie, und ich spürte eine leichte Hysterie im Hintergrund aufsteigen. »Ich wüßte nicht – Ich meine, das ist doch ein – Alptraum.«

Wir begannen uns zu küssen. Ich zog sie an mich, und sie sträubte sich nicht. »Ach, Liebe! Ach, Liebe …« Das war der Augenblick, von dem ich geträumt hatte. »Mein Liebling …« Ich hielt sie umschlungen und sagte zehn Sekunden lang gar nichts.

Sie küßte mich. *»Liebster …«*

Ich verlor mich in ihrem Duft und Geschmack. All meine Träume verwirklichten sich, und ich ergab mich, als ob es das erste Mal wäre. Ich wollte, daß alles neu würde. »Wir müssen es ihm sagen«, rief ich. »Je länger wir schweigen, desto schlimmer wird alles.«

»Was willst du denn sagen?«

»Die Wahrheit.«

»Die Wahrheit?« Ihr Lachen kehrte zurück, und sie begann mich zu necken. »Weiß denn jemand, was die Wahrheit ist?« Als sie meine Ernsthaftigkeit sah, wurde sie still. »Bei Gefühlen ist das so schwierig.«

»Traust du dir selbst nicht?«

»Ich brauche Zeit«, sagte sie seufzend. »Mein Herz braucht Zeit.«

»Wenn er nach dir fragt, werde ich ihm also bloß sagen, wir hätten geredet.« Ich hatte diese Sätze oft geübt. »Ich werde sagen, wir hätten über eure Ehe geredet und du hättest mir versichert, daß du ihn liebst. Einen anderen gäbe es nicht. Ich werde sein Gemüt zur Ruhe bringen, wie wir sagen.«

»Du wirst ihn also belügen.«

»Ich habe ihn bereits belogen.« Ich sah Raymonds kaputtes, vertrauensvolles Gesicht und seine unbeschwerte Offenheit vor mir und schämte mich.

Es herrschte Stille in der Küche. Kristina spielte mit einem Stück Teig. »Vielleicht bin ich ein schlechter Mensch. Vielleicht …« Der Rest des Satzes ging verloren. Sie zog sich wieder zurück.

Ich griff nach ihrer Hand und spürte dabei das Mehl an ihren Fingern. »Nein«, sagte ich und schüttelte heftig den Kopf. »Du bist kein schlechter Mensch. Und es ist ja auch gar nichts weiter geschehen.«

Sie nahm das Blech vom Tisch und trug es zum Backofen. »Möchtest du denn, daß etwas geschieht?« Eine Welle von Hitze erfüllte den Raum. Ich dachte: Wir können jetzt nach oben gehen und miteinander schlafen, und er würde es niemals erfahren. Kristina klappte die Ofentür zu und drehte sich zu mir um, ihr Gesicht war gerötet vom Backen, ihre Frage stand immer noch zwischen uns.

»Ich habe Angst«, sagte ich und hörte meine Worte in meinem Kopf widerhallen.

»Sehr zu Recht hast du Angst«, sagte sie. »Schließlich verführst du die Frau deines Bruders. Das ist eine Sünde.«

Es lag eine Herausforderung in der Art, wie sie das Wort

benutzte, und das irritierte mich einen Moment lang. Es war, als ob sie ganz bewußt an den schlimmsten Teil meiner Natur appellierte. Hastig schob ich den Gedanken beiseite. Ich war verliebt. Solche falschen Töne registrierte ich einfach nicht.

Sie kam zu mir und küßte mich noch einmal.

»Was sagt dir dein Gefühl?« fragte ich. »Ganz tief innen?«

»Ich glaube – ich glaube, daß ich mich nicht zurückhalten kann, Julian. Aus vielen Gründen.«

Ich hatte den Eindruck, daß sie meinen Namen noch nie auf so intime Weise ausgesprochen hatte, und es erregte mich, ihn so zu hören. »Ich weiß«, sagte ich.

»Meine Gefühle – ich kann sie nicht gut beschreiben. Vielleicht könnte ich es auf deutsch sagen, aber auf englisch ...«

»Sag es auf deutsch.«

»Das verstehst du doch nicht.«

»Ich könnte ein Wörterbuch benutzen.«

»Siehst du –« Ihre Stimme klang fast triumphierend. »Wir kennen uns kaum. Du wirst sehen ...«

»Was werde ich sehen?«

Sie wandte den Blick ab. »Ich bin nicht, was du denkst ... und was du dir erhoffst.«

Ich lachte. »Das sagen sie alle.« Ich küßte sie wieder. »Wie schlecht auch immer du sein magst, ich werde dich trotzdem lieben.« Und noch während ich das sagte, kam mir der Gedanke, daß ich sie vielleicht deshalb liebte, weil sie mir die Möglichkeit bot, gegen die Moral zu verstoßen.

»Vorsicht, Vorsicht.« Sie zog sich zurück. »Du weißt nicht, was du da sagst. Liebe ist ein großes Wort.«

»Ich kann damit umgehen.«

»Du bist ein guter Mann, und du hast eine gute Position hier. Du solltest dich hüten.«

»Wir sind ein Geheimnis. Mit Geheimnissen kann ich sogar noch besser umgehen.«

»Das ist gut.« Sie schien erleichtert. »Ich will nicht, daß irgend jemand davon erfährt.«

»Vor allem Raymond nicht.« Ich trieb einen imaginären Golfball den Fairway hinunter. »Es würde ihn vernichten, wenn er es wüßte.«

»Er darf es nicht erfahren«, sagte sie. »Niemals.«

»Raymond sagt, ihr hättet getrennte Schlafzimmer. Ist das wahr?«

Sie sah zu Boden. »Ja, das ist wahr.«

Sie wußte, was ich wissen wollte. »Ich liebe ihn nicht mehr«, sagte sie nach einer Weile. »Ich habe ihn einmal geliebt ... aber jetzt kann ich nicht mehr.«

Der Zorn in ihrer Stimme überraschte mich. Es schien, als hätte sie einen Grund für ihre Haltung, einen Anlaß zur Klage. »Du hast seine Kinder geboren«, sagte ich.

Sie warf mir einen harten Blick zu. »Die sind aus einer anderen Zeit. Damals habe ich geglaubt ... Damals habe ich geglaubt, daß ich ihn liebe.« Sie sprach mit äußerster Anstrengung. »Ich habe mich geirrt.«

Einen Augenblick lang sagte ich gar nichts. Die Entschiedenheit in ihrer Stimme verbot alle weiteren Fragen, ja, ihr Tonfall machte mir geradezu angst, obwohl ich nicht zu sagen wußte, warum.

»Erzähl mir von Berlin«, sagte ich. »Das ist der Teil deines Lebens, der mir immer noch rätselhaft ist.«

»Du bist wirklich sehr englisch«, sagte sie, ohne zu lächeln. »Ich stehe nicht bei dir vor Gericht, weißt du.«

»Entschuldige. So bin ich nun mal.«

Kristina räumte den Tisch ab und klapperte mit dem Geschirr in der Spüle. Ich merkte, daß unsere Zeit ablief. »Ihr Engländer seid doch alle gleich.« Sie schien zu wissen, was ich dachte. »Wenn es um Dinge des Herzens geht, wißt ihr nicht, wie man ernst ist. Früher dachte ich mal, das wäre klug, heute bin ich mir nicht mehr sicher.« Sie spritzte Spülmittel ins Wasser und begann abzuwaschen. »Was soll ich dir über Berlin sagen?« fragte sie, als ob sie höflich sein müßte. »Ich habe da gelebt, und es war der Ort, wo ich zur Frau wurde.« Sie blickte mit einem eigenartig angespannten Gesichtsausdruck auf. »Ich kann dir sagen, daß ich Berlin vermisse, jeden Tag.«

Ich dachte, daß sie ihre Freunde und ihre Muttersprache vermißte. »Wenn ich Deutsch lernen würde«, sagte ich, »vielleicht könntest du mir dann meine Gefühle erklären.«

»Es gibt nur eine Methode, um eine Sprache zu lernen«, sagte sie.

Das klang wie eine Einladung. Ich legte meinen Arm um sie, wie sie da an der Spüle stand, und küßte sie auf den Nacken.

Sie schob mich beiseite. »Er wird bald zurückkommen«, sagte sie. »Er bleibt nie lange weg.« Sie zog den Stöpsel heraus und trocknete sich die Hände ab. »Manchmal wünsche ich mir, er würde nie mehr zurückkommen. Ist das sehr schlimm?«

»Es ist verständlich.«

»Er ist so glücklich hier. Manchmal macht mich das ganz verrückt. Er liebt dieses Haus. Er liebt euer Dorf. Er liebt das Landleben. Für mich ist es schwer hier. Ich bin Ausländerin. Ich gehöre nicht dazu.«

Ich wollte sie noch vieles fragen, aber ich mußte daran denken, daß Raymond jeden Augenblick zurückkehren konnte. »In seinem Brief hat er mir geschrieben, er wolle zurückkommen, um hier zu sterben.«

»Das sagt er dauernd. Er findet das komisch.« Ein heftiger Sturm zog über ihr Gesicht. »Ich finde es gar nicht komisch.«

Ich begann, meine Gedanken zu ordnen. Raymond würde eine Antwort erwarten. Ich mußte ein plausibles Protokoll meiner Unterredung mit Kristina erfinden. Wie ich das glaubwürdig tun sollte, wenn ihn Kristina nicht liebte, wußte ich allerdings nicht. Ich fragte mich, ob ich vielleicht in die Situation gebracht werden sollte, meinen Bruder nicht mit irgendeiner eingebildeten Untreue, sondern mit dem Ende seiner Ehe zu konfrontieren.

Ich verabschiedete mich. Ich küßte Kristina erneut.

»Was wirst du ihm sagen?« fragte sie.

»Ich werde ihm alle Versicherungen geben, die er verlangt.«

Ich war mir völlig bewußt, daß ich im Begriff stand, einen weiteren kleinen, aber bedeutsamen Schritt zu tun, und wie ein Schachspieler berechnete ich die möglichen Reaktionen. Ein Teil von mir sagte: Hör auf, bevor es zu spät ist. Aber dann dachte ich: Das hast du dir schon viel zu oft gesagt. Du solltest dich endlich mal ins Abenteuer stürzen und das prickelnde Gefühl der Freiheit erleben.

Ich stürmte durch den Garten, stieg in den Wagen und fuhr aus dem Dorf. Inständig hoffte ich, Raymond dabei nicht zu begegnen, denn ich wollte meine Gedanken in Ruhe ordnen, allein. Oben auf den Downs hielt ich auf einem Parkplatz neben der Straße. Ich sah auf unser Dorf hinunter und beobachtete die sommerlichen Drachenflieger, die in den Aufwinden schwebten. Ich überprüfte meine Gefühle für Kristina und die Verpflichtung gegenüber meinem Bruder. Ich suchte nach einer Vorgehensweise, die mir alle Möglichkeiten offenhielt. Dann kehrte ich auf der kurvenreichen Nebenstraße nach Mansfield zurück.

Als ich an der Royal Oak vorbeikam, stellte ich fest, daß die Vorbereitungen zum Mittsommer-Jahrmarkt begannen. Die Schausteller waren eingetroffen und bauten auf der Wiese hinter der Kirche ihre Schießbuden, Wurfspiele, Rutschbahnen und Videospiele auf. Die Kirmes war einer der Höhepunkte des Jahres. Ich beschloß, am Samstag mit Olga und Sascha auf den Rummel zu gehen.

4

Das Telefon klingelte, als ich nach Hause kam. Raymond wollte wissen, was gewesen war. Ich fragte ihn, ob er allein im Haus sei, im sicheren Wissen, daß er es nicht war. Ich würde ein so heikles Thema lieber nicht am Telefon erörtern, sagte ich, fügte aber hinzu, als ich seine Angst spürte: »Du brauchst dir keine Sorgen zu machen.« Auf diese Formel war ich recht stolz: Sie enthielt zumindest die halbe Wahrheit. Er würde sofort zu mir herüberkommen, sagte Raymond. Das sähe ja nach einer Verabredung aus, sagte ich. Ob Kristina denn einen Verdacht hätte, fragte er, und ich riet ihm, er solle sich bloß nicht aufregen. Wir könnten doch alles am Samstag erörtern, sagte ich. Ich würde gern mit den Kindern zum Rummelplatz gehen, und wir könnten sicher ein paar Minuten ungestört reden, wenn er sie zu mir brachte oder hinterher abholte. Das würde viel natürlicher wirken, sagte ich. In Wirklichkeit brauchte ich etwas Zeit, um meine Geschichte zu ordnen.

Ein paar Minuten später, ich war in der Küche und bereitete ein einfaches Abendessen mit Spaghetti, Salat und Käse vor, rief Kristina mich plötzlich an. Sie wolle auch zum Rummelplatz mitkommen, sagte sie. Ich fragte mich, was in der Zwischenzeit geschehen sein mochte. Kristina klang angespannt, und ich reagierte schlecht auf ihre Erregung. Ich erwähnte, daß Raymond und ich miteinander gesprochen hätten, aber das wußte sie natürlich längst.

»Ich habe ihm gesagt, er braucht sich keine Sorgen zu machen«, sagte ich.

»Glaubst du das wirklich?«

»Was hätte ich denn sonst sagen sollen?«

Es knackte in der Leitung, wahrscheinlich nur eine harmlose elektronische Störung. Eine Sekunde lang geriet ich in Panik. Hörte uns Raymond auf dem Nebenapparat zu? Ich plapperte irgendwas über den Rummel. Kristinas Nervosität verwandelte sich in Ärger.

»Was redest du eigentlich?«

Daraufhin behauptete ich, fälschlicherweise, ich müßte schnell weg, ich würde sie später zurückrufen. De facto rief ich dann erst am nächsten Tag wieder an, zwischen zwei Terminen, aus meinem Büro. Raymond war am Apparat. Ich schlug vor, wir sollten alle zusammen auf den Rummelplatz gehen.

»Wir werden sicher ein paar Minuten Zeit haben, ungestört miteinander zu reden und etwas zu arrangieren«, sagte ich. »Keine Sorge.«

Ich bereite mich immer gern auf alle Eventualitäten vor, aber jedes gesellschaftliche Ereignis hat nun einmal seine eigene, unerwartete Logik. Unser Besuch auf dem Jahrmarkt bildete da keine Ausnahme. Im voraus fürchtete ich, Raymond könnte mich gleich in Kristinas Gegenwart nach dem Ergebnis unseres Gesprächs fragen, was uns beide in die größte Verlegenheit gebracht hätte. Er war zu so etwas ohne weiteres fähig, wie ich aus der Vergangenheit wußte. Aber als es dann soweit war, ergriff uns der ganze Trubel mit solcher Heftigkeit, daß es gar keine Gelegenheit für ein Gespräch gab. Die Whyte-Familie stand so im Vordergrund des öffentlichen Interesses, daß uns gar nichts anderes übrigblieb, als unsere Rolle bei diesem ländlichen Fest zu übernehmen und eine glückliche Familie zu spielen, die sich einen fröhlichen Nachmittag machte.

Ich war gar nicht undankbar für die Karnevalsatmosphäre, denn ich befand mich in einem Zustand höchster Nervosität. Und den anderen ging es wahrscheinlich nicht anders. Raymond und Kristina stürzten sich mit wahrer Begeisterung auf den Rummel. Mein Bruder, der spöttische Atheist, ließ sich von Reverend Findlater dazu überreden, das Gewicht des Schweins zu schätzen und dem Esel mit verbundenen Augen den Schwanz anzustecken. Gemeinsam warfen wir nach Kokosnüssen und begleiteten unsere Würfe – sie gingen alle daneben – mit lauten, übertriebenen Rufen. Kristina kaufte Lose von der Äthiopienhilfe. Die Kinder rutschten kreischend die große Rutsche hinunter. Ich erwies mich als Meisterschütze mit dem Luftgewehr und erhielt einen Goldfisch im Glas, den ich den Kindern weiterschenkte. Ich kaufte ihnen Zuckerwatte und hielt dann brav die ganze Beute, als Raymond und Kristina mit ihnen Autoskooter fuhren. Für die Neugierigen aus dem Dorf spielte ich den guten Onkel, wie er im Buch steht. Mr. Curran, der eine Gruppe Pfadfinder über den Platz führte, machte sogar eine scherzhafte Bemerkung dieser Art, als er an mir vorbeikam. Ich dagegen war mir nur der gefährlichen und disharmonischen Gedanken bewußt, die in meinem Schädel herumwirbelten.

Als sie zurückkamen, erklärte Kristina, jetzt sei es genug. Die Kinder wären schon ganz überdreht. Wir gingen langsam durchs Dorf zurück, um noch Tee bei mir zu trinken. Plötzlich drehte Olga, deren Englisch immer besser wurde, sich zu mir um: »Onkel Julian, hast du mich lieb?«

Seit Olga und ihr Bruder mich mit Kristina entdeckt hatten, war ich darauf gefaßt gewesen, daß es irgendwann ein Problem geben könnte. Wir hatten den Kindern damals gesagt, ich hätte mir an der Hand weh getan, und ihre Mama müßte mir einen Kuß geben, »damit es wieder gut wird«. Aber ich hatte mich nie der Illusion hingegeben, damit wäre die Sache erledigt. Ich hatte allerdings immer nur davor Angst gehabt, was die Kinder ihrem Vater zu Hause in der Jericho Lodge sagen könnten.

»Natürlich hab' ich dich lieb«, sagte ich.

»Und die Mama? Hast du die auch lieb?«

Es entstand eine Pause, und ich erlebte wieder einmal eine Sekunde der Panik. Ich wußte, daß Kristina und Raymond mich beobachteten. Dann sagte ich mit beinahe unanständiger Ungezwungenheit: »Niemand hat eure Mama so lieb wie der Papa.« Dazu lachte ich locker und versuchte, dem Gespräch damit eine andere Wendung zu geben. Ich hoffte, daß meine Vorstellung natürlich war, aber nicht allzu natürlich, daß sie glatt war, aber nicht glitschig. Mit einem Wort: Ich hoffte, daß ich glaubwürdig war.

Aber Olga war noch nicht fertig, und es gab wenig, was ich hätte tun können, um sie zu stoppen. »Onkel Julian?«

»Ja.«

»Als Mama heute morgen geweint hat, hat Daddy aber gesagt, sie hätte uns nicht mehr lieb.«

Kristina faßte ihre Tochter am Arm. »Olga!«

Ich warf Raymond einen Blick zu. Er schien völlig ratlos. Er wirkte gebrochen und unglücklich. Die Familiengeheimnisse traten plötzlich ans Licht. Es gab da Unterströmungen, die ich noch immer nicht völlig verstand. Ich begriff, daß ich die Dinge in die Hand nehmen mußte. »Hör mal«, sagte ich zu Kristina. »Ich glaube, du gehst besser mit den Kindern nach Hause. Ich mache noch einen Spaziergang mit Ray.«

Ich schob sie geradezu mit der Hand weg. Olga und Sascha waren über die plötzliche Hektik der Erwachsenen viel zu verblüfft, um zu protestieren. Zumindest Olga hatte sicher gemerkt, daß sie etwas falsch gemacht und mit ihrem Geplapper irgendeine Regel der Erwachsenen verletzt hatte.

Mein Bruder und ich marschierten zielstrebig die Straße hinunter, ohne etwas zu sagen. Nach einigen Minuten murmelte Raymond, der ziemlich atemlos neben mir herkeuchte: »Ich danke dir, Julian.«

Ich gab keine Antwort. Jetzt würde ich doch noch eine Geschichte erzählen müssen, die er akzeptierte. Und was ich bisher nur geahnt hatte, war jetzt Gewißheit: Ich konnte nicht mehr so tun, als wäre zwischen ihnen alles in Ordnung. »Mach dir keine Sorgen«, hatte ich zu ihm gesagt, aber das war nur eine Zwischenlösung gewesen. Jetzt mußte ich ihm vermitteln, daß noch nicht alles verloren war, auch wenn es

Grund zur Beunruhigung gab. Ich fragte mich, worüber Kristina geweint haben mochte.

Ich zeigte auf ein Gittertor und die alte Römerstraße aus weißen Kalksteinbrocken dahinter, die wie eine Achterbahn hügelauf, hügelab führte. Wir sollten erst von der Straße weg sein, deutete ich an, ehe wir mit unserer Unterredung begannen. Als wir das Tor erreicht hatten, mußten wir erst einmal anhalten, um wieder zu Atem zu kommen. Wir waren beide nicht besonders in Form. Um uns herum lagen Weizenfelder, Hopfengärten und Darren, der ganze grüngoldene Reichtum von Kent. Die Sonne stand noch hoch am Himmel. Das war das England, das die Normannen erobert hatten. Jenes England, in das Raymond so dringend hatte zurückkehren wollen.

Nach einigen Sekunden stiller Bewunderung nahmen wir unseren Weg wieder auf, und als wir unseren Rhythmus gefunden hatten, begann ich im Gleichmaß unserer Schritte zu sprechen. »Du mußt wissen«, sagte ich, »daß Kristina mir gegenüber vielleicht nicht ganz aufrichtig war. Obwohl wir uns recht lange unterhalten haben, hatte ich doch das Gefühl, daß es Dinge gab, die sie nicht sagte, die sie gewissermaßen zurückhielt.«

»Du weißt ja, wie Frauen sein können«, sagte er. »Kristina ist keine Ausnahme.«

Ich wartete darauf, daß er noch mehr sagte, aber er half mir nicht weiter. »Sie schien mir«, sagte ich, »wie eine Frau, die etwas auf dem Herzen hat. Ich erlebe das oft genug vor Gericht: Sätze, die nicht beendet werden, das Schulterzucken, mit dem man der Frage ausweicht.«

»Ich sagte dir ja schon, daß das Leben in Deutschland besonderen Bedingungen unterlag.«

»Läuft sie vor irgendwas davon? Ist es das, was Olga gemeint hat? Weißt du, wenn du nicht offen mit mir redest, Raymond, kann ich dir nicht helfen.«

Er zog ein Taschentuch heraus und trocknete sich damit

die Stirn ab. Sein Gesicht war von der Anstrengung, aber auch wegen meiner Direktheit gerötet. Er wußte nicht, wie er reagieren sollte, aber daß es falsch gewesen wäre, wütend zu werden, war ihm bewußt.

»Sie wollte genauso nach England wie ich«, sagte er abwehrend.

»Das Problem ist, daß sich die Dinge nicht so entwickelt haben, wie sie gehofft hat. Sie ist der Meinung, daß sie die Leute hier nicht versteht. Und die Leute verstehen sie nicht. Manche von ihnen, wie zum Beispiel dieser Watkins, wirken sehr feindselig. Wahrscheinlich gibt sie dir dafür die Schuld.« Ich spürte, wie meine Phantasie allmählich in Schwung kam. »Ich glaube, sie möchte lieber woanders sein und sieht dich als jemanden, der sie daran hindert.« Dann holte ich zum Gnadenstoß aus. »Zumindest für den Augenblick, das steht außer Zweifel, hat sie aufgehört, dich zu lieben.«

»Wahrscheinlich aus ganz verständlichen Gründen«, sagte er.

Ich war zufrieden damit, daß er mir zustimmte, und hinterfragte das alles nicht weiter, was ich vielleicht hätte tun sollen. Ich ging einfach von der Vorstellung aus, eine Beziehung in der Krise vor mir zu haben. Ich hatte das ganze Selbstbewußtsein eines Dozenten, der seinen Studenten ein kompliziertes Theorem zu erklären versucht. Wir schwiegen ein paar Schritte lang, und dann fuhr ich fort. »Weißt du, so etwas kann in den besten Ehen vorkommen. Kristina muß sich hier an so vieles gewöhnen. Ich habe mich zwar bemüht, euch zu helfen –«

»Du warst wundervoll«, sagte Raymond.

Ich wischte das Kompliment beiseite. »Ich habe ihr nur zu erklären versucht, wie dringend du ihre Liebe brauchst.« Jetzt kam die schwierige Stelle der Gleichung. »Das war es, was Olga gemeint hat. Für Kristina bin ich eine Alternative. Sie kennt ja sonst niemanden. Wenn es einen anderen Mann in ihrem Leben gibt, dann bin ich das natürlich.« Ich war hoch zufrieden mit der Eleganz meiner Formulierungen. Ich hatte es ihm gesagt, aber so, daß er trotzdem getäuscht wurde. Ich fragte mich, wie lange die Formel glaubwürdig sein würde. »Ja«, sagte ich. »Kristina hat mir eine ganz bestimmte Funktion zugewiesen. Daran kann ich nichts ändern, auch wenn dich das in ein schlechtes Licht rückt. Das müssen wir einfach durchstehen.« Dann hatte ich noch einen weiteren, abschließenden Einfall. »Das ist wahrscheinlich immer so bei Brüdern, das ist ihr Schicksal in einer solchen Situation. Denk nur mal an all die Schwesternpaare, die sich in denselben Mann verliebt haben.«

Raymond hörte sich das alles an. Seine Schritte knirschten schwer auf den Kalkbrocken. »Jemand anderen erwähnte sie nicht?«

»Hätte sie das tun sollen?«

Er schüttelte den Kopf. Er schien nicht unzufrieden. Ein neuer Optimismus zeigte sich in seiner Haltung. »Soll ich irgendwas Bestimmtes tun?«

Ich sah zu, wie der Wind über das Weizenfeld wehte, und war für einen Augenblick angerührt vom Geheimnis des Daseins. Die Natur schien so mühelos anmutig, wie es uns mit unserem Bewußtsein niemals möglich sein wird.

»Du mußt Vertrauen haben«, sagte ich. »Mach dir nicht so viele Sorgen wegen ihr.« Ich konnte kaum glauben, was ich da sagte. Wie rasch war er doch unter meinen Einfluß geraten. »Kristina ist ja dabei, ihr Nest hier zu bauen und dafür zu sorgen, daß die Familie sich wohl fühlt. Du mußt sie in Ruhe lassen, aber du darfst sie nicht ignorieren. Sie wird schon wieder zurückkommen. Sie ist deine Frau. Ihr habt eure Kinder. Und ich bin ja auch noch da, um euch zu helfen. Es ist keineswegs alles verloren.«

Ich tischte meinem Bruder diese Ratschläge genauso selbstverständlich auf, wie ich sie auch den Trauernden und Verzweifelten vor Gericht aufgetischt habe. Mitgefühl ist eine große Wohltat, besonders wenn es mit Überzeugung vorgetragen wird. Es ist erstaunlich, wie sich verängstigte Menschen besänftigen lassen, wenn man sie nur ruhig anschaut und unentwegt auf sie einredet.

Wenn ich diese Ereignisse im Rückblick betrachte, ist mir durchaus bewußt, daß ich hinterhältig, manipulativ, ja sogar grausam erscheine. Aber in diesem Augenblick wollte ich Raymond wirklich helfen, sein Leben zu ordnen. Zumindest ein Teil von mir wollte das. Ich glaube, ich dachte sogar, daß es keineswegs unbedingt zu einer Katastrophe kommen müsse zwischen ihm und Kristina. Ich war immer der Ansicht, daß jedes Leben erneuerbar ist und jede Schuld abbezahlt werden kann. Die Ironie, wie ich später erkannte, lag allerdings darin, daß ich die Dinge mindestens genauso falsch sah wie Raymond.

Zu meiner Verteidigung kann ich anführen, daß mein Bruder sich bei meinen Worten in der Tat zu beruhigen schien. Das außerordentliche Machtgefühl ihm gegenüber stieg mir heftig zu Kopf. Plötzlich war er alt, verletzlich und von mir abhängig. In meiner Jugend hatte jedes Gespräch irgendwie immer bei Raymond geendet. Heute noch höre ich Mutter sagen: »Raymond hat mir erzählt …« oder: »Dein Bruder findet …« oder: »Raymond wird demnächst …«, so als ob das, was ich tat oder sagte, von keinem besonderen Interesse sein könne. Er war ein Ruhestörer, eine Quelle der Sorge und am Ende auch noch eine große Enttäuschung, aber er war auch ihr Erstgeborener und damit etwas Besonderes. Er war so, wie ich niemals sein konnte. Manchmal schien es, als ob überhaupt niemand anderes Erlebnisse oder Meinungen haben dürfte. Wie ich das gehaßt habe, und wie ich innerlich tobte. Ich habe es natürlich verborgen, genauso wie alles andere auch. Mein ganzes Leben war ein einziges Verbergen, während ich die ganze Zeit auf den Augenblick lauerte, wo ich es ihm heimzahlen konnte. Jetzt endlich war ich an der Reihe, und dieser große, aufgeblähte Ballon voller Eitelkeit und Egoismus war geplatzt und lag am Boden. Ich spürte, daß ich in jeder Weise über meinen Bruder verfügen konnte, aber gleichzeitig tat er mir leid und ich hatte den starken Wunsch ihm zu helfen.

Wenn ich alles sorgfältig analysiere, muß ich wohl zugeben, daß ich genauso an meine eigenen Interessen dachte wie an Raymonds. Um einen englischenAusdruck zu benutzen, über den Kristina immer wieder lächeln mußte: Ich wollte meinen Kuchen behalten und gleichzeitig essen. Ich wollte, daß mein Verhältnis zu Kristina nicht untersucht wurde und weiterhin unentdeckt blieb. Ich wollte das verbotene Territorium, in das ich hineingeraten war, zwar erforschen, aber gleichzeitig wollte ich mein Leben weiterleben, wie ich es immer gelebt hatte, und meine Stellung in der Gesellschaft genießen. Außerdem wollte ich die Fäden ziehen und alles unter Kontrolle behalten, so wie ich auch bei meiner Arbeit alles unter Kontrolle behalte.

Jetzt weiß ich natürlich, daß es eine Illusion war, im Leben meines Bruders Schicksal spielen zu wollen. Ich hatte gar nichts unter Kontrolle. Ich befand mich ganz einfach im Irrtum. Ich dachte, ich täuschte Raymond, aber ich täuschte mich selbst, und als ich die wahre Situation dann endlich begriff, war ich schon viel zu weit gegangen, als daß ich noch hätte umkehren können. Erst da merkte ich, daß ich es war, der die Dinge nicht mehr im Griff hatte.

So wanderten wir durch den heißen Nachmittag. Je mehr Raymonds Erregung sich legte, desto langsamer wurde er. Der Kalkstein unter unseren Füßen war trocken und hart. »Stell dir vor, du müßtest diesen Boden bearbeiten«, sagte Raymond. »Stell dir vor, du müßtest ihn Tag für Tag hacken.«

»Stell dir vor, Totengräber zu sein«, sagte ich.

»Unser Großvater hat immer davon erzählt, wie es ist, Gräber zu schaufeln«, sagte Raymond.

»Den hab' ich nicht mehr gekannt«, sagte ich.

Nach einem besonders mühsamen Anstieg blieben wir stehen, um wieder zu Atem zu kommen. Unter uns standen die grünen Regimenter des Waldes. In den Buchen am Fuß des Steilhangs krächzten die Raben. Hoch über unseren Köpfen zerkratzte ein Flugzeug den Himmel wie ein Diamant eine Glasscheibe.

»Du bist ein guter Kerl«, sagte mein Bruder nach einiger Zeit. »Jetzt verstehe ich, warum dich alle bewundern.«

»Wie meinst du das?« Ich war peinlich berührt. »Sei nicht albern.«

»Nein – du warst ehrlich zu mir. Du hast zugegeben, daß Kristina sich irgendwie in dich verliebt hat. Das war sehr tapfer.« Er hob die Hand, um mich an einer Entgegnung zu hindern. »Keine Sorge, das bleibt unter uns. Darauf kannst du dich verlassen. Es klingt sehr plausibel. Es beunruhigt mich auch nicht weiter. In gewisser Weise ist es genau das, was ich verdiene. Deine Worte haben mich überzeugt, daß ich sie besser behandeln muß. Das habe ich nicht immer getan. Ich muß lernen, einfühlsam zu sein. Ich bin es immer gewohnt gewesen, den Ton anzugeben und zu kriegen, was ich will, besonders bei Frauen. Jetzt, im Alter, muß ich teilen lernen. Vielen Dank, Bruder.«

Dann schlang er seine Arme um meine Schultern und küßte mich.

5

Als Coroner bin ich eine Vertrauensperson, und ich habe die Dinge, die man mir anvertraut, stets mit Diskretion und Objektivität behandelt. Aber jetzt, wo mein eigenes Leben gewisse Abweichungen von der harmlosen provinziellen Routine zeigte, ertappte ich mich dabei, daß ich zum ersten Mal in meiner beruflichen Karriere das Vertrauen mißbrauchte, das man in mich gesetzt hatte.

Eines Abends, kurz vor Saschas sechstem Geburtstag, unterbrach das Telefon meine Abgeschiedenheit, wie so oft. Die Atmosphäre war drückend, und ein Gewitter stand am dunklen Himmel. Ich las die Zeitung und hörte mir Beethovens Fünfte Symphonie an. Ich weiß oft intuitiv, welche Anrufe schlechte Nachrichten bringen, und so war es auch diesmal. Ich ahnte eine Tragödie, und wieder einmal hatte ich recht.

Auf einem Luftstützpunkt in der Nähe war ein junger Flieger tot in seiner Unterkunft gefunden worden. Fremdverschulden wurde ausgeschlossen. Wie es schien, hatte er eine Überdosis Schlaftabletten genommen, und der diensthabende Offizier rief mich an, wie es den Vorschriften entsprach. Ich erteilte die üblichen Anweisungen, den Arzt, die Polizei und den Beerdigungsunternehmer zu benachrichtigen, und dachte nicht weiter darüber nach, bis ein paar Tage später die Akten auf meinem Schreibtisch eintrafen. Es ist zwar traurig, aber Selbstmorde von jungen Leuten kommen ziemlich häufig vor, und deshalb überrascht es mich auch nicht mehr.

Dieser Fall aber erwies sich als besonders schmerzlich. Drei junge Männer von der Royal Air Force hatten sich unmittelbar neben dem Stützpunkt ein Cottage gemietet. Die beiden Überlebenden erschienen mir unglaublich jung, als sie schließlich vor mir standen, um ihre Aussagen zu machen. Ich mußte an die Fotos von Jagdfliegern aus dem Zweiten Weltkrieg denken, die kurz vor einem Alarmstart gegen die Luftwaffe standen. Die Jungs hatten alles zusammen gemacht: Sie waren zusammen geflogen, sie hatten zusammen trainiert und gelernt, sie waren zusammen in Urlaub gefahren und hatten ihre Parties zusammen gefeiert. Und wie es so geht: Im Lauf der Zeit hatten zwei der jungen Männer sich verliebt und waren mit ihren Mädchen beschäftigt, während der dritte ausgeschlossen blieb, weil im Leben seiner Kameraden kein Platz mehr für ihn war. Wie es schien, hatte er bei Mädchen kein Glück. Und als fünftes Rad am

Wagen störte er natürlich ein bißchen, wenn seine Kameraden Ausflüge machten. Es hieß, er sei immer einsamer, introvertierter und melancholischer geworden. Am Ende hatte er sich selbst umgebracht, hieß es. Natürlich waren seine Freunde entsetzt und erschüttert.

Die Wahrheit, die ich schließlich entdeckte, war noch weit tragischer und komplizierter. Der junge Selbstmörder war ein Homosexueller gewesen, der seine Neigung erst kürzlich erkannt hatte. Er hatte eine sehr behütete Kindheit und Jugend gehabt. Mit anderen Männern war er nie zusammengewesen, und daß er homosexuell war, hatte er erst bei der Royal Air Force gemerkt. Er hatte sich in den wohl attraktiveren seiner beiden Hauskameraden verliebt, einen großen, blonden Sportler, sehr schneidig, aber wenig sensibel. Seine Liebe zu gestehen hatte er nicht gewagt. Homosexualität wird in den Streitkräften nach wie vor nicht geduldet, aber schon seine eigenen Hemmungen hätten genügt, um ihn an einem offenen Geständnis zu hindern. Solange die drei Flieger gemeinsam ausgegangen waren, hatte er leben können mit seinem Geheimnis, aber als seine Kameraden sich Freundinnen zugelegt hatten – zwei sehr attraktive junge Frauen, die am Tag der Untersuchung ebenfalls anwesend waren –, war er daran zerbrochen. Am Ende hatte er Hand an sich gelegt.

Ich war der einzige Mensch, der den ganzen Katalog der Leiden kannte, die zu seiner Verzweiflung geführt hatten, denn der junge Mann hatte einen verschlossenen Brief mit der Aufschrift *An den Coroner* hinterlassen, eine Praxis, die nicht ungewöhnlich bei Selbstmördern ist. Ich vermute, die schreckliche Einsamkeit des Todes läßt sich in manchen Fällen mildern, wenn man sich an eine anonyme Autorität dieser Art wenden kann.

Mein Büro behandelt solche Dokumente stets mit äußerster Diskretion. Etwaige Briefumschläge oder Päckchen zu öffnen bleibt mir vorbehalten. Es war, als säße der Verfasser bei mir im Beichtstuhl, als ich die Seiten überflog. Sein offenes Eingeständnis geheimer sexueller Wünsche fand ich eigenartig faszinierend. Zwischen uns gab es eine Verbindung.

Der junge Mann bat mich in seinem Brief, seine Eltern zu schonen. Ich sollte ihnen die eigentlichen Hintergründe verschweigen und einfach nur auf »Selbstmord im Zustand geistiger Verwirrung« erkennen. Das wäre kein besonderes Problem gewesen. Aber das war noch nicht alles. Im Umschlag des Briefs befand sich noch ein zweiter, ebenfalls verschlossener Brief. Diesen sollte ich, wenn die Untersuchung vorbei war, an den Kameraden des Toten weitergeben, den Gegenstand seiner Sehnsüchte.

Auch ohne ihn zu öffnen wußte ich, daß dieser Liebesbrief aus dem Jenseits wahrscheinlich alle Erklärungen enthielt, zu denen sich der junge Mann zu Lebzeiten nicht hatte durchringen können. Ich wußte, wie schrecklich diese Enthüllungen für seinen Freund sein würden. Wie ich schon häufig angemerkt habe, ist ein Coroner nicht nur den Toten verpflichtet, sondern auch den Lebenden. Anstand und Ehre bedeuten den Toten nicht das geringste. Nur die Lebenden machen sich darum Sorgen. Unter diesen Umständen gab es gute Gründe, den Brief zu vernichten, ungeöffnet und ungelesen.

Die Verhandlung fand nachmittags statt. Der Saal war ungewöhnlich voll. Es hatte einiges örtliches Aufsehen gegeben, und sogar die Presse war da. Außerdem war der Verstorbene ja Teil der großen, engverknüpften Royal-Air-Force-Gemeinschaft gewesen. Die gebeugten und schweigenden Eltern des jungen Mannes; seine beiden Freunde, in Uniform; ihre Freundinnen, tränenvoll und düster; verschiedene Offiziere von der Schwadron: eine ernste Versammlung.

Als der hochgewachsene junge Pilot, der die Leiche gefunden hatte, in den Zeugenstand trat, begann er zu weinen und brach schließlich völlig zusammen. Ich blieb gelassen, fürchtete aber insgeheim, er könnte mit irgend etwas herausplatzen, was eine Kenntnis der eigentlichen Gründe für die Verzweiflung seines toten Freundes enthüllte. Mit ruhiger Stimme bat ich ihn, uns zu erzählen, was er vorgefunden habe. Er könne sich getrost Zeit lassen. In langen Jahren habe ich die Erfahrung gemacht, daß ein Zeuge, wenn man ihn behutsam anspricht, auch in Augenblicken großer Verzweiflung noch dazu gebracht werden kann, die einschüchternde Atmosphäre des Gerichts zu vergessen und so zu reden, als wäre man mit ihm allein. Ich wartete also ein paar Sekunden und stellte ihm dann ein paar einfache Fragen. Der Tod ist oft ganz unkompliziert, und so war es hier auch. Der junge Flieger erzählte, er sei eines Nachmittags in sein Zimmer gekommen und habe seinen Kameraden tot im Bett gefunden. Daß der junge Mann unter Depressionen gelitten hatte, bestätigte er.

»Danke«, sagte ich und sah ihm direkt in die Augen. Es war dies der junge Mann, dem ich den Brief hätte geben sollen. Ich sah ihn blaß und erschüttert an seinen Platz zurückkehren. Ich sah, wie sich seine Freundin zu ihm herüberbeugte, um ihn zu trösten.

Der Rest der Verhandlung brachte keinen Zwischenfall mehr. Nachdem noch einige weitere Zeugen, darunter der Standortkommandant, sich geäußert hatten, kam ich zu meiner Zusammenfassung. Auf den Brief, den ich gelesen hatte, nahm ich nur in ganz allgemeiner Weise Bezug. Ich drückte der Familie des Verstorbenen mein Beileid aus und erkannte auf Selbstmord, hervorgerufen durch eine akute Depression im Zusammenhang mit dem Golfkrieg und den besonderen Belastungen seines Berufs, die ein willkommenes Alibi abgaben. Während ich diesen Spruch verkündete, konnte ich aus den Augenwinkeln den zweiten, immer noch ungeöffneten Brief vor mir auf dem Tisch liegen sehen.

Die Hinterbliebenen strömten hinaus. Auf dem Parkplatz hinter dem Gericht sah ich dann, wie die beiden jungen Männer sich in ihrer Trauer umarmten. Sie waren, wie gesagt, wirklich irrsinnig jung. Aber was mich aufbrachte und zu einer völlig unakzeptablen Handlung trieb, waren ihre beiden Freundinnen, die Arm in Arm danebenstanden und mit ihren engen schwarzen Röcken und durchsichtigen schwarzen Strümpfen einen geradezu herzlosen Chic zeigten.

Ich ging zu ihnen hinüber. Die jungen Männer sahen mich kommen und bemühten sich um korrekte Haltung angesichts der Autorität. In wenigen, respektvollen Worten erklärte ich, es sei mir nur noch eine Pflicht geblieben, die ich gegenüber ihrem Freund erfüllen müßte. Sie nickten mit ernsten Gesichtern. Ich merkte, daß sie keinerlei Vorstellung hatten, was auf sie zukam, und ihre Ahnungslosigkeit verschaffte mir eine dunkle, verbotene Lust. Ich griff in mein Jackett, nahm den Brief heraus und reichte ihn dem blonden Piloten. »Er bat mich, Ihnen das zu geben.«

Ich sah, wie er zögerte. »Was steht denn drin?« fragte er.

»Ich hab' keine Ahnung«, behauptete ich. »Das geht mich nichts an.«

Er bedankte sich, nahm den Brief und steckte ihn in seine Uniformbluse. Ich sah den jungen Leuten zu, wie sie zu ihren Autos gingen, und wußte genau, was ich gerade getan hatte.

6

Nach dem Spaziergang auf der Römerstraße erlebte ich tagelang keine Attacken von seiten der Bewohner der Jericho Lodge mehr, obwohl mir Kristina in meinen Gedanken nie fern war. Dann, nach ungefähr einer Woche, rief mein Bruder mich an und sagte, zwei seiner »Kumpel« aus Berlin, die jetzt ebenfalls in England lebten, kämen »am Sonntag auf einen Happen zu essen vorbei«. Ob ich nicht auch kommen wolle? Ich zögerte einen Moment und erwiderte dann: Natürlich, ich würde mich freuen. In Raymonds Stimme war zu meiner Erleichterung keinerlei Spannung zu hören. Mir war daran gelegen, den Umgang mit meinem Bruder auf einer Ebene größtmöglicher Normalität zu halten, und außerdem war es sicher ganz interessant, ein paar von seinen früheren Genossen kennenzulernen.

Seine Besucher waren beide ehemalige Kommunisten, aber damit endeten die Gemeinsamkeiten auch schon. Eric Payne und John Moore waren äußerst verschieden. Payne war mager, pedantisch und sehr beflissen. Er war mit Ray zusammen Dozent an derselben Hochschule gewesen. Beide hatten sie Bücher geschrieben. Ray hatte seine Geschichte Englands geschrieben. Payne war der Verfasser umfassender »Konvolute« über die Rolle der DDR beim Übergang der europäischen Nachkriegsgesellschaft zum Sozialismus, wie Raymond erklärte. Irgendwelche dickleibigen Propagandaschriften voller Jargon auf grauem Altpapier, nehme ich an. Paynes Kollege, John Moore, war ein großer, fülliger Chemiker aus London, dunkelhaarig und melancholisch. Small-talk war nicht seine Sache, und er wirkte ungeschickt in Gesellschaft. Payne war glücklich, wenn er mit seinen neurotischen kleinen Liebenswürdigkeiten glänzen konnte, aber bevor die eigentlichen Diskussionen losgingen, trug Moore nur ein schwaches gesellschaftliches Dämmerlicht zum Gespräch bei.

Nach einigen Minuten höflicher Konversation, bei der mich die beiden Besucher nach meinem Bruder befragten, fiel mir auf, daß Kristina noch nicht aufgetaucht war. Ich entschuldigte mich, verließ die Gäste für einen Augenblick und ging in die Küche. Mein Bruder trug eine lächerliche, mit Rüschen besetzte Schürze. Ein großes Sherryglas stand auf der Seite. Er hatte ganz offensichtlich getrunken. Als ich hereinkam, hantierte er gerade mit einem Salat. Das Radio blubberte im Hintergrund.

»Wo ist Kristina?«

»Ach«, sagte er lässig. »Ich hab' ihr vorgeschlagen, sie soll heute freinehmen.«

»Na, hör mal«, sagte ich schockiert. »Sie ist doch nicht deine Haushälterin.« Angesichts der Art und Weise, wie er seine Frau behandle, sei es nicht weiter erstaunlich, daß sich ihre Ehe in einer Krise befinde, hätte ich beinahe hinzugefügt, aber irgend etwas hielt mich zurück. »Was hat sie denn dazu gesagt?« fragte ich.

»Sie war entzückt«, sagte er. »Sie findet Eric und John etwas anstrengend.«

»Mir kommen sie völlig normal vor.«

»Die beiden erinnern sie an Dinge, die sie lieber vergessen möchte.«

»Was für Dinge?«

Raymond schnitt gerade mit größter Konzentration eine Gurke und sah mich nicht an. »Ach, laß doch heute mal deine Verhörmethoden beiseite. Ja, alter Junge?« Die Warnung in seiner Stimme war unüberhörbar. »Geh und schenk den Gästen nach, ja? Sei so lieb. Das Essen ist jeden Augenblick fertig.«

Ich bohrte nicht weiter, sondern ging wieder ins Wohnzimmer. Raymond hatte immer ein Schachbrett mit fertig aufgestellten Figuren auf dem Tisch im Erkerfenster stehen, und während meiner Abwesenheit hatten die beiden Besucher zu spielen begonnen. Ich sah zu, wie sie die Figuren rasch in die Mitte des Bretts schoben und in wohlvertrauten Frontlinien parierten und angriffen.

»In Berlin haben wir fast jeden Abend gespielt«, sagte Eric. »John gewinnt meistens. Nicht wahr, John?«

Moore runzelte die Stirn und schob einen Springer nach vorn. »Heute bin ich nicht in Siegerlaune«, sagte er mit dem starken Akzent eines Süd-Londoners.

Pfeifend trat Raymond herein und warf einen Blick auf das Schachbrett. »Damengambit abgelehnt«, sagte er. »Ach, die alten Methoden sind eben doch die besten.« Er schwenkte das Geschirrtuch. »Das Essen ist angerichtet, Genossen.«

Wir folgten meinem Bruder ins Eßzimmer, jetzt im schlichten Landhausstil eingerichtet. Die Mahlzeit mit dem Braten und dem verkochten Gemüse war ziemlich schwer und germanisch. Das einzige Zugeständnis an den Sommer war der wässerige Salat. Die drei älteren Männer in meiner Gesellschaft stürzten sich auf ihr Essen wie Schuljungen. Der Wein, ein spritziger Bordeaux, war ein Sonderangebot aus dem Supermarkt. Raymond schwärmte für so etwas, und als guter Gastgeber schenkte er dauernd nach.

Vor allem erinnere ich mich an die Heftigkeit der Diskussionen an diesem Tag. Selbst zu relativ unbedeutenden Themen wurde mit einer persönlichen Leidenschaft Stellung bezogen, die lebenslange Übung in ideologischen Debatten bewies. Die Auseinandersetzungen zogen sich den ganzen Nachmittag hin und schoben alle gesellschaftlichen Höflichkeiten beiseite. Ich war heilfroh, daß wir alleine waren. Eric und John entbehrten aller bürgerlichen Umgangsformen und schienen sie auch rückhaltlos zu verachten. Gleichzeitig waren sie ungeheuer rechthaberisch. Alles mußte ganz genau richtig sein. Und alles mußte gerechtfertigt werden. Der reinen Lehre entsprechen. Diese Männer waren Eiferer, und jetzt, wo sie wieder im Westen waren, fehlte ihnen der Gegenstand ihres Eifers. Allmählich verstand ich Kristina.

Wir diskutierten über alles und jedes, so schien es. Die Themen reichten vom amerikanischen Imperialismus in Panama und Nicaragua bis zur Krise des Kapitalismus, den ökologischen Katastrophen in Südamerika und der Unterdrückung in China. Gelegentlich griffen wir auch auf die Geschichte zurück und diskutierten den Vietnamkrieg oder die kubanische Intervention in Angola. Ich stellte fest, daß es zu jedem dieser Themen eine offizielle Interpretation gab, eine Deutung, die der marxistisch-leninistischen Theorie und der Linie der Partei entsprach, auch wenn Raymond und seine Gäste sich über die Einzelheiten der Theorie nicht ganz einigen konnten. Das war vielmehr das Schöne an der Sache: Man konnte endlos über alles streiten.

Wenn es ein Thema gab, was sie wirklich in Schwung brachte, dann war es das Versagen des Kommunismus, der Zusammenbruch ihrer Kirche. Zu dieser Quelle des Schmerzes und der Verwirrung kehrten sie immer wieder zurück. Es war eine klaffende Wunde, die niemals heilen würde. Sie hatten, wie Eric sich ausdrückte, *dem Weltgeist die Hände geschüttelt* und waren zu ihrer Überraschung dabei in die Hölle gezerrt worden. Stundenlang bewegten sie sich im Kreis und suchten in den Ereignissen des letzten Jahrzehnts nach Erklärungen für den plötzlichen Zerfall des kommunistischen Blocks. Dabei erwies sich Payne im Verlauf des Nachmittags als Stalinist der alten Schule. Für ihn ließen sich alle gegenwärtigen Probleme auf den XX. Parteitag zurückführen. Chruschtschows Geheimrede hatte den Verfall eingeleitet. Moore war natürlich anderer Meinung. Reformen waren unausweichlich gewesen. Man hatte die Fehler zugeben müssen. Offenheit und Wiederaufbau, Glasnost und Perestroika waren lebensnotwendig gewesen. Mein Bruder gab mal dem einen und mal dem anderen recht, während der Streit hin und her ging. Ich hätte gar nicht dazusein brauchen.

»Wir müssen zugeben«, sagte Raymond, »daß niemand so viele Kommunisten liquidiert hat wie die Kommunisten selbst.«

»Nenn die Dinge beim richtigen Namen«, sagte Moore. »Es wurde im Namen des Kommunismus *gemordet*.«

»Der Idealismus hat seinen Preis«, sagte Payne. »Wir wollten die Welt ändern. Wir waren jung und hatten Ideale. Wir wollten etwas Neues aufbauen. Wir hatten das Gefühl, eine neue Gesellschaft zu schaffen, und wir waren ... Nun ja, du weißt ja, wir waren ... Unsere Segel waren mit dem Wind von Utopia gefüllt.«

»Wir flogen nur so dahin«, sagte mein Bruder sehnsüchtig.

»Bitte versteht mich nicht falsch«, sagte Moore. »Ich bin immer noch Marxist. Überzeugter Marxist. Marx hat gesagt, der Kapitalismus wird sich sein eigenes Grab schaufeln, nicht wahr? Und das tut er jetzt, oder nicht?«

Gelegentlich trug ich auch etwas zum Gespräch bei, aber sie schienen es kaum zu bemerken. Gegen drei Uhr nachmittags hatten wir drei Flaschen Wein geleert, und der Tisch war mit den Überresten von Obst und Käse bedeckt. Mein Bruder bot Portwein und Brandy an. Ich ging in die Küche und kochte noch eine Kanne Kaffee. Als ich zurückkehrte, hatten sie ein neues Thema gefunden.

»Sie ist hier schon völlig zu Hause«, sagte mein Bruder. »Sie genießt das englische Leben wie ein Fisch im Wasser. Findest du nicht auch, Brüderchen?«

»Sie scheint sich mit den Nachbarn sehr gut zu verstehen«, sagte ich beiläufig.

Mein Bruder warf mir einen dankbaren Blick zu. »Ich bin froh, daß ich wieder zu Hause bin. Die Kinder sind glücklich, und meine Frau ist es auch. Was soll ich mir noch mehr wünschen?«

»Du hast dich gut geschlagen«, sagte Moore und sah meinen Bruder aufmerksam an. »Wenn ich mich recht erinnere, hat Kristina doch immer gesagt, sie würde Berlin nie verlassen.«

Ich beobachtete Raymond von der Seite. Seine alten Genossen konnte er nicht so leicht täuschen wie mich.

»Das kann schon sein«, entgegnete er. »Aber die Dinge ändern sich, weißt du?«

»Ach, die schöne Kristina«, sagte Payne sehnsüchtig. *»La belle dame sans merci.«*

Das war eine Bemerkung, die mich interessierte. »Haben Sie Kristina gekannt, ehe sie Raymond geheiratet hat?« Ich richtete meine Frage an Payne, aber Moore gab die Antwort.

»Oh, ja«, sagte er. »Wir alle kannten Kristina.«

»Kristina arbeitete für die Regierung«, sagte mein Bruder abrupt, »da mußte sie natürlich alle Engländer in Ost-Berlin kennen.«

»Aber du warst der Glückspilz«, sagte Payne lächelnd. »Wo andere gescheitert sind, hast du den Sieg davongetragen.«

Moore schüttelte den Kopf, und ich fragte mich, ob er wohl ein enttäuschter Verehrer Kristinas war. »Ich ziehe den Hut, Genosse. Keiner von uns hat gedacht, du könntest sie halten.«

Raymond spielte unbehaglich mit einer Orange. »Es sank das Schilf am See und singt kein Vogel mehr.« Es schien ein Selbstgespräch zu sein. Dann hob er den Blick und sah seine beiden früheren Kollegen fest an. »Ja«, sagte er. »Ich hab' sie gehalten.«

»Gräm dich nicht«, sagte Payne und zwinkerte mir über den Tisch zu. »Vielleicht kommt es ja gar nicht zum Schlimmsten.«

»Letzten Endes«, sagte Moore, »hat eben alles seinen Preis.«

»Kristina schien schon immer eine teure Frau zu sein«, sagte Payne, »aber ich kann mir vorstellen, daß sie jeden Penny wert ist.«

»Eine bemerkenswerte Frau«, sagte Moore trübsinnig.

Das Gesicht meines Bruders hellte sich auf. »Danke, John.«

Im nachfolgenden Schweigen überlegte ich, was mir diese beiden Besucher wohl über Kristinas Vergangenheit sagen könnten, aber mir war durchaus klar, daß Raymond mir nicht dafür danken würde, wenn ich diese Richtung des Gesprächs fortsetzte.

»Wie geht's denn deinen anderen Frauen?« fragte Payne kumpelhaft.

»Sie wachsen, blühen und gedeihen auf meine Kosten«, sagte Raymond. »Alle beide, möge Gott sie strafen.«

»La belle dame sans merci«, sagte Payne noch einmal geistesabwesend. »Von unserer kleinen Konferenz im Juli hast du sicher gehört?«

»Natürlich.«

Mein Bruder schien sich jetzt wieder auf festerem Grund zu befinden und beteiligte sich mit neuer Energie am Gespräch. Payne und Moore bereiteten eine Art »Sozialismus-was-nun?«-Symposion vor. Als sie Raymond von den einzelnen Themen und Diskussionsteilnehmern erzählten, fiel mir auf, daß sie sich intensiv bemühten, die Welt, die sie gerade verlassen hatten, neu zu erschaffen. Statt sich auf die neue Welt der Freiheit und der unbegrenzten Möglichkeiten einzulassen, die vor ihnen lag, suchten sie nach den Beschränkungen von gestern.

»Hättest du Lust, einen der Gesprächskreise zu leiten?« fragte Moore.

»Sicher«, sagte Raymond. »Mit dem größten Vergnügen. Ich helfe jederzeit gern.« Er schien begierig, teilzunehmen.

»Es macht dir nichts aus, öffentlich aufzutreten und auf dem Podium zu sitzen?«

Raymond sah peinlich berührt aus. Er schien wütend werden zu wollen. »Warum sollte mir das etwas ausmachen?«

»Ach«, sagte Payne unbestimmt. »Ich dachte nur ... Ich meine, die Leute stellen oft so komische Fragen und behaupten die wüstesten Dinge.«

Es entstand eine Pause, während Raymond über das Problem nachdachte. Sein Stolz kämpfte gegen seine Besorgnisse, aber ich war mir ziemlich sicher, daß der Stolz gewinnen würde. »Kein Problem«, sagte er, »es gibt nichts, dessen ich mich schämen müßte.« Er lächelte schwach. »Und an Auseinandersetzungen bin ich gewöhnt.«

Moore und Payne warfen sich einen Blick zu. »Na, gut. Dann ist das ja geklärt. Wir freuen uns –«

Moore unterbrach sich. Er hatte – nein, wir alle hatten gehört, daß draußen ein Wagen vorfuhr. Raymond warf einen Blick auf die Auffahrt hinaus. »Das ist wahrscheinlich Kristina«, sagte er. »Hallooo!«

Eine außerordentliche Verwandlung ging am Mittagstisch vor. Besorgnis, ja geradezu Panik verbreitete sich. Die drei Männer benahmen sich, als wären sie bei irgend etwas Ungebührlichem überrascht worden. Payne und Moore standen auf und entschuldigten sich. Raymond sah auf die Uhr, ließ einen verblüfften Ausruf ertönen und trug das Geschirr in die Küche.

»Wir helfen dir beim Abwaschen«, rief Payne.

»Nicht der Mühe wert«, rief Raymond von draußen. »Das schaffe ich schon allein.«

»Tja, vielleicht sollten wir uns auf den Weg machen«, sagte Moore. »Dann kommen wir nicht so in den dicken Verkehr.«

Kristina trat ein, die Kinder liefen vor ihr her. Als sie den Raum voller Männer sahen, blieben sie stehen und verstummten. Kristina wandte sich mit einem kalten, höflichen Lächeln an die Besucher und sagte etwas auf deutsch, was ich für eine Begrüßung hielt. Moore und Payne antworteten ziemlich verlegen. Daß ihnen unbehaglich war, ließ sich nicht übersehen. Innerhalb weniger Minuten hatten sie sich verabschiedet. Schweigen senkte sich über den Raum, und plötzlich war ich mit Kristina allein.

»Ein amüsantes Mittagessen«, sagte ich, während wir abräumten.

»Wie haben sich die Genossen benommen?«

»Sie haben sich über alles gestritten.«

Kristina verzog das Gesicht. »Sie streiten sich immer. Sie reden ständig über Prinzipien, aber sie haben keine Moral.«

»Ach«, sagte ich. »Sie schienen dich sehr zu mögen.«

Kristina blieb abrupt stehen. »Was haben sie über mich gesagt?«

»Nur schmeichelhafte Dinge. Ich glaube, sie waren beide auf dich scharf«, sagte ich.

Kristina wandte sich zur Tür. »Das ist eine Unverschämtheit.«

»Ich verstehe nicht ganz.«

»Das sind typisch englische Heuchler. In Berlin haben sie ständig Witze darüber gemacht, daß ich Raymond geheiratet habe.«

»Dann war es vielleicht ganz gut, daß du heute mittag nicht da warst.«

»Das glaube ich auch.« Als Raymond hereinkam, wechselte Kristina den Tonfall. »Es war so nett heute. Ich war im Vogelschutzgebiet mit den Kindern.«

»Kristina liebt Vögel«, sagte mein Bruder, als ob seine Frau immer noch weg wäre.

Sie warf ihm einen prüfenden Blick zu. »Was hat Payne gemeint, als er sagte, ihr seht euch in London?«

»Sie haben mich zu einer Konferenz eingeladen«, sagte Raymond mit dem dumpfen Trotz eines Mannes, der seit dem Mittagessen getrunken hatte. »Ich habe angenommen.«

»Aber –« Kristina sah ärgerlich aus. »Du hast doch gesagt, du würdest so etwas nie wieder machen. Die Leute werden Fragen stellen. Du weißt doch, wie ich das hasse.«

»Na ja, du wirst ja nicht dabeisein, oder?« Raymond beugte sich über den Tisch. »Ich werd' damit schon fertig, nicht wahr, Julian?«

»Ich glaube, da halte ich mich lieber raus«, sagte ich.

»Du mischst dich doch sonst überall rein. Was ist los mit dir heute?«

»Wann ist denn diese Konferenz?« fragte Kristina.

Raymond nannte das Datum, ein Wochenende Anfang Juli. Ich überlegte, wie ich Frieden stiften könnte, aber Kristina ließ mich gar nicht zu Wort kommen.

»Aber das ist doch Saschas Geburtstag! Hast du das vergessen?« sagte sie anklagend.

»Das tut mir leid«, sagte Raymond. »Da habe ich irgendwie nicht dran gedacht.«

Ich merkte, daß alle Freude über den Besuch seiner Freunde sich in diesem Satz auflöste. »Wißt ihr was?« sagte ich. »Raymond fährt nach London, und ich mache mit den Kindern und dir einen Ausflug ins Blaue, eine *Magical Mystery Tour.*«

Kristinas Stimmung besserte sich. »Danke, Julian«, sagte sie mit einem anzüglichen Blick zu ihrem Mann hinüber. »Das wäre ganz wunderbar.«

»Tolle Idee«, sagte Raymond. »Und am Abend holen wir die Geburtstagsfeier im großen Stil nach.«

»Vielleicht«, sagte Kristina. »Du brauchst dich nicht zu beeilen, wenn du dich in London gut amüsierst.« Und damit ging sie ins Wohnzimmer.

Raymond zuckte die Achseln. »Manchmal«, sagte er, während wir das letzte Geschirr in die Küche hinaustrugen, »manchmal habe ich das Gefühl, ich mache nichts richtig.«

7

Der Ausflug mit Kristina und den Kindern sollte uns nach Box Hill führen. Ich gedachte mich der literarischen Assoziationen zu erfreuen, die sich mit diesem Ort verbinden, und die Fahrt dorthin würde auch hübsch sein. Wenn das Wetter entsprechend war, konnten die Kinder im Freien spielen, während Kristina und ich das Geburtstagspicknick vorbereiteten. Der bekannte Ausflugsort übte aber auch auf meine dunklere Seite eine gewisse Anziehungskraft aus. Ich wußte, daß in den malerischen Büschen und Hecken auf dem Box Hill schon zahlreiche Opfer eines gewaltsamen Todes entdeckt worden waren.

Wir hatten Glück, es war ein schöner Tag. Wir setzten Raymond mit seiner Aktentasche am Bahnhof ab und machten uns kurz nach neun Uhr auf den Weg. Die Kinder und der Hund saßen aufgeregt hinten im Auto. Sascha war seit Stunden wach und hatte wegen seiner Geschenke gequengelt. Ich war auch aufgeregt. Als Überraschung für Kristina hatte ich eine Flasche Champagner in die Kühlbox gepackt. Es herrschte eine richtige Party-Stimmung, als wir den Bahnhofsvorplatz verließen.

»*One is one and all alone …*«, summte ich. Im Rückspiegel konnte ich Raymond immer noch winken sehen. Leider muß ich sagen, daß es uns alle erleichterte, als wir uns von ihm trennten.

Kristina sah mich an. »Du bist glücklich.«

»Du auch.«

Wir lächelten uns hemmungslos an. Mir wurde ganz schwindlig bei der Vorstellung, daß ich Kristina einen ganzen Tag lang für mich hatte. Raymond würde erst spät am Abend zurück sein.

Von Brighton nach Box Hill fährt man nur knapp eine Stunde, und wir amüsierten uns gut auf der Fahrt. Wir sangen Lieder und spielten Ich-seh'-etwas-was-du-nicht-siehst.

In meiner Gegenwart sprachen die Kinder Englisch mit ihrer Mutter, und mir fiel auf, daß sie die Sprache inzwischen schon ganz geläufig benutzten. Hätte uns jemand beobachtet, wie wir so dahinbummelten, wäre er ohne weiteres zu dem Ergebnis gekommen, daß ich mit meiner attraktiven Frau und unseren zwei Kindern auf einer Landpartie war. Wir sahen aus wie eine glückliche Familie, und in gewissem Sinne waren wir das auch. Nicht zum ersten Mal seit Kristina und ihre Kinder in mein Leben getreten waren, bedauerte ich, selbst keine Familie zu haben.

Es war einer dieser trägen Julitage, an denen die Zeit stillzustehen scheint. Die Hitze flimmerte vor uns auf der Straße, und die entgegenkommenden Autos schienen auf ihren Spiegelbildern zu schweben. Wir kamen zum Box Hill, und ich parkte im Schatten, direkt vor einer herrlichen Aussicht. Sascha und Olga sprangen aus dem Auto und begannen die Umgebung zu erforschen. Der Hund folgte aufgeregt bellend. Kristina rief hinter ihnen her, aber ich beruhigte sie. »Es sind genug andere Familien hier«, sagte ich. »Es passiert ihnen nichts.«

In der Tat waren wir nicht ganz allein auf dem Hügel, aber wir fanden ein abgeschirmtes Plätzchen im Schatten. Kristina legte eine große karierte Decke ins Gras. Ich stellte die Kühltasche hin und zog mit großer Geste den Champagner heraus. »Überraschung!«

Zu meinem Entzücken errötete sie. »Du bist sehr lieb zu mir, Julian.«

Ich hatte diesen Augenblick geplant. »Ich liebe dich«, sagte ich, als ich Kristina ihr Glas reichte. Ich hatte mich vor diesen Worten gefürchtet, aber hier im Freien war es gar nicht so schwer, so etwas über die Lippen zu bringen.

»Du solltest so etwas nicht sagen«, sagte Kristina.

»Liebst du mich?« Jetzt wurde ich leichtsinnig. »Du mußt es mir sagen.«

»Natürlich liebe ich dich, Julian, aber nicht so, wie du meinst.«

Jetzt, wo wir allein waren, hoffte ich, daß sie weniger zurückhaltend sein würde, aber wie es schien, gab es da etwas, worüber sie nicht hinwegsehen konnte. Ich glaubte, in ihren Augen Verzweiflung und Erregung gleichermaßen zu lesen.

Wir ließen leise unsere Gläser klingen, und dann begann ich Kristina nach ihren Gefühlen zu fragen. Allein mit dieser schönen Frau auf einer idyllischen Wiese, mit dem prickelnden Champagner im Magen, sagte ich zu meiner eigenen Überraschung: »Ich will mit dir schlafen, Kristina.«

»Gleich hier?« Sie lachte in gespielter Bestürzung. »Julian!«

»Nein.« Ich sprach mit der ganzen Ernsthaftigkeit eines leidenschaftlichen Verehrers. »Ich will richtig mit dir schlafen. Ich möchte in deinen Armen aufwachen.«

»Ihr seid alle gleich«, unterbrach sie. »Alles, woran ihr denkt, ist euer Schwanz.«

»Dieses Wort benutzt man nicht in guter Gesellschaft«, sagte ich mit einem Lächeln.

»Tut mir leid.« Sie senkte die Augen. »Ich lerne meine Sprache bei den Kindern. Sie bringen sie mit aus der Schule, und ich kann sie nicht korrigieren.«

»Trotzdem«, sagte ich, um das Gespräch wieder in meine Richtung zu bringen. »Wie kannst du so etwas über mich sagen? Ich liebe dich um deiner selbst willen.«

Da wurde sie still. »Aber es ist doch unmöglich. Du weißt es. Hast du vergessen? Ich bin mit deinem Bruder verheiratet.«

Ich hatte es nicht vergessen. Tausendmal hatte ich das Problem in meinem Kopf herumgewälzt. »Könntest du dir eine Scheidung vorstellen?«

Jetzt hatte ich sie verblüfft. Sie wandte den Blick ab und seufzte. »Du willst mich wirklich, nicht wahr?«

Der Champagner summte in meinem Kopf. Ich beugte mich über die Decke und küßte sie auf den Mund. Diesmal sträubte sie sich nicht, sondern öffnete ihre Lippen für mich. Wir küßten uns immer noch, als der Hund auf die Decke gesprungen kam und wir die Kinder durch die Büsche herantürmen hörten. »Jack! Jack!« schrien sie.

Kristina und ich fuhren auseinander. Ich hatte Angst, Olga könnte ihrem Vater etwas erzählen.

Ich sah die Kinder über die Wiese herankommen. »Hallo«, rief ich. »Jetzt gibt's was zu essen!«

»Krieg ich jetzt mein Geschenk?« fragte Sascha.

»Aber natürlich«, sagte ich und kramte in meiner Tasche,

»es ist ja schließlich dein Geburtstag.« Ich hatte ihm einen kleinen Kassettenrecorder gekauft, den er sich gewünscht hatte, und jetzt sah ich zu, wie er ihn auspackte. Der kleine Junge war stumm vor Staunen und Freude. Als ihm Kristina ein schüchternes »Danke schön« abpreßte, dachte ich mir im stillen, daß es sicher gut wäre, die Kinder auf unserer Seite zu haben.

Wir ließen uns zum Essen nieder. Wurst, Obst und Käse, hübsch angerichtet. »Ein richtiges deutsches Picknick«, sagte Kristina. Aber ich muß zugeben, ich habe nur darauf gewartet, daß es endlich vorbei war. Ich wartete darauf, daß die Teller weggeräumt und die letzten Reste dem Hund hingeworfen wurden und die Kinder wieder in den Büschen verschwanden. Ich wollte mit Kristina auf der Decke liegen, ungestört und allein.

Aber die Kinder legten sich quer. Sie blieben sitzen und fingen an, auf der Decke zu spielen. Sascha probierte alle Knöpfe des Recorders aus, verstellte seine Stimme und hörte sich dann die Aufnahmen an. Gleichzeitig, so schien mir, beobachtete er seine Mutter, und bei Olga war es dasselbe. Gelegentlich sagten sie etwas auf deutsch zu ihr, und sie gab ihnen einsilbige Antworten. Ich hoffte, daß sie ebenfalls mit mir allein sein wollte. Aber die Kinder gingen einfach nicht weg.

Nach einer Weile stand ich auf und warf die Champagnerflasche in den überquellenden städtischen Abfalleimer. Abergläubisch, wie ich nun einmal bin, steckte ich den Korken mit der zerrissenen Goldfolie als Souvenir ein. Dann las ich wie ein gelangweilter Familienvater die Samstagszeitungen und hörte nebenbei auf Kristinas Stimme. Von Zeit zu Zeit ermunterte sie die Kinder, doch noch einmal loszugehen und die Gegend zu »erforschen«, aber sie weigerten sich hartnäckig. Wahrscheinlich hätte ich es an ihrer Stelle genauso gemacht. Dann machte ich in meiner Ungeduld einen Fehler. Ich zog fünf Pfund heraus und schlug Olga vor, sie sollte doch mit ihrem Bruder ein Eis kaufen gehen.

»Ich will kein Eis«, sagte Olga. »Ich will nach Hause.«

Sascha schloß sich ihr an. »Es ist mein Geburtstag«, sagte er. »Warum können wir nicht nach Hause?«

»Es ist noch zu früh«, sagte ich. »Wir sind doch gerade erst angekommen.«

»Wir sind schon ewig hier«, sagte Olga. »Hier ist es ganz scheußlich. Warum können wir nicht nach Hause?«

Olga fing an zu heulen, und Sascha daraufhin ebenfalls. Beide klammerten sich an ihre Mutter. Kristina tröstete sie auf deutsch. Ich stand auf. »Kommt, wir machen einen Spaziergang«, sagte ich. »Dann können wir nach Hause fahren.«

Die Stimmung der Kinder hellte sich auf, aber alle Hoffnung auf ein bißchen Zweisamkeit war dahin. Wir legten die Decke zusammen und wanderten am Hang entlang. Es saßen noch einige andere Familien im Gras und übten die Rituale des Sommers. Olga rannte mit fliegenden blonden Haaren voraus. Sascha nahm Kristinas Hand und griff dann nach meiner, und wir ließen ihn zwischen uns schaukeln, immer höher und höher. Er wurde mächtig aufgeregt. »Noch mal«, schrie er, »noch mal.«

Kristina schüttelte den Kopf. »Das ist genug für einen Tag.«

Sascha begann zu betteln, aber Kristina blieb hart. Der kleine Junge riß sich los und rannte hinter seiner Schwester her. Ich nahm Kristinas Hand in meine. Sie erwies sich als warm, vertrauensvoll und sicher.

»Du hast nette Hände«, sagte sie und drehte meine Finger nach oben.

»Und an dir ist alles nett«, sagte ich.

Kristina zog ein Gesicht. »Du hast ja keine Ahnung.« Ein schmerzlicher Ausdruck trat in ihre Augen. »Ich glaube, ich bin keine nette Person.«

»Ich mag sowieso lieber ehrliche Menschen.«

»Erzähl mir nichts von Ehrlichkeit«, erwiderte sie. »Ehrlichkeit ist das Wort, das wir benutzen, um die liebsten Menschen in unserer Umgebung zu kränken.«

Als ich in ihren Augen nach einer Erklärung suchte, schüttelte Kristina den Kopf. »Jetzt nicht«, sagte sie und zog mich zu sich heran. »Ich will dir den Ausflug nicht ruinieren.«

Wir blieben stehen und küßten uns. Man hörte Kinderlachen aus der Entfernung, aber das störte uns nicht. Ich spürte ihren warmen, drängenden Körper an meinem. Ich versuchte mir einzureden, daß sich unser beider Leben gerade zu jener intimen Verbindung verschlang, die eine Beziehung ausmacht, aber insgeheim wußte ich, daß ich in etwas hineingezogen wurde, das über meine bisherige Erfahrung hinausging.

Es wurde Nachmittag. Wir wanderten, rasteten, spielten Verstecken, kauften Eis, gingen noch ein Stück weiter und dösten im Schatten. Als die Sonne sich über das trockene Gras senkte, war es Zeit, nach Hause zu fahren. Mit brennenden Gesichtern kehrten wir zurück zum Auto. Die Sitze waren aufgeheizt, und das Lenkrad war ein Ring von glühendem Bakelit. Sascha fing gleich wieder an zu weinen. Erst als wir Decken und Handtücher auf dem Rücksitz ausgebreitetet hatten, gelang es uns, die Kinder wie ängstliche Tiere ins Auto zu locken. Als wir vom Parkplatz fuhren und langsam den Abhang hinunterrollten, kühlte die Abendluft unsere Köpfe und erfüllte uns mit Leichtsinn und Sehnsucht.

Eine Zeitlang fuhren wir ohne zu sprechen. Auf der anderen Straßenseite zischten die Autos vorbei und akzentuierten die Stille. Schließlich sagte Kristina: »Ob sich Raymond wohl gut amüsiert?«

»Bestimmt«, sagte ich. »Wenn er mit den Genossen diskutieren kann, ist er in seinem Element.«

Wir kamen nach Mansfield, ich fuhr Kristina mit den Kindern zur Jericho Lodge und brachte die Picknicksachen ins Haus. Unschlüssig blieb ich an der Fahrertür stehen. Kristina drehte sich zu mir um. »Fahr noch nicht«, sagte sie. »Komm und hilf mir.«

Das Haus war kühl und still. Die Umzugskisten von *Mr. Mover* standen immer noch in der Küche, so als wären Kristina und Raymond noch immer nicht ganz eingezogen.

»Wann, glaubst du, wird Raymond zurückkommen?« fragte ich.

»Irgendwann später.« Kristina zuckte gleichgültig die Achseln. »Er ruft wahrscheinlich von London aus an, damit ich ihn vom Bahnhof abhole. Oder vielleicht nimmt er ein Taxi.«

Sie ging nach oben, um die Kinder zu baden und ins Bett zu bringen. Ich setzte mich unten ins Wohnzimmer und sah mir im Fernsehen ein Cricketspiel an. Das Wohnzimmer war mit schweren Möbeln im altdeutschen Stil ausgestattet, gar nicht nach meinem Geschmack. Ich fing an zu überlegen, wie ich es wohl einrichten würde.

Nach ein paar Minuten erschien Sascha im Bademantel mit frischgebürsteten Haaren. Er war jetzt bettfertig. In den Händen trug er *The Tale of Samuel Whiskers.*

»Liest du mir etwas vor?«

Ich zeigte auf den Platz neben mir, stellte den Fernseher ab und fing an zu lesen. Alsbald erschienen auch Kristina und Olga und setzten sich ebenfalls auf die Couch. Sascha lehnte sich an mich und schlief leise ein. Kristina nahm ihn hoch und trug ihn auf Zehenspitzen nach oben. Ich las die Geschichte zu Ende.

»Huh«, sagte Olga. »Das war unheimlich, das hat mir gefallen.«

Kristina kam zurück und sagte Olga, sie solle ins Bett gehen. Ich blieb allein im Wohnzimmer sitzen und starrte zum Fenster hinaus in die Abenddämmerung. Nach einiger Zeit kam Kristina wie ein Schatten ins Zimmer, setzte sich neben mich und küßte mich auf den Mund. Ich legte meine Arme um sie und spürte, wie ich die Beherrschung verlor, um so mehr weil ich wußte, daß wir jetzt ungestört bleiben würden. Aber plötzlich riß Kristina sich los.

»Soll ich dir was zum Abendessen machen?«

Ich wußte nicht, was ich sagen sollte. Plötzlich schien alles wieder in der Schwebe zu sein. »Ich könnte ja etwas trinken«, sagte ich schließlich.

Verlegen standen wir auf und gingen hinaus in die Küche. Ich machte den Kühlschrank auf und goß uns zwei Gläser Wein ein, während ich zusah, wie sie Butter und Brot auf den Tisch stellte. »Sehr gut. Ich fühle mich schon richtig zu Hause hier«, sagte ich.

Ich vermochte kaum zu atmen. Wir standen am Abgrund. In diesem Augenblick fing das Telefon an zu klingeln.

Kristina beeilte sich den Hörer abzunehmen. Als ich sie deutsch reden hörte, wußte ich gleich, daß es Raymond war. Voller Enttäuschung überlegte ich, wo sie ihn wohl abholen würde. Als sie ins Zimmer zurückkam, warf sie mir einen eigenartigen Blick zu.

»Raymond bleibt über Nacht in London«, sagte sie. »Die Konferenz endet erst morgen, und er möchte noch an den Diskussionen am Vormittag teilnehmen.«

»Amüsiert er sich gut?«

»Es klang, als wäre er betrunken.«

»Ja, ja, die Genossen.«

Kristina streckte ihre Arme aus. »Komm«, sagte sie.

8

Raymond erkundigte sich nur höchst oberflächlich nach unserem Ausflug zum Box Hill. Er war am nächsten Tag mit dem Zug zurückgekommen und hatte sich verhalten, als wäre gar nichts gewesen. Kristina war nicht weiter erstaunt über diese Zurückhaltung. »Er redet viel von Ehrlichkeit«, sagte sie, »aber alles, was er kennt, sind Lügen.«

Das Leben ging weiter, aber es hatte nichts Irdisches mehr. Alle meine Gebete waren erhört worden. Ich wußte jetzt, was Risiko war. Ich war zum Mitspieler in einem jener Dramen geworden, die ich sonst nur aus der Zeitung kannte, und ich war überrascht, wie gewöhnlich das Außergewöhnliche sein kann.

Ich sorgte dafür, daß Kristina ein Kindermädchen bekam. Jane Parry war ein freundliches, rundgesichtiges Mädchen aus Mansfield. Tagsüber kümmerte sie sich um Olga und Sascha, abends nach sechs ging sie nach Hause zu ihrer kränkelnden Mutter. Ich hatte ihren inzwischen verstorbenen Vater erfolgreich in einer Unfallsache vertreten und wußte, daß seine Tochter zuverlässig sein würde. Meine eigene Rolle in diesen Arrangements stärkte ich durch die Anschaffung eines Autotelefons, und zumindest Reverend Findlater war ehrlich neidisch auf dieses Managerspielzeug.

Kristina konnte mich jetzt jederzeit allein besuchen. Gelegentlich fuhr ich in diesem Sommer in der Mittagspause nach Hause, eine Fahrt von fünfundzwanzig Minuten, wenn ich mich beeilte, und fand Kristina damit beschäftigt, den Tisch für uns zu decken oder eine kühle Flasche Weißwein aus meinem Keller zu öffnen. Ich brachte ihr Blumen, Kleider oder Parfum mit. Oft rührten wir das Essen gar nicht an. Kristina war eine Frau mit großem sexuellem Appetit, und ihre raffinierte Sinnlichkeit löste eine wahre Besessenheit bei mir aus.

Andererseits fürchtete ich, daß unsere ehebrecherischen Begegnungen in meinem Haus unliebsame Kommentare auf sich ziehen könnte, und deshalb versuchte ich, sie so oft wie möglich auf neutralem Boden zu treffen oder auch in der Jericho Lodge. Ich muß sagen, daß Kristina die ganze Entschlossenheit einer Frau zeigte, die das, was sie wollte, im allgemeinen auch bekam. Sehr geschickt ermutigte sie Raymond, die Bibliotheken in London für seine Recherchen zu nutzen. Auf diese Weise waren wir in der Lage, gelegentlich sogar nachts zusammenzusein. Ein paar Stunden lang konnte ich mir dann einbilden, wir würden eine Möglichkeit finden, zusammenzuleben, selbst wenn wir Raymond dafür aus dem Weg räumen mußten. Wenn sie allein zu Haus war, entspannte sich Kristina und wurde fast heiter. Im Rückblick scheint es mir, als wäre sie an diesen Abenden am ehesten sie selbst gewesen in meiner Gesellschaft.

»Schau«, sagte sie eines Abends, als Raymond nicht da war und die Kinder im Bett lagen. »Da schläft er jetzt neuerdings.«

Sie stieß die Tür zum Gästezimmer auf. Es war ein kalter, leerer Raum. Ein schmales Bett mit einer dicken Decke, ein holzgerahmtes Plakat von Lenins hundertstem Geburtstag und eine kleine Nachttischlampe waren die einzige Einrichtung. Die Wände waren weiß und kahl. Es gab keine Bücher.

»Sehr spartanisch«, sagte ich.

»Er will es so.«

Ich umarmte Kristina. »Zu dir würde das nicht passen.«

Als ich ins Haus gekommen war, hatte ich sie vor dem Fernseher gefunden, wo sie in einem verlockenden bunten Versandhauskatalog blätterte. Auf meine verschiedenen Fragen hin hatte sie plötzlich erklärt, daß sie gern nach Amerika gehen würde.

»Raymond hat gesagt, du wolltest nach Deutschland zurück.«

Sie warf mir einen geringschätzigen, ja, geradezu hochmütigen Blick zu. »Raymond kannst du nicht trauen.« Heftig zog sie mich an sich. »Du mußt die Dinge von meinen Lippen nehmen.«

Wir küßten uns. Ich hielt sie in meinen Armen, aber sie schien nicht mehr ganz bei mir zu sein, und ich war ein bißchen enttäuscht.

»Würdest du wirklich nach Amerika gehen?« sagte ich. »Du bist doch gerade erst nach England gekommen.«

»Hier gibt es für mich keine Arbeit. In Amerika könnte ich mein Geld selbst verdienen.«

»Was würdest du da machen?«

»Übersetzen und dolmetschen. Ich kann schließlich fünf Sprachen.« Man konnte ihr den Stolz von den Augen ablesen. »Ich kann mich schon durchschlagen.«

Wenn man Raymond glauben konnte, wußte sie nur zu gut, wie man sich durchschlug. Ich konnte mir Kristina gut in eleganten Restaurants und schicken Boutiquen vorstellen. Unser kleines Intermezzo wäre dann nur allzu bald vergessen. Der Gedanke beunruhigte mich. »Amerika soll scheußlich sein.«

»Ja, Raymond sagt das auch.« Kristina legte den Versandhauskatalog beiseite. »Ihr redet immer davon, ihr wärt so verschieden, aber mir kommt ihr so gleich vor.« Sie streckte ihre Arme aus. »Komm mit mir nach Kalifornien«, sagte sie und zog mich zum Schlafzimmer.

Und so wurde »Kalifornien« unser Codewort für Intimität. Wenn wir in »Kalifornien« waren, konnten wir der Realität der Welt entfliehen, die wir selbst geschaffen hatten. De facto war es ein Ort, an den wir viel dachten, den wir aber selten besuchten. Wir redeten von »Kalifornien« mit der Sehnsucht von Goldsuchern, die von den fabelhaften Schätzen jenseits der Berge gehört hatten, aber im Hin und Her des Alltags blieben unsere Planwagen oft genug auf dem Weg dahin stecken.

Ich war völlig absorbiert von unserer Affäre. Ich glaubte etwas zu erleben, was ich zuvor nicht gekannt hatte: Gleichberechtigung in der Liebe. Wenn wir allein waren, waren wir leidenschaftlich und zärtlich. In Gesellschaft waren wir diskret und zufrieden. Wir sagten, wir wollten niemandem weh tun, aber vor allem bemühten wir uns, dem Klatsch im Dorf zu entgehen. Wir waren ständig in Sorge, die Leute könnten

Kristinas Kommen und Gehen bemerken. Mein Bruder stellte mir keine Fragen. Er werkelte still vor sich hin und redete ab und zu von seinen Memoiren. Im Rückblick muß man sagen, daß unser Verhalten eine abscheuliche Beleidigung seiner Gutartigkeit war.

Es war inzwischen Mitte Juli, fast schon August, Hochsommer, jener Augenblick im Jahreslauf, wenn die Tage endlos scheinen und sogar die Zeit sich beruhigt. Sooft wir konnten, machten wir uns allein auf den Weg, um zu wandern. Wir liebten uns in den Wiesen unter dem makrelenblau gestreiften Himmel. Kristina wurde täglich schöner in meinen Augen. Ihr Verhalten wurde spontaner. Sie lachte und konnte sich richtig freuen. Es gab immer noch dunkle, schattenhafte Bereiche ihrer Seele, die ich nicht erreichte und die sie nicht öffnete, aber das störte mich nicht. Ich sagte mir, im Lauf der Zeit würde ich da schon noch hinkommen, wenn ich nur Geduld hätte.

Ich muß gestehen, daß ich in meiner Liebe zu Kristina immer weniger Aufmerksamkeit auf meine Arbeit richtete. Immer wieder mußte ich Akten in letzter Minute auf dem Weg zum Gericht überfliegen, immer wieder gähnte ich im Gerichtssaal, und manchmal verpaßte ich auch wichtige Schritte in der juristischen Argumentationskette. Nur ein sehr aufmerksamer Beobachter hätte wahrscheinlich bemerkt, daß ich nicht in Bestform war, aber ich selbst war mit meinen Leistungen nicht zufrieden. Ich war immer stolz auf meine professionelle Arbeit gewesen und hatte nichts mehr gefürchtet als den Vorwurf provinzieller Inkompetenz, doch jetzt war mein Verhalten angreifbar geworden. Dieses unangenehme Gefühl veranlaßte mich, die Welt des Ungesagten zu verlassen und meine Wünsche in Worte zu fassen.

Ich lag mit Kristina im Bett. Wir hatten gerade die Uhr auf dem Kaminsims zwei schlagen hören. In wenigen Minuten würde ich aufstehen, meinen Anzug anziehen und zurück in die Kanzlei fahren müssen, als wäre nichts gewesen. Ich sei unglücklich darüber, sagte ich zu Kristina, daß alles so heimlich vonstatten gehen müsse und wir nicht ehrlich sein könnten. Ich wolle offen mit ihr leben. Meine Phantasie kam in Gang, und ich äußerte mich rückhaltloser als jemals zuvor. Selbst wenn wir, um einen Skandal zu vermeiden, woanders hinziehen müßten, würde es sich meiner Ansicht nach lohnen, sagte ich. Raymond war uns einfach im Wege. Seine Gegenwart war bedrückend und lästig. Und er selbst war auch nicht zufrieden. Ganz in dem Ton, den ich auch in der Kanzlei benutzt hätte, sagte ich, wir müßten die Angelegenheit jetzt endlich energisch anpacken.

Kristina war über meine Stimmung erstaunt. Ich sei ja völlig außer mir, sagte sie. Von sexueller Leidenschaft getrieben könnten sich Männer und Frauen wie Tiere verhalten, sagte sie und schien dabei aus einer ganz bestimmten eigenen Erfahrung zu sprechen. Ich fragte sie, was sie damit meinte, aber sie wischte meine Frage beiseite. Sie begann mich zu streicheln.

»Du mußt ruhiger werden«, murmelte sie. »Im Augenblick ist das nur eine Affäre. In der Zukunft, wer weiß? Du mußt einfach Geduld haben.«

Ich gab keine Antwort. Ihre Worte und ihre vernünftige Einstellung erfüllten mich mit Sorge. Ich fuhr in einer Wolke von Angst zurück ins Büro.

Während all dieser Zeit hatte ich keine Ahnung, was im Kopf meines Bruders vorging. Für jemanden, der jederzeit gern seine Meinung über Kunst, Politik oder Religion verkündete, war er in Gefühlsdingen plötzlich eigenartig verschlossen, jedenfalls, soweit sie seine eigene Person berührten. Über die *Perestroika* konnte er stundenlang reden, aber eine Auseinandersetzung über das Verhalten seiner Frau suchte er zu vermeiden. Nachdem er in der Vergangenheit so redselig gewesen war, wunderte ich mich über diese Zurückhaltung. Er kam mir vor wie ein Hund, der bellen will und gleichzeitig weiß, daß er bestraft werden wird, wenn er es tut, und ich fragte mich innerlich, warum er wohl so vorsichtig war.

Dann, eines Abends Anfang August, als die Schwalben in Massen über dem Dorf hin und her schossen, um in der Dämmerung die Insektenschwärme zu jagen, stand er plötzlich bei mir vor der Tür. Er trug Vaters Gewehr in der Hand.

Ich war gerade erst aus der Kanzlei nach Hause gekommen und räumte das Geschirr vom Tisch, das Kristina und ich nach dem Mittagessen hatten stehenlassen. Ihr Duft hing immer noch an meiner Haut. Ich glaube nicht, daß er das wahrnahm oder den Blumenstrauß auf dem Tisch sah, aber einen kurzen, irren Moment lang dachte ich trotzdem, er wäre gekommen, um mich zu erschießen.

»Kein Glück gehabt?«

»Kein Glück.« Er stellte das Gewehr an der Tür ab. »Ich werde Unterricht nehmen müssen, wenn ich jemals was für den heimischen Kochtopf mitbringen will.«

Ich bot ihm etwas zu trinken an. Ich war froh, daß ich ihn für mich allein hatte und auf eigenem Gelände. Wir setzten uns nach draußen in die Liegestühle und ließen das Eis in unseren Gläsern klirren. Die Schwalben wirbelten herum wie Ascheflocken über einem Gartenfeuer. Mit erstaunlicher Präzision schossen sie in immer komplizierteren Formationen über unseren Köpfen herum. Das Licht wurde schwächer, und wir sahen einen eigenartigen schwarzen Schatten über die Bäume hinziehen, der sich erst über den South Downs wieder auflöste.

»Unheimlich«, sagte Raymond.

»Eine optische Illusion«, sagte ich. »Man sieht sie jedes Jahr um diese Zeit.«

Einen Augenblick hielt er seine Gedanken zurück, das Glas schräg geneigt in der Hand. »Wie geht's?«

»Viel zu tun.« Ich spürte, daß ich ablehnend wirkte, und um das Gespräch in Gang zu halten, erzählte ich den Fall des homosexuellen Fliegers. Ich wußte, daß ihn die Geschichten aus meiner Praxis immer sehr interessierten.

»Die Leute vertrauen dir, nicht wahr?«

»Die Leute würden auch einem Bernhardiner gehorchen, wenn er das entsprechende Amt hat.«

»Nein.« Er schüttelte den Kopf. »Die Leute vertrauen dir ganz persönlich. Sie erzählen mir alle, wie zuverlässig du bist.«

Ich lächelte nervös. Die Richtung, die das Gespräch nahm, gefiel mir nicht. Ich spürte die leise Drohung in seiner Stimme. »Willst du damit sagen, daß die Leute sich irren?«

Er ließ das Eis klirren. »Ich würde sagen, daß die Leute gern klatschen. Jane ist den ganzen Tag zu Hause, Julian. Und blind ist sie nicht.«

»Jane ist ein vernünftiges Mädchen«, sagte ich. »Und man weiß ja, daß man Kindermädchen gegenüber diskret bleiben muß.«

»Und bist du das?«

»Ich bin die Diskretion in Person.«

Diese Antwort schien ihn zu elektrisieren. »Du bist dir hoffentlich darüber im klaren, daß ich meine Frau immer noch liebe.«

»Ja.«

»Ich finde, daß eine gewisse Loyalität zur Institution der Ehe gehört.«

»Ich auch.« Ich hielt ihm die Flasche hin, aber sein Glas war noch voll. »Ich habe in meinem Beruf sehr viel mit der Ehe zu tun.« Ich nutzte die Gelegenheit. »Sag mal, Raymond, worüber haben eigentlich deine Freunde neulich geredet?«

»Was meinst du?«

»Sie schienen sehr vertraulich über Kristina zu reden.«

»Das war nur unser alter Kreis. Von außen wirkt das vielleicht etwas fragwürdig, aber ich kann dir versichern, das ist alles in Ordnung.« Er studierte sein Glas. »Ich habe dir ja schon gesagt, das Leben in Berlin hat einige Kompromisse verlangt, aber jedenfalls haben wir überlebt.«

»Auf der Basis von Heuchelei?« fragte ich.

»Nenn es, wie du willst«, sagte Raymond. »Ich lebe jedenfalls lieber in einem Haus ohne Dach, als auf der Straße.«

»Jetzt sind wir aber nicht mehr in Deutschland«, sagte ich. »Vielleicht sieht Kristina die Dinge jetzt anders.«

»Vielleicht.« Er schien merkwürdig zuversichtlich und wehrte meine Andeutungen einfach ab. »Dieser Watkins hat übrigens eine Menge Fragen gestellt, weißt du?«

»Watkins ist ein notorischer Schnüffler. Er ist schon immer so gewesen. Alle Leute sind neugierig hier. Sie reden und reden.« Als Beispiel erwähnte ich eine unwillkommene Minderjährigen-Schwangerschaft, die gerade bei einer reichen Familie großen Aufruhr verursachte. »Am Ende passiert doch nie was. Solange du nicht alles durcheinanderbringst, lassen sie dich so leben, wie es dir paßt.« Ich schenkte ihm nach. »Und weder in deinem noch in meinem Leben gibt es Dinge, die irgend jemanden wirklich beunruhigen müßten.«

»Du bist dir da anscheinend sehr sicher, oder?«

Ich spürte, daß meine Gelassenheit ihn ärgerte. Ich folgte einem trägen Schmetterling, der sich auf dem Sommerflieder niederließ, mit den Blicken.

»Wir beide, du und ich, sind doch in puncto Verschwiegenheit sehr effektiv«, sagte ich und betrachtete die aufsteigenden Bläschen in meinem Glas. »Das ist vielleicht nicht die attraktivste Eigenschaft, aber in einem Ort wie Mansfield ist sie ganz nützlich.«

9

Als Rechtsanwalt bin ich daran gewöhnt, dramatische Ereignisse ganz sachlich zu formulieren. Ich benutze die Sprache wie ein Pathologe sein Skalpell: zum Sondieren und Sezieren. Meine Worte sind dann unpersönlich und kühl. Hier, in meinem eigenen Leben, habe ich einen Punkt erreicht, wo es nahezu unmöglich ist, solche Neutralität zu bewahren. Um es kurz zu machen: Gegen Ende des Sommers gerieten wir – mein Bruder, Kristina und ich – in eine entscheidende Krise.

Der Juli wurde zum August, und die Tage begannen unmerklich kürzer zu werden. Es war die Zeit der Schulferien, der langen Wochenenden und der halbleeren Büros. Die Blätter an den Bäumen wurden trocken und staubig. Die Felder waren golden wie Toastbrot. Topasfarbene Libellen flitzten über den Dorfteich. Der Zyklus des ländlichen Lebens ging weiter. Die Ernte begann. Die hochgelegenen Äcker pflügten die Bauern schon wieder, um die Scholle für die nächste Ernte vorzubereiten.

Nachts lag ich allein im Bett und dachte an Kristina. Oft hing der Duft ihres Körpers noch in den Laken, und gelegentlich verzichtete ich ganz bewußt darauf zu baden, um die Erinnerung an die Wärme unserer Umarmung auf meiner Haut zu bewahren. Ich stellte unten Musik an und drehte die Lautstärke auf, bis die Klänge von Chopins Nocturnes mein Zimmer wie eine Hymne erfüllten. Ich starrte ins Dunkel und spürte brennende Tränen der Liebe und Sehnsucht in meinen Augen, wenn ich an Kristina dachte und daran, wieviel Schmerz und Freude sie in mein Leben gebracht hatte. Wenn ich so dalag und hörte, wie die Pedale das Spiel auf den Tasten verstärkten, bis man glauben konnte, da seien vier statt zweier Hände am Werk, fragte ich mich immer wieder aufs neue: Wie wird das alles enden? Die Liebe wäre – ebenso wie der Tod – soviel leichter zu ertragen, wenn wir immer schon das Ende wüßten, wenn wir wüßten, wann und wo wir sterben, wie und wann wir uns verlieben und wie lange es vorhält.

Abgesehen von den vielen kleinen Dingen, die zur Leidenschaft gehören, lehrte mich Kristina deutsche Wörter, die ich nicht im Wörterbuch finden konnte. Am Anfang machten mich diese Wörter verlegen, aber ich stellte bald fest, daß es sie amüsierte, in der Abgeschiedenheit des Schlafzimmers unanständige Dinge zu sagen. So lernte ich im Bett, was »Vögeln« heißt. Manchmal, wenn ich nachmittags nicht zu einem Termin in die Kanzlei zurückmußte, saßen wir im Schatten hinter dem Haus und erfanden schmutzige Limericks über junge Damen aus Genf und Sibirien. Auf den ersten Blick war Kristina sittsam und höflich, aber wie sich zeigte, hatte sie einen sehr derben Sinn für Humor.

Und dann, eines Tages, gab es nichts mehr zu lachen. Als ich Kristina aufzuheitern versuchte, stand sie aus ihrem Sessel auf und stelzte durch den Garten davon. Nach ein paar Sekunden fragte ich mich, was sie wohl so beunruhigt hatte, und ging ihr nach. Kristina hörte meine Schritte im hohen Gras am hinteren Ende des Gartens und wandte sich halb zu mir um. Ich sah, daß sie geweint hatte.

»Tut mir leid«, sagte sie. »Ich bin heute nicht ganz bei mir. Ich fühl' mich nicht wohl.«

Ich nahm sie in meine Arme. »Das ist die Jahreszeit. Wir sind so glücklich gewesen. Jetzt können wir uns nur auf den Herbst freuen.«

»Letzte Nacht habe ich geträumt, ich wäre mit meiner Mutter in Polen«, sagte sie.

Ich wollte sie schon fragen, was das zu bedeuten habe, da schüttelte sie den Kopf und wandte sich ab. Ich spürte, daß sie damit kämpfte, mir etwas zu sagen. Ich trat zur Seite und begann die langen Windentriebe aus den Heckenrosen zu zupfen, die an meinem rückwärtigen Zaun wachsen. Meine

Finger blieben an den Dornen hängen, und ich mußte an das Märchen vom Dornröschen denken.

»Stell dir mal hundert Jahre Dornen vor«, sagte ich.

Erst gab sie keine Antwort. Dann sagte sie: »Ich glaube, ich bin schwanger«, und fing an zu weinen.

Ich warf das Unkraut beiseite, nahm sie in meine Arme und preßte ihr meine zerkratzten, blutenden Arme auf den Leib, ohne etwas zu sagen.

»Freust du dich nicht?«

»Ich weiß nicht, was ich tun soll.«

»Wie meinst du das?«

»Raymond bringt mich um.«

Ich schüttelte den Kopf. Ich wußte, welchen Verlauf ein Wutausbruch und seine gewalttätigen Formen meist nahmen. Raymond würde sich ohne Zweifel zunächst einmal selbst quälen, und dann würde sein Ärger sich allenfalls gegen mich wenden. Er war ein altmodischer Kommunist und glaubte, alle Leidenschaften müßten frei und ohne Beschränkung durch bürgerliche Konventionen ihren ungehinderten Lauf nehmen dürfen. Kristina war nicht in Gefahr. Ich küßte sie. Sie war mir so teuer und zugleich so verletzlich. »Ich werd' es ihm sagen. Es ist ja noch Zeit«, sagte ich.

»Zeit? Wozu?«

»Zeit, um den richtigen Augenblick und die richtigen Worte zu finden.«

»Du hast mich nicht richtig verstanden. Ich will das Kind nicht.« Sie riß sich von mir los. »Ich muß es wegmachen lassen.«

Ich war schockiert von ihrer Heftigkeit und Direktheit. »Aber willst du denn nicht –?«

»Bitte.« Sie unterbrach mich mit einem Blick voller Schmerz. »Das ist meine Entscheidung.« Sie wandte sich ab. »Das verstehst du nicht.«

Es gab nichts weiter zu sagen, und als wir uns trennten, machten wir nicht viele Worte. Ich wollte allein sein mit meinen Gedanken. Zunächst hatte ich mich wie der Zeuge eines Unfalls gefühlt, aber je länger ich darüber nachdachte, desto klarer wurde mir, daß ich das Opfer war. Die Aussicht auf ein Kind machte mir überdeutlich, wie sehr ich Kristina liebte, aber ihre Reaktion war alles andere als liebevoll. Ich befand mich in rasendem Aufruhr, ich wußte nicht, wo ich stand, ich wußte nicht, was ich tun sollte. Es war eine Krise, und mein dringendstes Bedürfnis war, meinen Bruder zu informieren. Es ging nicht nur darum, daß wir die Grenzen der Diskretion erreicht hatten. In gewisser Weise hoffte ich, mein Bruder könnte mein Verbündeter werden bei dem Versuch, das Kind zu retten.

10

Am Ende sprach ich am Strand mit Raymond, wo uns Klatsch und Konventionen nichts anhaben konnten. Hinter uns im Schlamm und in den Kreidefelsen rumpelten Bagger, die den Kanaltunnel aushoben. Vor uns lag das Meer. Das dumpfe Donnern der Brandung war die melancholische Begleitung zu dem, was ich zu sagen hatte. Ab und zu hob ich einen der Kiesel vom Strand auf und sah zu, wie er ins graue Wasser flog und damit Punkt und Komma in meinen Bericht setzte. Irgendwann in der Vergangenheit war ich einmal in meiner amtlichen Eigenschaft hier oder unmittelbar in der Nähe gewesen und hatte zugesehen, wie eine entstellte, aufgequollene Wasserleiche aus dem Meer geholt wurde. Ich konnte mich gar nicht wehren gegen die heimliche Frage, ob mein Bruder womöglich diesen Ausweg suchen würde.

Seine erste Reaktion klang resigniert. »Wahrscheinlich ist es unvermeidlich gewesen«, sagte er fast zu sich selbst. »Ich hätte damit rechnen müssen. Der körperliche Teil unserer Beziehung war ja noch vor dem Fall der Mauer zu Ende.«

Es schien mir eigenartig, daß er sein Leben an solchen öffentlichen Ereignissen maß, aber es paßte natürlich zu ihm. Für Raymond und seine Genossen gehörte die Geschichte ja fast zur Familie. »Sie will eine Abtreibung«, sagte ich. »Können wir irgendwas tun, um sie daran zu hindern?«

»Du kennst doch Kristina«, sagte er. »Wenn sie sich einmal was in den Kopf gesetzt hat ...«

»Ich wäre so froh, wenn sie das Kind kriegen würde«, sagte ich. »Natürlich würde ich zahlen.«

»Natürlich würdest du zahlen.« Sein Lachen war bitter. Ich sah seinen Zorn wie ein Gewitter vom Horizont auf mich zukommen. »Du verlogenes, hinterhältiges Schwein«, sagte er. »Wie konntest du mir das antun?«

»Es tut mir leid.«

»Es tut dir leid. Ist das alles, was du dazu sagen kannst?«

»Ich weiß nicht, was ich sonst sagen soll«, erwiderte ich. »Es ist ja nicht so, daß du nichts gewußt hättest.«

»Ich hatte einen Verdacht, ja, aber gewußt hab' ich es nicht.«

»Du schaust ja immer weg«, sagte ich. »So bist du nun einmal.«

»Ich hab' es verdrängt.« Er warf einen Kiesel ins Wasser. »Ich habe mir gesagt, ich muß gute Miene zum bösen Spiel machen, was immer das heißt. Das wirst du mir zubilligen müssen, ja?« Er seufzte. »Und irgendwann habe ich ganz aufgegeben.«

Er beugte sich vor und vergrub den Kopf in den Händen.

Ich habe früher schon darauf hingewiesen, daß meine Eltern jeden Gefühlsausbruch für ein Zeichen von Schwäche ansahen und ich meine Emotionen deshalb immer unter strenger Kontrolle zu halten versuche. Aber Kristina hatte diese Zurückhaltung aufgelöst, und jetzt saß ich neben meinem Bruder, der über den Schmerz weinte, den ich ihm zugefügt hatte. Ich war nicht schockiert, sondern gerührt. Ich legte meinen Arm um ihn und ließ ihn weinen. Wenn er bei mir im Gericht gewesen wäre, hätte ich wahrscheinlich dasselbe getan.

Es war ein kalter Sommertag. Wir schwiegen. In Anoraks gehüllte Urlauber stapften mit knirschenden Schritten vorbei. Ich spürte ihre neugierigen Blicke. Raymond und ich haben nie wie Brüder ausgesehen, und ich konnte mir die Spekulationen über die beiden armseligen Männer, die sich da am Strand umarmten, sehr gut vorstellen.

Nach einiger Zeit hatte Raymond sich wieder gefaßt. Er stand auf und ging in Socken und Schuhen zum Wasser hinunter, um flache Steine über die Wellen springen zu lassen. Ich blieb sitzen und sah ihm dabei zu. Er achtete nicht auf die Wellen, die über den Strand schwemmten. Ich sah, wie sie heranrollten, wieder zurückströmten und aufs neue heranstürmten. Die Flut ist ein großer Erneuerer, sie umspült den Rand des menschlichen Elends und gibt neue Hoffnung.

Dann brach die Sonne hinter den Wolken hervor, und die See begann zu funkeln. Plötzlich wurde es heiß. Ich zog die Jacke aus. Eine Möwe schrie, und einen Moment lang war ich wieder neun Jahre alt. Mein Vater stand mit seinen Khakishorts am Wasser und baute für die Flut eine Sandburg, während meine Mutter die Überreste des Picknicks wieder in den Korb packte. Ich war damals allein gewesen, und jetzt war ich es auch.

Ich fragte mich auf meine distanzierte Art, was jetzt geschehen würde. Raymond würde sich umdrehen und Stellung beziehen. Aber wie? Wenn er die Dinge durchgedacht hatte, wie würde er reagieren? Würde er drohen? Würde er von Scheidung reden? Ich probierte verschiedene Szenarien in meinem Kopf aus. Ich habe schon viele Varianten dieser Geschichte gesehen. Das Repertoire von Eifersucht und Rache ist eigenartig beschränkt.

Schließlich kam er zurück und setzte sich wieder neben mich in den Sand. Seine Hosen flatterten im Wind. Er zog die nassen Schuhe aus und streckte seine weißen Füße in die Sonne.

»Erst hab' ich gedacht, daß ich dich gern umbringen würde«, sagte er und sah aufs Meer hinaus. »Aber dann wurde mir klar, daß man auch hier das Positive sehen muß.«

Ich war froh, daß er sich so vernünftig zeigte. »Du nimmst die Sache sehr gut auf«, sagte ich, um ihn zu bestärken.

»Ja, eigenartigerweise kann ich mich damit abfinden. Wenn ich meine Frau mit einem anderen teilen muß, dann schon lieber innerhalb der Familie.« Er sah mich mit plötzlicher Offenheit an. »In Deutschland dachte ich einmal, ich hätte sie für immer verloren.« Er hob die Hand. »Nein, ich möchte jetzt nicht darüber reden, aber was du tust, kann niemals so schlimm sein wie das damals.«

Noch während er sprach, fügte sich das Gesagte wie ein Puzzleteil in das Bild, das ich mir von seinem Leben gemacht hatte. »War das der Grund, warum du so dringend nach England zurückkommen wolltest?«

»Zum Teil«, sagte er. »Ich hatte schon vorher daran gedacht. Wahrscheinlich war das nur der Katalysator.« Er bewegte seine Hand, als wolle er eine imaginäre Schreibtafel abwischen. »Wir wollen das jetzt nicht vertiefen.«

»Ich verstehe.«

»Da stehen wir also«, sagte Raymond traurig. »Aber wo um alles auf der Welt sollen wir hingehen?«

»Ich will keinen Ärger machen«, sagte ich. »Klingt das merkwürdig?«

»Nein.« Er schien laut nachzudenken. »Ich nehme an, es gibt keinen Grund, warum die Dinge nicht einfach so weitergehen sollen wie bisher.«

»Möchtest du, daß es geheim bleibt?«

Er schien erleichtert, als er das hörte. Im Grunde seines Herzens fürchtete er sich vor einem Skandal, und nach einem Leben voller Abenteuer wollte er jetzt im Alter jede Auseinandersetzung vermeiden. »Ja, ich würde es gern geheimhalten. Ich hasse die Vorstellung von Dorfklatsch.« Er lächelte. »Vielleicht können wir alle eine glückliche Familie sein.«

»Das hoffe ich«, sagte ich.

Es entstand eine Pause. Er warf einen Stein ins Wasser. Dann noch einen.

»Du kannst mit Kristina schlafen«, sagte er, als versuche er, in seinem Kopf etwas zu ordnen. »Wir bleiben verheiratet. Wir lieben uns zwar nicht, aber wir bleiben zumindest zusammen.«

In Erwartung unseres Gesprächs hatte ich beschlossen, eine Trennung vorzuschlagen, ja, sogar Scheidung. Jetzt, wo der Augenblick gekommen war, stellte ich fest, daß mir die Kraft fehlte, so darauf zu drängen, wie ich gewollt hatte. »Du hast doch Olga und Sascha«, sagte ich, um ihn zu trösten, wie ich es gar nicht beabsichtigt hatte. »Sie lieben dich.«

»Die brauchen mich nicht. Um die kannst du dich genausogut kümmern.« Er rieb sich mit der Hand die Augen, eine schmerzhaft kindliche Geste. »Du kannst ab sofort ihr Papa sein.«

»Das will ich doch gar nicht.«

»Du suchst dir wohl immer schön aus, was du möchtest, ja?«

Ich sah, wie sich die Wolken der Wut erneut zusammenballten und schlug einen noch versöhnlicheren Ton an. »Ich glaube, du hast recht, es wäre schön, wenn wir alle zusammensein könnten.« Ich hörte selbst, wie gezwungen mein Lachen klang. »In manchen Gegenden der Welt würde ein solches Arrangement gewiß als völlig natürlich empfunden.« Ich versuchte es mit einem Appell an seine eigene Neigung zum anderen Geschlecht. »Du bist ja schließlich noch nicht zu alt, um …«

Er sah mir ins Gesicht, und ich merkte, wie schwach er

war. Er schien mit den Tränen zu kämpfen. »Willst du vielleicht den Kuppler für mich machen?« fragte er und schüttelte angewidert den Kopf. »Ich dachte, du wärst so solide. Mein zuverlässiger, vernünftiger jüngerer Bruder. Jetzt wird mir klar: du bist genauso wie alle anderen.« Er betrachtete mich mit einer gewissen Neugier. »Hattest du es darauf angelegt, sie zu verführen?«

»Natürlich nicht.«

»Erzähl mir bloß nicht, du hast dich verliebt.«

»Das war das Gefühl, was ich dabei hatte.« Ich legte ihm meine Hand auf den Arm. »Ich habe sie nicht verführt. Kristina kam aus eigenem Antrieb zu mir. Ich konnte nichts dagegen tun.«

»Na, komm, alter Junge. Zum Tango gehören immer noch zwei.«

»Dann könnte man sagen, daß sie mich das Tanzen gelehrt hat.«

Er warf mir einen eigenartigen Blick zu. »Nun ja, das ist eine Kunst, die sie wirklich beherrscht.«

Jetzt schien es mir an der Zeit, eine Frage zu stellen, die ich schon ziemlich lange mit mir herumtrug. »Was das Tanzen angeht, war sie in Berlin wohl fast eine Professionelle, hab' ich recht?«

Einen Augenblick lang fürchtete ich, er würde der Frage ausweichen, so wie er schon anderen Fragen ausgewichen war, aber diesmal brachte ihn der Ernst der Situation, das Donnern der Brandung und das Scheuern der Wellen am Strand dazu, ehrlich zu sein. »Ja«, sagte er. »Als ich sie kennenlernte, tanzte sie ziemlich viel. Diese Regierungsdolmetscherinnen waren alle gleich. Begleiterinnen, Hostessen. So sagt man wohl.«

»So wie Eva«, sagte ich.

»Nein, darum geht es gerade. Sie war eben nicht wie Eva. Sie machte gar keinen Hehl aus ihrer Tätigkeit. Sie war ganz offen. Und sie suchte einen Ausweg aus dieser Welt.«

»Und dieser Ausweg warst du.«

»In gewisser Weise. Olga und Sascha sind übrigens von mir. Jede Ehe hat ihre Höhen und Tiefen. Na, komm.« Er stand auf. »Laß uns eine Runde am Strand drehen.«

Wir stemmten uns gegen den Wind und trotteten los. An diesem Teil der Küste waren wir völlig allein. Nur ein einsamer Windsurfer schnitt wie ein Champion vor uns durch die rauhen Wellen.

»Du hast ein gefährliches Alter erreicht«, sagte Raymond schließlich. »Es wäre gut für dich, wenn du wüßtest, wie es ist, Kinder zu haben, aber du bist nicht der Typ, der heiratet. Da ist unser Modell eine sehr gute Lösung.«

»Ich bestehe nicht auf deinem Beifall«, sagte ich. »Darauf habe ich kein Recht. Aber deine Großzügigkeit weiß ich zu schätzen.«

»Bitte, Brüderchen! Keine Reden!«

Er beschleunigte seine Schritte und ging voraus. Ich beeilte mich nicht, ihm zu folgen. Statt dessen überdachte ich das Gesagte. Nach einigen Minuten blieb er stehen und drehte sich mit dem Rücken zum Wind. Wir gingen langsam zurück. Mit dem Wind im Rücken erschien das Wetter ruhiger, es war beinahe warm. Schweigend stapften wir zum Parkplatz zurück. Ein Eiswagen stand neben der Lebensrettungsstation. Ich kaufte zwei Tüten. »Ein schöner Tag am Meer«, sagte der Eismann sarkastisch.

»Könnte schlimmer sein«, sagte ich.

»Es könnte immer schlimmer sein«, sagte der Eismann und gab mir das Wechselgeld.

Wir setzten uns auf die Mauer und aßen unsere Eistüten. Der Nachmittag ging seinem Ende entgegen, und eine Familie nach der anderen kämpfte sich vom Strand hoch, um ihren Wagen zu suchen. Ich überlegte, ob ich versuchen sollte, unsere Abmachung irgendwie formal festzuschreiben, aber eine innere Stimme sagte mir, daß das keine gute Idee war.

»Vielleicht …«, sagte ich, unterbrach mich aber gleich selbst wieder.

»Vielleicht was?«

»Ach, nichts«, sagte ich.

»Die Bemühungen meiner Gemahlin haben dir gutgetan, Julian.« Er lachte ganz ungezwungen, zum ersten Mal an diesem Tag. »Du bist beinahe menschlich geworden.«

Einen Augenblick lang wußte ich nichts zu erwidern. Er hatte mich schockiert. In meiner Position höre ich selten die Wahrheit von meiner Umgebung. »Vielleicht habe ich schon zuviel erlebt«, sagte ich. »Es ist einfach nicht gesund, wenn man so nahe am Tod lebt.«

Er schüttelte den Kopf. »Für jemanden in deiner Position hast du ein sehr behütetes Leben geführt. Es kommt mir so vor, als ob du in der jetzigen Situation sehr wenig Überblick hättest.«

»Na ja, du erzählst mir ja auch nicht sehr viel«, entgegnete ich.

»Es hat eine Zeit gegeben, da wollte sie noch ein weiteres Kind«, sagte er.

Ich war überrascht. »Und du hast es nicht zugelassen?«

Er zögerte. »Es schien mir nicht angemessen.«

»Angemessen?«

Ich sah, wie er sich sperrte – und es sich dann anders überlegte. »Um ganz ehrlich zu sein, Brüderchen, es gab Zweifel, wer der Vater war.«

»Ich verstehe.« Es beruhigte mich irgendwie, daß mein Verdacht bestätigt wurde. »Ich hatte mir schon so was gedacht. Wer war denn der andere?«

»Ich bin überrascht, daß ihn Kristina gar nicht erwähnt hat.« Raymond verzehrte genießerisch den Rest seiner Eistüte. »Sein Name«, sagte er im Ton eines Staatsanwalts, »ist Walter Krokowski.«

Herbst

1

Der Herbst kam. Nebelschleier lagen in den Niederungen der Downs. Wenn die Sonne hoch am Himmel stand, redeten die Leute vom Altweibersommer. Nachts war es oft kalt und feucht. Die Schulkinder durchkämmten die Hecken nach Brombeeren, und als der erste Frost kam, sprach man vom Teufel. An den Wochenenden war die Luft im Dorf vom Rauchduft der Reisigfeuer gewürzt. Ich fuhr zum Gartenzentrum und kaufte schweren Herzens Blumenzwiebeln für den nächsten Frühling, Narzissen und Krokusse. Als ich an der Kasse meine Kreditkarte herauszog und dabei die Narbe an meiner Hand sah, empfand ich schreckliches Heimweh nach dem, was gewesen war. Das Erntedankfest kam und ging. »Die Ernte ist zu Ende, der Segen sicher eingebracht«, sangen wir. Aber ich fand gar nichts sicher.

Was mir Raymond erzählt hatte, behielt ich für mich. Ich war nicht in der Lage, Kristina mit meiner Kenntnis von der Existenz eines Walter Krokowski zu konfrontieren. Krampfhaft bemühte ich mich, so zu tun, als hätte sich nichts verändert. Unterstützt wurde ich darin von Kristina selbst. Nicht lange nach meinem Strandspaziergang mit Raymond informierte sie mich gelassen, sie sei nun doch nicht schwanger. Es sei ein Fehlalarm gewesen, erläuterte sie. »Ich glaube, es tut dir leid, ja?«

Ich wußte nicht, was ich zugeben sollte. »Hast du es Raymond erzählt?« fragte ich.

»Er weiß Bescheid«, sagte sie ohne weitere Erklärung.

Als ich mit ihm darüber sprach, sagte Raymond, wie groß

auch immer unsere Meinungsunterschiede seien, wir könnten uns doch zumindest darauf verständigen, daß damit ein Problem gelöst sei. Er schien seine Rolle als geduldiger Ehemann fast zu genießen. »Hast du unseren deutschen Freund schon erwähnt?« fragte er und quälte mich mit einem wissenden Lächeln. Ich machte irgendwelche hastigen Ausflüchte. Mir selbst gegenüber hatte ich schließlich auch immer wieder andere Ausreden gefunden, um die kritische Frage nicht stellen zu müssen.

Denn trotz allem, was sich ereignet hatte, waren Kristina und ich immer noch hoffnungslos in unsere Beziehung verstrickt. Aber als ich in unsere früheren Verhaltensweisen zurückfallen wollte, stellte ich fest, daß die Freiheit des Sommers dahin war. Draußen waren die Wiesen kahl, das Meer wenig einladend und die Hügel umgepflügt. Wir begannen die leeren Strandhotels der Nachsaison aufzusuchen, um in unseren Alltag ehebrecherische Zusammenkünfte zu integrieren. Ich kaufte bei Kevin Carey, dem Besitzer der Texaco-Tankstelle, einen Mini aus zweiter Hand für Kristina. Der ewig blinzelnde Carey mit seinen vorstehenden Zähnen erkundigte sich sogleich, wofür ich denn den Zweitwagen brauchte. »Es ist ein Geschenk«, sagte ich. »Meine Schwägerin braucht ihn zum Einkaufen, wenn ihr Mann unterwegs ist.«

»Ein netter Flitzer, so ein Mini«, sagte Cary und tätschelte die Karosserie. »Kann man überall parken. Der perfekte Wagen für die moderne Frau, Mr. Whyte. Beweglich, flott und nicht teuer.« Er zwinkerte mir zu. »Sie sollten ihrem Ehemann sagen, er soll sie im Auge behalten.«

Als ich Kristina von dieser Unterhaltung erzählte, lachte sie bitter. »Warum sind eigentlich immer die Frauen die Flittchen?« fragte sie.

Aber das Auto gefiel ihr. Ich saß in irgendeiner verlassenen Seitenstraße in meinem Volvo am Lenkrad und sah zu, wie sie sich mit ihrem stupsnasigen Mini in eine Parklücke quetschte. Und wenn sie ausstieg, war sie ein wahres Wunder an Eleganz in dieser kümmerlichen Umgebung. Ich gab ihr einen verstohlenen Kuß, und dann gingen wir zur Rezeption eines klapprigen Zwei-Sterne-Hotels, trugen uns unter falschem Namen ins Gästebuch ein, bezahlten im voraus mit Bargeld und versuchten nicht an die Kosten zu denken. Zum ersten Mal seit Jahren hatte ich mein Konto auf der Bank überzogen.

Ein paar Wochen lang, ehe unsere merkwürdige Beziehung ihre letzte Wendung nahm, lernten wir die verblichene Kehrseite von Brighton, Newhaven und Hove kennen. Es war unsere Regel, ein Hotel, das wir einmal benutzt hatten, niemals zum zweitenmal aufzusuchen, und so machte ich auf der Fahrt in die Kanzlei oft die unwahrscheinlichsten Umwege, um neue Verstecke zu finden. Wenn wir uns nicht in der Mittagspause treffen konnten, trafen wir uns nach der Arbeit. Wir gingen aufs Zimmer, entkleideten uns in aller Eile und hatten Sex in den schäbigen, grauen Laken. Manchmal dachte ich, wie Oscar Wilde, daß die Tapeten mich umbringen müßten. Manchmal versuchte ich es mit Galgenhumor, wenn ich zusah, wie Kristina ihren BH zurechtrückte oder vor einem billigen Plastikspiegel ihr Haar kämmte. Aber dann zog ich meinen Anzug wieder an, und wir verließen das Hotel, als ob wir essen gehen wollten. Ich glaube nicht, daß wir jemals jemanden damit getäuscht haben.

Begonnen hatte ich diese Ausflüge voll Optimismus. Gegen alle Wahrscheinlichkeit hoffte ich, die ständige Veränderung der Umgebung würde unsere Beziehung erneuern. Bald entdeckte ich den Preis für den Kompromiß, den ich mit meinem Bruder geschlossen hatte, und bereute die Abmachung, zu der wir bei unserem Strandspaziergang gelangt waren. Die Geheimhaltung gab der Sache zwar einen gewissen vorübergehenden Reiz, bestimmte aber auch die Gesetzmäßigkeiten unserer Treffen. Keiner vor uns war ganz ehrlich. Die Wochen vergingen, und meine Kenntnis von der

Existenz eines Walter Krokowski nagte an meiner Selbstsicherheit. Die Dinge, die Kristina mir nicht erzählt hatte, wucherten in meiner Phantasie, und ich spürte den Mangel an Vertrauen sehr schmerzlich. Von meiner Diskretion, diesem alten englischen Laster, hatte ich gar nichts, außer Heimlichtuerei, Scham und am Ende Verzweiflung. Raymond wiederum saß in der Jericho Lodge, rauchte stundenlang Pfeife und starrte über seine Schreibmaschine hinweg in den verwilderten Garten.

Ich war dankbar für alle Ablenkungen. Als ein versprengter Trupp Zigeuner auf einem Parkplatz in der Nähe des Dorfes sein Lager aufschlug, fragten mich die etwas konservativeren Gemeindemitglieder um juristischen Rat. Vor allem Mrs. Boyle erhob ihre Stimme gegen die Gefahren, die Mansfield durch Diebstahl und Landstreicherei drohten, während Mr. Curran mehr um die Volksgesundheit besorgt war. Wie schon in der Vergangenheit erklärte ich ihnen, daß sich die Behörden der Sache schon annehmen würden. Ich übernahm es auch, die Angelegenheit mit einem Mitglied des Gemeinderats zu erörtern, obwohl meine Sympathien durchaus mehr bei den Landfahrern lagen. Es gefiel mir, daß ihre Pferde am Straßenrand grasten, und als ihre Frauen von Tür zu Tür gingen, um Geschirrtücher, Batterien und Haarwaschmittel zu verkaufen, deckte ich mich weit über meinen Bedarf hinaus ein.

Der Jahreslauf, das unveränderliche Gleichmaß des dörflichen Lebens, ging weiter. Früher hatte ich dieses Gleichmaß als tröstlich empfunden, jetzt ging es mir auf die Nerven. Ich wollte meiner Umgebung entfliehen, aber ich konnte nicht weggehen. In Erfüllung meiner Pflichten machte ich meine Rundgänge in der Gemeinde, ich sah die Astern in ihren Vasen und erörterte die Gemeindeangelegenheiten mit meinen Nachbarn, aber mit meinen Gedanken war ich woanders.

Jedesmal wenn meine Freunde und Bekannten, die Stephensons oder die Willetts zum Beispiel, etwas über Kristina sagten, wurde ich mißtrauisch. Ich hatte ständig den Verdacht, sie wollten irgend etwas andeuten. Ich hatte den Verdacht, Raymond, Kristina und ich seien Opfer einer subtilen gesellschaftlichen Verschwörung. Bestimmt wußten alle Bescheid. Manchmal war ich überzeugt, daß mich alle verhöhnten. In meinen rationaleren Augenblicken wußte ich, daß dieser Argwohn absurd war, und doch suchte ich selbst in den banalsten Alltagsgesprächen nach versteckten Andeutungen und sah mein Geheimnis schon in dem harmlosesten Blick enthüllt. Ich verlor völlig den Überblick, was wirklich war und was ich mir einbildete.

Kristina konnte ich keinen Augenblick aus meinen Gedanken verbannen. In meinen schlimmsten Stunden malte ich mir aus, daß Raymond ihr alles erzählt hatte, was zwischen uns vorgefallen war, und daß sie jetzt mit meinen Gefühlen spielten wie die zynischen aristokratischen Intriganten eines Romans aus dem 18. Jahrhundert. Kristina schien keine Bedenken zu haben, mich mit einer an Gleichgültigkeit grenzenden Leichtfertigkeit zu behandeln.

»Liebst du mich eigentlich noch?« fragte ich eines Tages.

»Sicher«, sagte sie und zuckte die Achseln.

Da hätte ich sie wohl zur Rede stellen müssen, aber ich hatte Angst vor den Folgen. Ich hatte Angst, sie zu verlieren, und dabei wußte ich doch aufgrund der Hinweise, die ich erhalten hatte, daß sie mir gar nicht gehörte und wahrscheinlich niemals gehört hatte.

2

In diesen schwierigen Wochen wurde mir klar, wie anpassungsfähig Raymond sein konnte. In der Vergangenheit hatte ich gesehen, daß er Widersprüche schluckte wie die Schlange das Kaninchen; jetzt konnte ich beobachten, wie er Tarnfarbe annahm und sich der neuen Umgebung anpaßte wie ein geborener Überlebenskünstler. Da empfand ich es nur als gerecht, als ich sah, wie er zum Gefangenen seiner eigenen Propaganda wurde. In der Öffentlichkeit konnte er sich verstellen, aber sobald die Haustür sich hinter ihm schloß, konnte er der Tatsache, daß seine Ehe nur noch Fassade war, nicht mehr ausweichen. Die rundgesichtige Jane hielt das Alltagsleben in Gang, ohne sich zu beschweren, aber ansonsten war der Haushalt nur noch ein Museum häuslichen Glücks, und die Kinder zeigten den stummen, panikerfüllten Blick von Überlebenden einer Naturkatastrophe. Manchmal hatte ich das Gefühl, daß der ungebärdige Jack, inzwischen kein Welpe mehr, sondern ein richtiger Hund, das einzige echte Lebewesen in der Jericho Lodge war. Er bellte immer wie die Hunde in den Horrorgeschichten, wenn sich dem Haus etwas Gefährliches nähert.

Während das Jahr verblaßte und die Dunkelheit zunahm, richtete Raymond seine ganze Aufmerksamkeit auf seine Memoiren. Wann immer wir uns trafen, zog er einen braunen Schnellhefter aus seiner Aktentasche und zeigte mir die letzten Seiten. »*Das* war wirklich eine interessante Geschichte«, sagte er jedesmal. »Willst du schon mal vorab einen Blick hineinwerfen?« Ich überflog dann immer brav sein makelloses Typoskript und versuchte mein Bestes, um ihn zu ermutigen. Als er mich nach der richtigen Adresse wegen einer Veröffentlichung fragte, schlug ich ihm vor, er solle sich doch an den Verlag wenden, der seine Geschichte der Britischen Inseln herausgebracht hatte.

»Oh, nein«, sagte er, »für diese Leute ist mein Buch zu radikal. Die wollen immer noch Dinge, die auf der Parteilinie liegen. Aber ich schreibe, wie es wirklich war, mit allen Fehlern und Schwächen.«

Raymond stimmte mir zu, daß es nicht schaden könne, einen Profi zu Rate zu ziehen. Ich erinnerte mich an einen Studienfreund, Alan Sinclair, der für einen amerikanischen Verlagskonzern arbeitete, und schrieb ihm aus der Kanzlei einen Brief. Meine kurze Beschreibung des Projekts leitete ich mit der scherzhaften Bemerkung ein, ich sei für nichts verantwortlich, was darin stünde. Sinclair erwiderte, die Sache sei »durchaus vorstellbar« und bat um ein Exposé und ein Probekapitel.

Mein Bruder war wie elektrisiert durch dieses Interesse von außen. Ich wiederum hoffte, daß solche bescheidenen Formen der Zusammenarbeit zwischen uns zur Wiederherstellung harmonischer Beziehungen beitragen könnten. Wir verbrachten einen ganzen Abend bei mir zu Hause, erörterten gemeinsam das Exposé und überlegten, welche Episoden er für die Begutachtung herausputzen könnte. Anfangs hoffte ich noch, auf diese Weise etwas über Raymonds Berliner Zeit zu erfahren, ich mußte aber bald feststellen, daß Raymond sich mehr dafür interessierte, welchen Titel er seinem Werk geben könnte.

»Das habe ich in einer Zitatensammlung gefunden«, verkündete er. »Es stammt von Livius.« Er räusperte sich: »›Es gibt Zeiten, Menschen und Ereignisse, über die nur die Geschichte selbst das letzte Wort sprechen kann. Der einzelne kann nur berichten, was er gesehen und was er gehört hat.‹ Nicht schlecht, was? Ich dachte, ich könnte mein Buch ›Das letzte Wort‹ nennen. Was meinst du?«

»Klingt gut«, sagte ich. »Die Sache hat nur einen Haken.«

»Was für einen?«

»Du hast dein Buch noch nicht geschrieben.«

»Sehr witzig.«

Aber zufällig war er an diesem Tag guter Laune. »Hör mal«, sagte er. »Hier ist was aus meinen Anfängen.« Er richtete sich auf und hielt sein Typoskript wie ein Schauspieler. »Meine Eltern stammten aus dem südenglischen Kleinbürgertum. Anthony, mein Vater, war Lehrer. Er war Sozialist und hatte einen William-Morris-Bart. Meine Mutter und er hatten in den dreißiger Jahren mit dem Kommunismus kokettiert, aber ich war der erste in der Familie, der die Fahne des Klassenkampfes erhob. Man darf nicht vergessen, daß die Dinge damals, vor den Enthüllungen über Stalins Verbrechen, viel einfacher waren. Wir sahen im Kommunismus die Antwort auf den Faschismus und auf die häßlichen Seiten des Kapitalismus. Sobald ich das Mindestalter erreicht hatte, an meinem achtzehnten Geburtstag, wurde ich Mitglied der Kommunistischen Partei.« Er senkte sein Manuskript, als ob er die Familienbibel schlösse. »Na, was sagst du?«

Ich wußte nicht, was ich sagen sollte. »Ein guter Anfang«, sagte ich. »Wie wirst du deine Zeit in Deutschland behandeln?«

»Dazu komme ich noch«, sagte er. »Dazu komme ich noch.« Er hob das Blatt, von dem er gerade abgelesen hatte. »Kein einziger Tippfehler. Wenn es um das geschriebene Wort geht, bin ich ein richtiger Perfektionist. Wahrscheinlich meine politische Ausbildung. Wenn ich einen Fehler mache, zerreiße ich immer die ganze Seite und schreibe sie neu. Dabei kommt man allerdings nicht sehr schnell vorwärts.« Er studierte das Blatt noch einmal kritisch. »Verdammt«, sagte er. »Da hab' ich doch noch was vergessen.« Er zerknüllte das Papier in der Hand. »Hab' ich dir je erzählt, was passierte, als ich Parteimitglied wurde? Das war eine sehr komische Geschichte.«

Ich schüttelte den Kopf. »Ich glaube nicht, daß du gern komische Geschichten erzählt hast, als ich noch ein Kind war.«

»Nein, wahrscheinlich nicht. Na ja, es war jedenfalls so: Der örtliche Parteisekretär war ziemlich naiv. Busfahrer, Jones hieß er. Er kam zu uns nach Hause, und unser Vater ging an die Tür. Du warst damals gerade vier Jahre alt, Julian. Und dieser Jones sagte: ›Sind Sie Mr. Whyte?‹ ›Ja‹, sagte Vater. ›Herzlichen Glückwunsch, Genosse! Hier ist dein Parteidokument!‹ Vater sagte: ›Sie meinen bestimmt meinen Sohn!‹ Er war sehr überrascht.«

»Hübsche Geschichte.«

»Dachte mir, daß sie dir gefällt. Ich muß das unbedingt noch aufschreiben, ehe ich deinem Mr. Sinclair das Manuskript schicke.«

Allmählich wurde mir klar, daß er gar nicht fertig werden wollte. Als ich ihn ein paar Tage später nach seinen Fortschritten fragte, behauptete er, daß er bei seinen Freunden und Kollegen noch »eine Menge Einzelheiten« überprüfen müsse, ehe er auch nur eine Seite herausgeben könne. Das Streben nach Perfektion war ein einziges großes Ausweichmanöver, das ihn zugleich von allen Vorwürfen freistellte. Niemand konnte bestreiten, daß er hart arbeitete. Wann immer ich zur Jericho Lodge kam, hörte ich die Schreibmaschine rattern.

Anfangs hatte ich Raymonds Arbeit an seiner Autobiographie für einen Segen gehalten, weil sie ihm Ablenkung bot und einen gewissen Freiraum für meine Beziehung zu Kristina schuf. Jetzt hingegen mußte ich feststellen, daß Raymonds Manuskript eine Beunruhigung für Kristina darstellte. Sie begrüßte es gar nicht, daß da ein Bericht erstellt wurde, über den sie keine Kontrolle hatte, während Raymond ein ums andere Mal betonte, wieviel Befriedigung er darin fand, »alte Rechnungen zu begleichen«, wie er sich ausdrückte. Von Zeit zu Zeit erkundigte Kristina sich beiläufig, wieviel ich von dem Text gelesen hätte, und ich war froh, ihr sagen zu können, daß ich eigentlich genausowenig wußte wie sie.

Ich erinnere mich an einen Samstag Ende September. Wir saßen alle drei in der Küche beim Tee. Die Kinder waren mit Jane nebenan und malten. Das war das Abbild des Familienlebens, an das wir uns gewöhnt hatten. Als sich wieder einmal ein langes Schweigen über uns herabzusenken drohte, fragte Kristina, ob Raymond denn sein Manuskript schon an den Verlag geschickt hätte, wobei sie genau wußte, daß er es nicht getan hatte.

»Nein, ich poliere es noch.« Raymond warf mir einen hilfesuchenden Blick zu. »Julian sagt, man hätte bei diesen Verlagstypen immer nur eine einzige Chance.«

»Wenn es nicht sensationell ist, will es sowieso keiner lesen.« Kristina sah mich herausfordernd an. »Kapitalisten lieben Sensationen.«

Mein Bruder war gekränkt. »Ich will die Wahrheit sagen.«

»Die Wahrheit?« Ihre Stimme war schneidend. Die Adern an ihren Schläfen pochten. »Die hast du noch nie gesagt.«

»Was soll das heißen?« fragte Raymond, und ich sah den Jähzorn bei ihm, den ich von früher kannte. »Wovon redest du, verdammt noch mal?«

»Du weißt ganz genau, wovon ich rede.« Sie sprach jetzt deutsch, aber ich verstand trotzdem fast jedes Wort. »Du hast deinen Vorgesetzten Lügen erzählt.«

»Über dich hab' ich die Wahrheit gesagt.«

»Du hast ihnen gesagt, was dir paßte.«

»Das wußten sie ohnehin.«

»Na also!« Jetzt triumphierte Kristina. »Du gibst es zu. Was immer du behauptest, du bist immer noch die Kreatur dieser Leute.« Sie zeigte wütend auf mich. »Wenn du bei ihm vor Gericht stündest, würden wir einiges zu hören kriegen.«

Die Augen meines Bruders waren kalt und abwehrend. »Ich habe nie ein Verbrechen begangen, das weißt du.«

»Ach, wirklich«, sagte sie spöttisch. »Du bist ein ganz übler Kollaborateur. Du redest von Gesetzestreue, aber was Gerechtigkeit ist, davon hast du keine Ahnung.«

»Na schön«, sagte Raymond entschlossen. »Was für ein Verbrechen habe ich begangen?«

»Vielleicht hast du nie jemanden getötet oder gefoltert, aber du hast das Vertrauen der Menschen mißbraucht und eine Welt der Furcht und des Hasses geschaffen. Das ist auch ein Verbrechen.« Kristina stand auf. »Ich bin sicher, daß Julian von all diesen Dingen nichts weiß.«

»Julian weiß mehr als du denkst«, murmelte Raymond mit einem bedeutsamen Blick in meine Richtung.

Das war mein Stichwort, aber ich verpaßte es. Wenn ich mich dieser Frage zuwandte, wollte ich mit Kristina allein sein, und in gelassener Stimmung.

Sie wiederum hatte seine Äußerung nicht gehört oder wollte sie vielleicht auch nicht hören. Sie ging hinaus und schloß die Tür hinter sich. Raymond sah mich verlegen lächelnd an. Er war wie ein kleiner Junge, wenn es um solche Auseinandersetzungen ging. »Frauen regen sich immer so auf«, sagte er schwach. »Das geht schon wieder vorbei. Das hat es noch immer getan.«

Während des darauf folgenden Schweigens hörten wir Kristina nebenan mit Olga und Sascha deutsch reden. Ihre Stimme hatte einen angenehm tröstlichen Klang, der keine Erinnerung an ihre Wut mehr enthielt. Ich konnte mir sehr gut vorstellen, wie sie ihre Kinder mit liebevollen Worten aufmunterte. Sie lebten in letzter Zeit wie Flüchtlinge im Haus ihrer Eltern. Wenn ich Raymond gelegentlich nach den Reaktionen der Kinder auf unser Verhalten fragte, kehrte für Augenblicke so etwas wie Realitätssinn zurück. Seine übliche Antwort war die, daß Kinder – der »Nachwuchs«, wie er sich ausdrückte – ungemein widerstandsfähig seien und mit allem spielend fertig würden. Ich wiederum war den Kindern mittlerweile ziemlich entfremdet, und ich glaube, es war meine Enttäuschung über diese Entfremdung, die eine gewisse Aggressivität bei mir auslöste.

»Warum weigerst du dich ständig, Schwächen und Enttäuschung zuzugeben?« fragte ich plötzlich. »Warum versuchst du immer so zu tun, als wäre alles in Ordnung?«

Einen Augenblick lang gab Raymond keine Antwort. Dann sagte er: »Das gehörte dazu. Man hat uns gelehrt, alles positiv zu sehen, ganz egal was es war.«

»Aber das nutzt dir doch gar nichts«, sagte ich. »Wenn du bloß lauter Niederlagen vorzuweisen hast.«

»Manchmal bis du ein schrecklicher Moralist«, sagte er, und ich wußte, daß meine Bemerkung ins Schwarze getroffen hatte. »Es ist so einfach, von Erfolgen und Mißerfolgen, schwarz und weiß, gut und böse zu reden, aber du weißt doch genau: das wirkliche Leben ist anders. Die Dinge waren in Deutschland viel komplizierter, als du es wahrhaben willst.«

»Kristina ist anderer Meinung.«

»Das ist ihr gutes Recht. Ich glaube allerdings nicht, daß es viel bringt, wenn man die Dinge auf einer allzu persönlichen Ebene betrachtet. Ich analysiere lieber Systeme und ihre Strukturen.«

Ich zeigte auf sein Manuskript. »Du kannst es betrachten wie du willst, Raymond, aber wenn du mit deinem Buch Erfolg haben willst, wirst du dich mit dem, was Kristina die Wahrheit nennt, eines Tages auseinandersetzen müssen. Da kannst du gleich bei mir anfangen, zur Übung gewissermaßen.«

Raymond schob die Blätter hin und her. »Weißt du, was das Problem ist?« sagte er. »Es geht weniger darum, daß ich mich mit dem auseinandersetzen muß, was ich getan habe, es geht darum, zu verstehen, wer ich war.«

»Wie meinst du das?«

»Nun, ich weiß, was ich getan habe, aber ich verstehe nicht mehr, warum ich es getan habe. Es ist, als ob man jemandem begegnet, den man recht gut gekannt hat, und plötzlich erfährt man, daß der andere nicht mehr bereit ist, mit einem zu reden. Ich stelle fest, daß ich mit dem Mann, der ich damals war, nicht einmal mehr sympathisiere. Vielleicht fällt es mir deshalb so schwer, mit meiner Erzählung über die allerersten Jahre hinauszugelangen.«

»Wenn du dich schon mit dem jungen Raymond nicht befreunden kannst«, sagte ich, »wie willst du dann jemals mit den Leuten Frieden schließen, die ihn damals kannten?«

»Eine sehr berechtigte Frage«, sagte er trübsinnig.

»Du behauptest immer, du wolltest die Dinge jetzt klarstellen, aber was du gesagt hast, klingt eigentlich gar nicht so, als ob du das wirklich wolltest.«

In der Dämmerung des Spätnachmittags sah ich zu ihm hinüber. Nach meinen Erfahrungen finden die Menschen mit zunehmendem Alter zu einer gewissen Übereinstimmung mit sich selbst und erlangen dadurch auch eine gewisse Glaubwürdigkeit. Bei meinem Bruder war das anders. Er war wie ein unvollendetes Puzzle, ein zufälliges Arrangement von Eigenschaften, die vor mir ausgebreitet wurden. Ich glaubte ihm sofort, als er mir sagte, daß er sich selbst nicht wiedererkannte. Sein Schreiben war ein Versuch, zu sich selber zu finden. Er tat mir irgendwie leid.

Nach einer langen Pause fragte er: »Glaubst du, daß du Kristina verstehst?«

»Nein, eigentlich nicht«, sagte ich. »Ich wünschte, ich würde sie verstehen, aber ich glaube nicht, daß es so ist.« Ich betrachtete meinen Bruder im Abendlicht. »Sie ist über irgend etwas wütend, was ich nicht verstehe.«

»Du hast sie also immer noch nicht nach dem kleinen Walter gefragt?«

»Nein, hab' ich nicht.« Ich ärgerte mich darüber. Ich hatte mir selbst zwar immer wieder gesagt, im Gegensatz zu Raymond dürfte ich der Wahrheit nicht aus dem Weg gehen, aber ich hatte weder die Gelegenheit noch den Mut gefunden, Kristina zu fragen.

»Vielleicht solltest du deine Verhörmethoden mal bei ihr versuchen.«

»Ich glaube nicht, daß ich damit viel ausrichten würde. Ich bin zu dem Ergebnis gekommen, daß niemand sie wirklich kennt, Raymond. Daher nimmt sie auch ihre Macht über uns.« Ich hörte mich reden und wußte, daß ich auf dem besten Weg war, schwülstig und dogmatisch zu werden. »Es ist immer das Rätsel, was fasziniert.«

»Du hast dir wahrscheinlich eingeredet, daß du sie irgendwie besitzen könntest, aber sie wird dir immer entgleiten.«

»Wahrscheinlich wird sie dich genau in dem Augenblick verlassen, wenn du es am wenigsten erwartest – und ich wahrscheinlich auch. Ich bin sicher, sie wird uns auch weiterhin überraschen.«

Er sah mich einen Augenblick schweigend an. »Du kannst mir mancherlei Versagen vorwerfen«, sagte er, »aber ich habe es immer verstanden, meine Frau zu halten.«

Raymond stand vom Tisch auf und ging aus der Küche. Ich hörte seine Schritte auf dem Flur leiser werden und die gezwungene Fröhlichkeit seines Pfeifens. Nicht zum ersten Mal wünschte ich, er wäre nie nach Mansfield gekommen.

3

Meine Arbeit als Coroner bringt mich oft mit großem Leid in Berührung, und gelegentlich wird der Gerichtssaal zum Schauplatz erschütternder Enthüllungen, deren sensationelle Wirkung ich in der Vergangenheit fast genoß. Als jetzt aber eine meiner Routineuntersuchungen ganz überraschend in die Schlagzeilen kam, war ich über einige Aspekte des Falles ziemlich verstört. Er schien eine Warnung zu sein.

George Robertson war fünfzig und hatte zwei Kinder. Er war der Inhaber und Geschäftsführer eines kleinen Reisebüros namens ›Argosy‹ in einem der Außenbezirke von Brighton. In den achtziger Jahren hatte er gut verdient, genug jedenfalls, um ein kleines Farmhaus in Sussex zu kaufen. Aber als die Rezession einsetzte, hatten ihn seine Kunden verlassen, sein Geschäft war geschrumpft, und er hatte eine zweite Hypothek aufnehmen müssen, um sich über Wasser halten. Endgültig zum Schlechten hatten sich die Dinge gewendet, als er mit den Zahlungen nicht mehr nachkam. Er hatte das Haus zum Verkauf angeboten, mußte aber feststellen, daß der Preis inzwischen weit unter das gefallen war, was er auf dem Höhepunkt der Konjunktur selbst bezahlt hatte. Damit stand er vor dem Bankrott.

Im August, einer Jahreszeit, in der die Reisebüros normalerweise gute Umsätze machen, hatte sich George Robertson eines Tages früh am Morgen aufgehängt, an einem Dachbalken in seiner Garage. Entdeckt worden war er von seiner Frau Marjorie, als sie das Auto holen wollte, um ihre alltägliche Einkaufsrunde zu machen. Er hatte keinen Abschiedsbrief hinterlassen, aber das ganze Arrangement ließ keinen Zweifel daran, daß es Mr. Robertson darauf angelegt hatte, von seiner Frau gefunden zu werden.

Wie immer in solchen Fällen versuchte ich, die deprimierenden polizeilichen und medizinischen Befunde möglichst ohne großen Aufwand gleich zu Beginn abzuhandeln. Die Familie des Verstorbenen fürchtet sich naturgemäß vor der nüchternen Aufzählung der Todesursachen, und aus den Akten ging nichts hervor, was irgendwie hätte strittig sein können. Während die Vertreter der Behörden ihre Berichte abgaben, benutzte ich die Gelegenheit, die frisch verwitwete Mrs. Robertson zu beobachten, eine durchaus gefaßte, gutgekleidete Frau ungefähr Mitte Vierzig. Sie hatte ihre zwei halbwüchsigen Söhne bei sich, die allerdings etwas Abstand von ihr hielten, was ich auf typisch teenagermäßige Verlegenheit zurückführte. Der ältere war bedrückt; der jüngere sichtlich verstört. Er wurde von seinem Bruder getröstet.

Die Mutter starrte unbewegt geradeaus. Ich hielt das für die Trance, die Trauernde häufig befällt.

Bei ihrer Vernehmung sprach Mrs. Robertson, die als Sekretärin an der Universität arbeitete, ausführlich über die finanziellen Sorgen ihres Mannes. Er habe schon immer Bedenken wegen der hohen Belastung des Haus gehabt, und als die Geschäfte nachließen, war er geradezu besessen gewesen von der Vorstellung, die Bank könnte eine Zwangsversteigerung durchführen lassen. Als ich sie detailliert nach ihren finanziellen Verhältnissen fragte, gab sie eine Antwort, die mir eigenartig erschien: »Mein Mann war unfähig, die guten Dinge des Lebens zu genießen. Er machte sich dauernd Sorgen ums Geld. Daran ist er gestorben.«

Das alles war nichts Ungewöhnliches, aber irgend etwas im Verhalten der Witwe und ihrer Söhne machte mich neugierig. Im Gerichtssaal ist der Coroner König. Nach dem Ende der Zeugenvernehmung, als ich eigentlich nur noch meine Zusammenfassung hätte abgeben müssen, legte ich eine Pause ein. Ich sah Mrs. Robertson und ihre beiden Söhne an und fragte, ob sie dem Gesagten noch etwas hinzufügen wollten.

Daraufhin erhob sich, zu meiner Verblüffung, der ältere Sohn. Er schien selbst überrascht und sah sich einen Moment lang verstört im Saal um. Seine Mutter rief »James!«, aber er setzte sich nicht wieder hin.

Ich fragte ihn, ob er in den Zeugenstand treten wolle. Er trug seine Schuluniform mit einer schlechtgeknoteten Krawatte, und sein Gesicht zeigte die aufgeregte Ernsthaftigkeit eines Heranwachsenden. Er war erstaunlich ruhig. Ich sprach genauso leise wie immer und sah ihm dabei fest in die Augen. Er solle ohne Furcht berichten, was er mir zu sagen habe.

»Sie haben nicht die ganze Wahrheit gehört, Sir«, sagte er. »Ich meine, was Mutter gerade gesagt hat, trifft sicherlich zu, aber da ist noch etwas gewesen.« Er warf seiner Mutter einen

Blick zu und zögerte kurz, dann sagte er hastig und leise, als ob er mich ins Vertrauen ziehen wolle: »Wissen Sie, mein Vater glaubte, meine Mutter hätte eine Affäre mit jemandem an der Uni, einem Mann namens Ken. Ich habe gehört, wie er sie deshalb zur Rede gestellt hat, und mein Bruder hat es auch gehört. Im Schreibtisch meiner Mutter zu Hause haben wir einen Umschlag voller Briefe von diesem Ken gefunden und einen Haufen Geschenke, lauter so blöde Sachen wie Schokoladenherzen und Stofftiere. Ich bin sicher, daß mein Vater sie auch gesehen haben muß. Liebesgedichte, Briefe und Postkarten. Ungefähr vor einem Monat ist mein Vater zur Universität gefahren, wo Mutter arbeitet, und hat diesen Kerl beschuldigt, daß er Mutter sexuell belästigt. Sie hatten einen großen Streit, und am Ende hat Mutter zugegeben, daß sie ein Verhältnis mit ihm hatte.«

Ich beobachtete Mrs. Robertson, während ihr Sohn sprach. Sie zeigte keinerlei Gefühl. Als der Junge die Affäre mit dem Mann namens Ken erwähnte, schüttelte sie leicht den Kopf und blickte zu Boden.

»Danach«, fuhr der Junge fort, »kam Vater nach Hause und war sehr deprimiert. Was er getan hat, hängt bestimmt damit zusammen, was Mutter mit diesem Ken hatte.« Es entstand eine Pause. Dann sagte er: »Tut mir leid, Mama«, und fing an zu schluchzen.

Ich wartete, bis er sich wieder gefaßt hatte, und fragte dann, ob er noch etwas hinzufügen wolle. Der Junge schüttelte den Kopf. Daraufhin bat ich Mrs. Robertson noch einmal in den Zeugenstand.

»Haben Sie gehört, was Ihr Sohn gerade gesagt hat?«

Sie nickte.

»Und warum haben Sie in Ihrer Aussage davon nichts erwähnt?«

Sie war sehr kühl und sagte beinahe verächtlich: »Es schien mir nicht relevant.«

»Sie glauben, der Zustand Ihrer Ehe hatte nichts mit der

Entscheidung Ihres Mannes zu tun, sich das Leben zu nehmen?«

»Möglicherweise schon«, sagte sie. »Aber ich habe Ihnen ja schon gesagt, daß ihm letztlich immer nur das Geld wichtig war.«

»Erkennen Sie in dem, was wir gerade gehört haben, ein realistisches Bild Ihrer Ehe?«

Mrs. Robertson sah mich unbewegt an. »Ich glaube, früher oder später wäre meine Ehe zu Ende gegangen. Von meiner Seite waren Gefühle nicht mehr vorhanden, und das wußte mein Mann auch.«

»Haben Sie etwas zu den Dingen zu sagen, die Ihr Sohn über Ihren … Kollegen gesagt hat?«

Sie warf mir einen panischen Blick zu, der mir wider Willen unter die Haut ging. »Muß ich das etwa?«

Nein, sagte ich, und nach einigen weiteren Fragen zur Bestätigung der Zeugenaussage ihres Sohnes ließ ich sie gehen. Steif kehrte sie an ihren Platz neben ihren Söhnen zurück und setzte sich wieder mit einem kleinen Abstand zu ihnen hin. Ich schob die Akten auf meinem Tisch hin und her. Meine Gedanken wirbelten wild durcheinander. Einen Augenblick lang bezweifelte ich, daß ich sie würde ordnen können.

Mit zögernder Stimme lenkte ich die Aufmerksamkeit noch einmal auf George Robertsons Geschäft und seine finanziellen Sorgen zurück, die ich einen »aufziehenden Sturm« nannte. Den Sohn des Toten lobte ich für seine Ehrlichkeit. »Nach allem, was wir gehört haben«, sagte ich schließlich, »gibt es keinen Zweifel, daß die Ehe bis zu einem Punkt zerrüttet war, wo sie sich aufzulösen begann. Mrs. Robertson hatte eine offenbar sehr enge Beziehung zu einem Kollegen entwickelt, die sie unbedingt brauchte. George Robertson wußte nicht, was genau vorging, vermutete aber, daß seine Frau einen anderen Mann gefunden hatte, und das zerstörte sein Selbstvertrauen. Alles in seinem Leben wies auf einen einzigen großen Bankrott hin«, sagte ich, »wir müssen also davon ausgehen, daß sein Lebenswille erloschen war.« Ich machte eine Pause, warf einen Blick in den Zuschauerraum und erkannte auf Selbstmord.

Die Sitzung war geschlossen, und ich sah zu, wie die Zeugen den Saal verließen, als kämen sie aus der Kirche. Es wurde heftig diskutiert. Draußen auf dem Korridor wartete Harvey, der Lokalreporter, auf Mrs. Robertson, um ihr noch weitere Fragen zu stellen. Ich fragte mich, ob die Presse sich wohl die Mühe machen würde, ihren Liebhaber ausfindig zu machen, und was dieser Ken wohl für ein Bursche sein mochte. Nach meiner Erfahrung waren solche Leute oft eine Enttäuschung. Wieder einmal richteten sich meine Gedanken auf die schattenhafte Gestalt des Walter Krokowski. Wer war das eigentlich? Welche Bedeutung hatte die Beziehung zwischen ihm und Kristina gehabt? Wie mochte er aussehen? Plötzlich wurde mir klar: Ich hätte Kristina wirklich gern vor mein Gericht gebracht und einem persönlichen Kreuzverhör unterzogen, ganz wie Raymond vorgeschlagen hatte.

4

Der Fall Robertson füllte die erste Seite unseres Lokalblatts und wurde sogar von der überregionalen Presse aufgegriffen, wenn auch in eher bescheidener Form. Ein paar Tage lang wurde ich zu einer Art Berühmtheit in Mansfield, wo der Fall vor allem von denen breit diskutiert wurde, die George Robertson persönlich gekannt oder wenigstens mal eine Reise bei ihm gebucht hatten. Ein paar aufmerksame Beobachter fragten mich, woher ich denn gewußt hätte, daß hinter dieser Selbstmordgeschichte mehr steckte, als man auf den ersten Blick dachte. Wie immer verwies ich auf eine Art sechsten Sinn, der einem vor Gericht sagt, wann es sich lohnt, noch eine weitere Frage zu stellen. Mir selbst gegenüber mußte ich zugeben, daß es Kristinas Gegenwart in meinem Leben war, die mich sensibel für solche Fragen gemacht hatte. Was ich hinterfragen wollte, war ihre Geschichte, und ich habe lange darüber nachgedacht, wann und wie ich das tun sollte.

Eines Abends Anfang Oktober waren Kristina und ich in einem Motel in einiger Entfernung von Mansfield, einem schmuddeligen Bungalowkomplex mit einer Diskothek und einer amerikanischen Bar. Jenseits der Jalousien rauschte der Regen im Rinnstein wie ferner Applaus.

Wir hatten ohne rechte Überzeugung miteinander geschlafen und lagen jetzt unter der Bettdecke, ohne miteinander zu reden. Schließlich sagte Kristina, sie müßte jetzt gehen. Sie wollte Raymond vorher anrufen. Aus Gründen der Diskretion ging ich währenddessen ins Bad, eine trostlose Naßzelle mit Gefängnisdusche, und spritzte mir ein bißchen Wasser ins Gesicht. Als ich ins Zimmer zurückkam, legte Kristina gerade den Hörer wieder auf die Gabel.

»Warum fragt er eigentlich nie, von wo aus ich anrufe?«

»Er hat Angst.«

»Angst?«

»Er will dich nicht provozieren.«

Sie schüttelte den Kopf. »Ach, ich ließe mich ja so gern provozieren!« Dann redete sie plötzlich deutsch, aber ihre bitteren Worte waren nicht mißzuverstehen: »Ich werde nicht wie eine Frau behandelt, sondern wie eine Haushälterin.«

»Und wie behandle ich dich?« Ich bedauerte die Frage sofort, aber ich konnte sie auch nicht verhindern.

»Manchmal behandelst du mich wie eine Hure.«

Ich spürte, wie der Mut mich verließ. »Bitte, Kristina. Sag so etwas nicht.«

»Wirst du jetzt sagen, daß du mich liebst?«

»Du weißt genau, daß ich dich liebe.« Ich versuchte ruhig zu bleiben. »Aber du liebst mich nicht so, wie ich möchte. Du hast mich in deinen Bann gezogen, genauso wie meinen Bruder, aber du liebst mich nicht.«

Sie sah mich traurig an. »Wenn du so redest, bin ich froh, daß ich kein Kind gekriegt habe.«

Ich ging auf sie zu. Ich wollte sie in den Arm nehmen, aber es war hoffnungslos, mein innerer Schmerz war zu groß.

»Hör auf!«

Sie rannte ins Bad und verriegelte die Tür hinter sich. Ich hörte sie weinen, dann den Wasserhahn und plätscherndes Wasser.

Ich setzte mich und stellte den Fernseher an. Eine örtliche Nachrichtensendung berichtete von einem tödlichen Autounfall. Ohne Zweifel würde ich noch im Laufe des Abends mehr davon hören. Die Aussicht, im Dienst der Krone meinen Beruf auszuüben, fand ich merkwürdig tröstlich. Nach einigen Minuten ging die Badezimmertür auf, und ich spürte Kristinas Hand an meiner Wange.

»Ich bin heute ganz außer mir«, sagte sie und wies mit einer unbestimmten Geste aufs Bett. »Es ist das Gefühl, weißt du?«

Nein, es ist die Abwesenheit des Gefühls, wollte ich sagen, aber statt dessen sagte ich: »Du brauchst jemanden, dem du vertrauen kannst, glaube ich.« Ich legte meine Hand auf ihre. »Ich wünschte, du würdest mir alles erzählen.«

»Julian ...« Wenn sie meinen Namen auf diese besondere Weise aussprach, spürte ich jedesmal eine Vertrautheit, auf die ich mich nur allzu gern verlassen hätte. Einen Augenblick saßen wir schweigend. »Du bist sehr gut zu mir«, sagte sie schließlich, als ob sie etwas zugeben oder eine Versöhnungsformel finden müsse. »Ich glaube, du weißt gar nicht, wie gut.«

»Doch, ich weiß«, sagte ich. »Aber ich bin nicht Walter Krokowski.«

Kristina machte einen Schritt rückwärts. Eine lange Pause entstand. Im Hintergrund rauschte der Regen.

»Er hat's dir erzählt?«

Ich nickte.

»Da bin ich froh.«

Auch ich war erleichtert, das Thema endlich angesprochen zu haben. Ich war fast ein bißchen übermütig. »Er sagt, du liebst Krokowski immer noch.« Ich sah ihr direkt ins Gesicht. »Stimmt das? Ich muß dich das fragen.«

»Die Menschen, die man einmal geliebt hat, liebt man immer.« Sie wandte den Blick ab und starrte die Tür an. Auf der Innenseite hing ihr Regenmantel am Haken. Er war noch naß. »Ja, ich liebe ihn immer noch.« Sie kam zu mir und nahm meine Hand. »Natürlich nur noch ein bißchen.«

Ich wollte sagen, daß ich das nicht so ganz glaubte, aber sie umarmte mich, und ich hatte das Gefühl, sie wollte mir damit sagen, wie froh sie war, daß wir endlich über alles redeten.

»Wer ist dieser Mann?«

»Walter Krokowski?« Wenn sie den Namen aussprach, klang er irgendwie anders. So als ob er Dirigent oder Mathematiker wäre. »Er ist was ganz Besonderes.«

»Raymond sagt, ihr hättet eine Affäre gehabt.«

»Wir haben uns verliebt«, sagte Kristina. »Es war nach Saschas Geburt. Ich hatte meine Zuneigung für Raymond verloren, und als ich Walter traf, gab es kein Halten für mich. Jahrelang hatte ich alle Lustgefühle aus meinen Gedanken verbannt, aber jetzt konnte ich sie nicht länger zurückhalten.« Sie lächelte bei der Erinnerung. »Er war so offen und frei. Er war so lebendig. Und im Gegensatz zu Raymond hatte er ein reines Gewissen.«

»Wie hat denn Raymond reagiert?«

»Er hat gemerkt, daß ich Walter liebte, und war sehr eifersüchtig. Er wollte sein, was Walter war, und das konnte er natürlich nie sein.«

»Und was war dieser Walter?«

»Er war ... er ist Dichter«, sagte Kristina. »Er war so anders als Raymond.«

»Anders?«

»Ja. Er war ehrlich.«

Ich hatte so viele Fragen, aber ich wußte aus Erfahrung, daß es Kristina nicht mochte, wenn sie verhört wurde. Ich mußte vorsichtig sein. »Wo ist er jetzt?«

Ihr Gesicht wurde traurig. »Ich weiß es nicht«, sagte sie. »Vor ein paar Wochen kam ein Brief, aber ohne Adresse.«

»Was hat er denn geschrieben?«

»Er würde mich nie vergessen.« Sie zuckte die Achseln. »Wie soll ich antworten, wenn ich gar nicht weiß, wo er ist.«

»Weiß es sonst niemand?«

»Ich habe meinen Freunden in Berlin geschrieben, aber bisher keine Antwort erhalten.«

»Ist er denn nicht in Berlin?«

Sie warf mir einen zornigen Blick zu. »Nein, er ist nicht in Berlin«, sagte sie. Meine Frage schien irgendeine Entscheidung bei ihr ausgelöst zu haben. Sie zog sich jedenfalls rasch und planmäßig an. »Mußt du schon nach Hause?« fragte ich.

»Nach Hause?« Ihre Stimme wurde melancholischer als je zuvor. »Das ist nicht mein Zuhause.«

Ich hatte sie schon oft verächtlich über Jericho Lodge reden hören, aber das ging doch sehr weit. Ich hatte das Gefühl, meine Hoffnungen auf eine gemeinsame Zukunft zerbrechen zu sehen wie eine hübsche Zuckerdose. Sie war nicht glücklich in England und würde es auch nie sein. Es würde eine Zeit kommen, wo sie nicht mehr da war, und das vielleicht schon sehr bald.

»Würdest du nach Deutschland zurückgehen, um ihn zu suchen?« fragte ich und sprach damit meine schlimmsten Befürchtungen aus.

Erneut entstand zwischen uns eine Pause. »Ich habe Walter geliebt«, sagte sie und machte die Tür auf, »aber ich weiß auch, daß ich ihn wahrscheinlich nie mehr wiedersehe.«

Ich gab keine Antwort, sondern folgte ihr auf den Parkplatz hinaus. Die Art und Weise, wie sie zu ihrem Auto zurückeilte, ließ sie fremder und unerreichbarer denn je erscheinen. Wieder einmal wartete ich vergeblich auf ein abschiednehmendes Winken, als sie die Fahrertür öffnete. Sie schaute sich niemals um.

Ich setzte mich in den Volvo und sah die Bremsleuchten des Mini kurz aufflackern, ehe sie in die Hauptstraße einbog. Erst hatte ich gedacht, ich könnte Kristina durch die Mysterien der sexuellen Vereinigung nahekommen, dann hatte ich gehofft, ich könnte durch eine spezifische Modifikation ihrer Ehe mit Raymond die ersehnte Nähe herstellen, aber jetzt mußte ich zugeben, daß ich auf der ganzen Linie versagte. Wieder einmal hatte ich den Punkt erreicht, an dem die Frauen in meiner Vergangenheit immer ihre Sachen gepackt und mich verlassen hatten. Diesmal allerdings war ich jetzt schon allein.

Als ich über das Gespräch nachdachte, fiel mir wieder ein, wie stolz mir mein Bruder erzählt hatte, er habe seine Frau stets zu halten gewußt. Ich begann mich zu fragen, ob Krokowskis unerklärte Abwesenheit womöglich etwas damit zu tun hatte, und von da an bewegten sich meine Gedanken im Kreis, wie es einem so geht, wenn man vergeblich einzuschlafen versucht.

5

Walter Krokowski hatte mich vom ersten Augenblick an beunruhigt, als Raymond seinen Namen genannt hatte. Jetzt wurde er zur Obsession – es gibt dafür kein anderes Wort. Er war mein Feind, mein Rivale. Ich wollte alles über ihn wissen, aber gleichzeitig wollte ich nicht, daß Kristina das merkte. Ich konnte zwar ab und zu seinen Namen erwähnen, um kleine Einzelheiten zu erfahren, aber die eigentliche Quelle war natürlich Raymond, ihn mußte ich aushorchen. Und ich verlor damit keine Zeit. Schon bald darauf erzählte ich ihm von dem Gespräch im Motel.

»Bist du eifersüchtig gewesen?« fragte ich ihn und faßte damit meine eigenen Gefühle zum ersten Mal in Worte.

»Ja«, sagte mein Bruder nachdenklich, »es gab eine Zeit, wo ich sehr eifersüchtig auf Krokowski war.« Er lächelte. »Aber nicht in dem Sinn, wie du das Wort benutzt, Julian.«

»Was soll das heißen?«

»Ich will damit sagen, daß ich eifersüchtig auf ihn war, weil es schien, als ob er das System durchschaut und im Griff hätte. Meine Eifersucht war die des Funktionärs, nicht die des Liebhabers.«

»Kristina sagt, er war Dichter«, soufflierte ich.

»Experimentelle Gedichte hat er geschrieben«, sagte Raymond. »Ziemlich schlechte experimentelle Gedichte.« Krokowski habe zur DDR-Avantgarde gehört, sagte er. »Prenzlauer Berg.« Er lachte sarkastisch. »Ein Ghetto für Dilettanten.« Ausführlich beschrieb er mir die vom Krieg und von der Verwahrlosung gezeichneten, graffitibedeckten Wohnblocks am Prenzlauer Berg, in denen »der Abschaum von Ost-Berlin angespült« worden sei. In dieser Dissidenten-Szene hatten Krokowskis Kurzgeschichten und Gedichte wegen ihrer verdeckten Regimekritik eine gewisse Berühmtheit erlangt.

»Ehe ihn die Stasi erwischte, hat er als Drucker gearbeitet«, sagte Raymond. »Deshalb konnte er dann in irgendeinem baufälligen Keller immer noch Samisdat-Ausgaben seiner Werke produzieren, als er offiziell schon lange nicht mehr gedruckt wurde.«

»Haben sie denn was getaugt?«

»Als ich ihn kannte – wir waren kurze Zeit befreundet,

weißt du –, beschäftigte er sich mit sogenannter ›alternativer Ästhetik‹. Manche Leute sagten, es wäre bloß Agitprop, andere sagten, es wäre schlicht pubertär. Gutgemeint, aber eigentlich Mist«, sagte Raymond lächelnd. »Sein berühmtestes Gedicht hieß ›Das Nichts‹, das gibt dir vielleicht eine Vorstellung. Wenn er nicht so ein lebendiger, energischer Typ gewesen wäre, hätte ihn wahrscheinlich kaum jemand beachtet.«

»Wie bist du denn in Berührung mit ihm gekommen?«

»Er war Taxifahrer. Ich bin gelegentlich mit ihm gefahren. Ich konnte ihm Sachen aus Westberlin beschaffen, Bücher und Zeitungen.« Er zögerte, als müsse er überlegen, was er noch sagen könnte. »Aber darauf kommt's dir nicht an, oder?« Er sah mich an. »Entscheidend ist wohl, daß Kristina sich in ihn verliebte.«

Ich zeigte nicht, wie diese Worte mich schmerzten. »Wann war das?«

»Nach der Geburt meines Sohnes.« Er rechnete nach. »1985 oder 86. Ich weiß nicht genau.«

»Aber es hat nicht lange gedauert? Sie kam wieder zu dir zurück?«

Es entstand eine Pause. Man hörte die Sirene eines Krankenwagens in der Entfernung, eine schwache Erinnerung an die Welt der Ernstfälle.

»Krokowski wurde wegen staatsfeindlicher Aktivitäten verhaftet und zu einer Gefängnisstrafe verurteilt. Dann haben wir Berlin verlassen.«

»Das war also ein weiterer Grund, nach Hause zu kommen«, sagte ich.

Er lächelte. »Genau.«

»Wo ist Krokowski jetzt?«

»Keine Ahnung.« Er machte eine unbestimmte, wenig überzeugende Geste. »Er könnte überall sein.«

In meinem Hinterkopf entstand ein Plan. »Wenn du dem Anspruch deiner Memoiren gerecht werden willst«, sagte ich, »müßtest du Krokowski eigentlich aufspüren und herausfinden, was er jetzt tut.«

Raymond lachte. »Mach dich nicht lächerlich.« Er putzte sich mit seiner Krawatte die Brille. »Krokowski hat mir nichts zu sagen.«

»Wenn du schon nicht mit ihm reden willst«, sagte ich, »solltest du wenigstens mal nach Berlin fahren und deine Erlebnisse aus heutiger Sicht überprüfen.«

An dieser Stelle versickerte das Gespräch. Mein Bruder sagte, er sei nicht daran interessiert, nach Deutschland zurückzukehren. Er sei nach England gekommen, weil er aus Berlin wegwollte. Er habe keine Lust, die Uhr zurückzudrehen. Ich dagegen suchte nach Gründen, die eine Reise nach Berlin nötig machten; denn ich wollte meinen Bruder dorthin begleiten. Ich wollte Krokowski aufspüren, ihn womöglich besuchen und davon überzeugen, daß Kristina in England glücklich war und niemals zurückkehren würde. Zu dieser Zeit, als ich noch nicht wußte, was ich später erfuhr, war ich überzeugt, daß mein Anspruch auf Kristina stärker als alle anderen war.

Heute begreife ich selbst nicht mehr, warum ich diese Reise vorgeschlagen habe – im Rückblick erscheint die Vorstellung völlig absurd –, aber ein paar Tage später erschien Raymond morgens bei mir zu Hause, als ich gerade in die Kanzlei fahren wollte. Er war aufgeregt und ganz außer Atem. »Ich habe eine Idee«, sagte er.

Ich stellte meine Aktentasche wie einen Wachtposten auf das Dach meines Autos. »Und was für eine?«

»Ich folge deinem Rat und fahre nach Berlin!« Er sah meine Überraschung und erläuterte: »Nur für ein langes Wochenende.« Er trat vertraulich an mich heran. Auf seiner Nase glänzte der Schweiß. »Ich möchte, daß du mich begleitest.« Sogleich begann er seinen Plan zu erläutern. Er zog einen Eisenbahn- und Fährplan aus der Tasche seines Anoraks. Ich hatte es eilig, in die Kanzlei zu kommen, aber Raymond redete unentwegt auf mich ein. Am Samstagmorgen könnten wir in Berlin sein, am Sonntagabend zurückfahren und am nächsten Morgen in Mansfield ankommen. »Wenn wir die Fähre nehmen, ist es nicht teuer«, sagte er. »Und allein die Zugfahrt ist es schon wert.« Der Atemnebel stand ihm vor dem Mund. Mit seinem Anorak und der Lesebrille sah er aus wie ein etwas überalterter Eisenbahnspäher.

Ich mußte dringend zur Arbeit. »Ich werde darüber nachdenken«, sagte ich und schlug vor, am Abend weiter darüber zu reden. Ich wollte nicht zu eifrig wirken. Aber als ich am Abend nach Hause kam, stellte ich zu meiner Freude fest, daß Raymond mir eine Fahrkarte durch den Briefschlitz gesteckt hatte.

»Was hast du eigentlich genau in Berlin vor?« fragte ich, als ich mich am Telefon bedankte.

»Es gibt so viel«, erwiderte er. »Wir können Leute besuchen und Häuser. Eine sentimentale Reise in die Erinnerung.« Ich spürte, wie er sich für das Thema erwärmte. »Es ist jetzt auch eine Menge Material zugänglich, an das man früher nicht herankam. Ich verspreche dir, du wirst nicht enttäuscht sein.«

Ich war verblüfft. »Meinst du, wir könnten die Stasi-Akten einsehen?« Das klang faszinierend. Durch Kristinas Unterricht war mein Deutsch inzwischen ganz passabel, und ich würde mich in Berlin bestimmt gut zurechtfinden.

»Ich würde das keineswegs ausschließen«, sagte er. »Du kannst mein Zeuge sein.«

Gern nahm ich seine Einladung an. »Einen guten Rechtsanwalt kannst du wahrscheinlich brauchen«, frotzelte ich.

»Alles klar«, sagte er, und ich spürte seine alte Energie. Aber als das Abfahrtsdatum näher rückte, kehrte seine Angst zurück. Mehr als einmal fragte er, ob ich mich tatsächlich mit dem europäischen Recht und den Prozeßvorschriften auskenne. Als ich mich erkundigte, was er denn für Sorgen hätte, wischte er meine Frage mit einer Handbewegung beiseite.

»Zumindest möchte ich dir meine Seite der Geschichte zeigen, alter Junge.«

Als ich am nächsten Tag zum Bahnhof fuhr, fragte ich mich, welcher Art seine Geschichte wohl sein würde. Wir hatten uns vorgenommen, mit dem Zug nach Harwich, dann über die Nordsee nach Hamburg und schließlich mit dem Schnellzug nach Berlin zu fahren. Dazu mußten wir zunächst nach London. Ich fand Raymond an der Theke des Bahnhofslokals. Es war noch nicht einmal zehn Uhr morgens, aber er hatte ein Glas Whisky vor sich stehen und offenbar nicht das erste. Ich fragte ihn, ob er seine Fahrkarte und seinen Paß dabeihätte.

»In unserem schönen neuen Europa brauchen wir keine Pässe mehr, Sonnyboy.« Er klopfte sich auf die Brusttasche. »Aber alte Gewohnheiten wird man nicht so schnell los.« Er trank sein Glas leer. »Also los.« Als er seinen Koffer aufnahm, sah ich mit Entsetzen, daß er leicht schwankte.

Der Zug war pünktlich. Wir suchten uns ein Nichtraucherabteil und machten es uns mit unseren Zeitungen und Büchern bequem. Raymond nickte bald ein, und ich war froh darüber. Wir hatten eine lange Reise vor uns. Zum Reden war noch viel Zeit. Ich wandte mich meinem Buch zu, einer Untersuchung über Nachkriegsdeutschland, die von den Kritikern empfohlen worden war. Der Zug ratterte durch die Felder von Sussex. Die Herbstfeuer, die überall loderten, ließen die Landschaft wie ein rauchendes Schlachtfeld aussehen. Als wir in Victoria einfuhren, öffnete mein Bruder die Augen. Er sah das Buch, das ich in Händen hielt, und verzog das Gesicht. »Der Kerl hat keine Ahnung«, sagte er. »Der kennt Deutschland gar nicht. Jedenfalls nicht so wie ich.«

»Nun, irgendwo muß ich ja anfangen«, sagte ich, um nicht gleich am Anfang unserer Reise in eine Auseinandersetzung mit ihm zu geraten.

»Du könntest bei deinem großen Bruder anfangen«, sagte

er, und das meinte er wörtlich. Er wollte mich von seinem Sinneswandel unbedingt überzeugen.

Durch London fuhren wir mit dem Taxi. Raymond hatte Bedenken wegen der Kosten, aber ich beruhigte ihn. Ganz wie erwartet, überließ er mir von da an die Führung. Der Bahnhof Liverpool Street war mir aus der Kindheit als verrauchte, widerhallende Katakombe in Erinnerung. Jetzt war er eine helle, weiße Halle mit Ladenzeilen und elektronischen Abfahrtstafeln. Der Zug nach Harwich wartete schon. Die Waggons waren halb leer. Unsere Mitreisenden waren teils Rucksacktouristen, teils Senioren mit verbilligten Fahrkarten. Wir suchten unsere reservierten Plätze auf und verstauten unser Gepäck. Er könne etwas zu trinken vertragen, erklärte Raymond, aber ich mochte nicht recht.

»Komm schon, Julian. Wir sind doch im Urlaub. Was soll ich dir mitbringen?«

Ich entschloß mich zu einem Bier. »Aber sachte!«

Raymond sagte etwas, was ich nicht verstand, und verschwand durch die automatischen Türen. Ich hatte immer gewußt, daß er trank, aber jetzt schien er mir gänzlich verzweifelt.

Der Zug brauste schon durch die Felder von Essex, als Raymond wieder zurückkehrte. Vermutlich hatte er zusammen mit anderen einsamen Reisenden in der Bar gezecht.

»So, da wären wir«, sagte er und stellte die Flaschen ab, die er mitgebracht hatte. »Bingo«, sagte er und öffnete eine Miniatur-Whiskyflasche.

»Du solltest dich ein bißchen zurückhalten«, sagte ich, als er den Inhalt der zweiten Flasche in den Plastikbecher goß. »Wir haben noch einen weiten Weg.«

»Genau«, sagte er. »Wenn es dieses Zeug nicht gäbe, müßte ich vor Langeweile sterben.« Er hob den Becher. *»Cheers.«*

»Cheers.«

»In den sechziger Jahren bin ich diese Strecke oft gefahren. Du erinnerst dich wahrscheinlich nicht mehr daran. Ich kam damals noch ziemlich oft rüber. Ich mußte mich ja um Maureens Familie kümmern. Wenn man jung ist, machen einem solche Dinge nichts aus. Ich wußte, daß ich nach dem Scheitern meiner Ehe etwas Neues brauchte, und Deutschland war eine interessante Herausforderung. Leute wie ich sind eine Brücke zwischen zwei Welten, nicht wahr?«

Solche Vorträge hatte er immer schon gehalten, auch Leuten, die ihm vollkommen fremd waren. Ich stimmte ihm ohne Begeisterung zu. Ich wußte, er interessierte sich gar nicht für meine Meinung.

»In einem möblierten Zimmer hab' ich damals gewohnt. Neun Quadratmeter, ich weiß es noch ganz genau. Das hat mir nichts ausgemacht. Im Rückblick war es ein Sprung ins Dunkel, aber damals kam es mir ganz anders vor. Ich fühlte mich großartig. Das waren noch Zeiten.«

»Ach, wirklich?«

»Das dachten wir jedenfalls. Die Welt veränderte sich. Große Umwälzungen standen bevor, glaubten wir. Und das war der Irrtum.«

Das Rattern des Zuges schien seine Gedanken zu wiederholen. Das-war-der-Irrtum. Und-das-war-der-Irrtum. Ich sah durchs Fenster hinaus auf die Autos, die vor einem Bahnübergang halten mußten. Das war auch so ein momentaner Zusammenprall von Lebensläufen, die nichts miteinander zu tun hatten.

Raymond stellte sein Glas ab. »Der Sozialismus war schon damals zum Untergang verurteilt. Genau wie die Eisenbahnen. Alles, was ihm übrigblieb, waren Modernisierungen und der Versuch, etwas anderes zu sein, als er eigentlich war. Sozialdemokratisch zum Beispiel. Schau dir die Züge an, heutzutage. Natürlich sind sie nach wie vor Schienenfahrzeuge, aber sie tun so, als ob sie Flugzeuge wären. Genauso ist es mit dem heutigen Sozialismus: ein Zug, der zu fliegen versucht.«

Wir brausten durch East Anglia. Eine niedrige Wolkendecke hing über den Hecken, und die Möwenschwärme auf den Feldern zeigten schon die Nähe der Küste an. Raymond schlief wieder ein. Ich versuchte, mein Buch zu lesen, wurde aber auch müde. Genau pünktlich zur Nachmittagsfähre erreichten wir Harwich.

Es war nicht gerade Hochsaison, aber es gab durchaus einige Passagiere ohne Auto in der Abfahrtshalle. Ich ging in die Cafeteria und holte zwei Becher Kaffee. Als wir durch den Zoll gingen, spürte ich eine leichte Panik bei Raymond. Ich führte ihn zum Schiff, und als wir an die Gangway kamen, trat eine Frau mit einem Formular auf uns zu.

»Entschuldigen Sie«, sagte sie. »Wir führen eine Umfrage durch, und ich würde Ihnen gern –«

»Ach, hauen Sie ab!« sagte mein Bruder und schob sie beiseite.

Ich entschuldigte mich, so gut es ging, und lief hinter ihm her. »Wenn du dich weiter so benimmst, bleibe ich hier«, sagte ich.

»Mach doch, was du willst«, sagte er mürrisch.

Es erschien mir klüger, keine Szene zu provozieren, und wir trotteten, ohne miteinander zu sprechen, ins Innere des Schiffes zu unserer Kabine. Ich verstaute meine Tasche und ging dann, ohne auf meinen Bruder zu achten, nach oben an Deck.

Nach wenigen Minuten war Raymond wieder an meiner Seite, genau wie ich erwartet hatte. »Tut mir leid, Brüderchen«, sagte er. »Aber ich hasse solche Kontrollpunkte.« Als ich keine Antwort gab, sagte er im selben bekennerhaften Ton: »Ich habe einfach zu oft gesehen, wie Leute verhaftet wurden, bei solchen Kontrollen. Einmal habe ich gesehen, wie am Bahnhof Friedrichstraße ein Mann aus dem Zug geholt wurde. Solange ich lebe, werde ich sein verzweifeltes Gesicht nicht vergessen.«

Wir standen am Heck und sahen zu, wie Autos und Lastwagen an Bord rollten. Schließlich wurden die Leinen losgemacht und die Klappe geschlossen. Die Fähre stieß einen lauten Sirenenton aus und begann sich rumpelnd von der Mole zu lösen. Langsam dampften wir an Harwich vorbei aufs offene Meer. Hinter der Flagge am Heck wurde die Küste rasch zum dünnen Strich am Horizont. Eine Gruppe junger Deutscher in Bomberjacken und Stiefeln drängte sich neben uns an die Reling. Raymond verzog das Gesicht und schob mich beiseite. Eine Schulklasse aus Ostdeutschland, sagte er, auf dem Heimweg. »Das ist mir alles so fremd geworden«, sagte er. »Wenn ich deutsch höre, wird mir schlecht.«

»Um so wichtiger ist es, daß du noch einmal hinfährst«, sagte ich, um ihn zu beruhigen.

Unglücklich starrte er in die Wellen hinunter. Man konnte glauben, er wolle sich hinunterstürzen. »Meinst du wirklich?«

»Du mußt dich wieder mit deinem früheren Selbst vertraut machen«, sagte ich lächelnd. »Erinnerst du dich?«

»Wenn ich ehrlich sein soll, Julian, ich hab' meine Zweifel.« Er sah mich trübsinnig an. »Vielleicht sollten wir die beiden Tage einfach in Hamburg verbringen.« Die Niederlage stand in seinen Augen. »Es braucht ja niemand zu wissen.«

»Sei nicht albern«, erwiderte ich. »Sobald wir da sind, geht es dir prächtig.«

»Ich wünschte, ich hätte deinen Optimismus«, sagte er düster und trottete allein die Treppe zu den Restaurants hinunter.

Ich blieb an Deck und verfolgte die Fahrt des Schiffes. Es gefiel mir, der Kanzleiroutine entkommen zu sein. Das Licht verblaßte, und die Sterne traten hervor. Auf den Schiffahrtslinien am Horizont sah man funkelnde Lichter. Die hellerleuchtete Fähre rauschte wie ein schwimmendes Hotel durch die Wellen. Von Zeit zu Zeit traten andere Passagiere zu mir an die Reling, aber es war ziemlich frisch, und keiner blieb lange.

Mir gefiel es im Freien, die Kälte spürte ich kaum. Meine Gedanken kreisten um Kristina. Wahrscheinlich lag sie jetzt im Bett, umgeben von ihren Lieblingszeitschriften, während das Radio laut Rock'n'Roll spielte. Ich dachte an das Gefühl, wenn ich ihren Körper berührte, ich dachte an den Duft ihrer Haut. Wir hatten uns gründlich erforscht, aber meine Kenntnis von ihr war rein körperlich. Am Anfang hatte ich sie besitzen und mitreißen wollen, und jetzt mußte ich mich damit abfinden, daß sie mich besaß, ohne daß ich dauerhafte Befriedigung dabei empfand und ohne daß ich eine Aussicht hatte, ihr zu entkommen.

Schließlich ging ich doch zu unserer Kabine hinunter. Auf den unteren Decks gab es eine Menge Duty-free-Läden und Spielsalons, zwei Restaurants und mehrere Bars. Manche Passagiere waren schon in den Kabinen, aber die meisten wollten sich noch amüsieren. Die Atmosphäre war stickig und kopfwehträchtig, es roch nach gebratenem Fleisch und Pommes frites. Zu meiner Überraschung fand ich Raymond nicht in der Kabine, ich vermutete, daß er in einer der Bars war. Ich hielt es für meine Pflicht, ihm zu sagen, daß er ein paar Stunden schlafen müsse, und begann ihn zu suchen.

Die nächste Bar war fast leer. »Versuchen Sie es auf dem Oberdeck«, sagte der Barkeeper, während er Gläser wegräumte. »Da oben ist immer viel mehr los.« Tatsächlich war oben ein ganzer Sport-Club versammelt, ein Dutzend junge Männer in gestreiften Blazern sang schmutzige Lieder und alberte vor der Theke herum. Andere spielten Karten oder schliefen. Raymond war nirgends zu sehen. Plötzlich war ich beunruhigt. Ich hatte schon von Leuten gehört, die sich mitten in der Nacht ins Meer stürzten. »Sie können es ja immer noch an der Bar im Kasino versuchen«, sagte der Zahlmeister, der mit einer jungen Frau in Uniform flirtete.

Ich ging in die angegebene Richtung. Jetzt in der Nachsaison hatten die Duty-free-Geschäfte der Fähre jede Menge Sonderangebote. Es herrschte eine fiebrige Atmosphäre. In der »Mayflower«-Kasino-Bar hatten sich alle versammelt, die unbedingt feiern wollten. Die Bar war ein größerer Saal im Heck des Schiffes, unmittelbar über dem schäumenden Kielwasser, teils Nachtclub, teils Spielkasino, teils Disco. An einer Wand gab es Spielautomaten, in einer Ecke schummrige Beleuchtung und in Mitte eine Tanzfläche, auf der sogar zwei Paare tanzten. Raymond fand ich im hinteren Teil des Raumes am Blackjack-Tisch, eingeklemmt zwischen einem Kahlkopf mit einer gepunkteten Fliege und einer älteren Dame in einem Trainingsanzug.

»Gott sei dank, daß du da bist«, sagte er, als hätte er auf mich gewartet. »Kannst du mir fünfzig Pfund leihen? Ich hab' mich ein bißchen vertan.«

Es schien mir das beste, seinem Wunsch zu entsprechen. Ich gab ihm drei Zwanziger und sah zu, wie er spielte. Er war ziemlich betrunken und setzte völlig unkontrolliert. Innerhalb weniger Minuten hatte er alles verloren und wandte sich erneut an mich. »Bitte, Julian, ein, zwei gute Spiele, und ich steh' wieder glatt.«

Ich schüttelte den Kopf. »Wie hast du denn bisher bezahlt?«

»Mit meiner Kreditkarte.« Er zeigte zum Schalter. »Sie waren sehr zuvorkommend.«

»Wieviel hast du verspielt?«

»Tausend, oder vielleicht auch ein bißchen mehr. Kurz bevor du kamst, habe ich das Limit der Karte erreicht.«

»Tausend Pfund!«

Er sah mein ehrliches Entsetzen. »Ich weiß. Ich bin ein Idiot. Ich weiß nicht, was über mich gekommen ist. Ich wollte unbedingt gewinnen. Ich hatte diese Vorstellung, ein schönes Geschenk für Kristina zu kaufen, einen Edelstein, einen Ring oder so etwas, und dann würde alles wieder gut zwischen uns. Also nicht unbedingt gut vielleicht, aber doch wenigstens etwas besser.« Er warf mir einen verzweifelten Blick zu. »Du wirst ihr doch nichts davon sagen?«

Ich schüttelte den Kopf. Wenn ich ihr davon erzählte, würde alles nur noch schwieriger für uns werden. »Tausend Pfund, Ray! Die hast du doch gar nicht. Du hast ja nicht einmal hundert. Deshalb sind wir doch hier auf der Fähre. Weil wir Geld sparen wollen.«

»Ich weiß, ich weiß.«

»So, und jetzt machst du Schluß«, sagte ich energisch und zog ihn vom Tisch weg. Mit gleichgültigen Augen sah uns der Croupier hinterher. Der Mann mit der gepunkteten Fliege sagte: »Pech im Spiel, Glück in der Liebe«, und lachte. Ich führte meinen Bruder durch die Menge. Niemand kümmerte sich groß um uns.

»Du brauchst Ruhe«, sagte ich.

»Vor allem brauche ich frische Luft«, sagte er und faßte mich am Arm.

Ich führte ihn nach oben, an Deck. Der Himmel war bedeckt. Die Sterne waren verschwunden. Die Fähre stampfte etwas in der rauheren See. Raymond schüttelte verzweifelt den Kopf. »Kristina macht sich immer so viel Sorgen ums Geld.« Mit plötzlicher Heftigkeit packte er meinen Arm. »Sag mir doch, was ich tun soll!«

»Ich bringe das schon wieder in Ordnung.« Ich hatte meine Chance erkannt. »Ich werde mit meiner Bank reden.« Raymond begann mir zu danken, aber ich schnitt ihm das Wort ab. »Versprichst du mir etwas?«

»Ja, natürlich.«

Ich starrte ins schwarze Wasser hinunter. »Wenn Krokowski –« Ich zögerte.

»Ja?«

»Wenn du herausfinden solltest, wo Krokowski sich aufhält, dann würdest du mir das doch sagen, nicht wahr?«

»Natürlich, Brüderchen. Ich kann den Burschen nicht ausstehen. Hab' ihn noch nie ausstehen können.«

»Und Kristina würdest du nichts davon sagen?« Ich wollte meinen Vorteil nutzen.

»Nein, nein, um Himmels willen!«

Die Fähre sackte in ein Wellental, prallte zitternd mit der nächsten Woge zusammen und erhob sich in einer schäumenden Gischtwolke. Raymond erbrach sich über die Reling. Die See war nur mäßig bewegt, aber der Alkohol hatte ihn offenbar ziemlich geschwächt. Als er fertig war, wischte er sich so gut es ging ab und kam zu mir herüber. Ich hatte mich hinter eines der Rettungsboote gestellt, wo der Wind nicht so stark war. Am Horizont wurde es hell. Die deutsche Küste erschien in der Ferne. Raymonds Gesicht war schweißbedeckt und vom Alkohol leicht gedunsen.

»Müssen wir wirklich nach Berlin fahren?« fragte er weinerlich. »Ich glaube, ich verkrafte das nicht, weißt du?«

»Nein«, sagte ich mit plötzlicher Entschiedenheit. Ich hatte das Gefühl, als wäre ich erst jetzt zur Besinnung gekommen. Unser selbstgestellter Auftrag war fehlgeleitet. Meine Hoffnungen und Pläne waren absurd. Schlafende Hunde zu wecken war töricht. Es war viel vernünftiger, nach Hause zu fahren und ein normales Leben zu führen, statt sich in einen Wahn hineinzusteigern, der einen umbringen konnte, wie er George Robertson umgebracht hatte. Kristina liebte mich nicht. Nichts, was ich tat oder sagte, würde daran etwas ändern. Es war eine Illusion zu glauben, wir würden Krokowski je finden. Ich sollte meine Energien lieber darauf richten, ein guter Onkel, Bruder und Schwager zu sein. »Nein, wir müssen nicht nach Berlin fahren. Ich bring' dich zurück.«

In seinen Augen standen Tränen. »Ich danke dir, Julian.«

Als die Fähre in Hamburg anlegte, setzten wir keinen Fuß an Land. Wir haben das neue Deutschland gar nicht betreten. Ich verabredete eine sofortige Rückreise mit dem Zahlmeister, und wir durften an Bord bleiben. Raymond saß die ganze Zeit in der Bar wie eine verlorene Seele und starrte ins Leere. Touristenbusse mit fauchenden Bremsen brachten die nichtmotorisierten Passagiere ins Stadtzentrum, das offenbar aus einer rußgeschwärzten Kirche und einem grauen Fernsehturm bestand. Ich ging an Deck auf und ab und betrachtete gelangweilt die Vorgänge auf dem Kai. Mehrere Lastwagen mit russischen Kennzeichen kurvten herum, kernige Burschen mit hohen Backenknochen am Steuer. Ich stellte mir die langen Kolonnen vor, die sich aus dem staubigen Herzen von Asien bis hierher auf die Mole erstreckten, und dachte an ein Gedicht aus der Schule, das die »Goldene Straße nach Samarkand« rühmte. Bis in alle Ewigkeit würde es hier Handel und Verkehr in alle Richtungen geben, und alle Waren würden mehrfach den Besitzer wechseln, solange es sich lohnte für alle Seiten.

Nach einigen Stunden drehte sich unser Schiff wieder hinaus auf den Strom und hielt auf die Elbmündung zu. Wind und Helligkeit waren vor uns zu ahnen, die aufgepeitschte, tanzende See. Aus dem Landesinneren kamen Schlepper und Lastkähne. Links und rechts lagen flache, mit rotgedeckten Häusern gesprenkelte grüne Wiesen. Bald kreuzten wir wie auf einem surrealen Reiseplakat durch die norddeutsche Landschaft.

»In Wahrheit«, sagte ich zu Raymond, während wir auf die friedlichen Felder hinaussahen, »wirst du doch deine Autobiographie niemals schreiben. Du wirst überhaupt nichts mehr von den Dingen tun, die du angeblich tun willst. Warum bist du nicht einfach ehrlich zu dir selbst und genießt deinen Ruhestand, Raymond?«

»Ist das deine ehrliche Meinung?«

»Ich würde es dir raten. Aber ich weiß natürlich aus langer Erfahrung, daß viele Leute nicht tun, was gut für sie wäre.«

»Da hast du wahrscheinlich recht. Ich sollte die Füße hochlegen und faul sein.« Er schubste mich vergnügt mit dem Ellbogen. »Aber früher hast du was anderes gesagt.«

»Vielleicht«, sagte ich. »Du hast mich eben überzeugt. Jetzt sehe ich die Dinge genauso wie du.«

Bald ließen wir die nichtssagenden, enttäuschenden

Küsten Europas hinter uns und strebten über die Nordsee zurück. Raymond lag friedlich schnarchend in seiner Koje und schlief. Ich leistete ihm Gesellschaft und las *A Tale of Two Cities,* eine billige Taschenbuchausgabe, die ich zwischen den Thrillern und Liebesgeschichten beim Zeitschriftenhändler entdeckt hatte. Als ich schließlich wieder an Deck ging, stand die Küste von East Anglia am Horizont.

»Zuhause ist da, wo das Herz ist«, sagte eine vertraute Stimme hinter mir. Raymond hatte sich rasiert und das Hemd gewechselt. In seinen Augen sah ich Trotz und Reue im Kampf liegen. Er war wie ein alter Schauspieler, der das Beste aus einem Stück zu machen versucht, von dem er weiß, daß es bald abgesetzt werden muß. Als die Fähre angelegt hatte, ging er über die Fußgängerbrücke an Land. Seine Schritte waren schleppend, und sein Kopf war gesenkt. Ohne Publikum war er einfach ein alter Mann in einem Anorak und abgetragenen Hosen, ein geschlagener Soldat, der aus einem unglücklichen Krieg zurückkehrt.

Im Zug nach London hielt er die Augen starr auf die Fens gerichtet und schwieg. Seine Aufmerksamkeit war genauso nach innen gerichtet wie meine. »Ostdeutschland ist auch so flach«, sagte er nach einer Weile.

Ich spürte, daß er sich immer noch Gedanken machte wegen Kristina. »Wir haben die richtige Entscheidung getroffen«, sagte ich. »Mach dir keine Sorgen.«

»Du weißt doch, wie sie ist.« Er lächelte schwach. »Sie wird sagen, daß ich weggelaufen bin.«

»Wenn sie hört, daß du dich nicht wohl gefühlt hast, wird sie es verstehen.«

»Nicht wohl gefühlt.« Er lachte, als hätte ich seiner Vorstellung eine unerwartet gute Besprechung gewidmet. »So kann man es natürlich auch ausdrücken.«

»Wir haben alle unsere Redensarten« sagte ich. »Ein gutgewählter Euphemismus macht auch noch die übelste Geschichte genießbar.« Ich sah zum Fenster hinaus. Die

Londoner Vororte drängten heran. Unsere mißglückte Exkursion ging dem Ende entgegen.

»Meine Kinder werden mal ein Deutschland besuchen, das ich nie gekannt habe«, sagte er ohne erkennbaren Anlaß. »Und ihre Kinder werden eine wiedervereinigte Gesellschaft dort vorfinden. Zwei Generationen wird es wohl dauern.« Er seufzte. »Wir haben unser Bestes getan, aber wir haben eine große Verantwortung auf uns geladen.«

»Würde unser Freund Krokowski dich vielleicht in ganz besonderer Weise verantwortlich machen?«

Mein Bruder warf mir einen eigenartigen Blick zu. »Du kannst den Mann wohl nicht in Ruhe lassen?«

»Halbwissen ist eine gefährliche Sache«, erwiderte ich. »Wenn ich die ganze Wahrheit wüßte, würde mein Interesse sicher rasch nachlassen.«

Raymond bestätigte meine Feststellung mit einem Kopfnicken und starrte zum Fenster hinaus. »Ich hoffe, du weißt«, sagte er, ohne mich anzusehen, »wie sehr sie ihn immer noch liebt?«

Die Stimmung zwischen uns schlug abrupt um. Mit einem einzigen Satz hatte mein Bruder eine Drohung in unser Gespräch eingeführt, die mein Herz stillstehen ließ und mein Gehirn in einen rasenden Wirbel versetzte. »Nein«, sagte ich leise. »Das wußte ich nicht.«

Der Zug fuhr donnernd in einen Tunnel, der zur Liverpool Street führte. Die Lichter flackerten und gingen aus. Eine Sekunde lang mußte ich an einen alten Krimi denken, wo der Mörder sein Opfer in einem verdunkelten Zug tötet. Dann ging das Licht wieder an, und wir rollten mit knirschenden Bremsen im Schrittempo in die Halle des Bahnhofs.

6

Als wir nach Mansfield kamen, lud mich Raymond ein, mit ihm ins Haus zu kommen, und trotz gewisser Bedenken ließ ich mich dazu überreden. Wir trafen Kristina allein in der Küche an, wo sie das Abendessen für die Kinder machte. Sie hörte uns nicht hereinkommen. Im Radio dröhnte laute Rockmusik, und sie tanzte bei der Arbeit. Sie trug einen Jogginganzug und hatte die Haare zum Pferdeschwanz zusammengebunden. Als sie uns bemerkte, blieb sie überrascht und verlegen stehen. Sie hatte dunkle Ringe unter den Augen, aber sie war trotzdem schön. Betrübt fiel mir ein, daß ich sie immer seltener sah. Mein Bruder sagte nichts, sondern setzte sich an den Tisch, bleich vor Erschöpfung.

Kristina stellte das Radio ab. Ich sagte: »Ich werde dir alles erklären. Raymond ist sehr müde.«

Sie nickte gleichgültig und ging ins Nebenzimmer, um Sascha und Olga zu holen, die sich ein Video ansahen. Ich hörte, wie Kristina sagte: »Papa ist nach Hause gekommen.«

»Ich glaube, ich leg' mich ein bißchen aufs Ohr«, sagte Raymond. Als er hinausging, legte er mir die Hand auf die Schulter. »Danke, Julian, du hast mir das Leben gerettet.«

»Sei nicht albern«, erwiderte ich.

Ich setzte mich mit einem Whisky-Soda ins Wohnzimmer und sah mir eine Show im Fernsehen an, während Kristina den Kindern ihr Essen verabreichte. Sie ignorierte mich genauso, wie sie Raymond ignoriert hatte. Nach dem Essen durften sich Olga und Sascha noch ihre Gutenachtküsse abholen, dann verschwanden sie nach oben. Als sie die Kinder ins Bett gebracht hatte, erschien Kristina sehr viel besser gelaunt wieder unten.

»Ich hatte euch gar nicht so früh zurückerwartet«, sagte sie.

»Raymond hat schlappgemacht«, sagte ich.

»Er sieht so unschuldig aus«, sagte sie, »aber er verursacht viel Schmerz.« Sie kam auf mich zu und legte ihre Arme um meinen Hals. »Du bist immer so vernünftig«, sagte sie.

»Soll ich dir erzählen, was passiert ist?«

Sie schüttelte den Kopf. »Ich mag jetzt nicht darüber reden.« Sie schien müde und unkonzentriert. »Bring mich nach Kalifornien«, murmelte sie.

Unter ihrem Jogginganzug war sie nackt. Wir liebten uns gleich dort auf dem Sofa, ohne einen Gedanken auf irgendwen sonst zu verschwenden. Das Feuer zischte im Kamin. Ich war aller Sorgen ledig, und als sie aufschrie, legte ich ihr nicht einmal die Hand auf den Mund, wie ich es sonst stets getan hatte. Ich ging davon aus, daß Raymond schlief, aber eigentlich war es mir egal. Ich war sicher, es würde uns keiner stören, und wir wurden auch nicht gestört.

Wahrscheinlich haben wir eine Weile geschlafen. Als ich die Augen öffnete, war das Feuer heruntergebrannt und wurde allmählich zu Asche. Es spendete aber immer noch Wärme. Wir hielten einander im Arm, ohne miteinander zu reden.

»Wenn wir so leben könnten ...«, sagte ich.

»Liebling«, murmelte sie mit dieser Stimme, die bei aller Intimität doch immer unverbindlich und kühl blieb. Sie löste sich aus meinen Armen. »Jetzt kannst du es mir erzählen. Was ist passiert?«

»Er hat sich betrunken. Es wurde ihm schlecht. Er hat mir gesagt, er könne nicht nach Berlin fahren.«

»Es warten dort zu viele offene Rechnungen auf ihn«, sagte sie.

Einen Augenblick lang sah ich leere Straßenbahnschienen und einen Kontrollpunkt vor mir, und dahinter eine endlose graue Betonmauer, die auf der Rückseite hoher Wohnblocks entlangführte.

»Möchtest du, daß er sich mit diesen Angelegenheiten befaßt?«

»Ich möchte, daß er vor Gericht gestellt wird.« Ihre

Augen waren unversöhnlich. »Ich möchte, daß du ihn fragst, wie vielen er geschadet hat und wie er's getan hat.«

Ein Holzscheit fiel in die Glut, und ein Funkenregen ging nieder. Ich wußte, daß ich die Gelegenheit ergreifen mußte. »Warum wurde Krokowski verhaftet?«

»Was sagt denn Raymond dazu?«

»Er hat was von staatsfeindlichen Aktivitäten gesagt. Irgendwelche Einzelheiten erwähnte er nicht.« Immer noch konnte ich mich nicht entschließen, meinen eigentlichen Verdacht in Worte zu fassen. Kristina muß das gespürt haben. Sie lachte. »Erstaunlich!«

»Wie meinst du das?«

Kristinas Spott war grenzenlos. »Es war natürlich Raymond. Walter wollte Urlaub in Bulgarien machen. Dann wurde er plötzlich der Republikflucht beschuldigt. Oder besser: der Vorbereitung zur Republikflucht. Das war ein Verbrechen. Sein Taxi wurde durchsucht, und man fand alle möglichen verbotenen West-Bücher und -Zeitschriften. Das war ein weiteres Verbrechen. Er wurde zu zwei Jahren verurteilt. Dafür hat Raymond gesorgt.«

Ich war skeptisch. »Kannst du das beweisen?«

»Das brauche ich nicht«, sagte sie. »Es ist wahr.«

»Was hat denn Raymond dazu zu sagen?«

»Natürlich streitet er alles ab, aber es glaubt ihm niemand. Alles, was er sagt, sind Lügen. Lügen und Halbwahrheiten. Gerüchte und Andeutungen. Er kann richtig und falsch gar nicht mehr unterscheiden.«

»Mir erzählt er immer, daß er dich liebt«, sagte ich. »Wäre es nicht möglich, daß er diese schrecklichen Dinge aus Liebe getan hat?«

»Wie soll ich ihm glauben, daß er mich liebt, wenn ich ihm sonst nichts glauben kann?«

Es war eine verzweifelte Frage, und ich konnte nicht antworten. »Wo ist Krokowski jetzt?«

Der Ausdruck großer Traurigkeit trat in ihr Gesicht. »Ich

weiß es nicht. Das hab' ich dir schon gesagt. Er ist in den Westen gegangen, nach seiner Entlassung.«

»Ist er noch in Deutschland?«

»Manche Leute sagen, er wäre nach Indien gegangen.« Kristina gähnte fröstelnd. »Ich habe versucht, ihn zu finden. Er ist verschwunden.«

»Was würdest du denn tun, wenn du ihn findest?«

»Was ich tun würde?« Sie sah mich an, und mein Herz überschlug sich. »Ich würde wieder zu leben anfangen.«

»Und was ist mit Raymond?« fragte ich laut, aber in Wirklichkeit dachte ich an mich selbst. Auf ihre Antwort war ich nicht gefaßt.

»Er wird sterben«, sagte sie mit plötzlicher Entschiedenheit. Dann lachte sie. »Ist das nicht traurig?«

So trat der Tod in unser Gespräch wie ein Nachbar, der zufällig am Abend vorbeischaut. Ich bin, wie gesagt, mit seiner Gegenwart vertraut. Zu meiner Überraschung stellte ich allerdings fest, daß meine Überlegungen weniger um Raymonds Tod kreisten als um den von Krokowski. Während ich so dalag und spürte, wie Kristina neben mir atmete, gelangte ich zu der Überzeugung, daß Kristina sich bestimmt daran gewöhnen könnte, ihre Gefühle auf mich zu konzentrieren, wenn Krokowski nicht existierte.

Ich war müde und ruhelos zugleich. Ich hätte diese beunruhigenden Überlegungen gern mit jemandem geteilt, aber gleichzeitig wollte ich auch allein sein. Mein Gemüt war voller widerstreitender Gefühle. Ich brauchte Zeit. Ich stand auf und streckte mich gähnend. Dann nahm ich rasch Abschied und lief erleichtert in die Dunkelheit hinaus. Es lag eine Traurigkeit in dieser Trennung. Ich glaube, wir ahnten beide, daß wir uns nie wieder so nahe sein würden.

Ich fuhr durch die Straßen von Mansfield. Ein halber Mond stand niedrig über dem Horizont, und der Schatten der Downs erhob sich hinter den Häusern wie eine silbrige Wand. Als ich nach Hause kam, erlebte ich einen Schock.

Ich stellte den Wagen in die Garage und ging zur Haustür. Zu meiner Überraschung war sie offen, und in meiner Erschöpfung dachte ich, ich hätte vielleicht vergessen abzuschließen. Erst als ich eintrat, begriff ich: Bücher, Kleider, Akten, Geschirr. Das Haus war ein einziges Chaos. Ich ging von einem Zimmer ins nächste. Die Einbrecher waren hastig gewesen und nicht sehr intelligent. Sie hatten den Fernseher, das Videogerät, meine Kamera und das silberne Besteck mitgenommen, aber meine wertvollen Drucke aus dem 18. Jahrhundert hingen unberührt an den Wänden. Ich hatte dieses dunkle Gefühl einer Beschädigung, das mit einem Einbruch einhergeht, aber ich war nicht überwältigt. Aus irgendeinem Grund hatten sie die halbverkohlten Holzscheite aus dem Kamin auf den Teppich gekippt, aber sonst gab es keine Zeichen von Vandalismus. Sollte ich die Polizei rufen? Ich beschloß, bis zum Morgen zu warten. Ich bezog mein Bett mit frischen Laken und sank in tiefen Schlaf.

Sobald es hell wurde, rief ich die Polizei an und stellte zu meiner Befriedigung fest, daß Sergeant Kenny den Fall übernehmen würde, der beliebteste Kriminalbeamte der örtlichen Polizei. Er kam noch vor neun Uhr vorbei, schüttelte angesichts der Verwüstung den Kopf und versprach, zu tun, was er konnte. Wir wußten beide, daß es aussichtslos war. Wir hatten oft genug über die zunehmende Zahl von Verbrechen gesprochen und waren jedesmal zu dem Ergebnis gekommen, daß man sich nur mit einer guten Versicherung schützen könne. Er saß bei mir am Küchentisch und stellte ein sehr großzügiges Verzeichnis meiner Verluste zusammen. »Lassen Sie uns nur alles aufschreiben, Mr. Whyte«, sagte er munter. »Die Versicherung brauchen wir nicht zu schonen.«

Ich war sehr froh, daß Kenny nicht ganz automatisch die Zigeuner im Verdacht hatte. Bei meinen Nachbarn wäre das anders gewesen. Den Rest des Tages verbrachte ich mit Aufräumen. Ich benutzte die Gelegenheit, meine Kontoauszüge durchzusehen. Auf meine finanzielle Umsicht war ich immer stolz gewesen, aber jetzt wurde mir klar, daß meine unmittelbar verfügbaren Geldmittel erschöpft waren. Wenn ich, wie versprochen, Raymonds Verluste ausgleichen wollte, mußte ich einen Kredit aufnehmen.

Am Montag war ich früh in der Kanzlei. Ich machte meine Post auf, diktierte ein paar Briefe und vereinbarte einen Termin bei meinem Bankmanager. Dann rief ich meinen Bruder an. »Ich brauche deine Kontonummer«, sagte ich. »Ich werde heute das Geld lockermachen, damit du den Kreditkartenleuten einen Scheck schicken kannst. Wir reden nie wieder darüber.« Als er sich bedanken wollte, schnitt ich ihm das Wort ab. »Du brauchst dich nicht zu bedanken«, sagte ich. »Setz es einfach auf die Liste der Dinge, über die wir nicht sprechen.« Ich mußte mich beeilen, um rechtzeitig auf die Bank zu kommen.

Meinen Bankmanager, Terry Alton, kenne ich seit Jahren, und wir wissen uns schon aufgrund unserer jeweiligen beruflichen Positionen zu schätzen. Mein jetziges Gespräch mit ihm allerdings war von Verlegenheit geprägt. Es war mir peinlich, einen ebenbürtigen Partner wie ihn zu belügen.

Altons Schreibtisch war leer, als hätte er irgendwo gelesen, daß ein leerer Schreibtisch ein Zeichen von Macht war. Er goß mir einen Kaffee ein, dann brachte seine Sekretärin meine Unterlagen. »Ich sehe, das Konto leidet neuerdings unter chronischer Überbeanspruchung«, sagte er lächelnd. Ein professionelles Lächeln, fast wie ein Arzt, der eine Krankheit erkannt hat. »Das paßt aber gar nicht zu Ihnen, Julian.«

An seiner Stelle hätte ich wahrscheinlich »Mr. Whyte« gesagt, aber ich ließ es durchgehen. »Ich habe ein paar Dinge im Haus richten lassen«, log ich. Bloß gut, daß ich in den Hotels immer bar bezahlt hatte.

Altons Gesicht hellte sich auf. Man spürte, wie ihm die Vorstellung von Doppelfenstern und Rauhputz das Herz wärmte. »Ah«, sagte er. »Verschönerungsarbeiten.«

Es amüsierte mich, unter diesem Aspekt an Kristina zu

denken. »Ich habe diese Ausgaben unter Kontrolle.« Ich zögerte. »Aber es geht nicht um die Überziehung. Ich brauche ein Darlehen.«

»Noch mehr Verschönerungsarbeiten? Wollen Sie den Dachboden ausbauen?«

»Leider nicht.« So knapp wie möglich beschrieb ich das Malheur meines Bruders. Ich entwarf das Bild eines alten Mannes, der sich mit den Versuchungen des Westens nicht auskannte. Ich gab zu, wie peinlich mir die Angelegenheit war. Man bittet schließlich seine Bank nicht gern, daß sie für Spielschulden aufkommt. Ich versprach, Raymonds künftige Ausgaben genauer zu überwachen.

Alton hörte mir geduldig zu. Ich konnte sehen, daß ich ihm leid tat. »Wieviel brauchen Sie?«

»Zweitausend.« Wie alle Spieler hatte Raymond seinen Verlust unterschätzt.

Alton hob die linke Augenbraue, sagte aber nichts. Er tippte ein paar Zahlen in den Taschenrechner, und eine Sekunde lang dachte ich, er würde mir sagen, was ich für diese Summe alles hätte mit meinem Dachboden tun können, aber dann sagte er bloß: »Ich würde vorschlagen, daß Sie die Summe in monatlichen Raten zurückzahlen.« Er zog ein paar Formulare heraus. »Wenn Sie bitte hier unterschreiben. Den Rest kann ich für Sie ausfüllen.« Er reichte mir seinen Füllfederhalter wie ein Diplomat bei einem Gipfeltreffen. »Kein Problem, Julian.« Er befand sich jetzt in einem völlig imaginären Dialog. »Sie sind ein langjähriger, geschätzter Kunde bei uns.« Er stand vom Schreibtisch auf, schüttelte mir die Hand und öffnete mit einer geübten Bewegung die Tür. »Wir sind dazu da, um unseren Kunden zu helfen. Rufen Sie mich jederzeit an, wenn Sie etwas brauchen. Und schöne Grüße an Ihre Frau.«

Es war nur ein harmloser Patzer, aber aus irgendeinem Grund hatte ich das Bedürfnis, ihn herauszufordern. »Ich bin nicht verheiratet«, sagte ich, »jedenfalls noch nicht.«

»Wie dumm von mir«, sagte er. »Aber Sie wissen ja, wie es ist. Solche Redensarten kommen ganz automatisch. Ich bitte um Entschuldigung.«

Die Tür schloß sich hinter mir, und die Peinlichkeit war vorbei. Als ich die Strandpromenade hinunterging, rätselte ich an der Unterhaltung herum. Er mußte doch gewußt haben, daß ich unverheiratet war! Er hatte mir gerade eine größere Summe geliehen. Durfte er mich deswegen beleidigen? Wollte er mir drohen? Wollte er andeuten, daß er über Kristina Bescheid wußte? Meine Befriedigung über die neue Geldquelle wurde von diesen Überlegungen stark überschattet, und ich war ziemlich beunruhigt, als ich schließlich zum Grand Hotel kam, wo ich mich mit Raymond zum Kaffee verabredet hatte, um ihm von meinem Besuch bei der Bank zu berichten.

Das Hotel lag wie ein großer Hochzeitskuchen in der Sonne. Selbstbewußt trat ich ein. In der Vergangenheit, wenn ich mit Kristina verabredet war, hatte ich die Hotelhallen immer möglichst unauffällig durchquert, aber heute war ich ganz locker. Ich schlenderte in die Lounge, wo gerade eine Gruppe japanischer Touristen vor einem Berg von identischen Koffern posierte, um sich fotografieren zu lassen. Raymond war schon da, und als ich mich setzte, brachte der Kellner auch gleich den Kaffee. Ein paar Minuten lang waren wir mit den Tassen beschäftigt. Ich war froh, als ich feststellte, daß wir etwas abseits von den anderen Gästen saßen und ziemlich ungestört waren.

»Es wird dich sicher freuen«, sagte ich, »daß die Bank uns gern gefällig ist.« Ich nahm meine Brieftasche heraus und stellte den Scheck für ihn aus. »Damit müßtest du eigentlich aus den roten Zahlen herauskommen.«

Er nahm den Scheck und steckte ihn in die Tasche. Ich merkte, wie er zwischen Verlegenheit, Dankbarkeit und Erleichterung schwankte. »Ich danke dir, Julian.« Er lächelte müde. »Jetzt stehe ich wirklich in deiner Schuld.«

»Du gehörst zur Familie«, sagte ich. »Das genügt doch.« Dann lachte ich, größtenteils über mich selbst. »Man weiß ja nie, wann ich etwas von dir haben will.«

»Was immer du haben willst«, sagte er großspurig. »Es gibt nichts, was ich dir abschlagen würde.«

»Gar nichts?«

Er lächelte wieder mit der für ihn typischen Mischung von Verlegenheit und Prahlerei. »Na ja, beinahe nichts.«

Wieder hatte ich das Gefühl, den Tod am Rande unseres Gesprächs lauern zu sehen, und wie es so geht, schien Raymond meine Gedanken zu spüren. Ich solle ihm helfen, ein neues Testament aufzusetzen, sagte er, wo wir gerade von Verpflichtungen sprächen. Das sei möglicherweise standeswidrig, erklärte ich ihm. Er möge sich an einen Kollegen wenden.

»Das ist es, was mir an dir so gefällt«, sagte Raymond. »Deine Korrektheit.«

Ich lachte, und unser Gespräch wurde oberflächlich und heiter. Als ich mich umsah, entdeckte ich auf der anderen Seite der Hotelhalle den alten katholischen Priester, der mit seiner Kanne Tee alleine an einem Tisch saß und den *Tablet* las. Ich bin stets Agnostiker gewesen, aber ich hatte plötzlich das eigenartige Gefühl, daß mir eine höhere Macht zuhörte.

7

Ich lernte wieder, für mich allein zu sein. Jetzt, wo der Sommer vorbei war und die Dunkelheit kam, durften Olga und Sascha nicht mehr im Dorf herumstreifen, und ich merkte, daß ich sie vermißte. Auch Kristina wurde immer zurückhaltender, unsere geheimen Treffen hörten ganz auf. Irgendwie schien es immer eine andere Ausrede dafür zu geben. Ich war enttäuscht, ja noch schlimmer, verbittert. Mein unvernünftiges Herz überzeugte mich, mein Bruder sei schuld an Kristinas Verhalten. Wenn ich überhaupt noch von der Zukunft träumte, wurde seine Lebenslüge zur Sorge, zum Trauma und schließlich zum schmerzenden Krebsgeschwür meines eigenen Lebens. Manchmal stellte ich mir vor, wie ich an seinem Grab stand und mit der Würde eines edlen Römers meinem Schmerz Ausdruck gab, um anschließend offen mit Kristina zu leben. Ich hatte ihren Einfluß nicht abgeschüttelt; ich war noch nicht wieder ich selbst. Ich saß stundenlang über den einfachsten Dingen und las dieselben Zeilen immer wieder und wieder. Ich hatte mich verloren.

Wir stellten die Uhren zurück. Herbststürme rissen die Blätter von den Bäumen. Nachts fielen die Temperaturen bis an den Gefrierpunkt. Dunkelheit und Einsamkeit kamen zusammen. Ich hörte Wagner und Bach und sah den Regenböen zu, die vom Kanal heraufzogen und heftig durch unser Tal fegten. Die Regentropfen liefen am Fenster herunter, und ich schloß innerlich Wetten ab gegen Raymond und gegen Krokowski. Er prägte unser aller Leben, und ich wußte nicht, was ich dagegen tun sollte. Ich spürte, wie aus meiner Besessenheit blanker Haß wurde.

Eines Tages rief Susan mich an. Seit ihrem letzten Besuch bei mir hatten wir nicht mehr miteinander gesprochen, und so lag eine beiderseitige Verlegenheit über unserem Gespräch. Außerdem merkte ich, wie weit mein Leben von Kristina und Raymond bestimmt wurde. Ich war drauf und dran, den Kontakt mit meinen Freunden zu verlieren. Susans Anruf war eine Erinnerung daran, daß es auch noch eine andere, etwas größere Welt gab.

»Ich glaube, ich muß dich mal wieder besuchen«, sagte sie. »Du klingst, als wärst du gar nicht du selbst.«

Dabei hatte ich fast gar nichts gesagt. Ich wiederholte, es ginge mir gut, aber als sie hartnäckig blieb, versuchte ich nicht länger, ihr den Besuch auszureden. Innerlich war ich sogar dankbar. Sie wollte am Samstag zu einem Tagesbesuch kommen. Wie immer trafen wir keine detaillierten Verabredungen, und ich fragte mich insgeheim, ob ich sie auffordern sollte, über Nacht zu bleiben. Raymond oder Kristina sagte ich nichts über den bevorstehenden Besuch, dafür machte ich mir um so mehr Sorgen. Ich schlief schlecht, und in meinen Träumen wurde ich heimgesucht von dunklen, namenlosen Gestalten. Ich kannte solche Ängste, und jetzt kehrten sie wieder zurück.

Als ich am Samstag einigermaßen zerschlagen erwachte, stand der Oktobertag wie blankes Kupfer vor dem Fenster. Die Zeit schien aufgehoben in der Morgenstille. Schwerer Tau war gefallen, aber die Sonne drang bereits durch den Nebel, und die Blätter waren rotgolden. Das Jahr ging dem Ende entgegen, aber die Natur war lebendig und schickte eine strahlende Fanfare zum Himmel. Ich stand hinter dem Haus, mit einer Tasse heißen Kaffee in der Hand, und lauschte den vertrauten Geräuschen des Landlebens.

Durch dichte Nebelschichten fuhr ich die steile Straße auf die Downs hinauf. Oben war der Himmel plötzlich wolkenlos und strahlend blau. Ich stellte den Wagen auf dem Parkplatz ab und ging zum Aussichtspunkt, um den weiten Blick auf die Landschaft zu haben. Der Fluß war wie ein silbernes Band. Die Äcker hinter mir waren schon frisch gepflügt. In den Baumreihen krächzten die Raben. Ich nahm noch eine weitere Tablette gegen mein Kopfweh.

Am Bahnhof kaufte ich mir eine Zeitung und setzte mich damit in den Wartesaal. Ich hoffte, anonym und unbeobachtet zu bleiben. Die Schlagzeilen berichteten von einem Regierungstreffen in Maastricht, arabisch-israelischen Friedensgesprächen, einem innerparteilichen Streit bei den Konservativen und natürlich von Prinzessin Diana. Mit besonderem Interesse las ich den Nachruf auf den Schöpfer von *Raumschiff Enterprise*, gestorben im Alter von siebzig Jahren.

Susans Zug fuhr ein. Als sie auf mich zukam, fiel mir auf, wie gut sie aussah. Sie hatte sich die Haare abschneiden lassen und war wie immer äußerst gesprächig. Außerdem strahlte sie, wie schon seit Jahren nicht mehr. Ich umarmte sie wie eine Schwester, froh darüber, daß jemand bei mir war, der mich so gut kannte.

»Was ist los, Julian?« fragte sie in ihrer üblichen direkten Art, als wir zu meinem Wagen gingen. »Du siehst ja schrecklich aus.«

»Wirklich?« murmelte ich. »Wahrscheinlich habe ich zu viel gearbeitet. Du weiß ja, wie das ist.«

»Erzähl mir nichts von deiner Arbeit«, sagte sie. »Ich will etwas von dir wissen.«

Ich gab zu, daß ich mich ziemlich isoliert fühlte, und fragte, was sie denn in letzter Zeit so gemacht hätte. Wir hätten uns ja schon eine Weile nicht mehr gesehen.

Sie lachte vielsagend. »Ja, das ist schon eine Weile her.«

Ihre Heiterkeit erstaunte mich. »Ja, eine Ewigkeit«, sagte ich und bat sie noch einmal, etwas von sich zu erzählen. Völlige Offenheit gehörte zu unserem Ritual, aber ich glaube, insgeheim hatten wir beide Angst vor dem, was der andere womöglich erzählte. Als wir den Bahnhofsplatz verließen, sagte Susan, sie habe gerade ein langes Wochenende in Venedig hinter sich.

Ich dachte an Terry Alton und mein überzogenes Bankkonto und lachte. »Venedig! Das könnte ich mir derzeit nicht leisten.«

»Wie denn das, Julian? Irgendwie erinnere ich mich noch dunkel an lange Wochenenden in Amsterdam und Paris ...«

»Das war in der guten alten Zeit«, sagte ich. Sie gab keine Antwort, und ich spürte, daß sie gern weitere Fragen gehört hätte. »Also was ist im Busch?«

»Ich glaube, ich habe jemanden kennengelernt.«

»In Venedig?«

Sie lächelte. »Na ja, vielleicht könnte man sagen: In Venedig sind wir in Berührung gekommen.«

»Nicht bloß ein kleines Abenteuer?«

»Diesmal könnte es ernst sein.«

»Könnte sein? Das klingt recht provisorisch.«

»Ich bin nervös«, sagte sie. »Ich möchte keine Fehler mehr machen.«

Ich hielt auf dem Parkplatz an der Strandpromenade. »War ich ein Fehler?«

»Sei nicht albern.«

»Wer ist es?«

Wir saßen im Auto und starrten aufs Meer. Das Wetter war umgeschlagen, und draußen am Horizont sah man Regen. An der Hochwasserlinie kämpften die Möwen um Beute. Mir wurde plötzlich bewußt, daß Susan etwas erzählte und daß ich nicht zuhörte.

»Er ist ganz anders als die anderen«, sagte sie gerade. »Er ist Arzt.« Sie griff nach meiner Hand. »Er kommt mir so fremd vor, und zugleich so vertraut. Merkwürdig, nicht?«

»Wie heißt er denn?«

»David.« Sie streichelte meine Hand. »Dr. David Holmes.«

»Wo habt ihr euch kennengelernt?«

»Er sammelt seltene Bücher«, sagte sie. »Er hat sich in der Bibliothek nach einer Erstausgabe erkundigt. Dann hat er mich eingeladen, mit ihm auszugehen. Es hat auf Anhieb funktioniert.«

»Ich glaube, du bist verliebt«, sagte ich.

Die Wagenfenster beschlugen. Ich malte erst ein Dreieck auf die Seitenscheibe, dann ein Herz. Susan beugte sich zu mir herüber und malte einen Pfeil dazu. Der Duft ihres Körpers erinnerte mich an alte Zeiten.

»Und wie geht es dir?« fragte sie.

»Es war ein schwieriger Monat«, sagte ich und erzählte ihr von unserer Nicht-Reise nach Berlin. Den Namen Krokowski erwähnte ich nicht.

»Du brauchst Hilfe, Julian«, sagte sie und drückte meine Hand. »Vielleicht merkst du es gar nicht, aber es geht dir nicht gut.«

Ich schlug vor, in einem Landgasthof zu essen. Am Jachthafen vorbei fuhr ich auf der Küstenstraße nach Osten in Richtung Newhaven. Nach einigen Meilen bogen wir ins Landesinnere ab. Das Restaurant lag etwas versteckt in einem dichtbewaldeten Teil der Downs. Früher war es eine Kapelle gewesen. Der Besitzer und seine Frau waren Freunde von mir und hatten uns einen guten Tisch reserviert.

Als wir uns unterhielten, fiel es mir immer schwerer, meinem Problem auszuweichen. Ganz allmählich schlich sich Walter Krokowski in unser Gespräch. Susan saß still und hörte zu, ohne mich zu unterbrechen. Ich hörte mich reden, als wäre ich jemand ganz anderes. Ich hörte, wie ich meine Besessenheit mit Worten beschrieb, die ich zuvor nicht gekannt hatte. Je mehr ich sagte, desto klarer wurde mir, daß Kristina mich niemals so lieben würde, wie ich sie geliebt hatte. Schließlich hatte ich alles gesagt. »Und?« fragte ich.

»Du fühlst dich betrogen, nicht wahr?«

»Ja, ich glaube schon«, sagte ich und mußte zugeben, daß sie mich wirklich gut kannte. »So ist das Leben.«

Sie nahm meine Hand. »Armer Junge.«

»Es ist irgendwie merkwürdig«, sagte ich. »Man denkt, man hat jemand gefunden, und dann stellt man fest, der andere ist gar nicht frei.«

»Ich glaube nicht, daß du sie gefunden hast«, sagte Susan. »Ich glaube, du hast sie erfunden.«

»Wie auch immer«, sagte ich. »Es hat ganz real gewirkt, als es passierte. Du hast immer gesagt, ich hätte keinen Kontakt mit mir selbst. Jetzt habe ich das Gefühl, mir selbst völlig ausgeliefert zu sein, und es tut höllisch weh.«

»Was sagt sie denn?«

»Sie sagt dauernd was anderes. Sie ist nicht sehr beständig.«

»Liebst du sie noch?«

Ich sah, wie ihre Augen sich hin und her bewegten, um meine Reaktion zu beobachten. »Das dachte ich«, sagte ich. »Ich habe gedacht, ich könnte keinen Augenblick ohne sie leben.« Ich schüttelte den Kopf. »Jetzt erscheint sie mir so fremd.«

»Das hast du dir bisher selbst noch nicht eingestanden, nicht wahr?«

Ich schüttelte den Kopf. »Nein«, sagte ich. »Es fällt mir schwer.«

Jetzt wurde Susan plötzlich energisch. »Wenn hier jemand ›ein kleines Abenteuer‹ braucht«, sagte sie, »dann bist du das.«

»Mit dir«, sagte ich, und es war nicht bloß komisch gemeint.

»Du dummer Kerl, du.«

Wir beendeten unser Essen. Den Kaffee tranken wir in der Lounge. Dann fuhren wir nach Brighton zurück. Der kurze Tag neigte sich schon wieder dem Ende entgegen, und auf den Schiffahrtsrouten blinkten die Lichter.

»Was soll ich bloß machen?« fragte ich.

»Du mußt dich zurückziehen. Bau deine Zelte ab und zieh weiter. Fahr mit dem Boot hinaus in die Strömung. Das hast du doch früher schon öfter gemacht.«

»So einfach ist das nicht. Wenn ich allein bin, kann ich mir immer noch einreden, ich wäre verliebt. Das Schlimmste ist die Geheimhaltung. Ich kann ja mit niemand darüber reden, außer mit dir.«

»Vielleicht solltest du die Geheimhaltung aufheben. Vielleicht fühlst du dich dann besser.« Susan spielte mit dem Suchlauf des Autoradios, aber keiner der Sender schien ihr zu gefallen. Mit einer Handbewegung knipste sie das Gerät aus. »Du solltest ihr sagen, daß es vorbei ist.«

»Das weiß sie bereits.« Wut brandete in mir hoch. »Mit Kristina hab' ich eigentlich gar kein Problem, sondern mit diesem Mann, den ich gar nicht kenne.« Ich starrte ins Zwielicht hinaus. »Der Kerl geht mir auf die Nerven, aber irgendwie werd' ich ihn nicht los. Ich habe ihn zwar nie gesehen, aber am liebsten würde ich ihn umbringen.«

Susan lachte nervös. »Das meinst du doch nicht im Ernst.«

»Oh, doch!«

Jetzt war sie schockiert. Ich spürte, daß sie mich ansah, als wäre sie nicht mehr sicher, ob sie mich jemals gekannt hatte. Abrupt schlug sie vor, wir sollten ein bißchen spazierengehen. Die frische Luft würde uns guttun. Ich stellte den Wagen ab, und wir schlenderten die Strandpromenade hinunter. Nur wenige Monate zuvor war ich hier Hand in Hand mit Kristina gegangen, aufgeregt und voller Hoffnung. Was für ein glücklicher und sorgloser Tag war das damals gewesen! Die See war glatt wie Glas gewesen, jetzt peitschten herbstliche Windböen die Wellen.

»Ich fühle mich so eingesperrt«, sagte ich, ohne nachzudenken.

»Dann hau doch ab. Fahr weg. Nach Italien.«

»Komm mit mir.«

»Das kann ich nicht. Tut mir leid.«

Sie umarmte mich, und wir küßten uns. Ich hätte sie gern wiedergehabt, aber sie stand nicht mehr zur Verfügung und außerdem wußte sie, daß ich im Herzen verwirrt war. Sie wandte sich ab, und wir gingen Arm in Arm ziellos spazieren. Schließlich betraten wir das Aquarium. Im Inneren des Gebäudes war es höhlenhaft dunkel, und das entsprach unserer Stimmung. Das phosphoreszierende Blubbern des Wassers wirkte beinahe hypnotisch, und die Fische und Seepferdchen bewegten sich wie im Traum.

Unser melancholischer Ausflug ging dem Ende entgegen. Wir kamen zum Geschenkladen, und Susan entschuldigte sich in Richtung Toilette. Früher hätte ich jetzt Geschenke für Kristina und die Kinder gekauft, jetzt kaufte ich Susan ein albernes Andenken zur Erinnerung an mein Versagen.

Als sie wiederkam, bat ich sie, bei mir zu bleiben, aber ich wußte, daß es vergeblich sein würde. Nein, sie müsse zum Zug, sagte sie.

»Wann triffst du dich wieder mit ihm?«

»Heute abend.«

Wir gingen die Straße zum Bahnhof hinauf. »Hier«, sagte ich und gab ihr mein Geschenk. Ich hatte ihr einen gläsernen Igel gekauft. »Ein Souvenir.«

»Du bist lieb«, sagte sie und gab mir einen Kuß. »Ich glaube, das weißt du gar nicht.«

Der Zug war schon am Bahnsteig. Die Bahnhofshalle war feucht und düster, eine Kathedrale der Verzweiflung. Ich brachte Susan zu einem leeren Abteil.

»Paß auf dich auf.« Sie umarmte mich, und als sie sich abwandte, warf sie mir noch eine Kußhand zu.

Ohne mich umzusehen verließ ich den Bahnhof und suchte auf der dunklen Straße nach meinem Auto.

8

Kinder haben ein kurzes Gedächtnis. Als Kristinas Verhalten ihnen zeigte, daß Onkel Julian einfach Daddys Bruder war, nicht mehr und nicht weniger, erlangte ich alsbald meinen früheren Status zurück. Der Oktober ging zu Ende, und Halloween kam. Die Kinder malten auf Besenstielen reitende Hexen. Im Schaufenster unseres Krämerladens erschienen ein leuchtendes grünes Skelett und ein paar blutige Hände, und eines Tages kaufte ich auf dem Nachhauseweg aus der Kanzlei ein paar schöne Kürbisse für die Kinder. Wir setzten uns an den Küchentisch, höhlten die Kürbisse aus und schnitten Gesichter hinein. Das schleimige Fruchtfleisch kippten wir in eine Schüssel. Als wir fertig waren, stellten wir Kerzen in die fünf Kürbisköpfe und knipsten das Licht aus. Die schimmernden gelben Gesichter sahen aus wie Gespenster. Sascha übte ein Geistergeheul. Wir befanden uns am Rand der magischen und übernatürlichen Welt, und einen Augenblick lang fragte ich mich besorgt, was wir da eigentlich für Dämonen beschworen. Als mich Olga fragte, ob ich an Geister glaubte, wußte ich nicht, was ich antworten sollte. Offiziell war ich ja ein rationaler Mensch, der jeden Aberglauben verabscheute.

»Ich habe selbst noch keinen Geist gesehen«, sagte ich, »aber andere Leute schon.«

Olga quetschte gerade einen Haufen orangefarbenes Fruchtfleisch und Kürbiskerne durch ihre Finger. »Wird man ein Geist, wenn man stirbt?«

Über diese Frage hatte ich schon oft nachgedacht, aber meine Erfahrung mit den Toten ergab eine ziemlich diffuse Beweislage, und ich war einer Antwort bis heute nicht näher gekommen. »Niemand weiß, was passiert, wenn man stirbt«, sagte ich.

»Papa sagt, man kommt in den Himmel«, sagte Olga. »Ist es da schön?«

»Der Himmel ist –« Ich wußte nicht weiter.

Kristina stand lächelnd in der Tür. »Was ist der Himmel?«

»Ach, ich weiß nicht.« Ihre Einmischung war unwillkommen. »Ein alberne mittelalterliche Phantasie.« Ich stand vom Tisch auf. Unter den aufmerksamen Augen der Kinder war ich immer sehr verlegen, wenn Kristina auftauchte. Ich wußte nie genau, welche Spielregeln unsere Beziehung bestimmten. Zu meiner eigenen Überraschung sagte ich, daß ich wegmüßte, und brach hastig auf. Kristina folgte mir an die Tür.

»Du kannst bleiben, wenn du möchtest«, sagte sie. »Raymond kommt nicht so bald nach Hause.«

Kristina wollte also immer noch ihre Macht über mich ausüben, aber sie appellierte an einen Teil meiner Persönlichkeit, der zutiefst gedemütigt war. Ich wollte nicht bleiben. Ich wollte die Uhr nicht zurückdrehen. Ich wollte vergessen. Dennoch konnte ich nicht darauf verzichten, sie zu umarmen, als wir da in der Dunkelheit standen. »Ich muß gehen«, sagte ich.

»Bist du mir böse?«

Ich schüttelte den Kopf. Ich hatte meine Bitterkeit längst auf meinen Bruder und Krokowski umgelenkt. Außerdem liegt es nicht in meiner Natur, über solche Dinge zu sprechen. Ich hoffte, wir könnten zu den einfachen Beziehungen zurückkehren, die wir unmittelbar nach ihrer Ankunft in Mansfield gehabt hätten, sagte ich. Daraufhin fragte Kristina, ob ich ihr nicht bei den Vorbereitungen für Halloween helfen könnte. Auf Raymond könne man sich nicht verlassen, und wenn die Kinder tatsächlich zu einem Halloween-Umzug in der Nachbarschaft aufbrechen wollten, wäre es nicht schlecht, wenn noch ein Erwachsener mitginge. Das war eine Rolle, die mir gefiel, und ich sagte gern ja.

An Halloween selbst konnten wir die Kanzlei erst spät schließen. Es waren eine Menge Berichte zu schreiben, und zum Wochenende hinterlasse ich gern einen aufgeräumten Schreibtisch. Als wir schließlich fertig waren, saßen wir umgeben von den Hinterlassenschaften des Tages mit gelockerten Krawatten im Konferenzzimmer, während die spanischen Putzfrauen auf dem Korridor staubsaugten. Ein oder zwei jüngere Leute aus dem Büro gingen zu einer Party, und zu meiner Überraschung wurde ich aufgefordert, sie zu begleiten. »Das wird bestimmt lustig«, sagte jemand. Ich sagte gähnend, ich müßte nach Hause. »Ich muß meiner Schwägerin mit den Kindern helfen.«

Abgesehen von der Empfangsdame hatte niemand in der Kanzlei je mit Kristina gesprochen, und die gelegentlichen freundlichen Erkundigungen nach dem Wohlergehen meiner Familie hatte ich stets sehr gelassen beantworten können. Der Ausdruck »Schwägerin« gefiel mir. Es war ein Etikett, das alle weiteren Nachfragen bremste. Als ich durch die Dunkelheit nach Mansfield zurückfuhr, schien es mir eine sehr glückliche Wortwahl: blutsmäßig nah, aber zugleich auch förmlich und distanziert.

Raymond begrüßte mich an der Tür. Ich sah sofort, daß er getrunken hatte. Er war vergnügt, aber streitsüchtig. Irgend etwas in seiner Stimmung ließ mich das Schlimmste befürchten. Ich sah die Regentropfen, die sich auf den Scheiben jagten. »Als ich noch ein Kind war«, sagte Raymond, »gab es diesen Halloween-Unsinn nicht. Als ich noch ein Kind war, haben wir *Guy Fawkes Night* gefeiert.« Er torkelte mir mit feuchten Augen entgegen. »Erinnerst du dich noch? *Penny for the guy! Penny for the guy!*«

Für die *Guy Fawkes Night* sei immer noch Zeit, sagte ich und schob ihn zurück in die Küche.

»Das freut mich zu hören.« Er bot mir ein Glas Wein aus einer Tetrapak-Tüte an. »Dieser ganze *Trick-or-treat*-Unsinn. Heutzutage ist alles amerikanisch – die Sprache, das Essen, die Unterhaltung, einfach alles. Man braucht gar nicht vom Großen Bruder zu reden. Wir leben in einem Einparteienstaat unter der Herrschaft von Uncle Sam.«

Es klingelte. Draußen in der Dunkelheit stand eine Meute von zwanzig Kindern, die *»Trick-or-treat! Trick-or-treat!«* kreischten. Raymond stürmte voller Wut an die Tür. Ich konnte ihn nicht mehr zurückhalten. Erst hörte ich die Stimme der Lehrerin, die sich vorstellte, dann Raymond, der mit lauter Stimme gegen den amerikanischen Kulturimperialismus wetterte. Vergeblich versuchte Mrs. Harris ihn zu beruhigen. Laut brüllend fragte er, was denn aus dem guten alten England geworden sei mit seinen Sitten und Bräuchen. Mrs. Harris bat ihn, sich in Gegenwart der Kinder etwas zurückzuhalten, und daraufhin brach die Hölle los. Raymond fing an zu toben und zu fluchen. Einige der völlig erstarrten Kinder begannen zu weinen. Ich rief Kristina zu Hilfe, die gerade Olga und Sascha beim Umziehen half, und eilte dann selbst an die Tür. Ich entschuldigte mich bei Mrs. Harris, einer mütterlichen Gestalt in einem formlosen Regenmantel, die überhaupt nicht vorbereitet war auf eine solche Attacke, und zog Raymond zurück in die Küche. Dann erschien auch Kristina, höchst verlegen. »Tut mir leid, Mrs. Harris, die Kinder kommen gleich. Ich würde Sie ja gern hereinbitten, aber es scheint heute nicht so günstig zu sein.«

Olga und Sascha kamen, ehe Raymond weiteren Schaden anrichten konnte. Eingehüllt in ihre Bettlaken, waren sie viel zu aufgeregt, um die schlechte Laune ihres Vaters groß zu beachten. Olga hatte einen Hexenhut auf. Sascha ließ ein wüstes Heulen unter seiner Menschenfressermaske hervordringen. Die Peinlichkeit war vergessen. Kristina entschuldigte sich noch einmal bei Mrs. Harris, gab ihren Kindern einen Abschiedskuß und entließ sie zu ihren Freunden.

Raymond folgte mir durch den Flur und brabbelte verlegen und ärgerlich vor sich hin. »Bin ein bißchen betrunken«, sagte er. »Tut mir leid.« Er lehnte sich an den Türrahmen. »Tut mir wirklich sehr, sehr leid. Weiß auch nicht, was mit mir los ist.« Er ging ins Wohnzimmer, und ich hörte, wie er eine Jazz-Kassette einlegte. Kristina kam zu mir in die Küche. Sie knipste die Lampe aus, und wir saßen im Licht einer Kerze beisammen. Ich schloß die Tür. Ich wollte nicht, daß Raymond uns störte.

»Das war peinlich«, sagte ich.

»Ich hasse ihn«, sagte Kristina.

Ich schwieg einen Augenblick. »Er scheint weit weg zu sein.«

»Und er haßt mich. Dir zeigt er das wahrscheinlich nicht, aber es ist so.« Die Jazzmusik drang schwach durch die Tür. »Wir haben uns nichts mehr zu sagen.«

»Du kannst nicht so weiterleben«, sagte ich. In meinem Innersten wußte ich, daß ich sie herausfordern mußte. »Was wirst du tun?«

»Wenn ich das wüßte, würde ich es dir sagen.«

»Manchmal muß man die Fragen ändern, damit man Antworten findet.«

»Ich will nicht darüber nachdenken«, sagte sie abweisend. »Das ist kein Abend für solche Dinge.« Ich merkte plötzlich, daß die Musik aufgehört hatte. »Vielleicht ist er eingeschlafen«, sagte Kristina. »Das passiert jetzt fast jeden Abend.« Sie stand auf. »Raymond?« Ich sah sie ins Wohnzimmer gehen und fürchtete die nächste Szene. »Raymond?«

Ich wartete auf seine lallende Antwort. Es würde eine weitere Explosion geben, einen weiteren lautstarken Wortwechsel und am Ende einen weiteren unbehaglichen Waffenstillstand. Aber es gab keine Antwort und keinen Wortwechsel. Ich hörte Kristinas Stimme in der Dunkelheit. »Raymond? Bist du da?« Sie kam viel ruhiger zurück. »Er scheint spazierengegangen zu sein«, sagte sie.

Einen Augenblick lang war ich besorgt. »Soll ich ihn suchen gehen?«

»Ach, der kommt schon zurück. Der kommt immer zurück.« Sie holte eine Flasche polnischen Wodka aus dem Kühlschrank. »Komm, trink einen Schluck.« Sie goß uns beiden reichlich ein, und ich gebe zu, daß es mir guttat, als der Schnaps in meinen Eingeweiden brannte. »Wer war eigentlich dieser Guy Fawkes?« fragte sie.

Ich erklärte es, so gut ich konnte. »Die Kinder werden sich bestimmt gut amüsieren. Ich habe das Feuerwerk immer geliebt.« In meinem Inneren kam etwas in Bewegung, und ich begann von meiner Kindheit in Kent zu erzählen. Ich erinnerte mich an die Geräusche und Gerüche des Herbstes. Ich erinnerte mich an die Reisigfeuer und das brennende Laub, an die unverwechselbare Mischung von Holzrauch und Nebel. Ich erinnerte mich an die Würstchen, die mir meine Mutter mitgab und die wir an langen Stöcken brieten, als ich noch bei den Pfadfindern war. Es schien alles schon lange her, aber als ich darüber sprach, war mir diese halbvergessene Zeit plötzlich wieder ganz nahe, und ich spürte, daß ich auch deshalb so gerne in Mansfield lebe, weil ich auf diese Weise immer Kontakt zu meiner Kindheit habe.

Der 5. November habe hier in der Gegend eine ganz besondere Bedeutung, erklärte ich Kristina. Schon von Oktober an werden auf dem freien Platz am Dorfteich Feuerholz, überzählige Kisten und alte Türen gestapelt, bis nach und nach ein mächtiger Scheiterhaufen entsteht. Im allgemeinen übernimmt es Mr. Curran, Geld für das Feuerwerk zu sammeln, aber auch aus der Tombola beim Erntedankfest wird ein Zuschuß dafür abgezweigt. Seit Menschengedenken ziehen die Pfadfinder durchs Dorf und singen: *»Remember, remember, the fifth of November ...«*

Am Abend des Guy-Fawkes-Tages selbst gibt es zur Einstimmung auf das Hauptereignis zahlreiche Parties mit Wein und Käse. Zu meiner Zeit habe ich auch gelegentlich dazu eingeladen. Ich erinnere mich sogar, daß ich einmal eine Party zusammen mit Susan veranstaltet habe, sie war ziemlich erfolgreich. Es ist einer jener Augenblicke im Jahreslauf, wo sich das ganze Dorf versammelt, und so ist es immer gewesen. Es gibt alte Leute über Achtzig bei uns, die sich gut daran erinnern können, als Kinder das Feuerwerk gesehen zu haben.

Nach dem Zusammenstoß mit Mrs. Harris und der Peinlichkeit von Raymonds Benehmen, das sich natürlich innerhalb von vierzig Minuten überall herumgesprochen hatte, sorgte ich dafür, daß ich den 5. November allein feiern konnte. Ich wollte zu meiner alten Lebensweise mit ihren friedlichen Gewohnheiten zurückkehren. Daher war ich entzückt, als ich verschiedene Einladungen, darunter vom Pfarrer und von meinem Hausarzt, erhielt. Während meiner Affäre mit Kristina hatte ich den Kontakt mit diesem Kreis sehr vernachlässigt. Jetzt war ich wieder ledig und allein, wie es sich gehörte, und konnte mich wie in der guten alten Zeit zu meinen Nachbarn gesellen.

Als ich mit einem Glas heißen Punsch in Charles Stephensons gemütlichem Wohnzimmer stand, wurde mir wieder einmal bewußt, daß ich einen gewissen Status im Dorf habe. Michael Watkins bat mich um Auskunft in einer Urheberrechtsfrage, die sich in der Bibliothek ergeben hatte. Joe Vaughan fragte, ob ich nicht Lust hätte, beim alljährlichen örtlichen Festessen der Journalistenvereinigung eine kleine Rede zu halten, und Colonel Matthews bat, mich »streng vertraulich« in einer Familienangelegenheit zu Rate ziehen zu dürfen. Ob ich ihn vielleicht einmal zu Hause aufsuchen könnte, »wann immer es Ihnen paßt«.

Die Frauen in Mansfield hatten sich seit eh und je darauf kapriziert, mich zu verheiraten. Auch das hatte ich vor lauter Beschäftigung mit Raymonds Problemen völlig vergessen. Es galt als öffentliches Ärgernis im Dorf, daß »der nette Julian Whyte« (ich war immer »nett«) keine Partnerin hatte. »Eine gute Ehefrau würde richtig was aus Ihnen machen«, sagten die Frauen von Mansfield.

Ich hatte mich damit abgefunden, in den Jahren vor Raymonds Ankunft. »Mich will doch sowieso keine haben«, pflegte ich, nur halb im Scherz, zu sagen. Von Zeit zu Zeit arrangierten die routiniertesten Gastgeberinnen der Gemeinde ein Abendessen, bei dem ich dann zufällig neben einer attraktiven Frau saß, die gerade eine Scheidung hinter sich hatte oder dergleichen. Die Ergebnisse dieser harmlosen Experimente waren meist komisch, gelegentlich auch mal peinlich, aber ich hatte mich an die dahinter verborgenen guten Absichten einigermaßen gewöhnt.

Heute abend jedenfalls amüsierte ich mich gut. Ich plauderte entspannt, trank ein Glas Glühwein und bald darauf noch eins. Alice, die Gastgeberin, eine geistvolle Frau Anfang Fünfzig, machte mir ein Kompliment über meine Gesundheit und gab sich alle Mühe, mich mit den Gästen bekannt zu machen, die mir noch fremd waren. Wie immer stellte ich fest, daß die Leute sich gern nach den ungewöhnlichen Erlebnissen aus der Praxis eines Coroners erkundigen. Diesmal sah ich mich den bohrenden Fragen eines ernsthaften jungen Studenten ausgesetzt, der mich nach einem Fall fragte, der auch in der Zeitung erwähnt worden war. Eine junge Frau war an einem Asthmaanfall gestorben, weil der Krankenwagen nicht rechtzeitig eingetroffen war, um ihr zu helfen. In der Zeitung war ich mit dem Satz zitiert worden, der Tod bei einem Asthmaanfall sei ein »Tod aus natürlichen Gründen«, aber die Familie hatte eine juristische Überprüfung verlangt. Jetzt fragte mich der junge Mann, was ich davon hielte.

»Die Leute benutzen die Verhandlung beim Coroner gern, um ihre Beschwerden loszuwerden«, sagte ich, »weil das billiger ist als eine Zivilklage. Es kostet ja nichts.«

»Ist das nicht eine ziemlich zynische Einstellung?«

»Nein«, sagte ich geduldig, »bloß realistisch. Die Öffentlichkeit erwartet einfach zuviel. Der Coroner kann keine rechtlich bindenden Urteile fällen, und auch seine Möglichkeiten, die Wahrheit zu ermitteln, sind sehr beschränkt. Trotzdem erwartet die Öffentlichkeit ständig, daß wir unentdeckte Morde aufklären und die Versäumnisse der Behörden enthüllen.«

Damit war der junge Mann erst recht nicht zufrieden. »Sie sind ein Beamter der Krone, Mr. Whyte, da haben wir doch einen gewissen Anspruch auf Effizienz, oder?«

»In der wirklichen Welt«, sagte ich, »sind die Dinge leider nicht immer so einfach. Wenn sich der Coroner weigert, den Helden zu spielen, dann wird er von den Angehörigen des Verstorbenen bezichtigt, einen Skandal zu vertuschen. Stellt er aber unbequeme Fragen, dann wird er von den Behörden als Unruhestifter gebrandmarkt. Er kann es eigentlich immer nur falsch machen.«

Jetzt mischte sich Miss Edwards ein. »Sehen Sie, junger Mann«, sagte sie zu meinen Gesprächspartner, »wir haben einen echten Diener des Gemeinwohls in Mr. Whyte.« Ich wollte mich bescheiden abwenden, aber sie verfolgte mich. »Leider«, sagte sie mit leiserer Stimme, »kann man so Positives über Ihren Bruder nicht sagen.«

»Raymond ist sehr unglücklich«, sagte ich.

»Eine ganze Reihe von Leuten hier« – sie machte eine vage Geste – »machen sich ziemliche Sorgen um ihn. Haben Sie gehört, was er zu Mrs. Harris gesagt haben soll?«

»Ich war dabei«, sagte ich. »Aber ich konnte leider nichts machen.« Ich hatte gehofft, daß man über den Zwischenfall hinwegsehen würde, aber jetzt wurde mir klar, daß der gute Ruf meines Bruders nicht mehr zu retten sein würde. »Ich werde mit ihm reden müssen«, sagte ich.

»Das müssen Sie wirklich!«

Ich ahnte, daß Miss Edwards, eine streng christlich-sozialistische Dame, gleich eine ihrer wohlmeinenden Reden über verantwortungsvolles Verhalten in der Gemeinschaft loslassen würde, aber die Gastgeberin rettete mich. »Sie sehen heute abend richtig munter aus, Julian«, sagte sie, ehe Miss Edwards loslegen konnte. »Wie geht es denn immer so?«

Das war üblicherweise eine Einladung, mal richtig loszulegen, aber in letzter Zeit war ich vorsichtig geworden und hatte mich gehütet, meine Gefühle zu zeigen. Heute abend allerdings war ich geradezu unbekümmert. Ich fühlte mich befreit von allen Ungewißheiten. Das Leben sei gar nicht so übel, sagte ich munter.

Daraufhin nahm mich Alice Stephenson beiseite, als hätte sie etwas sehr Privates zu sagen. »Ihr Bruder ist ein Problem«, sagte sie. »Sie müssen etwas tun, Julian. Wir können solches Verhalten in Mansfield nicht brauchen.«

Aber noch ehe ich antworten konnte, rief ihr Mann auch schon laut: »Austrinken, Leute! Wir dürfen nicht zu spät zum Feuerwerk kommen.«

Vom Kirchturm schlug es acht, als wir uns an der Absperrung drängten, um das Spektakel zu sehen. Ich blieb bei den Stephensons und ihren Gästen, denn ich wollte vermeiden, auf Kristina und Raymond zu stoßen. Ich sah mich nicht einmal nach ihnen um.

Der Himmel war wolkenlos. Die Raketen, die zu den Sternen hinaufschossen, erzeugten für kurze Zeit ein neues, strahlendes Firmament. Männer in warmer Schutzkleidung bewegten sich in der Dunkelheit, um die Feuerwerkskörper zu zünden. Ein anregender, scharfer Pulvergeruch lag in der kalten Luft. Alle sagten, es wäre genau das richtige Wetter. Alle sagten: Schön, daß Sie auch da sind! Von meinem Bruder und seiner Familie war weit und breit nichts zu sehen.

Als das Feuerwerk vorbei war, wurde einem kleinen Jungen in Begleitung seines Vaters eine Fackel in die Hand gedrückt. Er sollte den Scheiterhaufen anzünden. Damit es besser brannte, war das Holz mit Benzin getränkt worden. Mit einem dumpfen Schlag schoß eine grelle Stichflamme hoch. Beifall und Jubelrufe ertönten. Das Feuer prasselte heftig, und die Bewohner von Mansfield beeilten sich, das mitgebrachte Holz in die Flammen zu werfen. Im Wechselspiel von Licht und Schatten saß die Puppe des Missetäters Guy Fawkes mit Hut und Maske schräg auf dem Holzhaufen. Irgend jemand hatte ihm eine Rosette der Labour Party an den Jackenaufschlag geheftet.

In diesem Augenblick entdeckte ich Raymond und seine Familie. Sie standen etwas abseits und musterten die Ereignisse stumm und blaß aus der Entfernung. Ein oder zwei Leute, die ich kannte, kamen in ihre Nähe, blieben aber nicht bei ihnen stehen. Mrs. Jacobs, die Immobilienmaklerin von der High Street, trat zu mir heran und sagte mit einer eigenartigen Kopfbewegung: »Ihr Bruder ist ein komischer Vogel.«

»Wie bitte?«

»Na, diese Geschichte mit Mrs. Harris und mit den Kindern. Gefällt mir überhaupt nicht. Ist er immer noch Kommunist?«

»Fragen Sie ihn doch«, sagte ich. In der Vergangenheit hatte ich das schon häufig gesagt, meist halb im Scherz, aber jetzt wollte ich der Frage wirklich ausweichen. Es beunruhigte mich, daß ich mich, was meinen Bruder anging, so in der Defensive befand.

Hinter mir sagte jemand: »Wenn er noch mehr Ärger macht, müssen wir nächstes Jahr womöglich Ihren Bruder auf dem Scheiterhaufen verbrennen.«

Das Gelächter, das diesem Vorschlag folgte, klang mir schrill in den Ohren. Ich warf einen Blick über den Rasen zur Familie meines Bruders hinüber. Im roten Feuerschein sah ich Kristina zögernd die Hand heben. Es war ein Gruß und Hilferuf zugleich.

Ich winkte ein bißchen verlegen zurück und ging auch keineswegs gleich zu ihnen hinüber. Meine Aufmerksamkeit wurde von Mrs. Evans abgelenkt, einer ehemaligen Beamtin, die eine Auskunft wegen ihrer Pension wollte. Sie hatte schon ziemlich lange geredet, als sie plötzlich abbrach und sich eilig entfernte.

Ich drehte mich um. Mein Bruder stand hinter mir. Wenn er eine Sense und ein Stundenglas in der Hand gehabt hätte, wäre seine Erscheinung kaum bedrohlicher gewesen. Auch Kristina und die Kinder näherten sich durch das Dunkel. Ihre Gesichter waren ängstlich und gequält, als hätten sie gerade einen Streit miteinander gehabt. Sie taten mir leid.

»Hallo«, sagte Raymond verlegen. Ich küßte Kristina, ganz schwägerlich. Die Kinder waren sehr still. Ringsum feierte alles die Guy-Fawkes-Nacht, aber Raymond war nicht gut gelaunt. Wir waren eine Insel der Verlegenheit und des Schweigens. Ich wußte nicht, was ich sagen sollte. Ich sah, daß Raymond eine Tüte von einem Spirituosenladen mit sich herumtrug.

»Gehst du zu einer Party?« fragte ich so munter wie möglich.

Er schüttelte den Kopf. Es war, als hätte er auf meine Frage gewartet. Mit einem plötzlichen Entschluß tauchte er unter der Absperrung durch und lief mit unsicheren Schritten auf den Scheiterhaufen zu. Er starrte in die Flammen, und für einen Moment dachte ich, er hätte etwas ganz Dummes vor. Einige Zuschauer neben uns wurden unruhig, aber noch ehe die Ordner ihn zurückholen konnten, hob Raymond die Plastiktüte hoch in die Luft und kippte den Inhalt ins Feuer. Ein paar einzelne Blätter erhoben sich wie brennende Vögel.

Ich schüttelte den Kopf, sagte aber nichts und griff auch nicht ein. Ich sah nur zu, wie mein Bruder seine Vergangenheit auslöschte, und wünschte, ich könnte die Sorgen der Gegenwart und der nahen Zukunft genauso leicht wegwischen. Ich fühlte mich von allen Seiten bedroht.

Raymond kam wieder zurück. »Das waren meine Erinnerungen, meine Notizen, meine Autobiographie«, sagte er. »Mein ganzes Leben ist da verbrannt, jeder einzelne schändliche Augenblick.« Er starrte mich an. »Daran kannst du dir die Schuld geben, Julian, wenn du willst. Rückgängig zu machen ist es jedenfalls nicht mehr. Komm, Kristina.«

Er packte seine Kinder an der Hand und stelzte davon. Kristina warf mir einen kurzen Blick zu und folgte ihm dann in die Dunkelheit wie ein verirrtes Kind.

Die Plastiktüte lag vor meinen Füßen. Ein einzelnes Blatt war noch drin. Ich hob es auf und suchte automatisch nach Krokowskis Namen. Aber auch hier entzog er sich meinen suchenden Blicken.

9

Ich wartete auf einen Anruf von Kristina, aber sie rührte sich nicht. Auch Raymond ließ nichts von sich hören. Verschiedene Leute, darunter auch Mr. Watkins, der immer wieder genießerisch das Wort »Stasi« in seine Unterhaltungen mischte, wußten mir zu berichten, die Aktivitäten meines Bruders und seiner Frau im Dorf seien deutlich geringer geworden. Es schien, als ob sie sich in die Sicherheit von Jericho Lodge zurückziehen wollten. Nur ich konnte allerdings wissen, wie zerbrechlich diese Sicherheit wahrscheinlich war.

Dann, ungefähr zwei Wochen nach der Guy-Fawkes-Nacht kam ich eines Abends nach Hause, und der Mini parkte bei mir vor der Tür. Kristina war allein gekommen. Ich sah sofort, daß sie geweint hatte, aber auf alle meine Fragen schüttelte sie nur den Kopf und folgte mir ohne etwas zu sagen ins Haus. Ich holte ihr ein Glas Weißwein und machte mir einen Whisky-Soda. Als sie mir den Umschlag mit den deutschen Briefmarken zeigte, wußte ich sofort, wer da geschrieben hatte.

»Darf ich?«

Kristina nickte mit leuchtenden Augen. Ich hielt Krokowskis Brief in der Hand und fühlte mich wie ein Lauscher oder Voyeur. Er schrieb in einer gut leserlichen Druckschrift, aber es war mir peinlich, nach Wörtern zu suchen, die ich vielleicht verstand. Es war, als wäre ich in ein Zimmer getreten und hätte ihn nackt dort gefunden. Mehr denn je wünschte ich, wir hätten damals unsere Reise nach Berlin zu Ende geführt wie geplant, aber jetzt war es zu spät.

»Was ist mit ihm?« fragte ich. »Was will er?«

Sie zeigte auf den Brief in meiner Hand. »Wenn du es lesen könntest, wüßtest du, daß er ein Philosoph ist, ein Künstler.«

»Und was bin ich?«

»Du bist ein Rechtsanwalt.«

Ich war immer stolz auf meinen Beruf, aber auf ihren Lippen klang das Wort schnöde und kalt. »Und ich diene der Öffentlichkeit«, sagte ich.

»Warum tust du immer so, als wärst du neutral?«

»Ich glaube, weil es meine Natur ist«, sagte ich leise.

Kristina griff nach ihrem Brief. Sie hatte klargemacht, worauf es ihr ankam. »Er schreibt, er will nach England kommen.«

»Nach Mansfield?«

»Wohin sollte er sonst gehen?«

Ich schüttelte voller Entsetzen den Kopf. »Wann will er denn kommen?«

»Das hat er nicht geschrieben.« Kristinas Wangen waren gerötet vor Aufregung. »Sehr bald.«

Ich war verwirrt. Als ich Kristina vor der Tür getroffen hatte, hatte sie offensichtlich gerade geweint. Dabei hatte sie doch gerade die Nachricht erhalten, auf die sie gewartet hatte, seit sie in Mansfield eingetroffen war. Ich fragte sie, warum sie geweint hätte. Sie sah mich an, mit Tränen in den Augen, und sagte: »Ich bin so glücklich. Ich dachte, ich seh' ihn nie wieder.« Sie wirbelte herum wie ein junges Mädchen. »Ich könnte tanzen vor Freude.«

Einem Impuls folgend ging ich zu meiner CD-Sammlung und schob die *All-Time Greatest Hits* in die Maschine, zu denen wir uns im Sommer geliebt hatten. Kristina kickte ihre Schuhe beiseite und begann mitten im Zimmer zu tanzen.

»Was schreibt er denn noch?«

»Er will, daß ich mit ihm nach Berlin zurückgehe.«

»Liebst du ihn immer noch?«

Kristina seufzte und blickte zu Boden. »Natürlich.« Sie nahm meine Hand, zog mich hoch und wir bewegten uns gemeinsam zum Takt der Musik.

Dann stellte ich eine etwas kompliziertere Frage. »Weiß er Bescheid – über uns?«

Sie sah mich ungerührt an. »Nein. Warum sollte er?«

Kristina hatte nie geleugnet, daß sie eine gute Lügnerin war, und wir hatten über ihren ökonomischen Umgang mit der Wahrheit oft unsere Witze gemacht. Früher hatte sie ja auch um meinetwillen gelogen. Jetzt mußte ich fürchten, das Opfer zu werden. Wir tanzten, und ich zog sie enger an mich heran. »Ich kann es mir gar nicht mehr vorstellen, ohne dich hier zu leben«, sagte ich. »Bitte, Kristina, bleib bei mir.«

»Ich weiß noch nicht, was ich tun soll. Vielleicht kommt er ja gar nicht.«

Ihre Worte erfüllten mich mit den absurdesten Hoffnungen. Vielleicht gab es ja doch etwas, was sie in England zurückhalten konnte. Ich nahm sie fest in meine Arme, und sie sträubte sich nicht, sondern preßte ihre Lippen an meinen Hals. »Er wird dir gefallen«, sagte sie, und als sie meinen skeptischen Gesichtsausdruck sah: »Er ist etwas ganz Besonderes.«

»Every time you kiss me« – wie ein Karaoke-Sänger wiederholte ich den Refrain des Liedes, zu dem wir tanzten – *»I'm still not certain that you love me. Every time you hold me I'm still not certain that you care.«*

Kristina lachte und hob die Arme. Unsere Körper warfen große, primitive Schatten auf die Wände meines Wohnzimmers. Die Musik beschleunigte sich, und ich wiederholte die Frage des Liedes, obwohl ich die Antwort schon kannte: *»Do you speak the same words to someone else when I'm not there?«*

Aber Kristina hörte mir schon gar nicht mehr zu. Sie verfolgte ihre eigenen Gedanken. »Ich möchte, daß ihr Freunde seid«, sagte sie. »Ich möchte, daß ihr einfach bloß Freunde seid.«

»Aber ich bin doch dein Freund«, sagte ich törichterweise. »Das mußt du doch wissen.«

»Nicht mit mir«, sagte sie. »Ich meine mit Walter.«

»Oh«, sagte ich. »Den meinst du.«

»Ist das möglich?«

Einen Augenblick zögerte ich und gab keine Antwort. Die Stimme von Elvis wurde leiser, und das Lied war zu Ende. In der Pause vor dem nächsten Song sagte ich: »Walter Krokowski ist in Mansfield willkommen.«

Winter

I

Es heißt, zum Winter paßt am besten eine traurige Geschichte. Es verging eine Woche, dann noch eine, aber Krokowski kam nicht. Manchmal parkte ich den Wagen oben auf den Downs und starrte auf den Ärmelkanal hinaus wie der Kommandant einer Festung. Die grauen Winterwolken hingen tief auf die Küste hinunter, und ich hatte das Gefühl, ich wäre der letzte in einer jahrhundertealten, geisterhaften Reihe von Wachtposten, die hier auf den Feind warteten. Vielleicht würde er niemals kommen. Der Gedanke hinterließ ein eigenartig leeres Gefühl. Krokowski war längst ein fester Bestandteil meiner geheimen Dämonologie. Etwaige konkrete Folgen seines Auftauchens hielt ich mir allerdings auch nicht vor Augen. Manchmal, wenn ich jetzt am Kamin sitze und die Ereignisse dieser dunklen Monate an mir vorbeiziehen lasse, wenn ich die hochexplosive Kette von Ursachen und Wirkungen zu analysieren versuche, die zum Tod meines Bruders geführt haben, dann kann ich über das eigenartige Wirken des Schicksals nur staunen.

In den Wochen nach der Guy-Fawkes-Nacht hatte ich Abstand gehalten zur Jericho Lodge. Der jahreszeitlichen Erstarrung entsprechend, überließ ich meinen Bruder, seine Frau und seine Familie sich selbst. Einige Zeit nach ihrem Besuch bei mir stieß ich zufällig im Lebensmittelgeschäft auf Kristina. Leslie und Shirley standen mit gespannter Aufmerksamkeit hinter dem Tresen, und deshalb täuschten wir ein Gespräch vor. Schließlich hielt ich Kristina die Tür auf.

»Du bist ja ganz fremd geworden«, sagte sie.

Ich war verblüfft, wie wenig dieser Satz mein Herz berührte. »Ich hatte viel zu tun«, sagte ich.

»Viel zu tun, viel zu tun ...« Sie lachte spöttisch. »Ich glaub' dir kein Wort.«

»Hast du was Neues gehört?«

Sie wußte genau, was ich meinte, und schüttelte den Kopf. »Nichts Neues.«

Innerlich jubelnd half ich ihr, die Einkäufe über den Parkplatz zu tragen. Olga und Sascha waren im Auto geblieben. Als sie uns kommen sahen, hüpften sie aufgeregt auf dem Rücksitz herum. Kristina befahl ihnen, ruhig zu sein.

Ein kalter Wintersturm fegte über die Küste. Ich hielt Kristina die Wagentür auf, als sie sich hinter das Lenkrad setzte. »Wie geht es Raymond?«

»Wie immer.« Sie drehte den Zündschlüssel um und ließ den Motor aufheulen. »Es ist alles wie immer. Es ändert sich gar nichts.«

»Du hast dich verändert«, sagte ich.

Sie sah mich mit ihrem süßesten Gesichtsausdruck an. »Ich frage mich, ob das nun ein Kompliment oder eine Anklage ist.«

Ich antwortete nicht. Ich sah ihr nach, als sie davonfuhr, und als ich zu meinem eigenen Wagen ging, überlegte ich traurig, wann ich wohl wieder mit ihr reden würde.

Am *Remembrance Day* marschierte Michael Watkins mit einer kleinen Abordnung von Angehörigen der British Legion durchs Dorf zum Kriegerdenkmal. Der Zapfenstreich wurde geblasen und die Kränze mit den roten Klatschmohnblüten wurden an den Sockel des Denkmals gelehnt. Es war die Jahreszeit der Trauer. Die Toten waren bei und unter uns.

Ein paar Tage später erschien Raymond eines Abends an meiner Tür. Ich hatte den Hund schon bellen gehört und war deshalb nicht unvorbereitet.

»Hallo, Brüderchen«, sagte er munter. »Kam gerade vorbei und dachte, ich schaue mal rein.« Er war bester Laune. »Du läßt ja überhaupt nichts mehr von dir hören.«

Ich wechselte das Thema. »Wie geht es denn mit der Hundeschule?«

»Ein bißchen zäh.« Der Hund bellte immer noch. »Ruhig, Jack.« Er gab dem Hund einen Klaps auf die Schnauze, und nachdem er das Kommando oft genug wiederholt hatte, bequemte sich das Tier auch zum Sitzen. »Nächste Woche muß das aber besser klappen«, sagte mein Bruder zu Jack. Und dann zu mir: »Du kannst mir gratulieren. Sir Douglas Ashley hat mich zur Jagd eingeladen!«

»Herzlichen Glückwunsch! Freut mich, daß du endlich zu den Großgrundbesitzern gehörst.«

Längst ehe ihn der Halloween-Zwischenfall bei den Dorfbewohnern zum Außenseiter gemacht hatte, hatte sich mein Bruder mit einigen örtlichen Grundbesitzern befreundet, lässigen, lebenslustigen Männern, die auf das Gerede der Klatschweiber nichts gaben. Mit diesen großspurigen Typen kam mein Bruder gut aus. Als sie gemerkt hatten, daß er ein Kommunist mit Humor war, ein Marxist, der etwas von gutem Wein und guten Geschichten verstand, luden sie ihn gern zu sich ein und versuchten ihn auf ihre joviale Art zu bekehren. Ich glaube, seine Biographie faszinierte sie, und sie waren stolz auf die Vorurteilslosigkeit, mit der sie jeden guten Sportsmann begrüßten, selbst wenn er ein Kommunist war.

Ihre liebste Freizeitbeschäftigung im Winter war eine ganztägige Treibjagd mit einem frühen Abendessen in einem Landgasthof, gefolgt von einer Flasche Portwein und einer Partie Bridge. Schon früher hatte Raymond mir erzählt, auf ihre Art seien diese Feudalherren gar nicht so anders als die Nomenklatura der SED. In der DDR habe man über die Automarken und die Qualität der Anzugstoffe geredet, jetzt rede man über die Flinten und den Stammbaum der Pferde.

»Letztlich sind die Leute überall gleich«, sagte mein Bruder, »ganz egal welcher politischen Überzeugung sie anhängen.«

Raymond mochte ihr Selbstbewußtsein, ihre Direktheit und ihre anspruchslose Art. Sie waren das, was er »ehrlich« nannte. Ihre Einstellung gegenüber Frauen und rassischen Minderheiten, fügte er regelmäßig hinzu, sei natürlich recht fragwürdig, andererseits müsse er fairerweise zugeben, daß sie ihren Frauen und Angestellten gegenüber sehr großzügig und rücksichtsvoll seien. Mein Bruder war ein sehr flexibler Ideologe und sah immer gern das Gute im Menschen.

Außerdem war er natürlich ungeheuer stolz darauf, daß es ihm gelungen war, in den inneren Kreis der besseren Gesellschaft vorzustoßen. Er war amüsant und lachte auch selbst gern und spielte seine Rolle als »Roter« mit großem Genuß. »Hier kommt Red Ray«, sagten sie und erwarteten ständig irgendwelche aus ihrer Sicht ungeheuerlichen Kommentare über die dritte Welt und den amerikanischen Imperialismus. Darüber konnten sie sich dann den ganzen Tag amüsieren. Er war gewissermaßen ihr Hofnarr geworden.

In dieser munteren Bruderschaft war Sir Douglas Ashley die beherrschende Mitte, das Haupt der Tafel, ein ländlicher Patriarch, Friedensrichter und wichtigste Stütze der örtlichen Konservativen. Er schien direkt aus einem Buch von Jane Austen zu stammen.

»Nicht schlecht, was?« Raymond konnte seinen Stolz nicht verbergen. »Weiter rauf als bis zum alten Ashley kann man hier in der Gegend kaum kommen.« Er strahlte. »Jetzt bin ich wirklich akzeptiert.«

»Du heißt ja auch Rowley-Whyte«, sagte ich. »Wahrscheinlich denken sie, du bist einer von ihnen.«

Ich sah ihm nach, als er in der Dunkelheit verschwand, den Hund immer dicht auf den Fersen. Ich blieb noch einen Augenblick in der Tür stehen und überlegte, ob ich Kristina anrufen und eine Art *Rapprochement* versuchen sollte, aber tief im Inneren wußte ich, daß man nichts tun konnte. Ich mußte akzeptieren, daß es jetzt eine Kluft zwischen uns gab, die nicht überbrückt werden konnte.

Ich ging schon früh am Morgen zur Arbeit. Meine Kontroverse mit den örtlichen Bestattungsunternehmen hatte sich verschlimmert, und der Tag versprach weitere langwierige Auseinandersetzungen. Trübsinnig dachte ich an die Pflichten des Staatsdieners: Ich würde auch am Wochenende vom Schreibtisch nicht wegkommen.

Der Morgen, an dem die Treibjagd bei Ashley stattfinden sollte, war leuchtend hell und so blank wie ein Messer. Ich saß im Bademantel beim Frühstück und las in der Zeitung die Nachrufe, um noch nicht in die Kanzlei zu müssen, als Raymond plötzlich bei mir vor der Tür stand. Er war für einen Tag auf den Feldern gekleidet und schwenkte eine brandneue lederüberzogene Hüftflasche.

»Herrlich, an so einem Morgen unterwegs und im Freien zu sein«, sagte mein Bruder.

Ich müsse leider ins Büro, sagte ich.

»Du arbeitest zuviel.« Es gefiel ihm, mit seiner lässigen Lebensweise anzugeben, und daß seine Frau keine Rolle mehr in meinem Tageslauf spielte, gefiel ihm wahrscheinlich noch mehr. »Tja, ich muß los. Willst du ein paar Vögel heut abend?«

Gegen ein, zwei Fasanen wäre nichts einzuwenden, sagte ich und wünschte ihm Glück. Er trottete davon. Der Hund sprang in seinem VW-Bus herum und bellte wie wahnsinnig. Raymond schien glücklicher als seit Wochen. Ich fragte mich, ob er oder zumindest ich jetzt nicht doch das Schlimmste hinter uns hatten.

Den Samstagvormittag verbrachte ich in der Kanzlei. Ich diktierte Briefe und genoß die Ruhe der verlassenen Büros. Einmal unterbrach ich mich und wählte fast ohne nachzudenken Susans Londoner Nummer, aber sie war nicht da, und mit ihrem Anrufbeantworter zu reden hatte ich keine Lust. Ich wußte nicht, was ich alles sagen würde, wenn ich erst einmal anfing. Außerdem hatte ich Angst, jemand anderes könnte mithören. Es war besser, gar nichts zu sagen.

Am frühen Nachmittag hatte ich meinen Schreibtisch abgearbeitet. Auf dem Nachhauseweg hielt ich noch am Supermarkt an, um ein paar Sachen fürs Abendessen zu kaufen. Es gibt Zeiten, da beschränke ich mich auf die einfachen Dinge. Nach dem Essen las ich die Zeitungen und hörte meine Lieblingsarien, darunter *Vissi D'Arte* und *Una Furtiva Lacrima.* Ich mußte Weihnachtskarten schreiben. Das Feuer im Kamin prasselte, und im Wohnzimmer war es angenehm warm. Am späteren Abend sollte *Killing Fields* im Fernsehen kommen. Ich würde eine Flasche Wein aufmachen, den Film ansehen und spät ins Bett gehen. Das sind die Freuden des Landlebens.

Gegen halb fünf, als es schon fast dunkel war, ging ich nach draußen. Es hatte sich ein Wind erhoben, und es war kalt. Niedrige Wolken kamen vom Meer, die Regen versprachen. Ich kontrollierte das Treibhaus und vergewisserte mich, daß die Garagentür abgesperrt war. Mit einem Arm voll Brennholz ging ich wieder ins Haus. Ich hatte keine Lust, noch einmal raus zu müssen, wenn das Wetter jetzt umschlug.

Das Telefon klingelte. Ich hoffte, daß es Susan wäre, aber statt dessen war es die Polizei. Die Leiche eines Landstreichers war gefunden worden, auf einem Rastplatz an der A 23. Der alte Knabe war den Behörden bekannt, und man ging davon aus, daß ein Fremdverschulden nicht vorlag. Ich gab meine üblichen Anweisungen und kehrte zurück zum Kamin. Ich hatte den Vormittag damit verbracht, einige Briefe zu diktieren, die bestimmte Unregelmäßigkeiten bei den Beerdigungsunternehmern betrafen, aber damit wollte ich mich jetzt nicht mehr beschäftigen. Die Akten konnten warten bis Montag. Es gehört zu den alljährlich wiederkehrenden Beobachtungen meines Berufs, daß es im Winter mehr Betriebsunfälle, Herzinfarkte und Selbstmorde gibt. Wahrscheinlich sinkt bei schlechtem Wetter der Blutdruck.

Draußen war es inzwischen vollkommen dunkel. Als ich die Vorhänge zuzog, sah ich die ersten Regenböen am Fenster. Wenn mir Raymond tatsächlich irgendwelche Jagdbeute brachte, dann sicher erst morgen. Ich hatte gerade mit der Liste der Honoratioren begonnen, denen ich auf jeden Fall eine Weihnachtskarte schicken mußte, als es plötzlich heftig an die Hintertür klopfte.

Ich legte meinen Block beiseite und ging nachsehen. Es war Raymond. Er sah schrecklich aus, völlig durchweicht und mit Blut auf dem Sweater. Irgendwelche Jagdbeute hatte er nicht in den Händen.

»Na, kein Glück gehabt?« fragte ich und bemühte mich um einen Anstrich von Normalität.

Er gab nicht gleich Antwort, sondern warf seinen nassen Hut in die Ecke. »Glück? Ganz im Gegenteil.« Er hatte eine Schnapsfahne. »Ganz beschissen ist es gewesen.«

»Was war denn?«

»Du wirst es nicht glauben.« Er ging aufgeregt auf und ab. »Ich glaube, ich hab' gerade Krokowski gesehen.«

So ruhig wie möglich bat ich ihn, Genaueres zu erzählen. Raymond schüttelte das Wasser aus seinen Haaren und strich sie dann vor dem Spiegel zurück. Es war auf der Rückfahrt von der Treibjagd gewesen. Als er ins Dorf kam, war er an einem Mann vorbeigefahren, der einen Rucksack auf dem Rücken trug. Er hatte ihn nur von hinten gesehen, glaubte aber trotzdem, Krokowskis blondes Haar und seinen langen Ledermantel erkannt zu haben. Er war noch ein, zwei Meilen weitergefahren und hatte sich gefragt, ob er sich nicht getäuscht hätte, dann hatte er gewendet, um sich den Mann ein zweites Mal anzusehen. Aber da war die Straße leer gewesen, und der Mann war nirgends zu sehen. »Er kann natürlich ohne weiteres in eine Seitenstraße abgebogen sein oder sich irgendwo untergestellt haben.« Raymond hatte nicht weiter gesucht. »Wenn es wirklich Krokowski war, wollte ich nicht, daß er mich erkennt.«

Ich bat Raymond ins Wohnzimmer. Die Musik lief noch, und das Feuer im Kamin gloste. Mein Bruder füllte den Raum wie ein schmutziges Tier. Von draußen rüttelte der Wind an den Fenstern. Plötzlich schien alles bedroht und gefährdet.

»Bist du sicher, daß er es war?«

Raymond schüttelte den Kopf. »Wenn ich sicher wäre ... Nun ja, wer weiß?« Er war hilflos und unsicher. »Komisch. Den ganzen Tag hatte ich ein Gewehr in der Hand und fühlte mich stark. Jetzt ... jetzt weiß ich wieder, wie schwach ich bin.«

»Nein, bist du nicht«, sagte ich, denn ich wollte ihm Mut machen. »Du bist doch so anpassungsfähig. Du wirst damit fertig.«

»Ich nehme an, es war unvermeidlich, daß der Bursche hier auftaucht. Ich hätte mir denken können, daß er sich seine Akte bei der Stasi ansieht, sobald er die Chance dazu hat. Und jetzt, wo die Archive offen sind, was hätte ihn da zurückhalten sollen?«

Ich sah, wie verzweifelt er war und wie sehr er meine Unterstützung brauchte. »Erinnerst du dich noch daran, daß du mir versprochen hast, mir zuerst Bescheid zu sagen, wenn du herausfindest, wo Krokowski sich aufhält, ehe du Kristina etwas davon erzählst?«

»Ja, ich erinnere mich. Deshalb bin ich ja hier.« Seine Haltung schien entschlossener zu werden. »Ich werde Kristina nichts sagen. Natürlich nicht.«

»Gut«, sagte ich.

Es blitzte. Einige Sekunden darauf kam der Donner. Der Regen peitschte die Fenster. Hier oben auf dem Hügel fühlt man sich wie auf hoher See, wenn es stürmt.

Ich faßte einen Entschluß. »Ich werde ihn suchen.«

»Und was soll ich tun?«

Ich stand auf. »Geh nach Hause. Sag ihr nichts.« Ich ging zur Tür. »Wenn ich ihn finde, werde ich ihn hierherbringen. Wenn nicht, ruf' ich dich an.«

»Du bist wirklich sehr nett zu mir«, sagte er.

Das Gewitter war näher gekommen. Ich wollte unbedingt draußen sein und mich dem Sturm stellen. »Ich komme so bald wie möglich zurück. Sieh zu, daß du dann nicht mehr hier bist. Wenn es wirklich Krokowski ist, solltest du nicht unvorbereitet mit ihm zusammentreffen.«

Raymond schwenkte lachend sein Gewehr. »Wer weiß, was ich tun würde!«

»Fahr jetzt nach Hause«, sagte ich und fragte mich gleichzeitig, ob er überhaupt fahrtüchtig war. »Ich erledige das.«

Ich rannte zu meinem Wagen. Es war kalt und regnete stark, und in den Wolken über den kahlen Bäumen zuckten die Blitze. Ich ließ den Motor an und holperte durch die Pfützen zur Straße hinunter. Als erstes nahm ich die Richtung zur Jericho Lodge. Ich fuhr sehr langsam und sah mich aufmerksam um. Die Lichter der Häuser schimmerten durch die sturmgepeitschten Büsche und Bäume, und ich zählte die Einfahrten ab: *Normanhurst, The Cedars, Three Oaks, Manor Farm.*

Die Straße war leer, und soweit ich erkennen konnte, hatte der junge Mann auch nicht in den Wartehäuschen der Buslinie Zuflucht gesucht. Ich machte einen Bogen und fuhr auf das Dorf zu. Als ich die Kreuzung bei der Kirche erreichte, bog ich in Richtung der Downs ab, immer noch fast im Schrittempo fahrend. Ich war so besessen von der Vorstellung, Krokowski zu finden, daß ich gar nicht merkte, wie die Zeit verging. Ich war schon fast oben am Kamm, als mir bewußt wurde, daß ich viel zu weit weg vom Dorf war. Ich wendete und fuhr etwas schneller zurück. Der Wind trieb den Regen durchs Tal, und jedesmal, wenn es blitzte, schienen die Bäume im geisterhaften Licht zu zucken.

Als ich ins Dorf zurückkam, sah ich eine Gestalt, die an der Straße entlanglief. Ich bremste und drehte das Seitenfenster herunter. Es war ein Junge aus dem Dorf. Seinen Namen kannte ich nicht. Er war klatschnaß, und als ich ihn fragte, ob er einen Mann in einem langen Ledermantel gesehen hätte, warf er mir einen mißtrauischen Blick zu. Ich erklärte ihm, ich sei auf der Suche nach einem auswärtigen Besucher, der sich wahrscheinlich verirrt habe. Der junge Mann konnte nicht helfen. Er hatte niemand gesehen. Er wollte ins Trockene, aber ich war so beschäftigt mit meiner Suche, daß ich völlig vergaß, ihn zu fragen, ob ich ihn vielleicht mitnehmen könnte. Ich kehrte zurück auf die Hauptstraße.

Ich wollte schon in die Straße nach London einbiegen, als mir bewußt wurde, daß es keinen Grund gab, warum sich Krokowski völlig naßregnen lassen sollte. Das Naheliegendste war doch, daß er irgendwo Zuflucht gesucht hatte, bis der Regen aufhörte. Wahrscheinlich saß er im Pub. Ich parkte vor der Royal Oak und ging die Bar.

Es war noch früh am Abend, und im Lokal war es ruhig. Niemand beachtete mich, als ich die Klinke herunterdrückte und eintrat. Zwei Stammgäste spielten Darts. Ein junger Mann und ein junges Mädchen in hautengen Jeans lehnten in erotischer Pose kichernd am Billardtisch und tuschelten miteinander. Das Mädchen hatte seine Arme um den jungen Mann geschlungen und preßte ihn mit einem Billardstock an sich. Barbara saß wie üblich groß und wuchtig hinter der Theke und löste das Kreuzworträtsel. Ihre Kriegsbemalung war einschüchternd.

»Guten Abend, Mr. Whyte. Was machen Sie denn hier bei dem Sauwetter?«

»Ich suche jemanden«, sagte ich und bestellte ein großes Glas Bitter. Ohne auf meinen Bruder und seine Frau Bezug zu nehmen, erklärte ich, daß ich einen ausländischen Besucher erwarte, der sich wahrscheinlich verirrt habe.

Barbara legte mir die Hand auf den Arm und nickte in Richtung des gemütlichen Kaminzimmers am anderen Ende der Bar. »Da sitzt ein junger Mann am Feuer«, sagte sie. »Er ist allein. Ich dachte, er ist einer von diesen jungen Schwulen aus Hamburg.«

»Ein alter Freund der Familie«, sagte ich lächelnd.

»So kann man sich täuschen«, sagte Barbara und drückte mir das Wechselgeld in die Hand.

Ich nahm mein Bier mit und schlenderte durch die Bar. Ein junger Mann in einem schwarzen Ledermantel saß vor dem Kamin. Einen Augenblick lang konnte ich ihn beobachten, ohne daß er es merkte. Er sah gut aus: zurückgekämmtes blondes Haar, blaue Augen und die starke körperliche Präsenz eines Mannes, der viel trainiert. Seine Kleidung war nicht neu, aber gepflegt, und auf dem Fußboden neben ihm lag ein Reiserucksack. Mit der intensiven Aufmerksamkeit eines Lernenden beugte er sich über das Taschenbuch, das er las. Ich war fest überzeugt, daß meine Intuition richtig war. Das war ein junger Mann, dem man seine tiefsten Gedanken und Gefühle mitteilen konnte. Das war jemand, den man wahrscheinlich nie wieder vergaß. Ich dachte an den komplizierten Prozeß, der ihn hierhergebracht hatte, und überlegte, wie er wohl reagieren würde, wenn ich ihn ansprach.

Ich trat näher und setzte mich zu ihm an den Kamin. Er nickte mir zu, und ich lächelte. »Hallo«, sagte ich. »Sie sind, glaube ich, Walter Krokowski.«

2

Ich nahm ihn mit zu mir nach Hause. Mein Angebot war wohlkalkuliert, seine Reaktion ganz spontan. Ich hatte gelächelt. Ich hatte ihn beim Namen genannt. Das genügte. Ihm war kalt, und er hatte keine Unterkunft in einem fremden Land. »Wer sind Sie?« fragte er. Als ich den Wagen anließ, erwähnte ich den Namen meines Bruders, und er machte eine unbehagliche Geste. »Keine Sorge«, sagte ich. »Ich werde mich um Sie kümmern.«

Ich wendete den Wagen mit einem schwungvollen Bogen, fuhr einmal quer durchs Dorf und nahm die Brücke am Teich mit einem heftigen Rumpeln. An der Kirche bremste ich, beschleunigte dann wieder bis zur Royal Oak und fuhr noch einmal die High Street hinauf bis zur Texaco-Tankstelle. Ich wollte ganz sicher sein, daß Raymond wieder zu Hause in der Jericho Lodge war. Im Licht der Scheinwerfer blitzte der Regen und hinter den Scheibenwischern sah man die Bäume im Sturm tanzen. Der Wagen fuhr knirschend über abgerissene Zweige und Äste, und aus Angst, von einem umstürzenden Baum getroffen zu werden, fuhr ich durch die Dunkelheit, so schnell ich es wagte. Wir sprachen nicht miteinander. Ich war aufmerksam und gespannt. Ich hatte alles unter Kontrolle. Als ich mich überzeugt hatte, daß die Luft rein war, schlug ich die Straße zu meinem Haus ein. »So, jetzt sind wir gleich da«, sagte ich.

Die Auffahrt war leer. Mein Bruder war weg. Ich führte Krokowski durch die Hintertür ins Haus. Daß die Lichter brannten und ein Feuer im Kamin flackerte, schien ihm nicht aufzufallen. Jedenfalls machte er keine Bemerkung darüber. Um die Situation zu entspannen, schürte ich das Feuer und bot ihm einen Drink an. Er nahm an, und ich bemerkte, daß er fröstelte. Ich machte eine Flasche Wein auf, während mein eigenartiger Gast sich an den Kamin stellte, um sich zu wärmen.

Er war offensichtlich mitgenommen von der Reise, unrasiert und ziemlich müde. Als er seinen Mantel auszog, sah ich, daß er auch darunter ganz in Schwarz gekleidet war: schwarze Jeans, schwarzes T-Shirt, schwarzer Pullover. Er war offensichtlich gut trainiert. Sein blondes Haar war in der Mitte gescheitelt, und sein Gesicht zeigte die kräftig durchblutete Haut eines Menschen, der viel unterwegs ist. Er hatte schwere Lider, und sah so aus, als ob er viel lese, bis tief in die Nacht. Ich verstand sehr gut, warum Kristina ihn attraktiv fand. Als ich mit dem Wein und den beiden Gläsern zurück ins Wohnzimmer kam, stand er auf und machte eine leichte Verbeugung.

»Walter«, sagte er, ohne einen Versuch zu machen, den Namen englisch auszusprechen.

»Julian.«

Wir gaben uns die Hand. Sein Händedruck war fest, und seine Augen suchten in meinen. Ich schenkte ein und gab ihm sein Glas. *»Cheers«*, sagte ich und beglückwünschte mich innerlich. Da war er also, mein Feind und Rivale. Da saß er vor mir in meinem Haus, in meiner Gewalt. Abgesehen von Barbara wußte niemand, daß er bei mir war. Mir war klar, daß ich nicht viel Zeit hatte. Wenn ich zögerte, würde er unruhig und mißtrauisch werden. Was immer ich tat, ich mußte es schnell tun. Aber erst morgen früh. Heute abend brauchte ich ihm bloß etwas zu essen und zu trinken und eine Unterkunft zu geben. Wenn ich ihm den Eindruck verschaffte, daß er willkommen war, hatte ich das Kristina gegebene Versprechen erfüllt.

»Erzählen Sie mir von sich«, sagte ich nach dem Abendessen. Ich hatte ihm ein Omelett und grünen Salat vorgesetzt. Jetzt aßen wir noch ein bißchen Käse und Obst.

Krokowski hatte einen starken Akzent, aber sein Englisch war durchaus passabel. Wörter, die ihm Schwierigkeiten machten, suchten wir in dem Wörterbuch, das mir Kristina geschenkt hatte. Er erzählte, daß er gerade eine Rucksackreise durch Indien gemacht habe. Er habe eine Frau geliebt in Berlin, sei aber durch falsche Anschuldigungen und eine Gefängnisstrafe von ihr getrennt worden. Ich hatte das Gefühl, daß er diese Geschichte schon öfter erzählt hatte.

»Das war vermutlich die Frau meines Bruders«, sagte ich, um ihn daran zu erinnern, wen er vor sich hatte. »Kristina.«

Bei der Erwähnung ihres Namens runzelte Krokowski die Stirn. Zuerst habe er geglaubt, sie sei Teil der Verschwörung gegen ihn gewesen, sagte er. Deshalb habe er nichts mehr mit ihr zu tun haben wollen. Inzwischen wisse er aber, daß dieser Verdacht falsch sei.

Es versteht sich, daß ich höfliches Interesse an seinen Äußerungen zeigte, mir sonst aber nichts weiter anmerken ließ. Ich wollte sein Vertrauen gewinnen.

»Sie sehen also«, sagte er schließlich mit einem kleinen, etwas selbstgefälligen Lächeln. »Ich bin – wie sagt man – ein *Opfer.*« Er schien das Wort zu genießen.

Im flackernden Licht des Feuers begann er alles abzuladen, was ihn bedrückte. Er hatte viel gelitten. Er war im Gefängnis gewesen, und dann im Exil. Er war von seiner Liebe zu einer Frau gequält worden, die er für eine Verräterin hielt. Jetzt endlich wollte er den Mann zu Rede stellen, der ihn angezeigt hatte. Natürlich wollte er Kristina sehen, aber genauso wichtig war es ihm, Raymond zur Rechenschaft zu ziehen.

»Und Sie sind sein Bruder«, sagte er immer wieder. »Das ist wirklich merkwürdig.«

»Er ist viel älter als ich«, sagte ich, um ihn abzulenken. »Wir haben jahrelang nichts miteinander zu tun gehabt. Ich bin praktisch als Einzelkind aufgewachsen.«

»Ich habe Schwestern«, sagte er, »aber ich bin der einzige Sohn.«

Er war 1957, im Jahr des Sputnik, geboren. Beim Erzählen lachte er immer wieder, wenn er sich an bestimmte Anekdoten erinnerte, und ich mußte zugeben, daß er eine gewisse Frische hatte, die recht attraktiv war. Er war in Köpenick, am Rand von Berlin, aufgewachsen. Seine Vorfahren waren Handwerker, Bootsbauer, deren Familienbetrieb verstaatlicht worden war.

»Mein Vater ist ein Genie, wenn es um Holz geht«, sagte er. »Er macht es richtig lebendig. Von ihm habe ich auch meine Naturliebe.«

Seine Mutter war eine Pfarrerstochter, sie hatte ihr Leben ganz der Familie gewidmet und nebenher noch mit Klavierstunden etwas Geld verdient. Sie liebte Poesie und Musik und hatte den literarischen Ehrgeiz ihres Sohnes stets unterstützt.

»Als ich gesehen habe, was die Parteibonzen aus dem Betrieb meines Vaters gemacht haben«, sagte Krokowski, »war eins für mich klar: An diese Leute würde ich mich nie gewöhnen.«

Er hatte eine Druckerlehre gemacht und von Anfang an gewußt, daß er sich außerhalb des Gesetzes würde verwirklichen müssen. Ende der siebziger Jahre war er an den Prenzlauer Berg gezogen. Wegen seiner politischen Aktivitäten hatte er seinen Job als Drucker verloren und war Taxifahrer geworden und hatte nebenher Gedichte und Kurzgeschichten verbreitet, seine eigenen und die von anderen Leuten.

»Ich hatte eine Zeitschrift«, sagte er, »und ich hatte viele Bewunderer.« Er lachte. »Manchmal hatte ich das Gefühl, daß jeder ein Gedicht in der Tasche hatte, das ich drucken sollte für ihn.«

Er hatte auch versucht zu studieren, aber natürlich hatte er keinen Platz an der Uni gekriegt. Also hatte er sich am Rand des intellektuellen Milieus aufgehalten. Er hatte Lesungen in Kellerräumen abgehalten und seine studentischen Freunde gelegentlich in seinem Taxi befördert.

»Und auf diese Weise haben Sie Kristina kennengelernt?« fragte ich.

»Ja.« Er hatte sie in sein Zimmer am Prenzlauer Berg mitgenommen und ihr tschechische Jazzmusik vorgespielt. Sie hatten geredet. Er hatte keine Ahnung gehabt, daß sie verheiratet war, und schon gar nicht, daß sie mit einem Engländer lebte. Sie hatte sich seine Telefonnummer geben lassen und ihn danach oft angerufen, wenn sie ein Taxi brauchte für ihre Gäste.

Ich fragte ihn, wie Raymond reagiert habe, aber diese Frage konnte Krokowski offenbar nicht beantworten. Über Kristinas Ehe wußte er so gut wie nichts, und bei den wenigen Gelegenheiten, wo er Raymond gefahren hatte, hatte er

Diskretion gewahrt. Kristina habe über die Einstellung ihres Mannes nicht viel erzählt, sagte er. Sie sei sehr glücklich gewesen, sie schien ganz wild auf eine Affäre, und alle Initiative sei von ihr ausgegangen, sagte Krokowski.

»Wissen Sie, meine Liebe zu ihr –« Er nahm das Wörterbuch, um das Wort zu finden, das er suchte. »– ich war ganz besessen davon.«

»Das liegt in der Natur der Liebe«, sagte ich, und das meinte ich durchaus ernst. »Wie hat es Raymond eigentlich gemerkt?«

»Denken Sie doch mal nach«, sagte er mit plötzlicher Arroganz. »Die Stasi war überall. Wo man hinschaute – Stasi. In der Kirche, in der LPG, in jeder Fabrik, in jedem Krankenhaus und jeder Schule. In der Universität war praktisch jeder ein Spitzel. Es war nur eine Frage der Zeit, bis Kristinas Mann, wer immer das war, es erfuhr. Ich bin viel zu ehrlich. Ich kann keine Geheimnisse bewahren.« Er schüttelte den Kopf. »Das hat mir kein Glück gebracht.«

»Bei Kristina hatten Sie aber durchaus Glück«, sagte ich.

Während ich ihm zuhörte, mußte ich mir eingestehen, wie niedergeschlagen ich darüber war, Kristina verloren zu haben. Wahrscheinlich hatte ich meine Enttäuschung bisher viel zu sehr in Haß auf Krokowski umzuwandeln versucht und war dabei zu lange passiv geblieben. Es war Zeit, die Sache in die Hand zu nehmen und etwas zu tun.

Sein Glück habe nicht lange gedauert, sagte Krokowski. Eines Morgens habe ihn die Stasi abgeholt. Er wurde verhaftet und der Subversion bezichtigt, die Anklage, für die er ins Gefängnis mußte, erfolgte wegen *staatsfeindlicher Aktivitäten.* Ich fragte ihn, worin denn diese Aktivitäten bestanden.

»Sie haben mein Taxi durchsucht«, sagte Krokowski. »Unter dem Rücksitz fanden sie ein ganzes Bündel verbotener Schriften. Biermann-Texte, Flugblätter und dergleichen. Ich war vollkommen überrascht, aber ich wußte sofort, daß sie nur Rowley-Whyte dort versteckt haben konnte. Wer sonst hätte sich diese Dinge beschaffen können im Westen?«

»Ein Bündel verbotener Papiere? Das klingt nicht sehr gefährlich.«

»Für sich allein ist es auch nicht so schlimm, aber dann haben sie mich noch beschuldigt, ich wollte aus der DDR fliehen. Und Republikflucht war ein Verbrechen.«

»War das denn zutreffend?«

»Das war natürlich eine falsche Beschuldigung. Ich wollte Urlaub in Bulgarien machen. Sie wissen ja wahrscheinlich, daß wir nicht nach Lust und Laune in der Welt herumreisen durften. Deshalb wollten alle wenigstens ans Schwarze Meer, nach Bulgarien. Und bei mir haben sie behauptet, sie hätten Beweise, daß ich nach Jugoslawien und von dort aus in den Westen fliehen wollte.« Krokowski verzog bei der Erinnerung daran das Gesicht. »Das war natürlich eine Lüge. Und jetzt, wo ich mir bei der Gauck-Behörde meine Stasi-Akte angeschaut habe, weiß ich auch, wer mir das eingebrockt hatte.«

Ich beobachtete Krokowski beim Sprechen. Er war wütend, wie es sein gutes Recht war, aber er hatte auch Abstand gewonnen, und vielleicht war er ein bißchen naiv. Er hatte Leid und Bitternis erfahren, aber vor allem ging es ihm um die Wahrheit. Er schilderte sein Schicksal ganz theoretisch und klinisch, als ob es so vorherbestimmt gewesen wäre. Er schien sich als Teil eines historischen Prozesses zu sehen. Er war ein Kind der DDR, durch und durch. Je mehr er erzählte, desto sicherer war ich mir, daß es ziemlich einfach sein müßte, ihn zu manipulieren. Mein Instinkt hatte mich nicht getrogen. Es war eine gute Idee gewesen, ihn mit nach Hause zu nehmen.

»Ich würde Ihnen gern helfen«, sagte ich und schenkte ihm ein neues Glas Wein ein. »Sie haben Hilfe verdient.«

»Ich glaube, es war ziemlich verrückt, hierherzukommen«, sagte er. »Ich bin ein Idiot. Aber ich muß Kristina unbedingt sehen. Vielleicht –« Plötzlich wurde er sehr schüchtern. »Vielleicht liebt sie mich ja noch.« Er lächelte hoffnungsvoll und selbstbewußt. »Wissen Sie, ich glaube, es könnte durchaus sein.«

»Und wenn es so ist?« fragte ich. »Was dann?« Ich konnte mich einfach nicht zurückhalten.

»Dann werde ich folgendes zu ihrem Mann sagen …«, erwiderte Krokowski, und es klang, als wiederholte er eine schon seit langem vorbereitete Erklärung. »Ich werde sagen: Was Sie getan haben, ist schrecklich, aber ich vergebe Ihnen. Jetzt müssen Sie Ihrer Frau erlauben, ihrem Herzen zu folgen.« Er lächelte schwachsinnig. »Dann nehme ich sie mit zurück nach Deutschland.«

»Zurück nach Deutschland.« Ich hörte, wie ich diese Worte wiederholte, und spürte, wie ich in Panik geriet. »Und was ist, wenn sie gar nicht nach Deutschland zurück will? Sie hat sich schließlich ein neues Zuhause hier aufgebaut.«

»Sie sagt, sie findet es schrecklich hier«, sagte er heftig. »Sie liebt ihn doch überhaupt nicht mehr. Sie kommt bestimmt mit mir. Da bin ich ganz sicher.«

Er war so durchsichtig. Er trug seine Gefühle wie ein Plakat vor sich her. Ich bin es ja gewohnt, daß die Leute sich vor Gericht in extremer Weise entblößen, aber in seiner Seele konnte man wirklich lesen, als ob die Buchstaben meterhoch gewesen wären. Jetzt begann er mir die Affäre zu erzählen, die er mit Kristina gehabt hatte, bruchstückhaft, aber durchaus detailliert. Mit schmerzlicher Deutlichkeit offenbarte er seine Wünsche. »Sie will ein Kind von mir«, sagte er. »Und ich möchte auch eins.«

»Als Sie noch mit ihr …« Ich machte eine verlegene Geste. »Ich meine, wo haben Sie sich denn getroffen?«

»Ich hatte mein Taxi.« Er lächelte bei der Erinnerung. »Wir fuhren stundenlang herum. Wir haben geredet. Wir haben gesungen. Und manchmal haben wir in einem stillen

Winkel gehalten und miteinander geschlafen.« Er lachte, und sein Gesicht begann vor Freude zu leuchten. »Manchmal gingen wir auch in mein Zimmer, aber das war viel schwieriger.« Immer mehr Dinge fielen ihm ein. »Wenn wir Geld hatten, gingen wir auch gelegentlich in ein Hotel.«

Das wollte ich nun wirklich nicht hören, aber ich mußte unbedingt mehr wissen. »Wie lange hat es gedauert?«

»Bis die Stasi kam.«

Er war verhaftet, verurteilt und eingesperrt worden. »Ich erinnere mich, wie ich eines Tages nach der Urteilsverkündung in meiner Zelle saß und plötzlich hörte ich diesen Schrei. Ich sah mich um, und dann wurde mir klar, daß ich es war, der da schrie.«

Nach einiger Zeit hatte die westdeutsche Regierung ihn freigekauft, wie so viele andere Gefangene. Er hatte Kristina holen und ein neues Leben anfangen wollen, aber als er schließlich im April 1989 nach West-Berlin kam, war er so kaputt gewesen, daß er sich zu überhaupt nichts mehr aufraffen konnte. Er hatte in seinem Zimmer gesessen und die Wand angestarrt. Er hatte Angst gehabt, auf die Straße zu gehen.

»Wenn man mal im Gefängnis gesessen hat«, sagte er, »sieht man die Welt völlig anders. Im Kopf bleibt man immer drin, in der Zelle. Meine Gefühle für Kristina waren völlig blockiert. Ich konnte mich nicht entscheiden, ob ich sie für schuldig hielt oder nicht. Ich wußte nicht, was sie getan oder nicht getan hatte. Ich fing an zu reisen. Ich wollte alles hinter mir lassen. Ich trampte nach Indien und landete in Bombay. Dann kam einer von ihren Briefen.«

Ich verbarg meine Bestürzung, so gut ich es konnte. »Briefe? Von Kristina?«

»Ja. Wissen Sie, wir haben so ein System von Kontaktstellen. Sie hat mir viele Briefe geschrieben.« Schmerzlich zog er die Augenbrauen zusammen. »Am Anfang haben sie mich nicht erreicht, aber am Ende erhielt ich sie doch.«

Ich beugte mich zu ihm hinüber und füllte langsam sein Glas. »Was hat sie denn geschrieben?«

»Daß sie unglücklich wäre. Aber ich wäre frei und könnte tun, was ich wollte.«

»Hat sie etwas über Raymond geschrieben?«

»Nicht viel. Ich sollte wissen, was er getan hatte. Zuerst habe ich es ihr gar nicht geglaubt. Ich wollte Beweise. Sie hat vor allem über die Gefühle geschrieben, die sie für mich hatte.«

»Warum sind Sie nicht schon früher gekommen?«

»Ich hatte mich an die Gauck-Behörde gewendet, aber es dauert ewig, bis die Anträge bearbeitet werden. Solange ich im Ungewissen war, konnte ich nichts unternehmen. Ich mußte genau Bescheid wissen. Erst als ich die Akten mit eigenen Augen gesehen hatte, wußte ich, daß ich herkommen mußte.«

Das Telefon klingelte. Ich sah auf die Uhr. Halb zehn. Hoffentlich war das nicht die Polizei oder das Krankenhaus. Eine solche stürmische Nacht bildete oft den Hintergrund für einen gewaltsamen Tod. Jetzt, wo ich ihn gefunden hatte, wollte ich Krokowski nicht allein und unbeaufsichtigt lassen. Ich entschuldigte mich und ging ins Nebenzimmer zum Telefonieren. Es war Raymond. Wir tauschten in sehr allgemeinen, vorsichtigen Formulierungen die wichtigsten Informationen aus, und dann schlug ich vor, die taktische Lage am nächsten Morgen erneut zu erörtern. »Es gibt einiges zu besprechen«, sagte ich kryptisch.

Als ich ins Wohnzimmer zurückkam, fand ich Krokowski an meinem Schreibtisch. Ohne jede Verlegenheit blätterte er in meinen Akten. »Sie sind Polizist«, sagte er, als er sich umdrehte.

»Nein«, sagte ich und zog das Wörterbuch zu Rate. »Ich bin Rechtsanwalt.« Ich sah, wie er darüber nachdachte. Ganz offensichtlich fürchtete er einen Trick. War meine Einladung vielleicht die typisch englische Methode, ihn zu verhaften?

»Sie sind mein Gast«, versicherte ich. »Sie können bleiben, so lange Sie wollen.« Ich machte eine umfassende Geste. »Mein Haus ist Ihr Haus.«

»Ich will Kristina sehen.« Er griff nach der Weinflasche und schenkte sich nach. Der Alkohol hatte sein Gesicht leicht gerötet. »Deswegen bin ich schließlich gekommen.«

Es war mir ganz recht, daß er so heftig wurde. Leute, die nicht emotional engagiert sind, kann man nicht manipulieren. Aber Menschen mit Leidenschaften geben sich immer Blößen, und wenn man, so wie ich, das entsprechende Temperament hat, kann man das ausnutzen. Krokowskis Reaktionen waren sehr vorhersehbar. »Was kann ich für Sie tun?« fragte ich, als stünde ich zu seiner Verfügung.

Ganz wie ich gehofft hatte, reagierte Krokowski mit völliger Offenheit. »Ich will Kristina allein sehen. Ich werde sie davon überzeugen, daß es besser ist, wenn wir zusammen zurückgehen. Dann –« Er zögerte. »Dann werde ich mit ihrem Mann reden.« Er machte eine Geste zu seinem Rucksack hinüber. »Ich werde ihm die Akte zeigen. Ich werde ihn zur Rede stellen. Dann werde ich ihm sagen, daß ich ihm verzeihe.«

»Wenn Sie das vorhaben«, sagte ich, »dann würde ich Ihnen empfehlen, zuerst mit meinem Bruder zu sprechen. Wenn Raymond erfährt, daß Sie hier sind und mit seiner Frau gesprochen haben ...« Ich zögerte. »Wer weiß, was dann passiert?« Ich wartete, bis er das verdaut hatte, und setzte dann nach. »Wenn Sie zuerst mit ihm reden, könnten Sie Kristina anschließend gleich mitnehmen. Ich werde Ihnen gern helfen.« Ich lächelte ihm zu wie ein Verschwörer und entwickelte meinen Plan. »Ich könnte ohne weiteres dafür sorgen, daß Kristina hier auf Sie wartet, während Sie mit Raymond sprechen. Auf diese Weise behalten Sie alles unter Kontrolle.«

Er war skeptisch. »Sie werden Ihrem Bruder nichts sagen?«

Ich schüttelte den Kopf. »Nein.«

Er war verblüfft. »Reden Sie denn nicht mit Ihrem Bruder? Warum sollte ich Ihnen vertrauen?«

»Mein Bruder und ich – wie soll ich das erklären? – stehen uns nicht sehr nahe.«

»Aber er wohnt doch hier im Dorf, oder?«

»Das wollte er unbedingt, ich nicht. Er ist wesentlich älter. Wir stehen auf verschiedenen Seiten des Zauns, wie man hier sagt. Sie können mir trauen. Ich sorge für Gerechtigkeit, das ist mein Beruf.« Dann baute ich den glücklichen Einfall noch etwas aus: »Ich werde dafür sorgen, daß auch Ihnen Gerechtigkeit widerfährt.«

Diese kleine Ansprache schien ihn zu befriedigen. »Ich muß Ihnen danken.« Sein Gesicht wurde noch schutzloser. »Es ist nicht einfach, was ich mir vorgenommen habe.«

»Ich verstehe«, sagte ich. »Hier sind Sie sicher.«

Er betrachtete den Kamin und das gedämpfte Licht und sog die ganze gemütliche Seßhaftigkeit meines Wohnzimmers ein. »Ja, hier fühlt man sich sicher, das finde ich auch.«

Dann kam mein raffiniertester Zug. »Betrachten Sie mein Haus als Versteck«, sagte ich. »Auf diese Weise können Sie das Überraschungsmoment ausnutzen.«

Das gefiel ihm. »Das Überraschungsmoment«, sagte er. »Das ist gut, ja!« Er gähnte, und ich benutzte die Gelegenheit und fragte, ob ich ihm sein Zimmer zeigen dürfe. Ich führte ihn nach oben ins Gästezimmer und lud ihn ein, es sich bequem zu machen. Er könne bleiben, solange er wolle, sagte ich noch einmal.

»Ich lebe allein«, sagte ich. »Da freut man sich über Gesellschaft.« Ich merkte, daß er müde und vielleicht auch angetrunken war. Bei der Aussicht auf etwas Ruhe wirkte er jedenfalls äußerst dankbar.

Ich schloß die Tür hinter ihm und ging wieder nach unten. Ich setzte mich allein vor den Kamin, starrte in die Glut und überlegte, wie ich die Gelegenheit, die sich da bot, am besten ausnutzen konnte.

3

Krokowski war ein Langschläfer, wie ich feststellen mußte. Er tauchte erst am späten Vormittag wieder auf, unrasiert und immer noch schwarz gekleidet. Im Tageslicht sah er blaß und blutleer aus, trotz seiner Sonnenbräune. Andererseits wirkte er eindrucksvoller und größer. Er begrüßte mich mit einem vorsichtigen »Guten Morgen!«. Ich war froh, ihn sicher unter meinem Dach und unter Kontrolle zu haben. Ich hatte nicht gewagt auszugehen, solange er nicht aufgestanden war. Ich wollte nicht, daß Raymond oder Kristina ihn in meiner Küche überraschten. Während er sich Kaffee einschenkte, erklärte ich ihm, daß es das beste für ihn wäre, wenn er sich wieder ins Gästezimmer zurückzog, »wegen des Überraschungsmoments«. Er gehorchte, ohne meinen Ratschlag zu hinterfragen. Ich wartete, bis er nach oben gegangen war, dann stellte ich den Anrufbeantworter an und fuhr ins Dorf, um die Sonntagszeitungen zu kaufen.

Das Gewitter hatte sich erschöpft. Es war ein herrlicher, heller Wintertag, stürmisch und anregend. Ein Tag, um die Welt zu erobern. Beim Zeitungshändler tauschte ich wie jeden Sonntag eine paar Scherze mit Derek. Auf der anderen Straßenseite kam die Gemeinde gerade aus der Kirche. Reverend Findlater stand unter dem Portal und schüttelte Mrs. Harris und Mrs. Simpson die Hände. Er winkte mir, und ich winkte zurück. Shirley Crutcher half ihrer alten Mutter die Stufen hinunter. Watkins durchquerte mit ein paar von seinen Kumpanen den Friedhof, auf dem kürzesten Weg zum Pub, wie meine Erfahrung mir sagte. Ich stieg wieder in meinen Wagen und fuhr nun meinerseits zur Royal Oak, wo ich auf diese Weise noch etwas schneller als die anderen eintraf. Barbara war auf den sonntäglichen Ansturm wohl vorbereitet und stellte gerade noch die letzten Erdnüsse, Chips und Essiggurken auf die Theke. Ich bestellte ein kleines Bitter.

»Dieser junge Deutsche«, sagte ich. »Ein komischer Bursche. Also ganz unter uns, ich glaube, der war ein bißchen verrückt.«

Barbara stellte das Bier vor mir ab. »Ganz wie Sie meinen, Mr. Whyte. Ist schließlich Ihr Freund.«

»Der Freund meines Bruders«, korrigierte ich.

»Na, das paßt ja gut«, sagte Barbara bedeutungsvoll.

»Raymond weiß natürlich gar nichts von dieser Geschichte.«

»Jetzt verstehe ich überhaupt nichts mehr, Mr. Whyte.«

»Ich hab' den Mann zum Bahnhof gebracht und wieder nach Hause geschickt. Ich glaube nicht, daß er uns noch einmal heimsucht.«

»Und was ist mit Ihrem Bruder?«

»In seinem gegenwärtigen Zustand«, sagte ich, »ist es besser, wenn er von alledem nichts erfährt.« Ich beugte mich über die Theke und schmeichelte ihr mit meiner Vertraulichkeit. »Und das gilt auch für die Zukunft. Wenn Sie nichts dagegen haben, Barbara, behalten wir die Sache für uns.«

»Ich schweige wie das Grab, Mr. Whyte.« Sie schien stolz darauf, mein Vertrauen zu genießen, und ich vermutete, daß es einige Wochen, vielleicht sogar Monate dauern würde, ehe unser Geheimnis in allgemeinen Umlauf geriet. Als Watkins und die anderen Gottesdienstbesucher eintrafen, diskutierten Barbara und ich schon wieder den Einbruch in meinem Haus. Das Wort »Zigeuner« schlich sich rasch in das Gespräch an der Theke, und ich spielte wieder einmal meine Rolle als verantwortungsvolles Mitglied unserer Gemeinde.

Auf der Rückfahrt machte ich einen Umweg zur Jericho Lodge. Mein Bruder stand in der Auffahrt. Er war damit beschäftigt, die Fahrbahn zu säubern. Überall auf den Straßen hatten sich nach dem Gewitter kleine Dämme aus Bucheckern, Laub und abgerissenen Zweigen gebildet. Sobald ich auftauchte, ließ mein Bruder die aufgesammelten Äste fallen und kam zu mir ans Auto gerannt. Ich nehme an, er hatte schon auf mich gewartet. Ich erzählte ihm kurz, was passiert war, und fragte dann nach Kristina.

Sie hätte Fieber, sagte mein Bruder, und werde wahrscheinlich den ganzen Tag im Bett bleiben. Gut, sagte ich, dann kommt sie uns nicht in die Quere. »Was wirst du tun?« fragte ich.

Dabei wußte ich, daß mich Raymond um Rat fragen würde. Solange er Teil eines Systems war, fühlte er sich stark und war es wohl auch. Ein schwacher Mann, den seine Informationen und das hierarchische System stützten. Jetzt war er trotz all seiner Angeberei unsicher und kraftlos. Er war ein Mann ohne innere Überzeugung.

Er kam direkt zur Sache: »Wie findest du ihn?«

Ich war genauso direkt: »Er will Kristina mit zurück nach Berlin nehmen.«

»Verdammt noch mal, Kristina ist meine Frau. Das kann er nicht machen.«

»Es kann ja sein, daß ich mich täusche, aber ich habe den Eindruck, er tut, was er will.«

»Und was wird aus mir?«

»Du spielst gar keine besondere Rolle in seinen Überlegungen, Raymond. Er gibt dir die Schuld daran, daß er im Gefängnis war. Er hat es zwar nicht so gesagt, aber unter anderem ist er gekommen, um abzurechnen mit dir.«

Ich sah, wie sich Raymonds Ärger in Angst verwandelte, ganz wie ich gehofft hatte. »Was soll ich bloß machen?« Er warf einen Blick auf die Wiese hinter dem Haus, wo Sascha und Olga unter den Apfelbäumen herumrannten. Er machte sich Sorgen um den Bestand seiner Familie.

»Was immer du unternehmen willst«, sagte ich, um den Druck zu verstärken, »viel Zeit hast du nicht.« Länger als einen Tag könnte ich Krokowski nicht hinhalten. Dann würde er darauf bestehen, Kristina zu treffen. Dann machte ich den nächsten Schritt: »Gestern abend hat er allerdings gesagt, er wollte zuerst mit dir reden.«

»Was hat er denn damit gemeint?«

»Er hat gesagt, du müßtest die Folgen deines Verhaltens auf dich nehmen.«

»Und was hast du geantwortet?«

»Das ist natürlich sehr schwierig für mich. Aber ich glaube, wir müssen anerkennen, daß diese Dinge in Deutschland, die Sachen, die du da gemacht hast, nicht ohne Folgen bleiben können.« Ich holte tief Luft. »Du bist im Unrecht, Raymond.«

»Ich weiß, ich weiß.« Er stützte sich auf seinen Rechen. »Ich muß ehrlich zugeben, Brüderchen, daß ich Angst davor habe, ihm zu begegnen.«

»Das kann nicht dein Ernst sein.«

»Oh, doch.« Er bückte sich ächzend, um einen weiteren Ast aufzuheben und beiseite zu werfen. »An seiner Stelle würde ich ...« Er schreckte zurück vor dem, was er sagen wollte, und sagte es schließlich doch: »Ich an seiner Stelle ... Ich glaube, daß er mich umbringen will.« Er hatte sich aufgerichtet, und es lag ein gewisser Stolz in seiner Stimme, als er das sagte. Es war, als bestätige ihm diese Behauptung die eigene Bedeutung.

Ich schüttelte den Kopf. »Daran denkt er nicht. Er redet bloß von Versöhnung und den Kräften der Geschichte. Du hast wirklich nichts zu befürchten.«

»Ich gebe nichts auf solches Gerede. Deutsche sind so. Sie entwickeln dauernd irgendwelche abstrakten Theorien, und dann, wenn du es am wenigsten erwartest, kommt plötzlich Gewalt. Es ist wie ein unterirdischer Fluß, aber irgendwann tritt er immer zu Tage. Natürlich trägt er Rache im Herzen, aber er versteht es, sie zu verbergen. Und dir wird er bestimmt nicht verraten, was er wirklich denkt. Das ist doch klar.«

Ich war überrascht, aber keineswegs unzufrieden mit dieser Wendung der Dinge. Ich hatte allerdings nicht erwartet, daß Raymond so schnell auf diese dunkle Seite der Angelegenheit zusteuern würde. Ich goß noch ein bißchen Öl in die Flammen: »Krokowski ist überzeugt, daß es ihm rasch gelingen wird, Kristina zur Rückkehr nach Berlin zu bewegen.«

Mein Bruder sah mich zornig an. »Und was hast du dazu gesagt?«

Ich sah zu Boden und stieß mit dem Fuß ein abgerissenes Ästchen beiseite. »Es schien mir besser, keine Überreaktion zu zeigen. Aber ich denke, zumindest in diesem Punkt sind wir uns einig. Ich bin strikt dagegen.«

»Da sind wir uns in der Tat einig«, sagte mein Bruder emphatisch. »In der Tat!«

Damit verließ ich ihn. Ich sagte, wir sollten alles noch einmal überdenken. Er solle mich später anrufen. Krokowski würde ich sagen, daß Kristina und er unterwegs seien und erst morgen zurückkämen.

Beim Wegfahren sah ich, wie er zu seiner Gartenarbeit zurückkehrte: ein alter Mann mit vielen Sorgen. Ich machte ein präzises Wendemanöver und fuhr direkt nach Hause. Krokowski saß mit einer Tasse Tee in der Küche und las den ›Spiegel‹. Meine Behauptung, daß Raymond und seine Frau nicht zu Hause seien, schien er fraglos zu akzeptieren. Er könne warten, sagte er. Aber die Art und Weise, wie er das sagte, machte mir klar, daß ich ihn nicht mehr lange zurückhalten konnte. »Im Gefängnis«, sagte er, »lernt man Geduld.«

Ich las die Zeitungen und versuchte sogar, in meinem Arbeitszimmer etwas zu arbeiten, aber in Wirklichkeit drehten sich natürlich alle meine Gedanken um die Ereignisse des Tages. Jeden einzelnen Schritt untersuchte ich drei-, vier-, fünfmal auf mögliche Komplikationen. Glücklicherweise wurde ich in meiner beruflichen Eigenschaft an diesem Wochenende nicht weiter in Anspruch genommen. Als es draußen dunkel wurde, zog ich die Vorhänge zu, damit etwaige Passanten nicht ins Haus sehen konnten. Aber ich fand keine Ruhe. Ich ging nach oben und räumte mein Schlafzimmer auf. Ehe ich das Gästezimmer betrat, klopfte ich an. Dann inspizierte ich Krokowskis wohlgeordnete Habseligkeiten. Neben dem Bett, auf einem Stuhl, lagen ein Walkman und ein paar Kassetten: polnischer Jazz, ein paar Rock-'n'-Roll-Zusammenschnitte und vor allem Bruce Springsteen. Ich ging nach unten und machte mir in der Küche zu schaffen. Kurz nach sechs rief Raymond an. Ich merkte gleich, daß er getrunken hatte.

»Ich hab' darüber nachgedacht«, sagte er. »Ich werde mich mit ihm treffen.« In seiner Stimme lag eine gewisse Entschlossenheit, die ich bisher nicht an ihm kannte. »Morgen werde ich mich mit ihm treffen, und am Abend ist er nicht mehr in Mansfield. Dafür werde ich sorgen.«

»Wie das?« fragte ich.

»Warte es ab«, sagte er geheimnisvoll. »Warte es ab. Du wirst schon sehen.«

Ich vermutete, daß es mir nicht viel bringen würde, wenn ich ihn in dieser Frage weiter bedrängte, und so verabredeten wir, am nächsten Morgen wieder zu telefonieren.

4

Als ich ins Wohnzimmer zurückkehrte, lag Krokowski auf meinem Sofa. Er hatte seine Schuhe ausgezogen und erzählte mir, ohne sich zu erheben, daß er nachmittags recht gern ein Nickerchen mache, um abends fit zu sein. Ich fand seine lässige Art irritierend, und mein Bedürfnis, die vielen Fragen zu klären, die sein Auftauchen in Mansfield gestellt hatte, wurde noch stärker. Unverschämterweise fragte er auch noch, wer denn angerufen habe. Es erschien mir klüger, ihm zu sagen, daß es mein Bruder gewesen war.

Krokowski setzte sich abrupt aufrecht und griff nach seinen Schuhen. »Was haben Sie ihm gesagt?«

Es befriedigte mich, daß er so aufgeregt war. »Nichts«, sagte ich und machte eine Geste, um ihn zu beruhigen. »Sie wollen doch das Überraschungsmoment nutzen, nicht wahr, mein Freund.«

»Ja, das Überraschungsmoment.« Er streckte sich. »Morgen werde ich ihn besuchen, wenn er es nicht erwartet.«

»Ich werde Sie hinbringen«, sagte ich. »Dann können Sie ihn zur Rede stellen.«

»Das ist gut.«

Nach diesem Gespräch wurde Walter Krokowskis Gegenwart in meinem Haus immer belastender. Ununterbrochen redete er davon, daß er Raymond von seinen Schuldgefühlen befreien müsse, aber jedesmal, wenn er von Raymonds »Verbrechen« sprach, zeigten sich auf unheilvolle Weise seine wahren Gefühle.

In der Hoffnung, ihn abzulenken, schlug ich vor, in einem Restaurant essen zu gehen. Ich wollte ihn aus dem Haus haben – schließlich konnte ich nicht sicher sein, daß nicht Raymond plötzlich auf meiner Schwelle erschien. Andererseits wollte ich mit Krokowski auch kein Aufsehen erregen. Deshalb schlug ich vor, indisch zu essen, in einem Lokal in Hastings, ein Stück weit die Küste hinunter. Als wir unser Ziel erreichten, schleuderte die winterliche Brandung die Steine an die Kaimauer und die Gischt spritzte über die Promenade. Ein paar junge Burschen an einer Bushaltestelle spielten mit den Brechern Verstecken. Das Restaurant war leer. Drei Kellner in rubinfarbenen Jacken führten uns an einen Ecktisch. Sitarmusik lag in der Luft. Krokowski wurde zunehmend redseliger und von sich selbst überzeugt.

»Man redet immer von Opfern. Aber was bedeutet das Wort in einem Land, wo so viele in die Gaskammern geschickt worden sind? Wie kann man sein Wörterbuch neu definieren, damit es auch Auschwitz und die Naziverbrechen umfaßt? Ich habe die Folgen des Nationalsozialismus akzeptieren müssen, und ich bin froh darüber. Ja, froh. Ich habe Opfer gebracht, genau wie Millionen anderer Ostdeutscher. Gut. Die Geschichte war gegen uns. Mag sein. Die Geschichte hält viele Lehren für uns bereit, aber sie hat wenig Schüler. Wenn wir das Erbe der Stasi beseitigen wollen, dann kann das nur durch Diskussionen geschehen. Ich werde meinen Teil dazu beitragen, und zwar mit Würde, nicht mit Waffen und Aggression.«

»Haben Sie je geglaubt, der Sozialismus könnte funktionieren?«

»Ich wollte, daß er funktioniert, natürlich wollte ich das. Der alte Traum von der Gleichheit? Ist er nicht schön? Ja, auch als Opfer des Systems muß ich zugeben, daß ich Bedauern empfinde. Unsere Revolution ist gescheitert. Wir haben alles verraten, was wir je versprochen haben. Wir kommen aus der humanistischen Tradition, aus der Aufklärung, unsere Dichter waren Heine und Büchner, aber am Ende haben wir allem Humanismus und aller Dichtung den Rücken gekehrt und sind zu Mördern geworden. Und jetzt stehen wir am offenen Grab einer fixen Idee. Wieder stehen wir vor der Frage: Was nun? Sind wir wieder am Punkt null angelangt? Wie geht es weiter?«

»Hat das Volk Sie im Stich gelassen?«

»Das Volk?« In seiner Stimme lag die Arroganz und der Hohn des Enttäuschten. »Das Volk hat uns immer im Stich gelassen. Seit über einer Generation. Das Volk und das System. Ich bin Angehöriger der Arbeiterklasse, und ich sage Ihnen: Dem Volk kann man wirklich nicht trauen. Alles was sie wollen, sind Bananen, Bluejeans und Pornographie.«

»Da bin ich ganz Ihrer Meinung«, sagte ich geschmeidig. »Der Mensch ist ein habsüchtiges Tier. Er geht auf die Jagd. Er forscht. Er hat primitive Bedürfnisse. Jede Ideologie, die das ignoriert, trägt den Keim des Scheiterns schon in sich.«

»Das stimmt. Ich muß es zugeben, und ich weiß auch, daß sogenannte Intellektuelle wie Ihr Bruder in ihrem Verhalten keineswegs von ihrer Vernunft bestimmt werden, sondern von ihren Gefühlen.«

»Es gibt keine stärkere Ideologie als die des Schlafzimmers«, sagte ich. Der Augenblick schien mir geeignet, um Krokowski nach den Überwachungsmethoden der Stasi zu fragen.

»Der größte Witz an der berühmten Stasi«, sagte er, »ist zweifellos darin zu sehen, daß die meisten Leute sie für unglaublich dumm hielten. Gleichzeitig haben die Leute aber geduldet, daß die Stasi Unmengen von Material über sie sammelte.«

»Mein Bruder rechtfertigt sein Verhalten auch damit, daß man dort, wo alles bekannt ist, überhaupt nichts mehr weiß.«

»Das habe ich schon öfter gehört, aber das kann ich nicht akzeptieren.« Und dann schilderte mir Krokowski die zersetzende Wirkung der Bespitzelung. »Die Stasi war ein Angriff auf unseren Seelenfrieden, auf den häuslichen Frieden, auf die eigene Person.« Genau wie viele andere hatte er im nachhinein feststellen wollen, wie weit die Verletzung seiner persönlichen Sphäre gegangen war. Er wollte wissen, wer es gewesen war. Welcher Freund oder Nachbar, welcher Verwandte oder Kollege ihn als Feind des Sozialismus angezeigt und welche Verbrechen man ihm zur Last gelegt hatte. Am Ende lief alles auf die verlorenen Aspekte jenes früheren Lebens hinaus. Krokowski ließ sich seine Stasi-Akte geben, weil er wissen wollte, ob sein Verdacht wegen des blauen Wartburgs, der tagelang vor seinem Haus geparkt hatte, gerechtfertigt war. Er ließ sich seine Akte geben, weil er wissen wollte, wer seine Hausmeisterin wirklich war. Er ließ sich seine Akte geben, um zu überprüfen, ob das Mädchen, das er nach der Vernissage gevögelt hatte, womöglich bloß eine Mitarbeiterin des MfS gewesen war, die sein Bettgeflüster aufschreiben sollte. Aber am Ende, sagte er, mußte er damit Schluß machen und die Akte hinter sich lassen. »Ich will doch nicht die zweite Hälfte meines Lebens damit zubringen, die erste zu rekonstruieren.« Seine Nachforschungen hätten aber auch eine reinigende und therapeutische Wirkung gehabt. Er hätte sein eigenes Leben etwas besser verstanden. »Wir sind alle Spitzel, Verräter und Denunzianten«, sagte er.

»Was macht denn den Verräter aus?« fragte ich.

»Ach, verschiedene Dinge.« Wenn Krokowski konzentriert über etwas nachdachte, wirkte er sehr attraktiv, und ich verstand, was Kristina an ihm fasziniert hatte. »Schwäche, Erpressung, Abenteuerlust, Identitätssuche. Irgendwo hab' ich mal gelesen, daß Spitzel Randfiguren und Mitläufer sind, Dissidenten, denen der Mut zum offenen Widerspruch fehlt, Idealisten, die sich zum wirklichen Glauben nicht durchringen können, Individualisten, denen die Kraft zur Autonomie fehlt.«

Ich mußte zugeben, daß er meinen Bruder recht genau beschrieb. »Raymond würde vermutlich sagen, er sei einfach ein Pragmatiker.«

»Das ist die Illusion aller Verräter«, sagte Krokowski. »Sie behaupten immer, sie seien bloß realistisch.«

»Was wird mein Bruder sagen, wenn ich ihm erzähle, daß Sie hier sind?« fragte ich. Jetzt wurde es spannend.

»Er wird eine Methode finden, um es für ganz normal zu erklären.«

Ich erkannte sofort, daß Krokowski vollkommen recht hatte. Ich dachte an all die Wochen und Monate, in denen mir Raymond nichts von seinem Leben in Berlin erzählt hatte, ich dachte an all die Wochen und Monate, in denen er mit seinen Lügen und Ausflüchten gelebt hatte, ich dachte daran, wie bequem er sich eingerichtet hatte mit seinem früheren Selbst. Erst hatte er, wie die meisten professionellen Lügner, seine eigenen Lügen geglaubt, dann hatte er sie zu vergessen gelernt. Er hatte sie aus seinem Bewußtsein verdrängt. Die typische Schizophrenie der Kollaborateure.

Der Kellner brachte zwei große Biere. Krokowski nahm

einen großen Schluck. Ich sah, wie sich seine Züge glätteten, als der Alkohol wirkte.

»Ich möchte Sie als Zeugen haben, wenn ich mich mit ihm treffe«, sagte er.

»Sie brauchen doch keinen Zeugen«, wehrte ich lachend ab.

»Ich bestehe darauf.«

Nun, man werde ja sehen, sagte ich unverbindlich. Als der Kellner mit seinem Wägelchen kam und die heißen Platten auf den Tisch stellte, widmeten wir uns dem Essen. Anschließend ließ ich Brandy kommen, und Krokowski holte einen ledernen Tabaksbeutel heraus und drehte sich eine Zigarette. Er war entspannt und aufgeschlossen und fühlte sich wohl in meiner Gesellschaft. Es befriedigte mich ungeheuer, ihn bei mir zu haben, ohne daß er ahnte, wie ich ihn manipulierte. Es war meine größte Stunde. Ich fühlte mich stark, ich fand mich höchst raffiniert, ja, brillant. Ich war euphorisch wie nie zuvor, aber nur innerlich, selbstverständlich. Mein Rivale, mein Feind, war endlich in meiner Hand, fast buchstäblich, könnte man sagen. Als ich wendete, um ihn über die schmalen Straßen Kents nach Hause zu meinem Cottage zu fahren, ließ ich das Lenkrad besonders lässig herumwirbeln. Wir redeten nicht mehr viel auf der Rückfahrt.

»Wissen Sie, Julian«, sagte er, als wir den Weg zur Haustür hinuntergingen. »Ich freue mich darauf, Ihren Bruder wiederzusehen.« In seiner Zufriedenheit lag eine Anmaßung, die mich anwiderte. »Dann können wir alles klären.«

Ich mußte seinen Umgang mit absoluten Größen bewundern. Manchmal sehne ich mich auch danach, keine Kompromisse mehr machen zu müssen und mich aus meiner Welt der provisorischen Regelungen zu befreien. »Ich muß Ihnen sagen«, erklärte ich, »daß mein Bruder entsetzt wäre, wenn er wüßte, daß Sie jetzt hier sind. Jedesmal, wenn wir in der Vergangenheit Ihren Namen erwähnt haben, hat er gesagt, er hofft, daß Sie ihn nie finden.«

»Es bleibt ihm gar keine andere Wahl«, sagte Krokowski. »Ich muß über meine Qual reden mit meinem Verfolger. Ich muß meine Identität finden. Und ich werde ihm helfen, auch seine zu finden. Ich will bei seiner Reue Regie führen. Ich will den Heilungsprozeß bei ihm fördern. Wir haben beide zum Osten gehört. Wir waren beide Teil der Revolution. Wir haben uns viel zu sagen.«

»Ich glaube –« Ich zögerte, während ich mit dem Schlüssel hantierte.

»Wie bitte?«

»Wahrscheinlich denkt er, Sie wollen ihm etwas tun.«

Krokowskis Arroganz war wirklich aufreizend. »Das verstehe ich vollkommen«, sagte er. »Das ist die allernaheliegendste Befürchtung.« Er trat ins Haus. »Aber sie ist unbegründet. Wenn ich Ihrem Bruder etwas antun wollte, würde ich bei Nacht zu ihm gehen und ihm eine Kugel ins Herz schießen.«

Das machte mich neugierig. »Haben Sie eine Pistole?«

»Zufällig ja«, sagte Krokowski mit einem Lächeln. Er ging durchs Wohnzimmer zu seinem Rucksack, kramte eine Weile darin herum und zog eine Plastiktüte heraus. Ich sah ihm voller Erstaunen zu. Plötzlich hielt er eine kleine schwarze Pistole in der Faust. Er zielte in den Kamin und drückte kaltblütig ab. Es klickte. Als ich zusammenzuckte, lächelte er. »Sie ist nicht geladen. Sehen Sie selbst.« Lachend warf er mir die Waffe herüber. »Es ist nur ein Spielzeug. Ich hab sie für den kleinen Jungen mitgebracht, Sascha. Ein Geschenk.«

Ich drehte die perfekt gemachte Plastikwaffe in der Hand. Mein Erschrecken war mir jetzt peinlich, und ich ärgerte mich über mich selbst. Meine Reaktion verriet wahrscheinlich mehr über meine Hintergedanken, als mir lieb sein konnte. »Reinster James Bond«, sagte ich leichthin und gab die Pistole zurück. »Die wird Sascha gefallen.«

»Da bin ich ganz sicher.« Krokowski streckte sich, gähnte und schob das Spielzeug zurück in den Rucksack. »Wissen

Sie, ich freue mich so auf Kristina und auf die Kinder! Aber Sie haben schon recht, zuerst muß ich mit Rowley-Whyte sprechen.« Er parierte einen imaginären Schwertstreich und ließ sich auf den Boden fallen. Dann nahm er die Lotus-Position ein. »Sie haben vollkommen recht: Die Opfer und ihre Denunzianten müssen sich der Vergangenheit stellen. Nur die Opfer können die Bedingungen für die Aussöhnung festsetzen.«

Krokowskis Überheblichkeit und Vertraulichkeit ärgerten mich, aber ich ließ mir nichts anmerken. Ich hatte nur noch das Bedürfnis, ihn in sein Zimmer zu kriegen. Wegen des Treffens am nächsten Tag würde ich meinen Bruder erst morgens anrufen, sagte ich. Es sei schon zu spät. Aber Krokowski ließ sich trotzdem im Wohnzimmer nieder und stellte sogar noch den Fernseher an. Die BBC sei doch ein ganz hervorragender Sender, sagte er. Ich holte mir ein paar Akten und studierte sie demonstrativ. Ich kam mir vor wie ein Gefängniswärter. Endlich, gegen Mitternacht, gähnte er und stand auf. Das Feuer im Kamin war erloschen, und er hatte eine halbe Flasche Whisky getrunken. Wir hatten kaum mehr als ein Dutzend Worte gewechselt.

»Gute Nacht, Julian.« Krokowski schwankte.

»Gute Nacht, Walter.« Ich versuchte entspannt und locker zu wirken. »Schlafen Sie gut. Morgen ist ein großer Tag.«

Ich sah zu, wie er nach oben ging. Ich hörte die Toilettenspülung rauschen, und dann rumpelte er im Gästezimmer herum. Als ich hörte, daß er das Licht ausgeknipst hatte, stand ich vom Schreibtisch auf und durchsuchte seinen Rucksack. Ich wickelte die Spielzeugpistole noch einmal aus und bewunderte die täuschend echten Details. Zufrieden steckte ich sie zurück. Ich prüfte, ob die Hintertür verriegelt war, und schloß die Vordertür doppelt ab. Den Schlüssel steckte ich in die Tasche, was ich sonst eigentlich nie tue.

5

Manchmal kann ich mich an meine Träume erinnern, aber in der Regel stören die Tagesgeschäfte meinen Schlaf nicht, und ich erwache morgens erfrischt und kann mich nicht an die nächtlichen Erfindungen des Unbewußten erinnern. An diesem 9. Dezember 1991 allerdings, einem Tag, den ich nie vergessen werde, war ich beim Aufwachen müde, so als wäre mein Gemüt während der bewußtlosen Stunden von schweren Träumen gequält worden. Ich merkte sofort, daß ich verschlafen hatte. Ich stand hastig auf, und als ich ins Bad ging, sah ich, daß Krokowskis Tür offenstand. Er selbst war nirgends zu sehen. Draußen war es schon hell. »Guten Morgen, Walter«, rief ich und war sehr erleichtert, als aus der Küche seine Antwort kam. Mein Vogel war also doch nicht ausgeflogen.

Als ich nach unten kam, erwartete mich eine Überraschung. Krokowski saß am Küchentisch. Er hatte eine rostige alte Ölkanne gefunden und putzte wie ein Soldat nach Dienstschluß mit einem Lappen sein Schweizer Armeemesser.

»Bis ich mich mit Ihrem Bruder treffe, werde ich hierbleiben«, sagte er, ohne aufzusehen, so als hätte ich in dieser Angelegenheit kein Mitspracherecht. Bereitwillig unterstützte ich seine Illusion, daß er bestimmen könne, wie er wolle. Gleichzeitig war ich froh, ihn sicher hier zu wissen, solange ich weg war.

Ich erläuterte ihm meinen Plan. Ich würde mich mit Raymond bei mir im Büro treffen. Unter irgendeinem Vorwand würde ich ihn dann mit nach Hause bringen, wo Krokowski auf ihn warten könne. Krokowski nickte wie ein Soldat, der seine Befehle bestätigt. Ja, er würde vorbereitet sein. Tausendfach.

»Und was ist mit Kristina?« fragte er.

Wie ich sie haßte, seine rastlose, unnachgiebige Logik! Nur mit Mühe wahrte ich die Fassung. Am liebsten hätte ich ihm gesagt, zu seiner verdammten Braut würden wir schon noch kommen, er solle erst einmal dankbar sein für das, was ich bisher schon für ihn getan hätte, und er könne ja in sein verdammtes Berlin zurückfahren, wenn er's nicht abwarten könne. Aber statt dessen lächelte ich bloß mit jener professionellen Gelassenheit, die ich im Lauf der Jahre perfektioniert habe, und versprach ihm, ich würde ihn, sobald er mit meinem Bruder gesprochen habe, persönlich zur Jericho Lodge bringen. »Kristina hat sich nicht wohl gefühlt«, sagte ich, um seiner Phantasie etwas Nahrung zu geben. »Wer weiß, ob sie überhaupt in der Lage wäre, zu reisen.«

»Ich kann warten«, erwiderte er.

Ich verabscheute seine Ernsthaftigkeit, und seine intelligente Leichtgläubigkeit war mir zuwider, aber zugleich fühlte ich mich noch zu einem weiteren Manöver ermutigt, ehe ich in die Kanzlei ging. »Sie möchten bestimmt soviel wie möglich aus Ihrem Überraschungsmoment machen«, sagte ich beiläufig.

»Ja«, sagte er.

»Dann würde ich vorschlagen, daß Sie meinem Bruder einen Schrecken einjagen, mit Ihrer Spielzeugpistole.« Ich lächelte. »Die sieht so echt aus, daß er sicher Angst kriegen wird.« Ich lachte. »Das wäre doch lustig, nicht wahr?«

Krokowski lachte mit. »Sehr lustig, ja.«

»Dann können Sie ihm sagen, was Sie wollen.«

»Eine gute Idee.« Er stand auf, um mir die Hand zu geben. »Ein kleiner Schreck.« Er drückte mir die Hand. »Das gefällt mir.«

Ich trank meinen Kaffee aus und eilte zur Arbeit. Noch im Laufe des Vormittags, sagte ich, würde ich mit meinem Bruder vorbeikommen.

Raymond wartete schon auf mich. Er trug eine Cordjacke und eine gestrickte Krawatte, als ob er zu einem Vorstellungsgespräch gehen wollte. Er schien sehr aufgedreht und munter, als wir so im Auto saßen und Kaffee aus Pappbechern tranken. »Krokowski glaubt, du wüßtest nicht, daß er hier ist«, sagte ich. »Er glaubt, er könnte dich überraschen. Er denkt, ich würde dich unter irgendeinem Vorwand mit nach Hause bringen. Aber ich glaube, das ist keine gute Idee. Ich glaube sogar, das wäre eine sehr schlechte Idee.«

Raymonds Augen verdunkelten sich. »Warum?« fragte er.

»Krokowski hat eine Waffe«, sagte ich. »Eine Pistole.«

»Was hab' ich dir gesagt.« Triumph und Besorgnis mischten sich in Raymonds Stimme. »Ich kenne doch diese Burschen vom Prenzlauer Berg. Alles Typen wie aus Dostojewskijs Romanen.«

»Wenn ich es genau überlege, ist es wohl nur eine Spielzeugpistole. Das hat er jedenfalls behauptet.«

»Dem würde ich nicht über den Weg trauen. Leute wie Krokowski haben die verrücktesten Vorstellungen. Sie glauben an die Philosophie der Gewalt. Beim kleinsten Anlaß reden sie gleich von der reinigenden Wirkung des Blutvergießens. Wer weiß, was der noch alles in seinem Rucksack herumschleppt. Denk bloß an die Baader-Meinhof-Gruppe.«

Ich bestätigte ihm, daß es besser war, kein Risiko einzugehen. Wir beschlossen, daß es am besten war, wenn er sich im Freien, außerhalb des Dorfes mit Krokowski traf. Ich schlug vor, wir sollten auf die Downs fahren. Um diese Jahreszeit waren da oben kaum Menschen. Raymond konnte mit Krokowski an den Klippen entlangwandern. Im Freien war das Ganze viel ungefährlicher. »Du weißt ja«, sagte ich, »wenn er sich weigert, nach Hause zu fahren, mußt du vielleicht energisch werden.«

Raymond nickte. »Ich verstehe.«

»Wärst du bereit, Gewalt anzuwenden?«

»Ich werde tun, was notwendig ist«, sagte mein Bruder. »Ich werde ihm den Schrecken seines Lebens einjagen. Er hat mir schon genug kaputtgemacht. Ich werde reinen Tisch mit ihm machen, ein für allemal. Ich habe es ja schon gesagt: Es wäre nicht das erste Mal, daß ich kämpfen muß, um Kristina zu behalten.«

Ich fragte, wie es ihr ginge, und Raymond sagte, das Fieber sei gesunken. »Aber sie liegt noch im Bett«, sagte er. Wir stimmten darin überein, daß es unter den gegebenen Umständen ganz gut sei, wenn Kristina nicht völlig gesund war. Ich wünschte Raymond viel Glück und fuhr in die Kanzlei, überzeugt, daß er bereit war, bis zum Äußersten zu gehen.

Gegen zwölf Uhr dreißig fuhr ich wieder nach Hause. Im Radio lief ›My Music‹, eine meiner Lieblingssendungen. Ich kann mich noch an alle Einzelheiten erinnern. Das Wetter war herrlich, nur ein paar dünne Wolkenschleier standen am Himmel. Es gab nur wenig Verkehr auf den Straßen. Einmal mußte ich abbremsen, weil Kevin Carey einen Unfallwagen in die Werkstatt schleppte. Trotzdem kam ich gut voran. Während der Fahrt überlegte ich, was ich Krokowski sagen würde. Ich würde sagen, es sei mir leider nicht gelungen, meinen Bruder zu täuschen. Gegen meinen Willen hätte ich ihm verraten, daß Krokowski bei mir sei. Wahrscheinlich würde Krokowski enttäuscht sein, aber letztlich doch akzeptieren, was ich ihm sagte. Es blieb ihm ja gar nichts anderes übrig. Dann würde ich ihm sagen, welchen neuen Treffpunkt ich mit Raymond verabredet hatte.

Krokowski marschierte schon in seinem schwarzen Ledermantel auf und ab. Er hatte sich rasiert und frische Sachen angezogen, so als ginge es zum Duell. Seine Haut hatte die Farbe von Kiefernholz, und sein frischgewaschenes Haar war aus der Stirn zurückgekämmt. Mit seinem langen Mantel, den schwarzen Jeans und den hohen Stiefeln wirkte er eindrucksvoll und romantisch.

»Wo ist er?« fragte er nervös, als ich eintrat.

Ich gab meine Erklärung ab, und wie ich erwartet hatte,

war er ziemlich enttäuscht. »Keine Sorge«, sagte ich. »Sie können ihm immer noch diesen kleinen Schrecken einjagen, nicht wahr?«

Krokowski lächelte. »Ja«, sagte er und ging noch einmal ins Wohnzimmer, »das werd' ich machen.« Er schien begierig, endlich aufzubrechen. Als wir das Haus verließen, schüttelte er mir die Hand und dankte mir für alles, was ich getan hatte. »Sie sind ein guter Mensch, Julian«, sagte er. Ich sah ihm in die Augen und fand dort strahlenden blauen Ernst. Ich hätte nur versucht, im Interesse aller Beteiligten zu handeln, sagte ich.

Als wir durch Mansfield fuhren, liefen im Radio die Dreizehnuhrnachrichten. An der Einmündung zur High Street sah ich Michael Watkins aus dem Dorfladen kommen. Er schien mich zu erkennen und winkte mir zu. Ich beschleunigte und fuhr die schmale Straße auf die Downs hinauf. Viel zu rasch waren wir oben. Auf dem Parkplatz standen drei Wagen, aber der meines Bruders war nicht dabei. Eine Sekunde lang fürchtete ich, mein Bruder könnte es sich anders überlegt und Angst gekriegt haben.

»Ist er da?« fragte Krokowski und blickte vorsichtig über die Schulter.

Ich schüttelte den Kopf. Aber genau in diesem Augenblick sah ich Raymonds VW-Bus im Rückspiegel. Er kam die Steigung herauf, hupte und rollte dann auf den Parkplatz. Ich drehte mich um. »Da ist er«, sagte ich und stieg aus. Krokowski folgte mir, etwas langsamer. Raymond parkte sorgfältig ein, wendete den Bus und stieß dann zurück. Schließlich stieg er ebenfalls aus.

Raymond und Krokowski gingen aufeinander zu wie zwei Generäle nach dem Waffenstillstand und schüttelten sich die Hände. Weiße Atemwolken standen um sie herum. Mein Bruder trug seine Wanderstiefel und hatte sich einen Anorak über Schlips und Jacke gezogen. Wie fast immer stützte er sich auf seinen Spazierstock. Er wirkte wie ein natürlicher

Bestandteil der Landschaft. Krokowski mit seiner Plastiktüte dagegen sah aus, als wäre er gerade aus einem Hinterhof am Prenzlauer Berg gekommen, um in der nächsten Kneipe seine *taz* zu lesen.

Ich warf einen Blick auf die Uhr. Viertel nach eins. Ich sagte, ich müßte spätestens um zwei zurück im Büro sein und verabschiedete mich, ohne über meine weiteren Pläne etwas verlauten zu lassen. Ich sah ihnen hinterher, wie sie langsam den sanft ansteigenden Fußweg hinaufgingen. Während ich noch darüber nachdachte, wie es ihnen wohl ergehen würde, drehte Krokowski sich um und sah mich mit einem eigenartigen Blick an. Wenn ich jemals vor Gericht darüber aussagen müßte, würde ich zugeben müssen, daß dies der Augenblick war, wo ich ihn zum letzten Mal lebend sah.

6

Es war ein langer Nachmittag, an dem ich ein paar Routinefälle zu verhandeln hatte: eine Überdosis, ein Autounfall und ein Ertrunkener. Im Zeugenstand gab es plötzliche Augenblicke der Trauer, aber ich war nicht bei der Sache, sondern weit weg. *Anderswo*, wie Kristina gesagt hätte. Den Hinterbliebenen sprach ich mein Beileid aus und verkündete dann meine Urteile in den üblichen Formeln. Halb erwartete ich eine Nachricht von meinem Bruder vorzufinden, als ich nach der Teepause endlich in die Kanzlei zurückkehrte, aber auf meinen Schreibtisch lagen nur Akten. In den Wochen vor Weihnachten gibt es oft viel zu tun, aber an diesem Tag hatte es keine Selbstmorde oder sonstigen neuen Fälle gegeben, und ich konnte das Büro um halb sechs verlassen.

Es war ein ungemütlicher Abend. Ein durchdringender Wind kam vom Meer, aber nach Hause fahren mochte ich noch nicht. Ich fuhr zur Strandpromenade, sah auf die dunkle winterliche Brandung hinaus und blätterte in der Zeitung. Ich wollte schon in der Lodge anrufen, besann mich aber eines Besseren. Selten hatte mein Kollege, der Tod, so spürbar in den Schatten meines Bewußtseins gelauert.

Schließlich wurde es doch zu kalt. Ich ließ den Motor wieder an und fuhr nach Hause. Das Tor war geschlossen, wie ich es hinterlassen hatte. Das Haus war dunkel, die Garage wie üblich verriegelt. Keine Spur von Krokowski. Als ich aus dem Auto stieg, hörte ich im Haus das Telefon klingeln. Eilig schloß ich die Hintertür auf, aber als ich das Licht anknipste, hörte es auf zu klingeln. Atemlos stand ich da und sah mich im Wohnzimmer um. »Walter?« rief ich, aber es kam keine Antwort. Das Haus war kalt und totenstill. Dann klingelte das Telefon wieder.

Ich griff nach dem Hörer. Mein Bruder war dran. »Wo bist du gewesen, verdammt noch mal?«

»Ich bin gerade aus der Kanzlei gekommen«, sagte ich. »Wo bist du?«

»In einer Telefonzelle.«

»Und wo?«

»Ich weiß nicht.«

Es gab tausend Fragen, die ich ihm gerne gestellt hätte, aber ich traute dem Telefon nicht. »Raymond«, sagte ich mit Bestimmtheit. »Wie weit bist du weg?«

»Ungefähr zehn, fünfzehn Meilen.«

»Hast du den Bus bei dir?«

»Ja.«

So streng und offiziell wie möglich gab ich ihm meine Anweisungen. Er solle sich in eine Bar am Stadtrand von Newhaven begeben und dort auf mich warten, sagte ich. Dann warf ich einen Blick auf die Uhr. Es war mittlerweile fünf vor halb sieben. Er sollte auf jeden Fall genug Zeit haben. »Ich treffe dich dort in genau einer Stunde.«

Ich legte den Hörer zurück auf die Gabel und setzte mich an den Schreibtisch. Es war, als ob ich mir selbst bei den Dreharbeiten zu einem Krimi zusähe. Ich war der Hauptdarsteller und der Regisseur gleichzeitig, das Drehbuch stimmte und die Aufnahmen verliefen nach Plan. Ich saß im Lichtkreis der Lampe und machte mir Notizen über die Ereignisse des Tages, mit allen Einzelheiten und Uhrzeiten, soweit ich mich daran erinnern konnte. Ich wußte, wie wichtig es war, klaren Kopf zu behalten und keinen Fehler zu machen. Es sind immer die Fehler, die uns verraten und für die wir bestraft werden.

Als ich mit meinen Aufzeichnungen fertig war, zog ich mich um. Ich ersetzte den Anzug durch Jeans, Freizeithemd und Pullover, darüber eine sportliche Tweedjacke. Ehe ich wieder nach unten ging, warf ich einen Blick in Krokowskis Zimmer. Es war ordentlich aufgeräumt, das Zimmer eines verarmten Kleinbürgers, der sich nicht gehenlassen will. Ein paar Kleider lagen säuberlich gefaltet auf seinem Stuhl. Auf dem Nachttisch eine Hölderlinausgabe und Patrick Süskinds *Parfüm*. Auch der Rucksack stand noch im Wohnzimmer.

Während ich nach Newhaven fuhr, fragte ich mich, was wohl zwischen Raymond und Krokowski vorgefallen war. Vielleicht hatte Raymond erreicht, was er wollte, und Krokowski nach Hause geschickt? Ich versuchte mich daran zu erinnern, was er am Telefon gesagt hatte, fand aber keinerlei Hinweise. Meine Gedanken wanderten zu Kristina. Heute erscheint es zwar völlig absurd, aber damals dachte ich, sie würde in Mansfield bleiben müssen, und freute mich darüber. Ich malte mir aus, wie sie zu mir kam. Ich malte mir aus, wie sie zugab, daß sie sich gegen meinen Anspruch gewehrt hatte, dann aber allen Widerstand aufgab und sich mir hingab wie niemals zuvor. Damals in der Dunkelheit schien alles möglich.

Ich erreichte das Gasthaus, den *Admiral Benbow*. Ich war schon oft auf der Küstenstraße daran vorbeigefahren. Hineingegangen war ich noch nie. Touristenkneipen sind nicht mein Geschmack. Im Sommer drängen sich dort oft so viele Ausflügler, daß auch der Parkplatz und der struppige Garten mit biertrinkenden Gästen und ihren Kindern gefüllt sind, aber im Winter wird das Lokal kaum besucht. Im Inneren fand ich ein paar gelangweilte junge Männer, die sich lautstark unterhielten, Darts und Billard spielten und den Barkeeper mit derben Sprüchen traktierten, während im Fernseher ein Fußballspiel lief.

Raymond saß neben der Musikbox, allein mit einem großen Scotch. Ich bestellte ein Bier und setzte mich zu ihm. Mit leeren Augen sah mein Bruder mich an, unfähig etwas zu sagen.

Ich legte ihm die Hand auf den Arm. »Ray«, sagte ich, »du mußt mir alles erzählen. Was ist passiert?« Ich warf einen Blick über die Schulter, aber das war eine überflüssige Vorsichtsmaßnahme. Wir saßen weit entfernt von den anderen Gästen, und das Getöse der Musikbox übertönte ohnehin alles. »Wo ist Krokowski?«

Eine rhetorische Frage. Aber sie genügte, um Raymond zum Reden zu bringen. Er war hilflos, verwirrt und verängstigt. Seine Geschichte mit den schrecklichen Einzelheiten dieses langen Nachmittags kam stückweise, immer wieder im Lärm untertauchend, heraus. Erst allmählich gelang es mir, die Einzelteile zu einem verständlichen Ganzen zusammenzusetzen.

Nichts war so verlaufen, wie ich gedacht hatte. Nachdem ich ins Büro gefahren war, hatten Raymond und Krokowski ihren Spaziergang begonnen. Entgegen aller Erwartung, vielleicht weil er das Moment der Überraschung eingebüßt hatte, war Krokowskis Verhalten gar nicht bedrohlich gewesen. Als erstes hatte er noch einmal den Vortrag über Vergebung und Aussöhnung gehalten, den er bei mir eingeübt hatte, und Raymond hatte sich gefragt, ob das wirklich der Dämon war, der ihn so lange gequält hatte. Dann hatte er einen Stein im Schuh gehabt und meinen Bruder gebeten, ihn zu stützen, während er seinen Strumpf richtete. Da war mein Bruder schon fast überzeugt gewesen, daß es trotz allem keinen Grund mehr gab, weshalb sie Feinde sein müßten. Erleichtert und zugleich mutig geworden hatte er sein Bedauern und seine Scham über das ausgesprochen, was er getan hatte. Wahrscheinlich hatte er sich schon lange nach diesem Geständnis gesehnt. Er hatte Wiedergutmachung versprochen. Er wollte alles tun, was in seinen Kräften stand. Er hatte von Entschädigung gesprochen. Danach war alles schiefgegangen.

Krokowski hatte erklärt, er werde Kristina mit nach Berlin nehmen, und Raymond hatte erwidert, sie werde nicht mitgehen. Sie liebe ihn, hatte Krokowski gesagt, und werde bestimmt mit ihm gehen. Als ausschlaggebendes Argument hatte er die Tickets aus der Tasche gezogen.

»Wußtest du das«, fragte Raymond, »daß er schon die Schiffspassagen gebucht hatte?«

Ich schüttelte den Kopf.

Daraufhin war die Versöhnung ins Gegenteil umgeschlagen. Im Weitergehen hatten sie heftig über Krokowskis Pläne gestritten. Raymond hatte gesagt, sie sollten das »ein für allemal« mit Kristina klären. Krokowski in seiner typischen Selbstüberschätzung hatte vorgeschlagen, sie sollten sich auf der Stelle mit ihr treffen. Daraufhin hatte Raymond sich voller Verzweiflung vorgestellt, wie es wäre, wenn Kristina noch an diesem Nachmittag abreiste. Auf dem Rückweg zum Auto hatte er ins Tal nach Mansfield hinuntergezeigt und Krokowski erklärt, wo Jericho Lodge lag. Wenn er wolle, könne er ja den Fußweg nehmen, das sei eine Abkürzung. Er würde unten auf ihn warten, er müsse noch etwas nachdenken. Sie würden dann zusammen zum Haus fahren. Im Gefühl seines Sieges war Krokowski großzügig gewesen und hatte Raymonds Plan akzeptiert.

Als mein Bruder wütend und gedemütigt zum Parkplatz zurückkam, war er völlig verzweifelt. Sein Gemüt befand sich in Aufruhr. Er sei ins Tal hinuntergefahren, sagte er, und weil er noch soviel Zeit hatte, habe er sein Gewehr herausgeholt, falls irgendwo Ringeltauben auftauchten. Kaum habe er das Gewehr in Händen gehabt, hätte er sich wieder viel besser gefühlt. Warum sollte er nicht seinen ursprünglichen Plan verfolgen? Er würde Krokowski zwingen, ins Auto zu steigen, mit ihm nach Dover zu fahren und das Land zu verlassen. Es war ein verrückter Plan, und während Raymond noch überlegte, wie er am besten vorgehen sollte, kam Krokowski auch schon durch die Bäume. Raymond hatte natürlich sein Gewehr in der Hand, und das nächste, woran er sich erinnerte, war die Plastiktüte, die der andere in der Hand hielt. Krokowski hatte hineingegriffen und etwas herausgeholt, was aussah wie eine Pistole.

»Ich weiß nicht, was passiert ist. Es muß ein Unfall gewesen sein. Das Gewehr ging einfach von selbst los. Ich war sicher, er würde mich umbringen. Ich kann's nicht erklären. Jetzt ist er jedenfalls tot.«

Die Musikbox donnerte neben uns. Ich stellte Raymonds Bericht nicht in Frage. Ich beugte mich nur ein bißchen näher zu ihm hinüber. »Was hast du mit seiner Leiche gemacht?«

»Im Gebüsch versteckt.« Er sprach immer noch äußerst hektisch. »Niemand hat mich gesehen. Da bin ich ganz sicher. Und es weiß auch keiner, wer er ist. Die Leute im Dorf haben uns nie zusammen gesehen. Nicht einmal Kristina weiß, daß er hier war. Wenn ihn überhaupt jemand –«

»Watkins hat ihn gesehen«, sagte ich. »Und wer weiß wer noch …«

»Wir können doch sagen, daß er zurück nach London gefahren ist. Ich hab alles durchdacht. Alle Aspekte. Wer weiß, vielleicht bleibt die Leiche wochenlang unentdeckt?« Ich hatte das schon oft erlebt. Mein Bruder produzierte dieselben verrückten Rationalisierungen wie andere Mörder. »Du mußt mir helfen«, sagte er schließlich.

Ich trank so gelassen wie möglich mein Bier aus. »Komm, laß uns die Leiche suchen«, sagte ich. »Ich werde hinter dir herfahren.«

Ich wollte in Ruhe nachdenken.

Es war eine merkwürdige, einsame Fahrt, und ich habe sie in der Erinnerung hundertmal wiederholt. Zuerst fuhren wir die Küstenstraße hinunter, und der Gegenverkehr verlangte meine ganze Aufmerksamkeit. Dann bogen wir auf eine verlassene Landstraße ab. Mit einem Schlag verloren wir uns in der Nacht, und Raymonds helle Scheinwerfer waren das einzige, was ich noch sah. Ich war dankbar für die Dunkelheit und froh, daß ich in Ruhe über einen Schlachtplan nachdenken konnte.

Wir kamen an den Fuß der Downs. Raymond wurde langsamer, bremste und bog auf einen Feldweg ein, der in den Wald führte. Die Silhouetten der Äste sahen unglaublich schwarz und nackt aus. Plötzlich hatte ich Angst. Bis jetzt hatte sich alles, was ich getan hatte, im Rahmen der Gesetze gehalten. Wir waren kaum zwei Meilen von Mansfield entfernt. Ich hatte schon zu viele Untersuchungen geleitet, um nicht zu wissen, daß unerwartete Zeugen von Verbrechen auch zu den unmöglichsten Zeiten an den unerwartetsten Stellen auftauchen können. Es war ein kalter Abend, und es war lange nach acht, aber man konnte nie wissen, ob nicht jemand seinen Hund ausführte oder aus irgendeinem anderen Grund unterwegs war. Es konnte alles mögliche geschehen sein, seit Raymond den tödlichen Schuß abgefeuert hatte.

Raymonds Bremslichter leuchteten auf. Er hielt an und löschte die Lichter an seinem Wagen. Ich hielt direkt neben ihm und stellte erleichtert meine Scheinwerfer aus. Dann nahm ich eine Taschenlampe aus dem Handschuhfach und trat zu ihm auf den Fahrweg. Es war kalt und bewölkt, aber die Dunkelheit und das schützende Dickicht aus Bäumen und Brombeersträuchern beruhigten mich.

»Hier entlang«, sagte Raymond mit leiser Stimme.

Er übernahm die Führung und beleuchtete mit meiner Taschenlampe den Weg. Ich folgte ihm vorsichtig. Der schmale Fußpfad, auf dem wir uns jetzt befanden, war bei Wanderern sehr beliebt. Wenn es wirklich keine Augenzeugen der Tat gab, dann hatte Raymond viel Glück gehabt.

In der Dunkelheit war es nicht leicht, Entfernungen zu schätzen, aber ich hatte den Eindruck, daß wir noch ungefähr zwei-, dreihundert Meter weit gingen, ehe Raymond seine Schritte verlangsamte. Er schien nach etwas zu suchen. Dann blieb er stehen. »Warte hier«, flüsterte er und zwängte sich durch die Büsche ins Dickicht. In der verzweifelten Hoffnung, daß niemand uns überraschte, sah ich den Weg hinauf und hinunter. Ich sah die Taschenlampe schwanken und mußte absurderweise an Edward Lear und seinen *Dong with the luminous nose* denken. Dann stand der Lichtkegel plötzlich ganz still. »Julian«, rief mein Bruder. »Komm her. Schnell!«

Ich zwängte mich durch die Dornensträucher, ohne auf Kratzer zu achten. Eine heftige Erregung erfaßte mich, als ich Raymond erreichte. Krokowski lag mit dem Gesicht nach unten im Laub. Raymond hatte ihn nach dem Schuß dreißig oder vierzig Meter weit in die Büsche geschleift, und er war gut verborgen. So wie er dalag, war die Wunde, die ihn getötet hatte, nicht zu sehen. Dennoch zeigte er die unverkennbare Starre des Todes. Ich habe natürlich schon häufiger Leichen irgendwo im Gebüsch liegen sehen, aber immer nur als Beobachter.

»Gib mir die Taschenlampe«, befahl ich und knipste sie aus. Wir standen im Dunkeln. In den Bäumen rauschte der Wind, und die Äste knarrten. »Was hast du mit dem Gewehr gemacht?« fragte ich.

»Das ist wieder hinten in meinem VW-Bus.« Raymonds

Zähne klapperten, und ich konnte seine Angst geradezu riechen. »Komm, Julian, du bist der Fachmann. Du mußt mir da raushelfen.«

»Du hast ihn kaltblütig niedergeschossen, Raymond.«

»Es war ein Irrtum. Ich wollte das nicht. Ich weiß gar nicht, warum das Gewehr losgegangen ist. Es war ein Unfall.« Er packte mich am Arm. »Du bist doch der Coroner hier. Du kannst sagen, es wäre ein Unfall gewesen. Um Himmels willen, Julian! Du bist doch mein Bruder!«

»Ja, genau. Da liegt das Problem. Ich wäre befangen, Ray. Ich muß den Fall an meinen Stellvertreter abgeben.«

»Mein Gott! Was soll ich nur tun?«

Dieselbe Frage hatte ich mir auch gerade gestellt. Ich versuchte, einen klaren Gedanken zu fassen. Ich wußte, darauf kam es jetzt an. Schußwunden lügen nicht. Jeder Pathologe, der sein Geld wert war, würde sofort erkennen, wie der Mann gestorben war. »Das kann man nicht als Unfall darstellen.«

Raymond fiel auf die Knie und begann mit bloßen Händen in der Erde zu scharren. »Wir müssen die Leiche vergraben. Du mußt mir helfen. Wir werden ihn gleich hier an Ort und Stelle begraben. Komm, Bruder.«

Ich stand neben ihm und sah auf ihn hinunter. »Leichen haben die fatale Eigenschaft, immer dann aufzutauchen, wenn man sie nicht brauchen kann. Hunde und Füchse werden ihn bald finden.«

Es war jetzt bitter kalt, und wir zitterten beide. »Was für ein Alptraum«, sagte Raymond. »Wann werd' ich bloß aufwachen?«

Er begann hysterisch zu schluchzen. Wir waren immer noch allein und ungestört. Jetzt saß ich in der Klemme. Ich hatte die Schwierigkeiten beim Verstecken der Leiche stark übertrieben. Mein Verstand arbeitete. Es gab durchaus gewisse Maßnahmen. Und inzwischen liebte ich meinen Bruder. Er war alt und schwach und sentimental, und ich hatte ihn schlecht behandelt. Jetzt konnte ich ihm etwas Gutes tun.

Ich würde ihm zeigen, daß ich ihn liebte. Ich würde ihm sogar helfen, Kristina zu behalten. Als ich aufsah, stellte ich fest, daß die Wolken sich verzogen hatten. Helle Sterne standen über unseren Köpfen, und ich hatte das eigenartige Gefühl, daß ich von da oben beobachtet wurde. Ich starrte in die schwarze Unendlichkeit des Himmels hinauf und fand die Stärke, die ich brauchte.

»Bleib hier«, sagte ich. Zusammen würden wir das perfekte Verbrechen begehen.

7

Ich wußte genau, was ich tun mußte. Seit Jahren hatte ich die Fehler von Mördern studiert. Jetzt würde ich allen zeigen, wie man es machen mußte. Ich würde einen Mörder-Meisterkurs abhalten. Ich fuhr nach Hause, als ob nichts geschehen wäre. Aus Erfahrung wußte ich, daß sich die Leute immer durch anomales Verhalten verraten. Damit ich ein Alibi hatte, hielt ich sogar an der Royal Oak an, trank ein kleines Guinness und plauderte zwanzig Minuten lang mit Barbara und ein paar Stammgästen. Dann fuhr ich durchs Dorf und parkte auf der Schotterstraße vor meinem Haus.

Schon beim Hineingehen hakte ich im Kopf die Dinge ab, die ich erledigen mußte. Aus der Küche holte ich einen großen schwarzen Müllsack und ging damit nach oben. Ich zog einen Trainingsanzug an und packte ein paar Ersatzkleider in eine Reisetasche von British Airways. Dann ging ich ins Gästezimmer. Krokowski war ein ordentlicher Mann und hatte alles säuberlich zusammengelegt. Es war ja wirklich nicht viel. Ich brauchte nicht lange, um seine Habseligkeiten in den schwarzen Sack zu stecken und zusammen mit meiner Reisetasche nach unten zu tragen. Dann knipste ich alle Lichter an, als wäre ich zu Hause, und machte ein paar Telefonanrufe, um mein Alibi zu stärken. Anschließend ließ ich den Hörer neben dem Telefon liegen, damit etwaige Anrufer das Besetztzeichen hörten. Ich legte eine CD ein und drehte die Lautstärke auf, für den Fall, daß draußen jemand vorbeiging. Schließlich packte ich noch ein Tranchiermesser, eine Flasche Haushaltsbleiche und einen zweiten Müllsack ein und holte einen Spaten, eine Säge, eine alte Zeltbahn, ein Seil, eine Zange und ein Paar Handschuhe aus dem Schuppen im Garten. Dann trug ich alles zum Auto, das dunkel und stumm im Sternenlicht auf dem Weg stand.

Ich muß zugeben, daß ich es sehr anregend fand, Krokowskis Spuren in Mansfield zu beseitigen. Mein Verstand lief auf Hochtouren, und ich war ganz bei der Sache. Es war eine Situation, über die ich schon seit Jahren gelegentlich nachgedacht hatte, und jetzt hatte ich Gelegenheit, meine Überlegungen in die Tat umzusetzen. Als ich zu Raymond zurückfuhr, war es halb zehn, wie ich feststellte. Glücklicherweise erlauben es mir meine amtlichen Pflichten, zu kommen und zu gehen, wie es mir paßt, auch zu ungewöhnlichen Tages- und Nachtzeiten, so daß meine nächtliche Autofahrt keine Fragen auslösen würde. Dennoch wollte ich die Sache hinter mir haben und zu einer halbwegs passablen Uhrzeit wieder zu Hause in meinem Wohnzimmer sein.

Als ich die Stelle erreichte, wo ich Raymond zurückgelassen hatte, war ich gerade fünfundvierzig Minuten lang weg gewesen. Er ging unter einem Baum auf und ab und zitterte vor Kälte und Angst. Ich schlug vor, er solle sich in seinem Wagen aufwärmen und mir Bescheid sagen, falls jemand kam. Alles andere würde ich erledigen. Ich arbeite lieber allein. Außerdem wollte ich die Verantwortung nicht mit ihm teilen. Er sollte hundertprozentig in meiner Schuld stehen. Also hinterließ ich ihn als Wachtposten am Anfang des Fußpfads, zog meine Handschuhe an und machte mich auf den Weg in die Büsche.

Müllsack, Chlorkalk, Säge, Zeltbahn, Messer, Zange und Schaufel hatte ich mitgenommen. Jetzt galt es, die Leiche zu finden. Einen schrecklichen Augenblick lang dachte ich schon, sie wäre weggekrochen. Aber dann sah ich den Toten, das Gesicht nach wie vor im Laub auf dem Boden. Ich betrachtete die hingestreckte Gestalt, die fremde Unbeweglichkeit des Todes, und fragte mich, was ich wohl vorfinden würde, wenn ich ihn umdrehte. Wie sich zeigte, hatte Krokowski die volle Ladung in die Brust bekommen. Es war eine schreckliche, tiefe Wunde, mit Erde, Blut und abgefallenen Blättern verschmiert. Seine Eingeweide hingen heraus. Im Gegensatz dazu war das Gesicht fast unberührt. Seine Augen waren weiß und glasig und starrten blind ins Licht der Sterne. Ich bückte mich und drückte in einer unwillkürlichen Geste des Respekts seine Lider herunter.

Ich wußte, daß ich die Leiche als erstes ausziehen mußte. Krokowskis Gliedmaßen waren schon von Totenstarre erfaßt, aber meine Aufgabe war nicht unlösbar. Zuerst zog ich ihm Schuhe und Strümpfe aus und steckte sie in den schwarzen Sack, den ich mitgebracht hatte. Dann öffnete ich seinen Gürtel und zog ihm die schwarzen Jeans aus, wobei ich sorgfältig darauf achtete, daß nichts aus den Taschen fiel. Ich überlegte, ob er wohl schwarze Unterhosen anhaben würde, aber sie waren von gewöhnlichem Weiß und nicht einmal sauber. Ich zog sie herunter und warf auch einen Blick auf den schlaffen, leblosen Hodensack und den wurmartigen Penis. Der Oberkörper war unangenehm, aber für diesen Teil der Arbeit hatte ich das Messer. Ich schnitt das T-Shirt damit herunter und riß die Nähte seines Mantels auf. Schließlich hatte ich meine Aufgabe gelöst, und die Kleider waren im Sack. Ich war erhitzt von der Anstrengung und völlig von meinem Plan absorbiert. Krokowski lag nackt auf dem Boden, überirdisch weiß in der Dunkelheit. Die Schußwunde war ein gräßlicher Krater in seiner Brust. Jetzt mußte ich seine Zähne entfernen.

Es war zwar höchst unwahrscheinlich, daß seine anonyme Leiche jemals entdeckt wurde, und ich war mir absolut sicher, daß niemand auf die Idee kommen würde, ihn anhand seiner zahntechnischen Unterlagen in der ehemaligen DDR identifizieren zu wollen, aber ich wollte kein Risiko eingehen. Ich wußte zwar, daß Leichen nicht bluten, aber ihm die Zähne mit einer Zange aus dem Mund zu reißen war trotzdem sehr unangenehm. Ich begann mit dem Oberkiefer. Als erstes kamen die Schneidezähne, dann die Eckzähne und schließlich die Backenzähne. Vor allem die Backenzähne fand ich sehr widerspenstig, und in zwei Fällen begnügte ich mich damit, die Füllungen zu zerschlagen. Ein Schädel ist anonym, nur die Zahnfüllungen machen ihn identifizierbar. Jedesmal, wenn ich einen Zahn draußen hatte, ließ ich ihn in den Kleidersack fallen, wie ein Angler seine Beute. Als der Oberkiefer leer war, wandte ich mich dem Unterkiefer zu. Ich nahm Krokowskis Schädel zwischen die Knie und zog dann wieder zuerst die Schneidezähne, dann die Eckzähne und schließlich die Backenzähne heraus. Als ich fertig war, zitterte ich vor Anstrengung, aber, ich will ehrlich sein, auch wegen der Widrigkeit dessen, was ich getan hatte. Jetzt mußte ich noch eine weitere Verstümmelung durchführen. Ich mußte die Haut von den Fingerspitzen herunterschneiden und, um ganz sicherzugehen, auch noch die Hände abtrennen.

Ich habe schon vielen Autopsien beigewohnt und war mit den chirurgischen Einzelheiten ziemlich vertraut. Ich wußte, wo Knochen und Knorpel am schwächsten waren, wo man das Messer benutzen konnte und wo man die Säge einsetzen mußte. Im Nu konnte ich erst die linke und dann die rechte Hand in den Sack mit den Kleidern und den blutigen Zähnen fallen lassen. Krokowski, wie er da jetzt auf dem Boden lag, ohne Hände, mit blutverschmiertem Gesicht und der großen Wunde in der Brust, aus der schwarze Säfte wie Öl sickerten, war nur noch ein Fleischklumpen. Je schneller er unter die Erde kam, um so besser.

Mit den durch die Gartenhandschuhe geschützten Händen räumte ich abseits aller erkennbarer Wege und Fußspuren eine Grabstelle frei. Das Laub und die trockenen Zweige schob ich seitlich zu einem ordentlichen Haufen zusammen. Als ich ein Rechteck von ungefähr sechs mal zwei Fuß geräumt hatte, breitete ich die Zeltbahn daneben aus, für die ausgehobene Erde. Ich wollte keinerlei Spuren hinterlassen. Ich war stolz auf meine Gründlichkeit. Dann nahm ich den Spaten und fing an zu graben.

Der Boden war lehmig und hart. Es gab viele Wurzeln und Steine. Der Spaten klirrte in meinen Händen. Das Graben war äußerst anstrengend, aber ich arbeitete ohne Pause, getrieben von Angst und Erregung. Dabei hatte ich ständig die merkwürdigsten Phantasien. Es war, als hätte ich bewußtseinserweiternde Drogen genommen. Ich sah alle Mörder, über die ich je gelesen hatte, am Grab stehen und aus dem *Verräterischen Herzen* von Poe zitieren. Ich sah in einem *danse macabre* alle Leichen, die ich je untersucht hatte, um Krokowski herumtanzen. Ich sah die aufgeschlitzten Kadaver aus der Leichenhalle kommen, denen die Eingeweide unter grünen Pathologenkitteln heraushingen.

Dann wurden meine Träumereien unterbrochen. Raymond kam den Weg herauf. »Auf der Straße waren drei Leute«, rief er heiser.

»Wo sind sie jetzt?«

»Weg.«

»Haben sie dich gesehen?«

»Glaub' ich nicht.« Er sah völlig verstört aus, genauso wie ich, ohne Zweifel.

»Was machst du hier eigentlich? Geh wieder auf deinen Posten!«

»Wie kommst du voran?«

»Raymond, geh wieder zum Auto, verdammt noch mal!«

Ich war in meine Tätigkeit so versunken, daß ich die Außenwelt fast vergessen hatte. Jetzt stürzte ich mich mit erneuerter Energie auf den Spaten und grub, so schnell ich nur konnte. Meine Kleider waren schweißgetränkt, und ich keuchte bei jeder Bewegung. Ich arbeite gern im Garten und gehe auch häufig spazieren, aber an solche brutalen Anstrengungen war ich nicht gewöhnt. Ich hatte Blasen an den Händen, und meine Schultern und Schenkel begannen abscheulich zu schmerzen. Aber es gab kein Zurück mehr. Ich hatte zur Begleitung meiner Arbeit leise Kirchenlieder zu singen begonnen. Nach zwanzig oder dreißig Minuten mit dem Spaten hatte ich ein Loch von ungefähr einem Fuß Tiefe geschaffen. Unermüdlich machte ich weiter. Achtzehn Zoll, dann zwei Fuß. Die Arbeit wurde noch schwerer. Schließlich beschloß ich, die Tiefe zu messen. Das Loch war jetzt drei Fuß tief. Und weil ich noch weiter hinunterwollte, mußte ich selbst in die Grube steigen wie ein echter Totengräber. Je tiefer ich kam, desto mehr Steine und Kalkbrocken steckten im Boden. Bald würde ich eine Spitzhacke brauchen. Als ich eine Stunde lang gearbeitet hatte, stand ich bis zu den Hüften in der Grube. Ich beschloß, daß ich genug getan hatte.

Jetzt verschnürte ich Krokowskis Leiche mit dem Seil. Die Totenstarre war mittlerweile weit fortgeschritten. Die Arme band ich ihm hinter den Rücken, um eine typische Unterwelt-Hinrichtung vorzutäuschen, dann schleifte ich den nackten, verstümmelten Leichnam zum Rand der Grube und stieß ihn hinunter. Er kam auf den Rücken zu liegen. Sein blindes, graues Gesicht war so unbeweglich wie eine Maske. Das schöne blonde Haar war schmutzverklebt, und daß ich seinen Mund so zugerichtet hatte, tat mir auch leid. Ich versuchte, Blut und Schmutz mit Blättern abzuwischen, hatte damit aber nicht viel Erfolg. Dann kniete ich mich neben das Loch und sprach die Worte, die ich bei Erfüllung meiner amtlichen Pflichten schon so oft gehört hatte: »Und so übergeben wir diesen Leichnam der Erde: Erde zu Erde, Asche zu Asche, Staub zu Staub: in sicherer Erwartung der Auferstehung zum Ewigen Leben.«

Dann trat ich zurück und leerte die Flasche mit Chlorkalk über der Leiche, weil ich hoffte, damit den Verwesungsgeruch zu verringern. Die Flüssigkeit spritzte in einem silbernen Bogen auf die weiße Haut, und ein intensiver Desinfektionsmittelgeruch stieg aus dem Loch. Dann schaufelte ich Erde und Steine zurück in die Grube, wobei ich zwischendurch hineinsprang und den Lehm mit beiden Beinen festtrat, als wollte ich einen Baum pflanzen. Eine Schicht nach der anderen schaufelte ich auf die Leiche, und nach jeder Schicht machte ich eine Pause und trampelte darauf herum. Die ersten Male gab die Leiche unter meinen Füßen noch nach, aber als der Rumpf genügend bedeckt war, gab es keine Bewegungen mehr. Als ich den größten Teil der Erde zurückgeschaufelt hatte, suchte ich ein paar große Steine, um Füchse und Dachse abzuschrecken. Als ich die auch noch mit Erde bedeckt hatte, war es geschafft. Ich fegte die letzten Klumpen und Krümel auf das Grab, wie man jetzt wohl sagen konnte, und faltete die Zeltbahn zusammen wie eine Krankenschwester die Laken eines Verstorbenen faltet. Die Wurzeln der Sträucher, die ich ausgegraben hatte, drückte ich fest in den Boden und hoffte, daß sie wieder anwachsen würden. Schließlich streute ich wie bei einer religiösen Zeremonie das Laub auf die leichte Erhebung, die Krokowskis letzte Ruhestätte markierte, und zog noch einen halbverfaulten Ast darüber, um die Stelle zu tarnen. Mit ein bißchen Glück würde niemand die Leiche je finden.

Ich sah auf die Uhr. Es war zwanzig Minuten nach elf. Ich zog meine Handschuhe aus und warf sie zusammen mit der Zange und dem Messer in den schwarzen Sack mit Krokowskis Händen, Zähnen und Kleidern. Als ich wieder beim Auto war, streifte ich meine Stiefel ab, zog den Trainingsanzug aus und steckte beides ebenfalls in den Müllsack. Anschließend verschloß ich ihn mit Klebestreifen. Dann holte ich mir aus der Reisetasche ein sauberes Hemd, ein Paar saubere Hosen, einen Pullover und ein Paar frischgeputzte braune Schuhe. Ich kämmte mir die Haare, so gut ich konnte, im Rückspiegel und warf den schwarzen Sack mit meinen Kleidern, dem Werkzeug und den Leichenteilen auf den Rücksitz, wo sich schon der andere schwarze Sack mit den Sachen Krokowskis befand.

Als ich mit dem Wagen auf den Feldweg zurückfuhr, hatte ich das Bewußtsein großer Erfüllung. Ich war übermütig und fühlte mich außerordentlich frisch. Raymond saß wie eine schlaffe, zerbrochene Vogelscheuche in seinem VW-Bus.

»Alles erledigt«, sagte ich.

»Und was sollen wir jetzt tun?«

»Fahr nach Hause«, sagte ich. »Leg dich in die Badewanne. Das Gewehr laß im Wagen. Das kannst du morgen putzen, so als hättest du Kaninchen gejagt.« Ich befahl ihm, über das, was wir getan hatten, niemals zu sprechen. Falls er mich im Büro anrufen wolle, solle er stets einen öffentlichen Apparat benutzen. Ich versuchte, alle Vorsichtsmaßnahmen zu treffen.

»Und was ist mit Kristina?«

»Was soll mit ihr sein? Krokowski ist tot.« Ich warf einen Blick zurück auf den Fußpfad. »Tot und begraben.« Ich schlug die Wagentür zu. »Jetzt haben wir wieder normale Verhältnisse.«

8

Ich versuchte zur Normalität zurückzukehren. Ich fuhr nach Hause, nahm ein Bad und trank einen Whisky. Ich spielte *Das Lied von der Erde*, konnte mich aber nicht darauf konzentrieren. Ich rieb mir die Hände mit einer antiseptischen Creme ein und klebte Pflaster auf meine Blasen. Ich fühlte mich stark und müde und gut gelaunt. Ich fühlte mich jünger durch mein Verbrechen. Ich fühlte mich erlöst durch das, was ich getan hatte. Ich hatte einer guten Sache gedient. Mein Bruder hatte mich um Hilfe gebeten, und ich hatte zu ihm gestanden. Ich war stolz auf meine Voraussicht und meinen Mut. Ich hatte bewiesen, daß ich ihn trotz allem liebte. Jetzt stand er für immer in meiner Schuld.

Ich schlief wie ein Kind, und als ich erwachte, spürte ich einen angenehmem Muskelkater in meinen Armen und Beinen. Geträumt hatte ich nicht. Mein Schlaf war ungestört geblieben. Trotzdem wachte ich noch vor dem Radiowecker auf, den ich auf sieben Uhr eingestellt hatte. Es gab noch einige entscheidende Dinge, die ich erledigen mußte. Das Schwierigste davon war mein nächstes Gespräch mit Kristina. Ich wußte, daß sie auf Krokowski wartete, aber weder Raymond noch ich wußten, was sie schon für Pläne gemacht hatte. Krokowski hatte die Schiffsfahrkarten schon in der Tasche gehabt, aber ich wußte nicht, ob die nicht eine Überraschung hatten sein sollen. Ohne Verdacht zu erregen und ohne etwas zu verraten, mußte ich ermitteln, inwieweit Kristina mit Krokowskis Plänen vertraut gewesen war.

Ich stand auf. Als ich mich im Badezimmerspiegel sah, erlebte ich einen Schock. Auf der rechten Seite meines Gesichts war ein ganzes Bündel blutiger Striemen. Irgendwo im Gestrüpp mußte mich eine Brombeerranke erwischt haben. Und da war er nun: der unerwartete Beweis, der nicht mehr zu tilgende Fehler. Ich untersuchte die aufgerissene Haut wie ein Gesichtschirurg. Aber die Wunden waren doch mehr auf der Oberfläche und würden bald heilen. Ich mußte eben behaupten, daß ich bei mir im Garten ausgerutscht wäre. Die Leute kannten ja meine gärtnerischen Neigungen.

Jetzt mußte noch das Haus in Ordnung gebracht werden. In aller Ruhe und bei Tageslicht durchsuchte ich jedes einzelne Zimmer nach Spuren von Krokowskis kurzer Anwesenheit. Er war einen halben Tag lang allein im Haus gewesen. Ich mußte jeden Winkel nach verräterischen Hinterlassenschaften durchsuchen. Tatsächlich entdeckte ich noch ein weiteres Buch, Walter Benjamins *Illuminationen*, ein Päckchen Spielkarten, eine Tube deutsche Zahnpasta im Bad und ein paar Kassetten neben meiner Stereoanlage.

Das warf ich alles weg. Übrig waren jetzt nur noch Krowskis Rucksack und die weiße Plastiktüte, die ich gestern abend in der Küche hatte liegenlassen. Ich kippte sie über dem Küchentisch aus. Eine Wollmütze, eine Karte von Südengland, die Stasi-Akte, ein Schokoriegel, etwas Obst und schließlich die Spielzeugpistole fielen heraus. Ich hob sie auf und drückte ab. Klick, machte es. Und noch einmal. Klick. Ich hatte ein Abenteuerspiel für Erwachsene gespielt und gewonnen. Ich fuhr mit dem Finger über die Kratzer in meinem Gesicht. »Ich bin im Garten ausgerutscht und direkt in die Brombeeren gefallen«, sagte ich laut. »Ganz schön blöd, was?«

Ich steckte alles, bis auf die Spielzeugpistole, in den Rucksack und versteckte ihn in der Rumpelkammer unter der Treppe. Und dabei wurde mir klar, warum Mörder so häufig gefaßt werden. Es gab immer etwas, wovon sie sich nicht trennen konnten: ein Erinnerungsstück, ein Foto oder ein Brief. Eine sentimentale Falle, in der sie sich am Ende verfingen. Das würde mir nicht passieren. Ich würde den Rucksack ins Meer werfen oder im Garten vergraben, aber vor allem mußte ich noch viel schlimmere Beweise vernichten. Ich mußte die beiden schwarzen Säcke, die immer noch in meinem Auto lagen, zur Müllkippe fahren. Bei näherer Überlegung kam ich zu dem Ergebnis, daß ich das lieber erst abends bei Dunkelheit tun würde. Und dann mußte ich mit Kristina sprechen. Dieses Gespräch konnte ich nicht für immer vermeiden.

Allmählich wurde es Zeit fürs Büro. Ich wusch mir noch einmal die Hände, klebte Pflaster auf meine Wunden und richtete mein Gesicht her, so gut es ging. Ich kontrollierte noch einmal das Haus, holte meinen Aktenkoffer und ging zum Auto hinaus – ganz der ländliche Pendler. Weiter unten hörte ich meinen Nachbarn, der seinen Wagen für die tägliche Fahrt zum Bahnhof startete. Ich musterte mein Auto mit kritischen Blicken. An den Reifen waren Schlamm- und Kreidespuren zu sehen, aber sonst nichts weiter. Auf dem Land sind Autos immer dreckig. Die schwarzen Säcke mit dem Beweismaterial lagen auf dem Rücksitz unter einer Decke, für Passanten kaum sichtbar. Auf dem Land transportieren die Leute alles mögliche in ihren Autos. Ich fuhr also ziemlich gelassen zur Arbeit und versäumte auch nicht, mir wie jeden Morgen einen Cappuccino zum Mitnehmen aus dem Café an der Ecke zu holen. Nur in einem Punkt wich ich von meinen sonstigen Gewohnheiten ab: Ich stellte den Wagen ins Parkhaus. In der gegenwärtigen heiklen Situation wollte ich nicht erleben, daß irgendwelche vergnügungssüchtigen Jugendlichen mein Auto klauten, um eine Spritztour zu unternehmen. Es sind immer die ungewöhnlichen Dinge, vor denen man Angst haben muß. Ich habe schon oft festgestellt, daß man das Unerwartete nicht mit dem Unmöglichen verwechseln soll.

Nach dem Mittagessen, bestehend aus einem Sandwich und einer Diät-Cola, saß ich in der Kanzlei und wartete darauf, daß es dämmerte. Wir hatten jetzt Mitte Dezember, und die Wintersonnenwende näherte sich. Um vier war es dunkel, und gegen fünf rief Raymond bei mir an. Zu meiner Zufriedenheit befand er sich in einer Telefonzelle, wie ich es verlangt hatte.

»Ist alles in Ordnung?« Seine Stimme klang schartig, so als rechne er damit, daß ich ihn den Behörden ausliefern würde.

»Keine Probleme«, sagte ich. »Wie geht's dir?«

»Ich hab' nicht schlafen können. Ich fühle mich schrecklich. Was ist passiert, Julian?«

Ich ignorierte die Frage. »Es wird alles gut«, sagte ich, vor allem um mich selbst zu überzeugen. »Nimm eine Schlaftablette und leg dich ins Bett. Wie geht's denn Kristina?«

»Ich weiß nicht, wo sie ist«, sagte er.

»Rufst du deshalb an?« Ich war beunruhigt, wollte es aber nicht zeigen. »Wo sind denn die Kinder?«

»Als ich weggegangen bin, waren sie noch zu Hause«, sagte er. »Aber Kristinas Auto ist weg.«

Dafür gebe es bestimmt eine ganz einfache Erklärung, sagte ich und legte rasch auf. Eilig rannte ich aus dem Büro. Ich mußte Kristina finden. Ich holte den Wagen aus dem Parkhaus und fuhr so schnell ich konnte zur Müllkippe. In der Einfahrt kam mir ein anderes Auto entgegen, aber ansonsten war niemand da. Als ich ausstieg, flog ein Schwarm Seemöwen auf und setzte sich ein Stück weiter weg hinter einem schwelenden Müllhaufen gleich wieder hin. In der Müllgrube brannten mehrere kleine Feuer, und der Wind trieb schmutzigen Rauch vor sich her. Weit und breit war niemand zu sehen. Rasch öffnete ich die hintere Wagentür, nahm die beiden schwarzen Säcke heraus und schleuderte sie in die Dunkelheit hinunter. Zwei Säcke mit Kleidern ohne besondere Kennzeichen. Eine blutige Zange. Ein Tranchiermesser. Ein paar Zähne. Zwei abgeschnittene Hände. Selbst wenn die Sachen gefunden wurden, boten sie der Untersuchung nicht viel Anhaltspunkte. Ich fühlte mich in dieser Hinsicht sehr sicher. Soweit ich das konnte. Ein Leben war zu Ende. Sonst nichts.

Ich setzte mich wieder ins Auto und fuhr zur nächsten Tankstelle. Auf dem Vorplatz stand ein Weihnachtsbaum mit elektrischen Kerzen, und an die Scheibe hinter der Kasse hatte der Besitzer »Frohes Fest« geschrieben. In meiner nervösen Übersensibilität nahm ich alle möglichen Einzelheiten wahr und lauerte überall auf verdächtige Reaktionen. Ich fuhr mit meinem Wagen durch die Waschanlage und fühlte mich danach gleich viel besser. Dann füllte ich den Tank mit Bleifrei Super und bezahlte alles in bar. An diesem Tag wollte ich keine Kreditkartenabrechnungen hinterlassen. Dann fuhr ich nach Hause.

Schon von weitem sah ich das Licht im Wohnzimmer brennen. Es fiel durch die Bäume bis auf die Straße. Im ersten Schrecken dachte ich, Krokowski sei wieder da. Auferstanden von den Toten, um sich zu rächen. Dann wurde mir klar, daß es Kristina sein mußte. Womöglich hatte sie das Haus schon durchsucht und Krokowskis Rucksack gefunden. Ich stürzte atemlos durch die Tür, und Kristina trat mir mit besorgtem Lächeln entgegen.

»Julian, was ist denn mit dir los?«

»Wie meinst du das?«

»Du siehst aus, als hättest du ein Gespenst gesehen.«

»Ich weiß nicht, wovon du redest«, sagte ich abweisend. »Was machst du eigentlich hier?«

»Es ist was mit Walter passiert«, sagte sie. »Das weiß ich genau.«

»Ich verstehe nicht.«

»Er wollte herkommen. Aber er ist nicht gekommen. Es muß ihm etwas passiert sein.«

»Wann hätte er denn kommen sollen?«

»In seinem Brief hat er geschrieben, er würde in ein paar Tagen da sein. Seitdem sind drei Wochen vergangen, und er ist immer noch nicht da.«

»Du kannst ihm doch schreiben«, sagte ich.

Ich wollte mein Mitgefühl ausdrücken, wagte aber nicht, meinen Arm um sie zu legen. Ich wußte, sie würde die Geste zurückweisen. Ich saß neben ihr auf dem Sofa, an derselben Stelle, wo Krokowski gesessen hatte, und vergewisserte mich mit einigen behutsamen Fragen, daß sie tatsächlich nichts von seinem Aufenthalt wußte. Nicht das geringste. Während wir uns unterhielten, dachte ich an den Erdhügel in den Büschen neben dem Fußpfad, der auf die Downs hinaufführte. Wenn alles nach Plan ging, würde Krokowski für immer dort liegen, ungestört. Ich fragte mich, wie viele solche Leichen es wohl geben mochte. Millionen von Menschen, ohne Spur und Erinnerungszeichen in der Erde verschwunden. Gar kein schlechtes Schicksal. Die meisten von uns leben doch ein gewöhnliches Leben, an das sich niemand erinnert. Und diejenigen, an die sich die Leute erinnern, bezahlen oft einen hohen Preis für die Unsterblichkeit. Ich bin zu dem Schluß gekommen, daß Gewöhnlichkeit das beste ist. Zufriedenheit geht Hand in Hand mit festen Gewohnheiten, das habe ich schon am Beispiel meines eigenen Lebens feststellen können.

»Was soll ich nur tun?« Kristinas Stimme war leise und niedergeschlagen. »Er hat es mir doch versprochen.«

»Versprochen?«

»Er würde kommen und mich zurück nach Berlin holen.«

»Dann kommt er auch«, sagte ich eilig. »Da bin ich ganz sicher.«

»Ich weiß, daß er nicht kommt«, sagte Kristina. »Ich kann es nicht erklären, aber ich weiß, daß ich ihn nie mehr wiedersehe.«

Sie begann zu weinen, und es gab nichts, was ich hätte tun oder sagen können, um sie zu trösten.

9

Ich glaube nicht an Gespenster, aber ich muß zugeben, daß mich Krokowskis Gegenwart in meinem Haus noch tagelang heimsuchte. Er war nur zwei Nächte lang bei mir gewesen, und ich hatte alle Spuren seiner Anwesenheit sorgfältig ausgelöscht. Als letztes hatte ich den Rucksack im hintersten Winkel meines Gartens verbrannt und die Überreste vergraben. Aber jedesmal, wenn ich mich umdrehte, spürte ich hinter mir seinen Schatten, und jedesmal, wenn ich ein Geräusch im Haus hörte, mußte ich mich mit Gewalt daran hindern, laut seinen Namen zu rufen.

Weihnachten näherte sich. Seit Mutters Tod verbrachte ich die Adventszeit stets in Einsamkeit und Melancholie. Dieses Jahr hätte ich eigentlich fröhlicher sein können, gab es doch eine Familie, mit der ich die Festtage hätte feiern können. Aber jetzt waren die Aussichten darauf sehr gering geworden. Am Sonntag ging ich zur Abendandacht und sang mit betrübtem Herzen Adventslieder. Am Ausgang schüttelte ich dem Pastor die Hand. »Mord oder Selbstmord?« fragte er. »Altersschwäche«, murmelte ich, und wir lachten. »Ah, memento mori«, seufzte er.

Unter der Woche ging ich Geschenke einkaufen: Malt Whisky und Monte-Cristo-Zigarren für Raymond, teures Spielzeug für Olga und Sascha, Wäsche und Chanel No. 5 für Kristina. Zu Hause packte ich alles in Weihnachtspapier ein. »Alles Liebe«, schrieb ich dazu, aber innerlich war ich hohl. Ich nahm an den üblichen vorweihnachtlichen Parties teil, und wenn mich jemand fragte, was ich zu Weihnachten vorhätte, sagte ich regelmäßig: »Ach, ich bin bei meinem Bruder und seiner Familie. Das wird bestimmt lustig.«

Aber ich hörte und sah nichts von meinem Bruder, und ich sah und hörte auch nichts von Kristina. Ein Tag nach dem anderen verging, und nach einer Woche begann ich mir Sorgen um den Gemütszustand meines Bruders zu machen. Wir waren Komplizen bei einem Verbrechen. Wenn er aus irgendeinem Grunde festgenommen wurde, würde er nicht einmal das mildeste Verhör überstehen. Er würde lebenslänglich kriegen, und ich wäre auf jeden Fall ruiniert. Dutzende von Szenarien gingen mir durch den Kopf, eins schrecklicher als das andere. Vor allem hatte ich Angst, daß Raymond in seiner Verzweiflung ein Geständnis ablegen könnte. In meinen schlimmsten Momenten stellte ich mir vor, wie er auf die nächstbeste Wache ging und sich der Polizei stellte oder zusammenbrach und Kristina die ganze Geschichte erzählte.

Am Freitag abend, nach einer Woche des Schweigens,

beschloß ich, am nächsten Morgen auf jeden Fall zur Jericho Lodge hinüberzufahren und zu sehen, was los war. Ich saß im Wohnzimmer vor dem Fernseher bei einem Glas Wein. Einmal klingelte das Telefon, kurz nach zehn. Als ich abhob, meldete sich aber niemand. Es wurde einfach wieder aufgelegt. Normalerweise hätte ich mir bei so etwas gar nichts gedacht. So etwas kommt häufiger vor. Aber in meinem jetzigen Zustand steigerte der Zwischenfall meine Nervosität ganz erheblich.

Am Samstag morgen um neun griff ich zum Telefon und rief Jericho Lodge an. Es nahm niemand ab, und daraufhin zog ich mich etwas eiliger an als sonst am Wochenende. Ich ging davon aus, daß mein Bruder und seine Frau frühzeitig aufgebrochen waren, um Einkäufe zu erledigen. Aber wenn das Haus leer war, machte das auch nichts. Ich würde einen Zettel dalassen und für den Abend etwas verabreden. Oder für morgen.

Ich erinnere mich noch, wie ich mich über den blanken, frischgewaschenen Volvo gefreut habe, der in der Wintersonne glänzte, als ich aus dem Haus trat. Seine Sauberkeit machte mir Mut. Vielleicht lag jetzt das Schlimmste endlich hinter mir. Die Bäume waren kahl, und der Himmel frostklar. Ich hüllte mich noch fester in meinen Mantel. Ehe ich abfuhr, ging ich noch einmal in die Küche zurück, holte Krokowskis Spielzeugpistole aus der Küchenschublade, wo ich sie versteckt hatte, und verstaute sie in meiner Manteltasche. Ich würde tun, was Krokowski geplant hatte. Ich würde sie Sascha mitbringen.

Nach wenigen Minuten hatte ich die Einfahrt von Jericho Lodge erreicht und fuhr durch die ominöse Zypressenallee. Auf dem Kies an der Sonnenuhr knirschten die Reifen. Vom VW-Bus meines Bruders war nichts zu sehen, was ich als Bestätigung dafür nahm, daß er und Kristina einkaufen waren – ein beruhigendes Zeichen der Normalität. Ich brauchte bloß einen Zettel dazulassen und konnte gleich weiterfahren. Unterhalten konnten wir uns später. Auf jeden Fall hatte ich den Kontakt wiederhergestellt.

Wenn sie zum Einkaufen gefahren waren, hatten sie die Vordertür bestimmt abgeschlossen, das wußte ich. Deshalb ging ich ums Haus herum und warf einen Blick durchs Küchenfenster. Auf dem Tisch waren Essensreste und Teller zu sehen, so als hätte kürzlich jemand eine Mahlzeit beendet. Als ich hinter dem Haus war, fiel mir auf, daß etwas anders als sonst war. Einen Moment lang wußte ich nicht, was es war, dann sah ich, daß das Garagentor unten war. In all den Monaten, die Raymond jetzt in Jericho Lodge wohnte, war das Garagentor nie geschlossen gewesen. Kristina hatte ihn mehrfach wegen seines Leichtsinns getadelt, aber er hatte stets darauf beharrt, auf dem Land sei man sicher. Als ich darauf zuging, nahm ich plötzlich einen durchdringenden Geruch wahr, und dann sah ich auch schon die Auspuffgase, die unter dem Tor herausquollen wie ein böses Gewächs.

Ich zerrte am Griff, aber die Garage war offensichtlich von innen verschlossen. Ich weiß nicht, ob ich gerufen habe. Ich legte das Ohr ans Schlüsselloch und hörte den VW-Motor im Leerlauf, ein unverwechselbares Geräusch. Ich zerrte noch einmal am Griff, aber es war nichts zu machen. Ich versuchte, durch eine Spalte zu sehen, aber ich konnte nichts sehen. Meine Augen begannen zu tränen. Jetzt fing ich laut an zu rufen. Ich schlug an die Tür, aber es rührte sich nichts. Man hörte nur das gleichmäßige Rattern des Motors.

Als Coroner habe ich solche Dinge schon häufig gesehen, aber in all den Jahren bin ich nie der erste gewesen, der am Ort des Geschehens erschien. Ich fand es schwer, ruhig zu bleiben.

Ich rannte zum Haus. Die Hintertür war offen, ganz wie ich es erwartet hatte. Als ich im Inneren war, schrie ich laut: »Raymond.« Keine Antwort. »Kristina.« Stille. »Olga, Sascha.« Kein Wort. Noch einmal: »Raymond!« Nichts als tödliche Stille, und ich fragte mich, ob ich im Haus womöglich dasselbe finden würde wie in der Garage. Ich blieb im Flur stehen. Es war so still, daß ich hinter mir den alten VW pochen hörte wie ein Motorboot auf der anderen Seite eines dunklen, unheilvollen Gewässers.

Ich mußte mich um die Garage kümmern, das war klar. Ich kannte auch die richtige Vorgehensweise. Ich brauchte ein Handtuch. Ich bewegte mich vorsichtig durch die Räume. Ich wußte ja nicht, was ich vorfinden würde. Vielleicht hatte Raymond seine Familie getötet. Als ich ins obere Stockwerk kam, dachte ich zuerst an einen Einbruch, aber dann sah es doch mehr wie eine hastige Flucht aus. Überall waren Kleider und Spielzeug verstreut. Schränke und Schubladen standen sperrangelweit offen. Eine Spur von Taschen und Koffern zog sich durch die Zimmer. Im Schlafzimmer waren Kleiderbügel und Plastikhüllen von der chemischen Reinigung verstreut. Verlassenheit erfüllte die leeren Räume.

Im Badezimmer hob ich ein Handtuch vom Boden auf und tränkte es mit kaltem Wasser. Dann rannte ich nach unten zur Garage. Ich holte ein Stemmeisen und brach das Schloß aus dem Holz. Sonnenlicht strömte hinein. Der VW-Motor lief immer noch, und die Garage war voller Abgase. Ich wickelte mir das nasse Tuch um den Kopf wie ein Araber und bedeckte dabei auch Mund und Nase. Dann trat ich an die Fahrertür.

Mein Bruder lag auf dem Vordersitz, als ob er schliefe. Sein Gesicht war kirschrot vom Kohlenmonoxid, das er eingeatmet hatte. Er trug einen Anzug. Es war, als ob er sich nach einer Dinnerparty ausruhen wollte. Auf dem Armaturenbrett standen Fotos von Mutter und Vater, Kristina und den Kindern. Ich stellte den Motor ab, und plötzlich war eine große Stille in der Garage. Ich lief hinaus ins Sonnenlicht und sog die kalte Winterluft ein. Allmählich zerstreuten sich die Abgase. Um den Vorgang zu beschleunigen, machte ich die Wagentüren auf. Dann ging ich hinaus, setzte mich in mein Auto und starrte ins Leere.

Mein Bruder war tot. Und bei allen widerstreitenden Gedanken, die auf mich einstürmten, gab es doch eine alles überragende Erkenntnis: Raymond hatte die Wahrheit über Walter Krokowski in den Tod mitgenommen. Ich war frei.

Ich weinte, und ob das Tränen des Schmerzes, der Scham oder der Erleichterung waren, kann ich nicht sagen. Nur langsam gewann ich meine Fassung zurück. Das Gas in der Garage war nach einigen Minuten verflogen. Von dort, wo ich saß, sah man keinerlei Zeichen des Todes, nur einen klapprigen alten VW-Bus in einer Familien-Garage. Raymonds auf dem Vordersitz ausgestreckte Leiche war dem flüchtigen Auge verborgen. So ist das nun mal mit dem Tod. Er kann dramatisch sein, aber im allgemeinen ist er diskret. Ich kehrte ins Haus zurück und durchsuchte es lange und gründlich, ohne irgendwelches Beweismaterial zu zerstören.

Kristina war weggegangen. Soviel war klar. Künftige Detektivarbeit würde sie ohne Zweifel irgendwo in Deutschland ausfindig machen. Zum gegenwärtigen Zeitpunkt allerdings war nicht klar, ob sie nach einem Streit davongestürmt war oder ob Raymond nach Hause gekommen war und sie nicht mehr vorfand. Die Überreste einer einsamen Mahlzeit in der Küche, eine leere Rotweinflasche und eine angebrochene Wodkaflasche deuteten darauf hin, daß Raymond seine letzten Stunden allein verbracht hatte. Das Telefon stand ebenfalls in der Küche, und daneben lag sein Adreßbuch. Ich vermutete, daß er es gewesen war, der am Abend zuvor bei mir angerufen und dann aufgelegt hatte, ohne etwas zu sagen. Das würde sich ohne große Schwierigkeiten feststellen lassen. Die Telefongesellschaft hatte den Anruf sicher verzeichnet.

Meine Hauptsorge galt natürlich der Frage, ob Raymond einen Abschiedsbrief hinterlassen hatte. Sein Schreibtisch war überhäuft von den verschiedensten Schriftstücken. Manche waren in deutsch. Aber auf Krokowskis Besuch deutete keins davon hin, soweit ich das feststellen konnte. Dennoch steckte ich die deutschen Sachen ein, zusammen mit der Spielzeugpistole. Ich wollte lieber sichergehen.

Dann holte ich ein sauberes Laken aus dem Wäscheschrank und ging wieder nach draußen. In der Garage war es sehr still. Der alte VW-Motor, der sich langsam abkühlte, knisterte in der Kälte. Es lag nur noch ganz leichter Abgasgeruch in der Luft. Raymond lag auf dem Sitz. Ich zwang mich, seine Taschen zu durchsuchen. Ich fand nichts. Die Autopsie würde mit Sicherheit einen hohen Blutalkoholgehalt bei ihm feststellen. Ich breitete das Laken aus und deckte ihn damit zu. Ich hoffte, daß er ohne große Schmerzen gestorben war. Einen Augenblick stand ich schweigend neben dem Wagen. Ich hätte gern ein Gebet gesprochen oder ein paar Verse aus einem Gedicht, aber es fiel mir nichts ein. Schließlich wandte ich mich ab und ging hinaus. Es war Zeit, die Angelegenheit den Behörden zu übergeben.

10

Ich war wieder allein. Gelegentlich habe ich die Einsamkeit in jenen Tagen nach dem Tod meines Bruders geradezu tröstlich gefunden. Ich hatte die Welt da draußen erforscht und nichts als Schmerz, Verlust und Tod gefunden. Wo ich Zuflucht suchen mußte, wußte ich instinktiv. Sicherer war es hier drinnen. Aber als ich wieder zu mir kam, hatte sich etwas geändert, wie ich feststellen mußte. Der wohlgeordnete Umgang mit dem Tod befriedigte mich nicht mehr wie früher. Ich war anders geworden, innerlich gespalten. Ich hatte den Puls der Unabhängigkeit in meinen Adern gespürt. Ich hatte das Gefühl des Risikos entdeckt. Ich hatte an einem Verbrechen teilgenommen. Der Wunsch, jemandem davon zu erzählen, war fast übermächtig, und nur mit allergrößter

Selbstbeherrschung widerstand ich der Versuchung, Susan in London anzurufen.

Ich tat plötzlich Dinge, die ich zuvor nie getan hätte. Eines Abends prostete ich mir mit einem Glas Wodka zu, bestellte ein Minicab und ließ mich nach Hove fahren. Mein Herz schlug hoch vor Lust und Kraft. Ich suchte mir eine junge, schmutzige Prostituierte von der Strandpromenade. Wir hatten Sex in einem Zimmer, das nach Körperpuder und Vaseline roch. Als ich nach Hause kam, wusch ich mich eilig, und als ich mich im Spiegel sah, erblickte ich einen Fremden. Erregung und Selbstverachtung standen in seinen Zügen. Ich sah mir einen alten James-Bond-Film im Fernsehen an und machte die Flasche Stolichnaya ganz leer. Es war der Heilige Abend.

In den Tagen vor dem Fest hatte der Tod meines Bruders das Dorf von Grund auf erschüttert. Jede Einzelheit des Skandals, die bekannt wurde, löste neue Schockwellen aus. Ich bemühte mich nach Kräften, meine Meinung für mich zu behalten, indem ich möglichst würdevoll erklärte, ich könnte darüber nicht sprechen. Ich war Gegenstand äußerst zweischneidiger Sympathie, und in manchen begegnete mir sogar offene Mißbilligung. Mansfield war immer »eine nette, ruhige Gemeinde« gewesen, und mir wurde der Vorwurf gemacht, ich hätte diese Ruhe gestört. Derek, unser Zeitschriftenhändler, hielt mich auf dem laufenden über Ebbe und Flut der Gerüchte, die immer neue Übertreibungen mitbrachten.

Darüber, daß mein Bruder ein Spion gewesen sein mußte, waren sich längst alle einig. Sie hatten es immer vermutet. Kristina war natürlich eine Doppelagentin. Sie war von ihren Herrn und Meistern nach Berlin zurückgerufen worden, vielleicht auch nach Moskau, wie andere meinten. Mindestens ein verdächtiger Deutscher – oder Russe – war in der Royal Oak gesehen worden, aber möglicherweise waren es auch zwei gewesen. Meine Verbindung mit diesen mysteriösen Fremden, die von einigen aufmerksamen Stammgästen bezeugt worden war, hielt glücklicherweise niemand für relevant, obwohl es herrschende Meinung war, daß die Krise ohne das Auftreten dieser Agenten erst viel später eingetreten wäre. Gewöhnlich gut unterrichtete Kreise wußten jedenfalls eins ganz genau: Raymond war ermordet worden, von Selbstmord konnte keine Rede sein.

Weihnachten kam keinen Augenblick zu früh. Zu meiner Erleichterung mußte die Arbeit am Fall Rowley-Whyte vorläufig eingestellt werden. Der gute Dr. Stephenson und seine Frau retteten mich mit einer Einladung zum Weihnachtsessen, wobei es sich von selbst verstand, daß niemand über die anstehenden Fälle oder dergleichen reden würde. Dr. Stephenson war der Arzt gewesen, der Raymonds Totenschein ausgestellt und den Abtransport seiner Leiche angeordnet hatte.

Charles ist groß und athletisch und genießt großes Vertrauen in unserer kleinen Gemeinde. Alice, seine energische, springlebendige Frau, ist bei allen beliebt. Als ich ihre Schwelle überschritt und den traditionellen Kuß unterm Mistelzweig entgegennahm, hatte ich das Gefühl, in eine verzauberte Höhle voller Lachen, Licht, Wärme und guter Gesellschaft zu treten. Wir rissen Knallbonbons auf, setzten Papiermützen auf und spielten Scharaden. Einen Augenblick mußte ich an die hohen Erwartungen vor Raymonds Ankunft vor einem Jahr denken, und das machte mich traurig. Charles merkte sofort, daß ich trübsinnig wurde, und zwang mich, *Like A Virgin* vorzuführen, was große, allgemeine Heiterkeit auslöste.

Beim Abschied nahm mich Alice beiseite. »Wenn die gerichtliche Untersuchung vorbei ist, müssen Sie unbedingt Ferien machen, Julian. Gehen Sie Skilaufen.«

Ich lächelte. »Das große Allheilmittel.«

Am Morgen hatte mich Susan angerufen, um mir frohe Weihnachten zu wünschen. Sie hatte mir erzählt, daß sie heiraten würde. Die Einladung würde bald kommen. Ich gratulierte ihr, fühlte mich aber innerlich gänzlich leer. Susan hatte meine traurige Stimmung gespürt und einen Skiurlaub vorgeschlagen. Ich könne gar nicht Skilaufen, hatte ich ihr gesagt, und sie erklärte, es sei ganz leicht zu lernen. Es gebe zahlreiche flotte Skilehrerinnen, die mir Unterricht geben könnten. Ich hatte keine Lust, darüber zu reden. »Ich ruf' dich im neuen Jahr an«, sagte ich. »Wenn die Verhandlung vorbei ist.« Susan fragte, ob sie mich »zur moralischen Unterstützung« besuchen solle, aber das wäre das letzte gewesen, was ich jetzt wollte. Die Gefahr, daß ich irgendwelche Geständnisse ablegte, war viel zu groß. Ich wußte, daß ich die Untersuchung alleine durchstehen mußte.

Und so geschah es. Als naher Verwandter mußte ich den Fall natürlich an meinen Stellvertreter abgeben. Nigel Parker ist mir an Jahren weit überlegen, ein ehemaliger Polizist, so zuverlässig wie ein Wagen, der bei jedem Wetter anspringt, und ohne jede Phantasie. Sobald der Tod meines Bruders bekannt wurde und Parker wußte, daß er der Coroner sein würde, ließ er keinen Zweifel daran, wo seine Loyalität lag. Er brachte zwar mehrfach zum Ausdruck, daß ich sein volles Mitgefühl hätte, aber über den Verstorbenen sagte er nichts. Andererseits wußte ich, daß ich mich bei entsprechender Vorbereitung darauf verlassen konnte, daß er sich an die Fakten halten und keinen Versuch machen würde, den Zuschauern mit irgendwelchen Spekulationen zu imponieren, wie das manche Coroner tun, wenn ein Fall besonderes Interesse erregt. Die Polizei hatte einiges Material gesammelt, trotzdem hoffte ich, daß der Fall ohne großes Theater an einem Nachmittag verhandelt werden würde.

Sofort nachdem Raymond ins Leichenschauhaus gebracht worden war, hatte die örtliche Polizei sich ernsthaft bemüht, Kristina und die Kinder zu finden. Der Mini war in Brighton am Bahnhof entdeckt worden. Ein Bahnbeamter hatte gemeldet, eine Frau von Kristinas Aussehen hätte am Freitag nachmittag den Zug nach London bestiegen, aber danach verlor sich die Spur. Auch auf der Fähre Dover–Calais war eine hochgewachsene blonde Frau mit zwei Kindern gesehen worden, aber diese Aussage schien mir schon sehr an den Haaren herbeigezogen. Die deutsche Polizei schien gern bereit zu helfen, förderte aber nichts Konkretes zutage. Kristinas wenige Verwandte in Deutschland behaupteten, nichts zu wissen. Eine regelrechte Fahndung fand nicht statt, schließlich stand ja Kristina unter keinerlei Verdacht einer strafbaren Handlung. Nach einiger Zeit mußte ich mich mit der Tatsache abfinden, daß sie verschwunden war. Niemand von denen, die an der Untersuchung beteiligt waren, wußte, daß Krokowski sie hatte besuchen wollen, und deshalb fragte auch niemand, ob sie sich in Berlin nach ihm erkundigt hatte. Das war mein ganz privates Geheimnis, und natürlich bemühte ich mich, die Gerüchte über Russen und Deutsche in Mansfield herunterzuspielen. Wenn ich an Kristina dachte, fühlte ich mich deprimiert und leer. In meinen schwärzesten, ichbezogensten Augenblicken fühlte ich mich von ihr verraten, weil sie weggegangen war. Gelegentlich fragte ich mich auch, was aus dem Hund geworden war, und stellte mir vor, daß er wohl jemandem zugelaufen sein müsse.

Allen Gerüchten zum Trotz stimmten die Sachverständigen – die Polizei, der Arzt und der Pathologe – darin überein, daß mein Bruder Selbstmord begangen und sich in seinem Auto erstickt hatte. Es gab keinen Zweifel, daß dies absichtlich geschehen sein mußte. Er hatte sorgfältig darauf geachtet, daß sein Plan gelang. Und er hatte sich mit erheblichem Alkoholkonsum auf seine Tat vorbereitet.

Und so fand ich mich Anfang Januar, in der ersten Verhandlung des neuen Jahres, knapp vier Wochen nach Krokowskis Besuch, ungewöhnlicherweise auf den Publikumsbänken meines eigenen Gerichts wieder, wo ich darauf wartete, als Zeuge vernommen zu werden. Der Saal war gut gefüllt. Raymond war schließlich eine bekannte Persönlichkeit gewesen, und der Fall hatte auch das Interesse der örtlichen Presse geweckt.

Im Zeugenstand zu stehen und meine Aussage zu machen, fand ich sehr merkwürdig. Parker verhielt sich so, wie ich es gehofft hatte. Er hielt sich streng an die Vorschriften, so als müßte er beweisen, daß er nicht zu Unrecht meinen Platz eingenommen hatte. Ich malte ein düsteres Bild von der Situation meines Bruders: die Spielschulden, die Schwierigkeiten in seiner Ehe, die Probleme bei der Anpassung an das hiesige Leben, das ihm nicht mehr vertraut war, und die Sorgen wegen der Vergangenheit.

»Würden Sie sagen«, fragte mein getreuer Stellvertreter, »daß Mr. Rowley-Whyte sehr unter Druck stand?«

»Ja, das würde ich sagen.«

»Hat er je davon gesprochen, sich das Leben zu nehmen?«

»Wenn er deprimiert war, sagte er manchmal, daß sein Leben verfehlt sei.«

»War er Ihrer Ansicht nach deprimiert?«

»Ja, in letzter Zeit häufig.«

Innerhalb von zweieinhalb Stunden war das Urteil gesprochen: Selbstmord im Zustand geistiger Verwirrung. Draußen vor der Tür teilte ich Harvey und den anderen Gerichtsreportern noch mit, wie »bestürzt« ich über alles dies sei, dann fuhr ich nach Hause.

Meine Äußerung gegenüber der Presse war nicht ganz ehrlich gewesen. Ich fühlte mich entspannt und erleichtert, als ich die Verhandlung verließ. Jetzt konnte ich meinen Bruder begraben, und sobald das geschehen war, konnte ich wieder den Status quo ante herstellen. Diese Aussicht befriedigte mich, ohne daß ich genau bestimmen konnte warum. Das neue Jahr schien voller Möglichkeiten.

Ich entschied mich für eine Einäscherung. Diese anonyme, weltliche Zeremonie erschien mir angemessen für einen lebenslangen Kommunisten. Eine Woche später wurde mir die Asche in einer kupferfarbenen Plastikurne ins Haus geliefert. Sie steckte in einer Faltschachtel, als hätte ein Schnellrestaurant sie geschickt. Und so stellte ich die sterblichen Überreste meines Bruders auch zunächst auf den Tisch in der Küche, denn für den Augenblick hatte ich andere Sorgen. Ich erwartete einen Besuch von Mr. Barker, dem Besitzer von Jericho Lodge.

Er kam auf die Minute pünktlich, so pedantisch und miesepetrig wie immer. Seine betrübte Miene stand allerdings in krassem Gegensatz zu seinem neuen, kastanienfarbenen Toupet, und ich mußte mich sehr beherrschen, um nicht zu lächeln. Wir verständigten uns über das Ende des Mietverhältnisses, und ich legte ihm die vorbereitete Vereinbarung zur Unterschrift vor.

»Kein glückliches Haus«, sagte er, als er die Papiere einsteckte, und warf mir einen eigenartigen Blick zu. »Die Leute erzählen die wildesten Dinge.«

»Der übliche Klatsch«, sagte ich leichthin. Ich hoffte, daß er bloß den Verkaufspreis der Immobilie im Sinn hatte. »Sie sollten sich auf jeden Fall einen Makler in London suchen«, sagte ich. »Sofortige Bezugsfertigkeit ist immer ein wichtiges Argument. Ich könnte mir vorstellen, daß der Besitz einer Familie aus der Stadt sehr attraktiv erscheint.«

»Ja, es wäre ein schönes Haus für eine Familie«, sagte er. »Meine Frau will leider keine Kinder«, fügte er abrupt hinzu. »Manchmal wünschte ich, sie würde genauso abhauen wie diese … Wie hieß sie doch gleich?«

»Kristina.«

»Genau.« Er stand auf. »Die Leute sagen, der Immobilienmarkt ginge im Frühjahr wieder nach oben.«

»Im Frühjahr sieht alles besser aus«, sagte ich.

»Sofort bezugsfertig«, sagte er. Das Wort schien ihm Mut zu machen, und er wiederholte es noch einmal. »Sofort bezugsfertig.« Wir schüttelten uns die Hände, ehe er ging.

Um frische Luft zu schöpfen, trat ich in den Garten. Der Himmel war grau wie Blei, und es sah aus, als könnte es schneien. Unter dem welken Gras waren schon die ersten grünen Triebe zu sehen. Nächstes Jahr würde ich Narzissen auf Krokowskis Grab pflanzen.

Ich ging wieder hinein, zog Anorak und Stiefel an und holte Raymonds Asche aus der Küche. Ich ließ den Wagen vorsichtig hinunter ins Dorf rollen. Es hatte heftig zu schneien begonnen. Die Flocken blendeten mich, und der erste Schnee blieb schon liegen.

An der Abzweigung zur Jericho Lodge fuhr ich vorbei. Ich werde diese Straße meiden, solange ich lebe. Ich kam zu der Stelle, wo es auf die Downs hinaufgeht, und stellte den Wagen neben dem Wegweiser ab, der den Fußpfad bezeichnet. In der Dämmerung lag der Schnee wie Blütenpracht auf den Zweigen und bildete einen immer dichteren Teppich unter den Füßen.

Als ich den flachen Hügel im Gebüsch erreichte, zögerte ich einen Moment und sah mich um wie jemand, der dabei ist, sich vor aller Welt zu verraten. Aber ich war völlig allein. Ich kippte die Asche meines Bruders auf Krokowskis Grab und beobachtete sachlich, wie sich der graue Staub mit den welken Blättern vermischte und allmählich vom Schnee bedeckt wurde. Ein paar Minuten später saß ich wieder in meinem Auto und hörte einem Konzert auf Radio Drei zu. Wie ich immer zu sagen pflege, wenn die Leute mich nach meiner Arbeit fragen: Das Leben und der Tod gehen weiter.

Krokowskis Spielzeugpistole habe ich immer noch. Sie ist mir richtig lieb geworden. Manchmal, wenn mir das Landleben unerträglich zu werden droht, überlege ich, wie es wohl wäre, mir eine richtige zu besorgen, mit richtiger Munition. An Kristina denke ich oft. Eines Tages werde ich vielleicht durch den Kanaltunnel fahren und nach ihr suchen. Für den Augenblick habe ich meine Arbeit und meinen Platz hier im Dorf. An schönen Abenden schlendere ich manchmal zum Friedhof hinüber. Wenn alles ein bißchen ruhiger wird, will ich dort eine Erinnerungstafel an meinen Bruder anbringen.

Ich bleibe eher noch mehr als früher in den eigenen vier Wänden. Ich bevorzuge meine eigene Gesellschaft und ignoriere den Klatsch. Mein Tageslauf hat sich ein wenig geändert. Ich meide den Dorfladen und die Royal Oak und kaufe in Brighton im Supermarkt ein, wo ich unerkannt bleibe. Wie so viele meiner Nachbarn habe ich schon immer gern ein alltägliches Leben geführt.